***Michel Lacombe** a toujours écrit, et le succès lui vient dès son premier roman,* Le Retour au mas, *couronné par le prix des Automnales en 2004. Depuis, ce passionné d'histoire, d'archéologie, de préhistoire, de nature et de sciences a publié près de trente livres. Ces « romans de vie », comme il les appelle, où il s'attache à faire ressentir au plus près ce que vivent ses personnages, lui ont valu la reconnaissance d'un lectorat fidèle.*

Le Domaine des Rochettes

Du même auteur

Aux éditions De Borée

La Bonne École
La Vagabonde de Saint-Ours
Les Brûlots de paille

Autres éditeurs

L'Inconnu du Vaccarès
La Berceuse de sang
La Boumiane
La Brouille
La Cagnotte de Cyprien
La Campagne de Baptistin
La Caverne de vie
La Grimace du givre, prix Lucien-Gachon 2002
La Mer à boire
La Noire Tourmente
La Sansouïre du Toquadou
La Semaine du gaga
La Vengeance de Jean sans Dieu, prix du roman historique de Saint-Bonnet-le-Château 2007
Le Douvi
Le Mécréant de Saint-Poutouzat
Le Mystère du mas du Païen
Le Retour au mas, prix des Automnales 2004
Le Sans Gueule
Le Secret d'Adrienne
Les Brûlades
*Les Charpentiers du fer *, L'Équerre au cœur*
*Les Charpentiers du fer **, Le Compas du ciel*
Les Fachines
Les Fourches écarlates
Les Jumeaux de Malatresque, prix Cabri d'Or 2004
Les Larmes du désert
Les Sarments d'Hippocrate

R.C.

MICHEL LACOMBE

LE DOMAINE DES ROCHETTES

De Borée

Avertissement

Le récit des premiers mois de guerre en Lorraine frontalière est fortement inspiré par les écrits d'Anne-Marie de Moustier, *Six mois dans un château aux avant-postes. Journal de guerre du 1er août 1914 au 15 janvier 1915*, Bibliothèque municipale de Nancy.

« Bonsoir Emma… »

En ruisseau habitué depuis des siècles à la nonchalance, la Natagne s'étirait paresseusement au fil de ses méandres compliqués, comme si elle retardait à l'envi le moment où elle se perdrait dans les flots plus capricieux de la Moselle. Paysage tranquille et verdoyant… En marge des champs labourés et des prés, son cours se cachait pudiquement derrière les roseaux et les joncs vigoureux qui bordaient ses maigres rives. Même si la fraîcheur de l'automne précoce s'était montrée dérangeante tout au long du jour, un soleil pâlot avait réussi à rendre ces premiers assauts plus supportables aux habitants des villages et des hameaux environnants. L'herbe des prairies s'était même parée de gelée blanche aux premières lueurs de l'aube ! Mais les Lorrains étaient accoutumés depuis toujours aux aléas climatiques de leur région natale, et c'était avec une certaine fatalité qu'ils acceptaient ces premiers frimas. Après tout, ils en avaient vu d'autres, et rien ne contrariait l'ordre des saisons… Alors que le soir tombait, chacun se faisait ainsi une joie de retrouver la chaleur de son foyer ou la bonne ambiance du café local. Peu à peu, l'horizon rosissait, taché de quelques nuages plus sombres aux franges mordorées, et les vignes couvrant les coteaux se teintaient d'ambre et de miel. L'instant magique où le crépuscule hésite entre jour finissant et nuit naissante…

Sur le seuil de l'unique débit de boisson de la bourgade, Charles Vanémont cogna vivement de la semelle sur la pierre d'entrée, avant de pénétrer dans la petite salle surchauffée où se pressaient les buveurs. Malgré son bras tordu, il se frotta énergiquement les mains l'une contre l'autre avant de clamer :

« Alors, Edgard… On s'est déjà décidé à remettre le poêle en route ?

– Il le faut bien… admit le cabaretier avec un bon sourire. L'hiver approche toujours plus vite qu'on ne croit ! Et je pense que tout le monde s'en est aperçu, aujourd'hui, à Morey…

– C'est vrai qu'il a fait frisquet, aujourd'hui. Mais c'est plutôt normal à cette époque de l'année, n'est-ce pas ?

– Sans doute, Charles… admit un petit homme fluet qui venait d'entrer sur les pas du paysan. Pourtant, on préférerait un temps un peu plus clément, non ?

– Pour ceux qui ont du sang de navet comme toi, peut-être, Jeannet… Mais pour les gens de "chez nous", les "vrais", il faut bien que les saisons se suivent à la manière accoutumée ! La fin de l'automne sera toujours la fin de l'automne, et cela reste l'époque des premières gelées… Ce que viennent de nous prouver aujourd'hui même les premières heures du matin !

– N'empêche, intervint un gaillard rougeaud en tirant en vain sur son mégot éteint et chiffonné, un peu d'hiver moins long et moins rude, ce ne serait pas à dédaigner, tout de même !

– Tu dis n'importe quoi, Marcel ! Comme si tu ne savais pas qu'il faut du froid pour tuer la vermine en terre et pour mieux récolter l'an qui vient. D'ailleurs, si ça ne te convient pas, mieux vaut que tu ne restes pas au pays. Va donc voir dans le Midi, là où il ne pousse que des cailloux !

– Eh ! Que je sache, les gens n'y sont certes pas plus malheureux qu'ici, bon Dieu !

– Fichtre ! Parce que ces gratte-terre se contentent de peu, à s'échiner sur quelques oliviers, à bouffer des châtaignes ou à tirer du pauvre lait de chèvres plus maigres que la bourse d'un mendigot de chez nous...

– T'as sans doute raison, Lucien. Mais moi, dès les premières froidures, il faut que je passe plusieurs couches de bonne laine bien épaisse !

– Petite nature, va... Allez, Marcel, descends donc une bonne chope avec nous, pour te réchauffer !

– Non, non, pour moi, ce sera plutôt un verre de vin... Mais pas n'importe lequel, Edgard. Du pinot noir des côtes de Toul, et rien d'autre !

– Est-ce que j'ai l'habitude de te servir de la piquette, hein ? »

La fumée opaque des pipes et des cigarettes épaississait l'atmosphère et irritait la gorge et les yeux, mais nul ne songeait vraiment à s'en plaindre. C'était si bon, après une journée de labeur, de s'accorder cette pause quotidienne auprès de ses amis et des connaissances du village ! Le moment de parler de futilités ou de problèmes plus sérieux, de se raconter les dernières nouvelles ou les ragots du coin, de plaisanter tout en s'humectant le gosier. Au fil des discussions et de la bière ingurgitée, le ton montait souvent jusqu'aux limites de la dispute, mais les véritables engueulades demeuraient rares, et plus rares encore les bagarres. Ainsi en allait-il, chaque soir, à Morey... Lucien faisait mine de se plaindre de tout et de rien, Marcel ne perdait pas une occasion de babiller, Charles aimait à s'emporter en usant de sa grosse voix, Jeannet jacassait sans cesse comme une commère, et Edgard, en bon cafetier, se gardait surtout de prendre position et se contentait de servir verres et chopes avec bonhomie.

Les deux uniques ampoules électriques ne diffusaient qu'une lumière jaunâtre et hésitante, mais quelques lampes tempête, accrochées aux poutres noircies, ravivaient un peu la maigre clarté des lieux. Oh ! La clientèle ne se bousculait pas, dans un si petit village, presque un hameau. Guère plus d'une demi-douzaine de personnes, toutes originaires de la commune, et qui se connaissaient bien. Si Charles Vanémont et Jeannet Buzion restaient accoudés au vieux comptoir en bois, les autres consommateurs s'étaient répartis autour des trois tables patinées qui entouraient le poêle central aux motifs de faïence ternis. Dans l'angle de la pièce au sol de terre battue, un buffet à deux corps faisait usage de vaisselier, mais les verres qui y trônaient ne devaient pas servir souvent, si l'on en jugeait la couche de poussière qui les engobait… Un espace convivial pour les hommes, comme il en existait tant dans la région ainsi que partout en France.

Deux vieillards devisaient paisiblement sur un coin de table, la pipe à la bouche, indifférents aux éclats de voix des autres buveurs. L'un d'eux dressa pourtant l'oreille :

« Té ! Ce s'rait pas l'*hachepailleur*[1] ?

– Oui, on dirait bien ! Y a pas deux bruits de moteur dans le canton qui ressemblent à celui de son tas de ferraille…

– Des pétarades à faire tourner le lait des vaches ! »

Leurs réflexions ne passèrent pas inaperçues, et Charles gronda en ramenant son bras estropié en rebord du comptoir :

« Oh ! Les anciens… Arrêtez un peu de *câncatter comme des bocates*[2] ! Le Hans, il a quitté l'Alsace en 1871 pour ne pas devenir Allemand, et c'est tout à son honneur ! Sa voiture n'est pas un tas de ferraille, mais une Sihtam flambant neuve bien de chez nous, même si elle est toujours fabriquée à Strasbourg. Dernier modèle, d'ailleurs ! Une 16 HP type "2-B", si j'ai bonne mémoire…

– Sihtam ? C'est quoi, ça ?

– Un modèle de la marque Mathis, de Strasbourg, dont les concepteurs ont trouvé drôle, sans doute, de l'affubler de leur sigle à l'envers… »

---

1. Quelqu'un qui parle allemand, alsacien ou français avec un fort accent germanique, comme s'il hachait de la paille.
2. Bavarder comme des chèvres.

À son haussement de ton, le silence s'installa, le temps du passage de l'automobile devant le débit de boissons. Puis les commentaires fusèrent :

« C'est vrai, Charles. Mais le bonhomme est quand même quelqu'un d'un peu bizarre, tu ne crois pas ?

– Bizarre ? Non, mais bien un "grand" monsieur ! Un homme d'honneur, à mon sens... Et ce n'est pas parce qu'il s'appelle Hasenfratz et qu'il a un accent germanique qu'il faut lui casser du sucre sur le dos !

– Hasenfratz ou pas, faut avouer qu'il est bien spécial, l'animal ! Toujours reclus dans cette propriété au-dessus du village, qu'on ne sait même pas comment il a eu les moyens de se l'acheter... »

Charles haussa les épaules, mais ce fut Marcel qui répliqua :

« J'ai pas trop d'affinités avec lui, parce qu'on ne le voit presque pas au village... Jamais à l'église, jamais à l'épicerie, jamais au *troc*[1], un vieil ours, quoi ! Pourtant, faut dire que c'était un homme d'affaires qui aurait pu devenir richissime, en restant bien tranquillement chez lui, en Alsace. Mais il a renoncé à tout afin de rester Français, quitte à abandonner sa fortune et s'exiler ici pour ne pas devenir Allemand ! »

Lucien rigola :

« Abandonner sa fortune, tu dis ? Tant s'en faut ! S'il passe régulièrement la frontière, c'est qu'il est toujours un gros actionnaire de la S.A.C.M[2].

– Tu en sais, des choses, toi !

– Eh ! C'est que j'ai fait quelques travaux chez lui, lorsqu'il a repris le domaine de la Ribiette à la veuve Mérigaud... S'il peut vivre de ses rentes, c'est parce que sa mère était parente avec les Koechlin, qu'elle avait des billes dans leurs affaires, et donc

1. *Café.*
2. *Société alsacienne de constructions mécaniques.*

dans la S.A.C.M. Tous les deux à trois mois, il va encaisser une part de ses dividendes à Grafenstaden[1]. »

Un nouveau silence, puis Charles Vanémont soupira :

« Eh ! Il lui faut bien vivre, non ?

– Avec ses revenus, ce ne doit pas lui être bien difficile ! s'exclama Lucien, amer… Parce que l'usine de Grafenstaden fabrique non seulement des presses mécaniques, mais aussi des crics et des vérins, des systèmes de roues hydrauliques, des machines à vapeur et des machines-outils, et encore des locomotives de marchandises ! Je vous le dis, moi : le Hans, s'il n'a jamais trop forcé de ses deux bras, il n'est pas à plaindre…

– Jaloux, va !

– Parce que tu crois juste qu'on puisse accumuler des fortunes sans rien faire, toi ? Alors que nous, on s'éreinte du matin au soir pour ne gagner que misère ! Il y a des révolutions qui se perdent, c'est moi qui te le dis ! »

Jeannet éclata de rire :

« Tiens ! Il y avait longtemps que Lucien ne nous avait fait une crise d'anarchisme ! »

Edgard Noroit, en tenancier des lieux, tenta aussitôt de calmer les esprits, car il détestait que l'on s'échauffât chez lui autour de discussions politiques :

« N'empêche, il a tout de même de bons côtés, M. Hasenfratz ! Contrairement à beaucoup de nantis, il ne regarde pas de trop près les cordons de sa bourse… Sans pour autant en tirer gloriole !

– Ah ! Et comment tu sais ça, toi ?

– N'oublie pas que je suis conseiller municipal, Lucien. Plus d'une fois, le bonhomme a mis la main à la poche pour aider la commune, tout en veillant à ce que cela ne s'ébruite pas trop. S'il ne va pas à la messe, il a financé la restauration du toit de l'église sur ses fonds propres. Et il se chuchote même qu'il glisse

1. *Ancienne orthographe d'avant 1918. Depuis s'est greffé un « f » supplémentaire. Commune de Illkirch-Graffenstaden.*

régulièrement des enveloppes dans la boîte aux lettres des plus indigents du village ! De plus, je sais qu'il aide personnellement au moins trois gamins de Morey doués pour les études, et que c'est grâce à lui qu'ils sont en pension dans un collège de Nancy… Un brave homme, en somme, même s'il ne fait que peu partie de ma clientèle ! »

L'intervention du cafetier imposa une pause dans les conversations. Bien que le hachepailleur fût habitant de la commune depuis près de quarante ans, nul ne semblait au courant de ses largesses ! Chacun rumina d'ailleurs ces révélations, comme un peu honteux d'avoir critiqué cet « étranger » sans le connaître vraiment…

« C'est de sa faute, aussi, grogna Jeannet. Il ne se mêle jamais aux gens du bourg, à toujours vivre en ermite entre ses murs ! D'ailleurs, on ne le remarque que lorsqu'il circule dans son automobile de luxe…

– Si ce que dit Edgard est juste, sa discrétion reste tout à son honneur !

– Sans doute, sans doute… Pour autant, depuis 1871 qu'il loge à l'écart du village, il aurait pu se mélanger un peu plus à la population ! On ne le voit jamais…

– Bof… À chacun son caractère ! Ce n'est pas comme les propriétaires de notre château, qu'on ne voit jamais à Morey ! Le Hasenfratz, après tout, il ne fait de mal à personne.

– Bien au contraire, à ce que je viens d'entendre… »

Il n'empêchait, ce vieil original intriguait, et nul doute qu'il allait encore longtemps alimenter les ragots et les commentaires dans tout le canton, surtout lorsqu'il faudrait meubler les longues soirées d'un hiver toujours trop rude… Si l'on concevait volontiers que Hans Hasenfratz, comme beaucoup d'Alsaciens, avait quitté à l'âge de vingt ans environ sa région natale afin de rester Français, on s'expliquait moins bien la solitude qu'il s'était imposée, car tout dans son attitude et sa manière de vivre suscitait le mystère ! L'avait-on jamais vu sans qu'il fût vêtu d'un costume noir tiré à quatre épingles, d'un gilet strict, de bottes en cuir impeccablement cirées et d'un chapeau obstinément à la mode d'autrefois ? Et que pouvait-il bien faire, lors de ses longues balades en solitaire, dans les terres et les forêts environnantes ? Pourquoi encore restait-il d'interminables semaines cloîtré chez lui, sans mettre le nez dehors ? Sans jamais afficher outrageusement son aisance, il avait pourtant été un pionnier à circuler dans une voiture à vapeur, puis au volant d'un des premiers engins à pétrole, une De Dion-Bouton « Type D »... Changeant de véhicule au fil du progrès, il avait ensuite conduit une Panhard & Levassor, une conduite intérieure Renault quatre cylindres, avant d'opter pour la marque Mathis.

Au sein du débit de boissons, le passage bruyant de l'automobile fut vite oublié, et les bavardages reprirent leur cours habituel...

* *
*

Bien que la pièce fût équipée d'un éclairage électrique comme il en existait peu dans le canton, Hans Hasenfratz lisait à la lueur d'une maigre lampe à pétrole. Sa voiture à peine remisée sous le hangar qui lui était consacré, le maître des lieux avait troqué son costume pour une confortable robe de chambre. S'il s'était rendu acquéreur de la Ribiette, la plus belle demeure de Morey après le château, au-dessus des toits de la bourgade, et payée rubis sur l'ongle à la veuve Mérigaud, le propriétaire s'imposait une vie plutôt ascétique. S'il se mélangeait peu à son voisinage et côtoyait encore plus rarement les habitants du village, ce n'était pas pour autant qu'il méprisait ses semblables, bien au contraire ! Si Hans aimait à rester en retrait, il demeurait malgré tout attentif à tout ce qui se passait dans la petite communauté et ses environs. Il n'hésitait d'ailleurs pas à user de son aisance financière pour jouer les mécènes envers des causes qui lui semblaient justes, de préférence de façon anonyme. Malgré son bon cœur, il ne tenait nullement à voir se presser à sa porte tous les indigents du canton et les profiteurs de tout poil…

« *Mein Herr* ? Le repas est prêt… »

Hans Hasenfratz soupira, comme chaque soir… Et, comme chaque soir, il fit mine de gronder, plus par rite que par irritation :

« Combien de fois faudra-t-il te le dire, ma brave Trudy ? Je ne veux plus entendre la moindre consonance germanique dans cette demeure ! Pas de "*mein Herr*", mais pas plus de "monsieur" ! D'ailleurs, depuis le temps que tu fais partie de la famille Hasenfratz, il me serait beaucoup plus agréable que tu m'appelles Hans…

– Oh ! Jamais je n'oserai, *mein Herr*… Mais j'essaierai, monsieur Hans ! »

Hans détourna la tête pour masquer une moue amusée. Cette bonne Gertrude accompagnait son existence depuis son enfance, et plus d'un demi-siècle n'avait pas gommé ses manières de respect convenu ! Aussi se contenta-t-il d'une grimace de contrariété avant de refermer son livre et de regarder sa « gouvernante » lui désigner l'office d'un doigt autoritaire. En homme seul, il dédaignait systématiquement la salle à manger et se satisfaisait de se restaurer le plus simplement du monde, sur un coin de la table de la cuisine, tout en regrettant secrètement de n'avoir jamais su convaincre Gertrude de partager ses repas. Il attachait tellement peu d'importance à cette hiérarchie sociale que la domestique de maison élevait au rang de dogme sacré !

Hans avait abandonné son volume sur l'angle de son bureau, avant de se contraindre à quitter son fauteuil. S'il voulait se préserver un peu de quiétude, mieux valait ne pas contrarier Gertrude ! Malgré tout l'amour qu'elle lui portait, la vieille femme pouvait se montrer aussi butée que revêche, lorsqu'il se permettait de faillir aux règles établies. En souriant de manière attendrie, il suivit placidement les rondeurs généreuses de celle qui se révélait en fait la véritable maîtresse de maison.

Que pouvait-il lui faire comme reproches, alors qu'elle l'avait presque torché dans ses langes ? Et qu'elle l'avait élevé plus et mieux que ses propres parents ! Elle, qui l'avait accompagné ensuite dans tous ses caprices, jusqu'à quitter pour toujours son Alsace natale sur les pas de son « protégé »... Quel âge pouvait-elle avoir, désormais ? Hans haussa les épaules : sans doute pas loin de quatre-vingts ! Petite, mais vive pourtant malgré sa croupe épanouie, ses hanches larges, son ventre en avant et sa poitrine débordante. Un cœur tendre savamment camouflé sous des gestes brusques et des attitudes bourrues...

« Bien, bien... Et que m'as-tu préparé, ce soir, Trudy ? »

La cuisinière ne se retourna même pas sur lui pour bougonner :

« Au prix de la viande et des légumes, en cette saison, faut pas vous attendre à des merveilles, *mein Herr*...

– Sans doute, mais encore ?

– Une *grumbeeresupp*[1], comme d'habitude... Avec un peu de lard ! Par les temps qui courent, faut pas jeter l'argent par les fenêtres ! »

Hans sourit. Il avait largement les moyens pour ne pas s'inquiéter de ce genre de détails ! Il se satisfaisait pourtant de ces repas frugaux si merveilleusement mijotés avec tendresse par la brave femme. Ils avaient une saveur rustique qui enchantait plus ses papilles que les festins compassés des notables de la région qu'il se faisait généralement un devoir de décliner ! Rien ne l'ennuyait plus que les mondanités...

Le maître des lieux s'installa comme chaque jour en bout de la lourde table rectangulaire et, comme chaque jour, il grogna :

« Quand te décideras-tu à ne plus me laisser manger seul, foutue bourrique ? »

Gertrude se contenta d'une grimace excédée pour toute réponse. Elle était d'une génération où les domestiques avaient des principes, et elle tenait à les conserver !

---

1. *Soupe de pommes de terre.*

« Comme si tu ne savais pas que tu fais plus partie de ma famille que mes parents les plus proches, ma Trudy », insista Hans.

La brave femme releva le menton pour affirmer :

« Ils seraient plus proches encore si vous n'aviez pas quitté le pays !

– Allons, Trudy… Toi qui me connais si bien, tu sais depuis toujours que je n'aurais jamais pu devenir une “tête de *Holtz*[1]” ! Quant à toi, rien ne t'empêchait de rester à Eschau.

– Comment ? s'indigna la gouvernante de la demeure. Alors que je ne vous ai jamais quitté ? Espèce de malappris ! »

Hans Hasenfratz faillit s'étouffer en pouffant sur sa cuillère : il adorait asticoter cette complice de toujours, de préférence jusqu'à ce qu'elle dérogeât à ses sacro-saintes règles de langage.

La soupe avalée, il s'essuya les lèvres avant de s'enquérir :

« Un morceau de fromage, sans doute ?

– Bien sûr, *mein Herr*… Mais avant, comme c'est la saison du boudin, je vous ai aussi préparé une omelette nancéienne !

– Hum ! Je vois que tu n'oublies pas mes petites gourmandises, Trudy.

– Eh ! C'est bien normal. Je vous connais comme si je vous avais fait, monsieur Hans… »

Ah ! Quel régal pour Hans que ces œufs battus, persillés et relevés d'oignons finement hachés, cuits séparément au beurre en deux omelettes, lesquelles étaient ensuite réunies en emprisonnant entre elles de bonnes tranches de boudin rissolé ! Un délice… Surtout suivi d'une généreuse portion douce et crémeuse de *trang'nat*[2], si agréable en fin de repas, juste avant de déguster une pomme qu'on prenait le temps de soigneusement couper en quartiers… Et ils étaient savoureux, les fruits du verger !

L'estomac bien calé, Hans repoussa sa chaise avec satisfaction. Un homme de belle prestance malgré la soixantaine proche, le

1. *Tête dure, tête de bois, à l'époque, pour un Lorrain, synonyme de Boche (de l'allemand* holtz *: bûcheron).*
2. *Fromage lorrain.*

corps élancé sans une once d'embonpoint, le visage énergique, le cheveu blanc et long... Une courte barbe drue soulignait son menton volontaire.

« Bien ! décréta-t-il. Je retourne à mes occupations... »

Gertrude haussa les épaules en grognant :

« À quoi bon ? Entre les pages que vous noircissez et tous ces livres dans lesquels vous plongez sans cesse le nez, vous ne réussirez qu'à vous user les yeux, *mein Herr* !

– Allons, Trudy... Je connais assez de braves gens aveugles ou bigles comme des taupes qui n'ont jamais ouvert un livre, et qui ne savent pas écrire ! »

Sans plus s'attarder à polémiquer, il rejoignit avec plaisir la pièce qui lui servait de cabinet de chercheur et de bibliothèque. À la fois son antre et son refuge...

Dès qu'il pénétrait entre ces murs, Hans se sentait vraiment chez lui. Entouré de toute part de rayonnages pliant sous le poids des volumes, le plancher encombré de revues, le bureau croulant sous des piles de papiers couverts d'une écriture fine et régulière... Là seulement, il avait le sentiment de vivre pleinement, d'assouvir sa soif de connaissances, de participer à sa manière et de la plus modeste des façons à l'avancée des sciences humaines. Tout l'intéressait ! L'astronomie, la flore, la faune, la géologie, mais avec une nette préférence pour tout ce que le sol pouvait raconter du passé de la Terre et de l'homme... Que de variétés de minéraux, de fossiles amassés, répertoriés, dessinés et classés, que de silex, de poteries, de haches polies et de pointes de flèche, que de vestiges archéologiques récoltés dans toute la région ! L'unique véritable but de sa vie, sa passion... Non pas par seul goût de la collection, mais plutôt par simple curiosité du monde qui l'entourait. Il faisait partie de ces nantis que l'on disait oisifs, mais qui montraient une érudition à faire pâlir nombre de sommités scientifiques se targuant du titre de « savants » !

Avec un soupir de satisfaction, il s'installa à sa table de travail et ouvrit le sac de sa récolte du jour. Sur les hauteurs de

Pont-à-Mousson, dans les couches de marnes micacées[1], les fossiles n'étaient pas rares et la période hivernale s'avérait idéale pour parcourir les champs. Il sourit intérieurement : que ne devait-on jaser à son sujet, à le voir sillonner les routes et les chemins à bord de sa Sihtam, courir les terres et les bois, rechercher le moindre affleurement rocheux, le nez sur ses cartes, et son carnet de notes à la main ? Mais qu'il aimait cette solitude si gratifiante du chercheur en quête de la découverte de sa vie ! Histoire de parachever des décennies d'observations par une publication digne de ce nom… Mais le temps file si vite, au fil des mois et des ans !

« Hum… Des bélemnites, comme d'habitude, des fragments d'ammonite, des brachiopodes, des pectens… Jurassique inférieur, bien entendu ! Rien de bien transcendant. Quoique… si l'on y regarde bien… »

Il se leva, ouvrit un tiroir, en sortit quelques oursins minéralisés avant de les étaler sur son écritoire. Il y ajouta une des trouvailles du jour, puis observa le tout avec une forte loupe.

« Eh, eh ! Ce brave Darwin avait bien raison. Ce que j'ai toujours pensé d'ailleurs, malgré les critiques qui lui ont été faites ! Et en voici une preuve de plus. Cet échinoderme semble bien être l'intermédiaire entre ces deux autres… Un bel exemple d'évolution ! Il va vraiment falloir que j'affine toutes ces observations dans un traité paléontologique dédié à la Lorraine… »

Il soupira :

« Il serait d'ailleurs temps que je m'y mette, car je ne suis plus très jeune, et je n'ai toujours pas terminé l'inventaire préhistorique et archéologique des sites de la région… Bon Dieu ! Une vie ne saurait suffire à un tel projet ! »

Avec philosophie, il s'attela pourtant à nettoyer ses fossiles, avant de méticuleusement mettre en traits les plus intéressants. Après un brouillon sommaire, ce fut à la plume et à l'encre de

---

1. Les marnes sont des roches sédimentaires intermédiaires entre calcaire et argile. Les marnes micacées renferment du mica.

Chine qu'il les coucha sur une feuille de papier à dessin. Puis il bâilla longuement. Il lui fallait songer à dormir, s'il voulait le lendemain se rendre jusqu'au plateau de Malzéville, près de Nancy, où il avait déjà trouvé de prometteurs vestiges. À regret, il s'extirpa de son fauteuil, s'étira, puis, lampe tempête à la main, se dirigea vers le couloir. Comme chaque soir, devant la grande cheminée dans laquelle crépitaient encore quelques braises, il s'arrêta face la photographie jaunie d'une jeune femme vêtue à la mode d'antan. Et, comme chaque soir, il murmura :

« Bonsoir Emma... »

Subitement plus nostalgique, il poussa la porte de sa chambre en prenant soin de ne pas faire craquer le plancher, afin d'éviter de réveiller Trudy, qui dormait sans doute profondément à l'étage.

« Bonsoir Emma... »

Balade érudite

MATIN HUMIDE, MATIN GELÉ, matin de brumes et de bruine… Avec la crête givrée des brins d'herbe sur le bord des talus. Avec les brouillards opaques qui enfumaient la moindre vallée… Avec des paillettes de diamants aux franges des branches de sapins. La blancheur des fossés et les prairies figées… Une bien médiocre journée, pour qui voulait profiter encore de la relative clémence du climat, dans cette région trop rude. Mais une opportunité pour Hans, sans cesse en quête de ce que le sol cachait de secrets dont la science se nourrissait pour aller toujours plus avant ! Patiemment, méthodiquement, en savant anonyme, il engrangeait ses observations et données dans l'espoir, sans doute quelque peu illusoire, de laisser son nom au panthéon de la recherche… Un jour, peut-être ?

Il faisait froid, et il dut se battre de longues minutes avec sa manivelle pour que son automobile consentît enfin à pétarader dans des nuées de fumées nauséabondes ! Il sourit. Par un tel temps, peu de ces engins finissaient par jouer de leurs pistons ! Sans plus attendre, il s'installa aux commandes, tout en se félicitant de posséder une des premières voitures à conduite intérieure. Un réel confort durant l'hiver, en comparaison des modèles qu'il avait déjà conduits, dans lesquels il se devait d'être emmitouflé, le nez dans l'air glacé et les mains bleuies crispées sur le volant. Lorsqu'il estima le moteur assez chaud, Hans mit en marche son véhicule tressautant, puis il s'engagea dans la descente avant de traverser le village de Morey. Oh ! Il savait bien que son passage suscitait des râles dans les chaumières. Le bruit dérangeait, et certains prétendaient même qu'il faisait tourner le lait des vaches…

« Ils s'y feront bien ! On ne peut pas aller contre le progrès, que diable ! »

« Brrr… »

Bien que le véhicule fût clos et bien hermétique, la température n'en était pas moins glaciale, et Hans avait du mal à réprimer les frissons qui l'assaillaient.

« En plus, on n'y voit vraiment rien, avec ce brouillard ! Un coup à se retrouver dans le fossé… »

Au travers des volutes vaporeuses qui étiraient leurs mèches blanchâtres au hasard des crêtes et des vallées, les brumes laissaient deviner les champs figés de gelée blanche, et quelques flaques égarées semblaient déjà être la proie d'une pellicule de glace.

« Cette fois, c'est bien l'hiver qui pointe le bout de son nez ! »

Après avoir dévalé les coteaux boisés, la vaillante voiture rejoignit la vallée de la Moselle avant de pointer le capot vers le sud, direction Nancy. Hans ralentit et se montra plus prudent, car la proximité de la rivière ajoutait des langues de crachin opaque au brouillard épais.

« Une vraie purée de pois ! »

Quelques kilomètres avant d'aborder la grande agglomération, puis le conducteur obliqua pour emprunter un chemin malaisé qui grimpait sur un plateau qui surmontait Nancy. Malgré la faible différence d'altitude, la luminosité se fit bientôt plus intense, et Hans soupira de soulagement. Il détestait conduire en de telles conditions ! Il laissa son regard courir tout autour de lui, presque émerveillé de surmonter ce qui semblait être une mer de nuages. Quel bonheur de découvrir le soleil au-dessus de toute cette brouillasse ! Une véritable renaissance... Aussitôt plus guilleret, Hans arrêta son moteur à hauteur d'un bosquet, puis il poursuivit sa balade à pied, le nez pointé sur le sol gelé.

La butte Sainte-Geneviève, qui prolongeait le plateau de Malzéville, dominait toute la vallée de la Meurthe, que nul ne pouvait deviner sous sa couche cotonneuse... Un lieu extraordinaire, pour un érudit local ! Le visiteur matinal l'avait abordé par le flanc nord-est, le plus accessible, car le site était entouré de falaises naturelles et protégé par un rempart dont l'origine devait remonter à la plus haute Antiquité. Hans avait eu connaissance de cet oppidum prometteur en découvertes grâce à un de ses amis, Jules Beaupré, qui avait entamé quelques fouilles sur ce secteur depuis l'année précédente. Une sommité dans le domaine des sciences humaines ! Et Hans entendait bien alimenter ces recherches archéologiques éminemment scientifiques de ses propres observations ! Bien sûr, plusieurs dizaines de fonds de cabanes avaient déjà été répertoriées, que l'on pouvait attribuer à l'époque gauloise. Trop exiguës pour servir d'habitations, elles avaient été interprétées comme des structures de stockage. C'était tout au moins ce que prétendait Jules Beaupré, mais le vieil homme restait persuadé qu'un tel site de hauteur devait avoir été occupé considérablement plus tôt. Quelques éclats de silex taillé lui en donnaient d'ailleurs la conviction, même si ces trouvailles éparses ne prouvaient encore rien. Pour le démontrer, il lui fallait trouver des éléments plus convaincants... Il jugea aussitôt que l'humidité ambiante, due aux brumes nocturnes, ne pouvait que lui être une précieuse alliée. Par expérience, il savait que la moindre surface minérale lisse prenait une luisance propre à attiser le regard !

« Tiens ! Un fragment de lamelle de silex ! Mais pas trop probante, car elle pourrait tout aussi bien provenir du système d'amorce d'une arme à feu d'autrefois... »

De nombreux tessons jonchaient le sol entre les touffes d'herbe rase, et il fallait faire le tri entre ceux d'origine relativement moderne et ceux qui pouvaient être issus de périodes plus antiques. Naturellement, Hans Hasenfratz savait reconnaître les débris de poteries faites au tour de celles montées à la main, et quelques morceaux trouvés à la base du rempart lui confirmèrent son intuition.

« Oui, oui ! Intéressant, tout ça… »

La semelle de sa botte glissa sur un galet et il réprima un juron. Ce n'était pas le moment d'être victime d'une entorse ! Il ne fit guère plus de deux pas avant de se retourner : un galet ? À une altitude où le terrain était loin de résulter des dépôts de la Meurthe ? Rebroussant chemin, il se pencha sur le sol, truelle à la main…

« Par Dieu ! Une hache polie ! J'en étais sûr. Cette hauteur a été occupée dès le néolithique… Ce ne pouvait être autrement, avant même les Gaulois. Cette position géographique, au-dessus du fleuve, s'est depuis toujours révélé un point forcément stratégique, et il aurait été étonnant que l'on n'y trouvât pas des témoignages plus antiques que ceux qui ne remontent qu'à l'âge de fer ! »

Une belle trouvaille, alors que le soleil parvenait à peine à s'extirper de la mélasse nocturne… Sa quête du jour, malgré le climat exécrable, s'avérait prometteuse !

« Mon brave Jules, je te prouverai bien que c'est moi qui avais raison, tout Beaupré que tu sois ! »

* *
*

Une fois encore, la moisson avait été bonne ! Hans n'en tirait pas pour autant fierté. En homme sage, il préférait accumuler les connaissances en vue d'une publication magistrale, plutôt que de monter en épingle quelques trouvailles isolées. En vérité, la gloire et la notoriété ne l'intéressaient que peu. Trop d'amateurs érudits, passionnés d'antiquités et de sciences, n'avaient de cesse d'encombrer les revues spécialisées d'observations insignifiantes, et bien souvent fausses !

« De la méthode ! Il faut de la méthode, mais aussi de la patience et de l'acharnement… »

Hans ressentait une satisfaction chaque fois renouvelée lorsqu'il s'éloignait d'un tel site avec sa musette bien garnie, qui lui promettait des heures d'étude et de dessin, de notes rapportées sur ses petits carnets d'une écriture fine et serrée. Déjà, il imaginait ce que pourraient lui apprendre les fragments de céramique récoltés, les morceaux d'amphore, les quelques pièces de monnaie qu'il lui faudrait décaper, et même cet objet de métal érodé qu'il interprétait à première vue comme étant une fibule. Des scories de fer, aussi, qui témoignaient d'une activité de métallurgie. Rien d'étonnant qu'un tel lieu, si caractéristique dans sa structure défensive, restituât encore les traces d'une occupation intensive ! Pourtant, en véritable amateur, le chercheur était plus excité par la découverte de cette hache polie intacte, de deux autres incomplètes, de tessons de poteries non tournées, mais surtout de plusieurs lamelles de silex. Les périodes anciennes du Néolithique et du Paléolithique émoustillaient plus son intérêt, sur ce site, que les nombreux vestiges du dernier âge de fer. Car, très abondante en trouvailles de cette époque, la butte Sainte-Geneviève était activement fouillée et ne possédait plus guère de mystères pour un archéologue, hormis la localisation précise où pouvaient se situer les habitats de ces occupants d'avant la conquête romaine !

« Voyons donc ce que pensera à Clémery mon ami le châtelain de cette dernière glane… Ce bon Georges tient à voir et commenter tout ce que je découvre ! »

Rejoindre le château de Clémery représentait un détour, mais qu'importait ? Hans aimait les régions qu'il traversait, et il ne poussait guère son moteur, histoire de jouir au mieux des paysages. Il s'était pour cela rapidement éloigné de la vallée de la Meurthe, et laissait volontiers son regard s'attarder sur les prés et les champs, attentif à la moindre ondulation. L'expérience aidant, il savait repérer les plus petites variations anormales de terrain, les changements de couleur de l'herbe des prairies, les irrégularités des parcelles, les amas de caillasses, les traces de terre plus humide au cœur des zones cultivées, et profiter des contrastes de luminosité pour en tirer un flot d'observations pouvant lui être un jour utiles… Combien de vestiges de villas gallo-romaines n'avait-il pas ainsi dénichés ? De ruines médiévales ? De restes plus antiques d'implantations gauloises ?

Le soleil avait enfin eu raison des miasmes et des froidures matinales, et ce fut plutôt guilleret qu'il aborda la grande allée menant au château, après avoir franchi le portail d'entrée et dépassé le pavillon qui s'élevait à proximité. Une belle bâtisse, élégante et discrète, nichée dans l'écrin de verdure de son parc, que l'hiver naissant mordorait d'ocre et d'or. Avec son plan en fer à cheval et son solide corps de logis flanqué de deux tours rondes à toit conique. Avec ses fières façades rénovées dans le goût du second Empire… Ah ! Il ne restait plus grand-chose de l'architecture d'origine moyenâgeuse, mais la vénérable demeure était devenue une résidence luxueuse où il faisait bon vivre…

Les pétarades ne pouvaient qu'attirer l'attention des habitants, et le maître des lieux lui-même apparut sur le perron. Un homme, grand, d'une cinquantaine d'années, à l'embonpoint naissant, portant costume et gilet.

« J'étais certain que c'était vous, mon cher Hans. Le ronronnement de votre Mathis est reconnaissable entre tous !

– C'est d'autant plus facile, Georges, qu'il roule encore peu de véhicules à moteur dans le canton, ironisa le visiteur en montant les quelques marches.

– À voir l'état de vos bottes, je présume que vous revenez d'une de ces passionnantes balades savantes qui nous enchantent ?

Quant à moi, je n'ai pas encore eu le loisir de m'y consacrer. Vous comprenez, entre mon beau-père conseiller général du canton et mes engagements au sein de la commune... »

Hans approuva d'un mouvement de tête, non sans retenir un sourire amusé. Si l'on se gaussait secrètement de son accent d'Alsace, que ne devait-on se moquer des intonations typiquement parisiennes de son hôte !

« Je tenais néanmoins à vous montrer le butin du jour, rétorqua-t-il. Des trouvailles que je viens de faire à Malzéville...

– Sur la butte Sainte-Geneviève, je présume ?

– Bien sûr ! Il est rare que l'on s'y déplace en vain.

– Moi, je préfère me contenter des environs immédiats. Ils sont tout aussi riches, tant en fossiles qu'en vestiges archéologiques ! »

Sur les pas de Georges de Moustier, il pénétra dans le couloir orné de tableaux, mais ne put s'empêcher d'extirper de sa besace sa plus belle pêche du matin.

« Tenez... Que pensez-vous de cette hache de pierre polie, monsieur le comte ?

– Allons, Hans, soyez raisonnable ! Nous aurons tout le temps nécessaire de l'examiner en détail dans mon cabinet de travail après avoir déjeuné... Car je suppose que vous n'avez pas encore mangé, n'est-ce pas ?

– C'est vrai. Mais je ne songeais nullement à m'inviter ! Je suis tellement impatient d'étudier ces témoignages de la vie de nos ancêtres que j'en oublie toute contingence terrestre.

– Allons ! Mieux vaut avoir l'estomac bien rempli pour examiner à loisir ces merveilles... »

Sur ces mots, il saisit son ami par l'épaule pour l'inciter à se diriger vers la grande salle à manger, où l'attendaient Louise, son épouse, Fernand, son beau-père et propriétaire du domaine, ainsi qu'Anne-Marie, sa fille. Après les salutations d'usage, Hans s'étonna :

« Votre fils n'est pas là ?

– Guy ? À presque vingt ans, il était temps qu'il choisisse d'entrer sous les drapeaux pour suivre la voie de son père, non ? N'oubliez pas que je suis capitaine de cavalerie ! »

Hans sourit. Georges de Moustier ne manquait jamais une occasion de rappeler son grade ! Une jeune femme d'une vingtaine d'années en tenue de domestique s'approcha, pour s'enquérir, avec un accent qui sentait bon le midi de la France :

« Je mets un couvert de plus, monsieur ?

– Bien entendu, belle enfant !

– Une nouvelle servante ? supposa Hans.

– Oui, Charlotte ! Qui nous vient du Tarn… D'Albi, je crois. Je l'ai prise à mon service comme aide de cuisine auprès de mon chef Thibault. Et elle s'acquitte fort bien de sa charge. Mais asseyez-vous, et parlons plutôt de nos affaires, voulez-vous ? Que diriez-vous d'une petite exploration en commun, demain, tous les deux, sur des lieux que je connais bien ? J'ai quelques endroits à vous montrer, qui me semblent riches de préhistoire, et qui ne vous laisseront pas indifférent ! »

Hans hésita, tenté, mais dodelina négativement la tête :

« Je voudrais bien, mais je compte bien passer quelques jours à Grafenstaden, comme j'en ai l'habitude tous les deux à trois mois, depuis que j'habite Morey.

– Allons, mon ami, ne me dites pas que vous ne pouvez attendre quelques jours pour percevoir vos dividendes de la S.A.C.M. !

– Sans doute, mais je me méfie des intempéries. Le beau temps qui s'est installé provisoirement aujourd'hui ne saurait durer, je le sens ! Nous pourrons envisager cette sortie dès mon retour, non ?

– Bien sûr ! Mais quelle folie que d'entreprendre un tel voyage aussi souvent, et surtout en une telle saison. Ne serait-il pas plus raisonnable de vous rendre à la filiale de Belfort ?

– À Cravanche ? Vous n'y pensez pas, c'est encore plus loin que Strasbourg !

– Sans doute, mais, en train, cela n'est que plus pratique tout en restant sur le territoire français…

– Peut-être, mais ce n'est pas parce que j'ai fui le pays natal que j'en ai pour autant oublié mes racines, comte ! Ça me fait du bien de respirer de temps à autre l'air des forêts “de chez moi”.

– Allons ! Pour me faire plaisir ?

– Bien, bien… Alors d'accord !

* *
*

Hans avait retrouvé avec plaisir la routine quotidienne de sa vie au village. Depuis le temps qu'il y vivait, il avait fini par aimer Morey, même s'il n'en côtoyait que rarement les habitants. Pour tous, il demeurait l'ours plutôt solitaire de la Ribiette ! Tout au plus se rendait-il à la boulangerie du bourg ou à la boucherie de Belleau, préférant faire ses autres courses à Millery. La neige s'était véritablement installée, blanchissant le dôme des collines et faisant ployer la branche des sapins. Il en avait été un peu contrarié, se contraignant à renoncer à de nouvelles excursions à but archéologique ou géologique, mais s'en était vite consolé en se calfeutrant dans son cabinet. Avec le froid mordant qui paralysait toute la région, mieux valait rester chez soi ! Après tout, il avait assez d'études en route pour se consacrer à leur mise en ordre. Et puis la présence de cette brave Gertrude n'était pas pour lui déplaire, même si la vieille gouvernante ne ratait pas une occasion de bougonner :

« *Mein Herr* ! Mais jamais vous ne devriez surchauffer à ce point ! C'est un coup à attraper la mort dès que vous pointerez le nez dehors…

– Rassure-toi, ce n'est nullement dans mes intentions, tant qu'il continuera à geler à pierre fendre, Trudy…

– Te, te, te ! Comme si je ne vous connaissais pas ! »

En attendant, il avait tant à faire pour classer son herbier ! Particulièrement les variétés botaniques halophiles propres aux prés salés de la vallée de la Seille : salicorne, aster maritime, guimauve officinale, arroche hastée, renoncule sardonie, vulpin bulbeux, et beaucoup d'autres espèces qui intéressaient au plus haut point les scientifiques. Une étude systématique avait d'ailleurs été entreprise par l'école de pharmacie de Nancy, et nombre d'érudits locaux y participaient activement. Avec un sourire amusé, il se remémora l'incrédulité des habitants du coin lorsqu'il tentait de leur expliquer qu'il y avait deux cents millions d'années la Lorraine était un bras de mer composé de lagunes très saumurées, dont l'évaporation avait conduit à la cristallisation de lentilles de sel. Mais comment lutter contre le bon sens terre à terre du milieu rural ? Cela faisait longtemps que Hans avait renoncé à convaincre ! Et peu lui importait de passer pour un farfelu aux yeux de ses concitoyens…

Oh ! L'hiver pouvait durer. Hans possédait tellement d'objets archéologiques à classer et à dessiner, de plans à peaufiner, de vestiges à identifier ! Tellement d'échantillons géologiques à déterminer ! Tellement de fossiles à finir de dégager… Sans compter quelques parchemins et papiers historiques à déchiffrer. Et puis il lui fallait en profiter pour rédiger plusieurs articles à l'intention de sociétés savantes, ainsi que pour avancer le manuscrit de l'ouvrage qu'il entendait consacrer au passé de la Lorraine… Il savait pourtant que Gertrude n'avait pas tout à fait tort : à la première accalmie, il ne manquerait pas de s'échapper pour rendre visite à son ami le comte de Moustier !

* *
*

Il y avait eu le froid, la pluie, la neige… Ces fêtes traditionnelles qui laissaient Hans totalement indifférent, ce qui, chaque année, offusquait au plus haut point Gertrude ! La rigueur du climat ne s'était guère arrangée depuis le début de janvier, et ce fut avec surprise que chacun constata, un beau matin, un réchauffement subit malgré le petit crachin qui accompagnait la grisaille quotidienne :

« Incroyable ! Cette pluie semble presque chaude, en comparaison des jours passés !

– Chaude ? Il ne faut pas exagérer, Trudy. Mais tu as raison, c'est tout de même appréciable de ne plus se geler dès que l'on pointe le nez à la fenêtre !

– Mais regardez, *mein Herr,* la neige semble fondre à vue d'œil !

– Tant mieux ! Je commençais à m'en lasser... »

Une bonne nouvelle ! Il pourrait enfin sortir de sa maison, prospecter, se livrer à de nouvelles recherches, comparer ses conclusions avec ses nombreux amis partageant sa passion pour les sciences... Il allait refermer les battants de la fenêtre lorsque Trudy s'exclama :

« Tiens ! On dirait que le facteur a du courrier pour nous, aujourd'hui. Il vient d'emprunter le chemin !

– Il est vrai qu'avec le temps de ces derniers jours on ne l'a guère vu ! Il ne devait rien y avoir d'urgent... »

Le préposé arriva dans la cour de la demeure en zigzaguant. Il abandonna son vélocipède pour grimper les marches du perron. Gertrude s'était déjà précipitée, et elle lui ouvrit aussitôt la porte.

« Entrez, Martial. Et venez donc boire quelque chose de chaud. Un café, peut-être ?

– Je ne veux pas vous déranger, j'ai de la boue sur les bottes !

– Ne vous en faites pas pour si peu, j'ai l'habitude... »

Hans apparut à son tour dans le grand couloir d'accueil.

« Allons, Trudy. Comme si tu ne savais pas que notre brave Martial préfère un bon verre de riesling !

– Si, si, *mein Herr*. Mais, avec ces intempéries...

– Tu as dit toi-même que le radoucissement était là ! Bien… Alors, Martial, quel bon vent vous amène ? »

Le facteur s'ébroua :

« Il fait moins froid, c'est vrai, mais cette pluie est bien dérangeante ! Avec la mélasse de la neige qui fond, les roues de mon engin patinent dans la fange… Ce qui fait que je ne suis pas passé pour les deux revues que vous auriez dû recevoir il y a trois jours ! Mais j'ai aujourd'hui un télégramme pour vous.

– Voyons, voyons… »

Tandis que Martial avalait d'un trait le verre de vin offert, Hans fronça les sourcils en remarquant que le courrier avait été expédié depuis l'Alsace : *dringende telegramme*[1]. Que pouvait contenir cette missive urgente, alors qu'il y avait tant d'années qu'il avait rompu presque tout contact avec sa région natale ? Laissant le facteur en compagnie de Trudy, il ouvrit nerveusement le pli, intrigué.

Cher ami

Découverte extraordinaire nécessite votre présence. Mammouth en Alsace. Faites vite : fouille imminente. Cordialement.

Karl.

Karl ? Karl Wendling ? Qui n'avait pas donné de ses nouvelles depuis plusieurs années ? Plus étonnante encore, cette prétendue découverte d'un proboscidien dans les Vosges ? Incroyable ! Qui avait jamais entendu parler d'une pareille trouvaille ? Des poissons fossiles, des coquillages, oui ! Même quelques dents de dinosaures… Éventuellement des fragments d'ossements de mammifères de l'ère tertiaire, mais du mammouth, non ! Il devait certainement y avoir erreur ! Et

1. *Dépêche urgente, contrairement à* gewöhnliche telegramme, *ou dépêche ordinaire.*

pourtant… si jamais c'était vrai ? Voilà qui valait le déplacement ! Sans plus s'occuper de Martial, il décida :

« Je m'en vais sur-le-champ ! Garnis-moi vite une valise, Trudy, pendant que je prépare ma voiture… »

Alarmée, la vieille femme s'inquiéta aussitôt :

« Mon Dieu ! Un drame ? Quelque chose de grave, *mein Herr* ?

– Non, non, rassure-toi, ma brave Trudy ! Mais peut-être une découverte scientifique exceptionnelle à laquelle je tiens à participer, si jamais elle se révèle exacte… Et en Alsace, de surcroît ! »

Gertrude haussa les épaules :

« Encore vos lubies inutiles, alors… Quelle pitié ! Et prendre la route en plein hiver, en plus !

– Le temps s'est radouci ! Autant en profiter, non ?

– Je serais plus rassurée si vous preniez le chemin de fer…

– Peut-être, mais les rails ne conduisent pas partout ! Et il y a peu de chance qu'une gare abrite un squelette de mammouth…

– Un ma… ma quoi ?

– Laisse tomber, va ! Une sorte d'éléphant préhistorique, si tu préfères.

– Quelle foutaise ! Amusement de gamin, quoi ! Et des squelettes, encore… Pouah !

– De toute façon, il fallait que je retourne chercher mes dus à la S.A.C.M. Ce qui me fera d'une pierre deux coups ! »

Voyage d'affaires

TOUT EN POSANT SA VALISE sur le siège arrière de son véhicule, Hans resongea à la remarque que lui avait faite Georges de Moustier quelques semaines auparavant. Emprunter les chemins de fer ? Il détestait ce moyen de locomotion bruyant et puant, crachotant et tressautant ! Mais, surtout, il avait horreur de dépendre du trajet immuable de ces rails parallèles, et préférait de loin, au volant de son engin, la liberté de circulation que permettaient routes et chemins. En outre, il s'évertuait à éviter la promiscuité de voyageurs inconnus au sein d'un même compartiment. Il était solitaire et tenait à le rester ! Retournant sur ses pas, il monta les quelques marches le séparant de la porte d'entrée de sa demeure pour faire face à Gertrude, qui affichait sa mine des mauvais jours. Sans un mot, il l'étreignit soudain pour lui déposer un rapide baiser sur les deux joues.

« Oh ! *Mein Herr* ! Quelle inconvenance ! »

Hans se mit à rire. Depuis presque quarante ans, cette petite facétie était devenue entre eux comme un rituel…

La gouvernante soupira :

« Vous en avez de la chance, vous, de revoir si souvent "le pays" !

– C'est ta faute, aussi, vieille bourrique ! Depuis le temps que j'essaie de te convaincre de venir avec moi !

– Moi ? Monter dans un tel engin du diable ? Il n'en est pas question !

– Admettons. Mais qu'est-ce qui t'empêche de prendre le train, Trudy ? Le réseau ferroviaire est le plus fiable qui soit…

– Mon Dieu ! Ces mécaniques d'enfer me terrifient !

– Ma pauvre… Il ne te reste donc que la carriole, comme autrefois !

– Je sais, je sais… Mais seule et à mon âge, ce serait pure folie, *mein Herr* !

– Bon, bon… C'est ta faute, aussi, si tu n'as jamais revu notre Alsace. Tu as toujours eu peur de monter dans une de mes automobiles. Il faudra donc que je me résigne à louer une voiture à cheval pour t'y emmener, de gré ou de force ! »

Incrédule, les larmes aux yeux, la vieille femme bafouilla :

« Vous… vous feriez ça, *mein Herr* ? Mais… ce… ce serait…

– Inconvenant, je sais ! rétorqua Hans Hasenfratz en pouffant. Mais qu'importe ? Après tout, c'est encore moi le maître, ici. Et rien ne m'empêche de contraindre mon employée de maison à m'accompagner, non ? »

La gorge étreinte par l'émotion et faisant pour une fois fi des principes, Gertrude l'enlaça à son tour pour faire claquer une bise sonore sur le front de son « patron ». Puis elle se détourna vivement, rouge de confusion, avant de disparaître dans l'ombre du couloir de la demeure.

Toujours amusé, Hans leva le nez vers le ciel avant de se frotter les mains de manière satisfaite. Contrairement à la veille et l'avant-veille, il n'avait pas gelé ce matin-là. Les nuages semblaient déjà céder sous les assauts d'un soleil timide que l'on devinait encore à peine, au travers de brouillards plus ou moins évanescents. Pourtant, le vent plus doux laissait présager le retour prochain de la pluie. Qu'importait ? Tant que la neige ne se mettait pas de la partie, les routes resteraient praticables !

Quelques tours de manivelle et le moteur fit entendre son bruit familier.

« Allons… En route, alors ! »

* *
*

La vaillante Sihtam grimpait avec un entrain enviable la route caillouteuse qui serpentait le long d'une colline boisée, et son conducteur se félicitait de ce dernier achat mécanique. Quelle différence par rapport aux premiers tricycles à vapeur qu'il avait acquis ! En fait, la passion de Hans Hasenfratz pour les automobiles remontait à son achat d'une Gardner-Serpollet à vapeur, un véhicule puissant, rapide, silencieux, souple et sûr. Avec le principe de motorisation développé par la firme, tout risque d'explosion était à coup sûr écarté. Le seul inconvénient, pour un homme impatient, restait d'attendre que le système fût suffisamment chaud et la chaudière sous pression avant de pouvoir démarrer. Finalement, il ne regrettait pas d'avoir craqué depuis quelques mois pour ce modèle de marque Mathis qui lui donnait entière satisfaction !

Hans ne reniait pas son plaisir à la pensée de retrouver les paysages qui avaient baigné son enfance ! Il se sentait tellement en harmonie avec ces brumes légères qui s'accrochaient aux sapins, avec ces cimes floues, au loin, qui dominaient la vaste plaine rhénane où il avait vu le jour. Avec aussi cette blancheur éblouissante qui ourlait l'horizon sur une mince frange que menaçaient de gros nuages noirs. Nul doute que de nouvelles averses allaient bientôt s'abattre sur le dos des collines et le nid des vallées, et Hans se félicita de circuler dans un véhicule hermétiquement clos ! Les améliorations techniques apportées aux dernières automobiles avaient tout de même de bons côtés…

Il avait renoncé à faire le détour par Nancy, n'ayant nulle envie de suivre les grandes routes et leur préférant les charmes des chemins de campagne. Il choisit donc de franchir la frontière près de Moncel, dernière douane française, pour entrer en Alsace-Lorraine devant la barrière de la douane allemande de Chambrey, avec ces formalités d'usage qui l'irritaient au plus haut point : présenter au bureau le récépissé de déclaration[1] attestant que son véhicule répondait aux normes en vigueur, puis sa carte rose, ainsi que l'on appelait le certificat de capacité[2]. Il avait d'ailleurs fallu que ces deux pièces justificatives eussent été préalablement légalisées par un consul allemand pour s'avérer valides, tout cela pour avoir le droit de pénétrer dans un pays qu'il estimait être sien ! Sans parler des taxes. Trois marks pour un séjour de cinq jours maximum, plus l'apposition d'une plaque ovale d'un coût de cinq marks imposée à toute voiture étrangère pénétrant sur le territoire allemand.

« Voici votre *steuerkarte*[3], *mein Herr*. »

Malgré l'amabilité du douanier, Hans se contenta d'un grognement pour toute réponse. Il n'allait certes pas se fendre d'un « merci » ou d'un « *danke* », tant l'indignait depuis près de quarante ans l'occupation germanique de contrées qu'il s'obstinait à considérer comme françaises ! Il se félicita néanmoins que de multiples contraintes eussent été allégées car, après la défaite cuisante de 1870, les Alsaciens ayant choisi de rester Français au prix d'un cruel exil n'avaient alors le droit de revenir sur leur terre d'origine que pour une durée n'excédant pas deux jours ! Les années passant, ces directives s'étaient assouplies et le passeport n'était même plus exigé nulle part en Allemagne. Il était cependant utile d'avoir sur soi, en cas de besoin, une pièce prouvant son identité, et Hans n'omettait jamais de garder sur lui son livret postal d'identité international, muni de sa photographie, que l'on pouvait se procurer dans tous les bureaux de poste de

1. *Carte grise d'aujourd'hui.*
2. *Autrement dit, le permis de conduire.*
3. *Carte attestant de l'impôt perçu et mentionnant le montant de la taxe, la description exacte du véhicule et de son moteur.*

France, d'Allemagne, d'Autriche, d'Italie, de Suisse ou d'ailleurs, pour seulement cinquante centimes ou leur équivalent.

Au confluent de la Seille et de la Petite Seille, il laissa sur sa gauche le beau château de Burthécourt pour prendre la direction de Château-Salins, avant de s'enfoncer dans ces bois sombres et épais qui sentaient bon l'humus et la résine. Sans encombre, de montées en virages, de carrefours en descentes et de cahots en ornières, il atteignit la fraîche vallée de la Sarre, dont il suivit la rive gauche jusqu'à rejoindre Sarrebourg, discrète cité noyée au cœur de milliers d'hectares de forêts et d'étangs. Comme chaque fois, il grimaça en croisant le panneau indiquant le nom de la ville sous orthographe allemande : *Saarburg* ! Avec un soupir, il s'engagea pourtant dans les rues du bourg ancien en passant sous la porte du château, dont il subsistait encore une arcade et une tour à demi ruinée.

« Bon ! décida-t-il. Il est temps d'une première halte pour reposer le moteur et me dégourdir les jambes... »

Il remisa sa voiture en bordure de la place du Marché puis, remontant le col de fourrure de son manteau, il emprunta la première voie venue en claquant de la semelle pour se réchauffer les pieds. Il évita la rue des Cordeliers, sachant bien que l'antique chapelle abritait une caserne de soldats allemands et ses écuries, et préféra muser près des anciens remparts. Une fois de plus, il se laissa attirer par les vieux quartiers afin d'admirer quelques maisons à pignons et encorbellements, puis rejoignit la *Schranzstrasse* et la *Langestrasse.*

« *Langestrasse, Langestrasse...* Pour moi, ça restera toujours la Grand-rue ! »

Hans Hasenfratz avait beau avoir vu le jour en Alsace de patois germanophone, il n'entendait pas renier la France et sa langue face aux envahisseurs « teutons » ! Et ce, depuis près de quatre décennies...

L'artère principale, soigneusement pavée, demeurait presque déserte, car la bise qui sifflait incitait les gens à rester chez eux.

Hans frissonna sous une rafale plus mordante. Aussi, dès qu'il repéra la vitrine d'un café qui ne fût pas une taverne minable, il en poussa la porte en se frottant les mains.

« Bonjour messieurs ! »

Entre comptoir verni à rampe de cuivre et tables cirées, une dizaine de buveurs étaient installés, la plupart trempant la moustache dans la mousse d'une chope de bière. Quelques « bonjour » en réponse, accompagnés de gutturaux « *guten morgen* ». À l'angle du comptoir, trois officiers allemands ignorèrent superbement l'arrivée du nouveau venu, qui se choisit une place près d'un des deux grands poêles en faïence blanche dressés de part et d'autre de la pièce. Un serveur s'empressa aussitôt :

« Une bière, monsieur ? Excellente, je vous assure, et produite ici même, à *Saarburg* ! »

– La brasserie Lutz, je sais... répliqua Hans. Mais non, j'ai besoin de quelque chose de chaud ! Un chocolat, par exemple.

– À votre guise, *mein Herr*. Chocolat Menier alors, c'est le meilleur !

Cette brève halte et la boisson brûlante lui remirent vite du cœur au ventre, et ce fut plus guilleret qu'il se retrouva sur la chaussée, ragaillardi. Sans plus attendre, il pénétra dans une grande quincaillerie proche, pour y faire l'acquisition de deux bidons de pétrole lampant afin d'effectuer le plein de son réservoir. Puis, bravant les bourrasques, il rejoignit son véhicule sans s'étonner du groupe d'enfants et d'adultes qui l'entouraient. Les voitures à essence étaient rares, et plus encore les conduites intérieures aussi luxueuses et pimpantes que sa Sihtam !

* *
*

De nouveau secoué par les ravines de la route bosselée, il menait plus hardiment une automobile qui semblait elle aussi plus gaillarde au fur et à mesure des kilomètres parcourus. Après avoir franchi les cimes boisées des Vosges dans leur partie la plus abaissée, il était passé par Phalsbourg sans s'y arrêter. Depuis sa reddition sans condition en 1870, à bout de vivres et de munitions, la petite ville avait vu ses fortifications érigées par Vauban entièrement démantelées par l'occupant, et Hans en conservait un souvenir nostalgique. Seules la porte de France à l'est et la porte d'Alsace à l'ouest étaient restées à peu près intactes ! Il poursuivit donc sa route en direction de Saverne, qui marquait la limite entre la Lorraine et l'Alsace. Il s'estima d'ailleurs fier des performances de son moteur :

« Pour le moins des pointes supérieures à soixante kilomètres à l'heure ! Plus de cent kilomètres en moins de quatre heures, tout cela en comptant une halte à Sarrebourg… Et sans un incident mécanique, surtout ! »

La faim commençant à se faire sentir et, dans le souci constant de reposer autant bielles que pistons, il décida qu'il était temps de s'offrir une bonne table de restaurant. Après tout, il avait déjà accompli les trois quarts du trajet vers Strasbourg ! Au panneau indicateur, il râla une fois de plus :

« *Zabern* ! *Zabern*… Pff… Triste époque ! »

Saverne… Une ville chère à son cœur, à la lisière de la plaine d'Alsace et au pied de belles éminences boisées, établie sur la rivière Zorn et le canal de la Marne au Rhin. Une ville tranquille, qui vivait au pas des attelages de bœufs et des voitures à cheval, et où piétons et vélocipèdes étaient rois. Aussi Hans remisa-t-il au plus vite son véhicule pétaradant sur la place du Château, avant de remonter à pied la *Haupstrasse*. « Grand-rue », rectifia-t-il mentalement. Une importante artère pavée, qui regroupait le long de ses trottoirs la plus grande partie des commerces de la cité. Après une hésitation, il poussa la porte d'un restaurant malgré son enseigne allemande : *Zum Goldenen Karpfen*. Après tout, cette « Carpe d'Or » pouvait bien être aussi succulente sous son appellation germanique que sous son vocable français. De toute façon, il avait plutôt envie d'un bon plat de viande. Un *baeckeofe*[1], par exemple…

Les jambes allongées sous la table, le dos confortablement calé au dossier capitonné de sa chaise, Hans arrivait à se détendre des froidures et de l'inconfort de son voyage. Il repensa à la remarque de son ami le comte : pourquoi n'avoir pas effectué le trajet en chemin de fer ? « Parce que j'aime rouler en automobile, mon cher ! Et que je peux dévier de ma route au gré de mes envies ! »

« Vous dites, monsieur ? »

Il se retourna sur le serveur :

« Non, non… Rien, mon brave ! Je polémiquais seulement avec moi-même et à mi-voix. Une atteinte de l'âge, sans doute !

– Certes pas, *mein Herr* ! Mais, dites-moi, prendrez-vous un apéritif ?

– Volontiers ! Vous avez de l'hypocras ?

– Bien sûr ! Je vous propose celui de la distillerie *Warenghem*, une maison bretonne de haute réputation.

– Ce sera parfait ! »

Il aimait parfois renouer avec ces vins macérés avec épices, cannelle, clous de girofle, cardamome, gingembre et pétales de rose. Un vieil apéritif médiéval dont la recette remontait sans doute à l'Antiquité, et qui avait en outre l'avantage d'être peu alcoolisé…

* *
*

L'estomac bien rempli, il sortit du restaurant sans ressentir trop désagréablement les assauts du vent gelé… Vraiment, il ne regrettait pas son choix. Pour guère plus de trois marks, il s'était régalé ! Mais il lui restait encore de la route à faire, et il n'eut

1. Préparation de viandes marinées dans une terrine avec du vin blanc, des oignons et des pommes de terre.

rien d'autre de plus pressé que de traverser la chaussée pour s'activer sur sa manivelle.

« Tiens, il faudra que je songe à refaire le niveau d'huile ! Ce ne serait pas le moment d'être victime d'une panne… »

Le moteur toussota, cracha, puis prit son rythme habituel de pétarades sonores, s'attirant les invectives de deux ou trois passants grincheux. Ignorant ces quelques récriminations, Hans démarra dans un flot de fumerolles nauséabondes, pour traverser la ville en suivant la rue principale jusqu'à rejoindre la route de Strasbourg.

Une harmonie de dernières ondulations du paysage, avant d'entrer vraiment dans la plaine d'Alsace. Quelques ponts dans les vallées pour franchir à plusieurs reprises la Zorn, avant de s'enfoncer dans la forêt de Brumath et d'en ressortir près de Mundolsheim, qu'il considérait déjà comme la banlieue de Strasbourg. Strasbourg ! Qui se devinait enfin, au loin, au travers des brumes, alors qu'un fin crachin commençait à tomber. Strasbourg, avec près de cent soixante-dix mille habitants, sous ce nom barbare de *Strassburg* qui hérissait sa conscience malgré la similitude de prononciation.

« Bon Dieu ! Et dire que la ville est devenue le siège du gouvernement de la province et du commandement général du 15e corps d'armée allemand… Quelle pitié ! »

En homme de la campagne, Hans n'aimait guère circuler au volant de son automobile dans les rues des grosses agglomérations. Il arrêta donc son véhicule près de la gare centrale, avant de déambuler un peu au hasard au fil des boulevards, des avenues, et des moindres ruelles. Oh ! Il les connaissait par cœur depuis longtemps, mais se plaisait à faire semblant de les redécouvrir à chacune de ses visites. Secrètement, il n'avait rien de plus pressé que de se fondre au vénérable passé de Strasbourg, en pénétrant dans les plus vieux quartiers que l'on affublait du nom de *Finkweiler*, qui englobaient le *Pflanzbad* et la Petite France. Il aimait tant ces immeubles d'antan plus ou moins ruinés, avec leurs faîtages et leurs structures boisés, dont le pied baignait dans les eaux des canaux de l'Ill ! Rue du Vieux-Marché-aux-Vins, rue de la Mésange, place de Broglie, et ce centre ancien où abondaient de curieuses maisons du Moyen Âge et de la Renaissance… Que de galeries, d'escaliers en spirale, de tourelles, de toitures gigantesques à pignons dentelés, de poutres sculptées et de fenêtres monumentales ! Mais comment mettre les pieds dans l'antique ville sans faire le détour par la *Münster*[1] ?

C'était là pour Hans un rituel auquel il ne pouvait faillir ! Comment ne pas s'arrêter, malgré ses convictions anticléricales, devant cette cathédrale majestueuse, considérée comme la plus belle de la région et qui arrivait même à rivaliser en réputation avec celle de Cologne ? Bien qu'il la connût depuis toujours, il ne pouvait que se complaire à s'imprégner de ses tours, ses portes de bronze, ses bas-reliefs, ses colonnes et ses statues, ses voussures et ses tympans, ses arcatures et sa flèche qui frisait les nuages ! Ces myriades de figures minérales. Cette rosace gigantesque… Comment ne pas rêver, avec toute cette pierre ciselée en dentelle délicate ? Une fois de plus, il s'attarda à contempler le spectacle de ce quartier qui le transportait des siècles en arrière. Puis, son maigre sac de voyage à la main, il ignora volontairement les établissements à enseigne germanique pour se retrouver, comme chaque fois qu'il revenait ici, grande rue de l'Église, face à l'*Hôtel de France*, qui accueillait comme son panonceau l'indiquait une clientèle essentiellement française et bourgeoise. Il y avait ses habitudes et s'y sentait toujours un peu comme chez lui !

« Tiens, monsieur Hans ! Il y avait longtemps que nous n'avions eu le plaisir de vous revoir ! Mais laissez-moi donc vous délester de votre bagage…

– Merci, merci, Helmut ! Ma chambre préférée est-elle à ma disposition ?

---

1. Nom de la cathédrale de Strasbourg.

– Vous avez de la chance, *Herr* Hasenfratz, elle a été libérée ce matin même !

– Parfait, parfait… Mais ne m'attendez pas ce soir. Je préfère souper dans la vieille ville, comme à mon habitude ! Ce n'est pas que je n'aime pas votre cuisine, mais…

– Je sais, monsieur Hans ! Je sais… »

* *
*

Au matin, il se réveilla plus tard qu'à l'ordinaire et mit un moment à réaliser où il se trouvait. C'était toujours la même chose, ouvrir les yeux sur une chambre d'hôtel le désarçonnait ! Il se leva pourtant de bonne humeur, pour procéder à un débarbouillage sommaire face au lavabo de marbre basculant qui lui faisait face, à réservoirs d'eau propre et d'eaux usées. « Quand trouvera-t-on le moyen de garder une eau au moins tiède dans ces meubles de toilette ? » se demanda-t-il avant de s'essuyer vigoureusement le visage à l'aide d'une serviette rugueuse.

Après un copieux petit déjeuner qu'il éternisa quelque peu, il se décida à rejoindre le pavé de la rue. Il n'était pas là pour jouer les touristes et avait ses propres affaires à régler avant que de penser aux fouilles paléontologiques de son ami Karl ! « Il est temps que je me rende aux ateliers… » Mieux valait donc récupérer son automobile pour faire la route jusqu'aux usines et bureaux de la S.A.C.M. Un voyage qu'il n'appréciait guère, pourtant, parce que trop peu champêtre à son goût ! De fait, il n'eut besoin que d'un peu plus d'un quart d'heure pour s'extirper de l'agglomération, avant de franchir la Bruche, le canal de la Bruche et parvenir en vue d'Illkirch-Grafenstaden, un complexe industriel impressionnant au cœur de terrains vagues, des bâtiments allongés aux toits noircis, d'immenses hangars, des hautes cheminées fumantes sur des hectares et des hectares ! Hans pensait parfois à la triste condition de cette masse ouvrière qui trimait dans la crasse et la chaleur des fours, mais s'en consolait en sachant que l'entreprise versait les plus gros salaires de la région, et que l'on faisait des pieds et des mains pour y être embauché ! Il s'extirpa de son véhicule, défripa négligemment sa redingote, vissa son chapeau sur la tête, puis se dirigea sans hésiter vers l'aile bourgeoise abritant les bureaux.

Son entrée ne surprit personne, tant depuis des années ses visites étaient régulières. Il s'inquiéta seulement de s'informer si le directeur était libre, avant de frapper à une porte capitonnée. En habitué, il la poussa sans attendre la réponse et fut aussitôt accueilli par un sonore :

« Ah ! Monsieur Hasenfratz, je m'étonnais déjà de ne vous avoir pas vu plus tôt !

– Vous savez, monsieur Heyler, avec toutes mes occupations archéologiques et géologiques, j'ai parfois du mal à abandonner mes recherches.

– Je sais, je sais… Et je vous envie parfois pour le temps de loisirs dont vous disposez à cet effet ! Quant à moi, avec la responsabilité de l'usine, il est hors de question que je laisse libre cours à cette curiosité des choses savantes qui est également la mienne.

– Rassurez-vous, je n'abuserai pas de votre temps. Comme d'habitude ! »

L'homme en gilet eut un sourire entendu. Les deux mains bien à plat sur son bureau, il se cala plus confortablement dans son fauteuil.

« Vous savez, je ne comprendrai jamais pourquoi vous n'acceptez toujours pas un simple virement, annuel ou mensuel, de vos intérêts de la E.L.M.A.G[1]. sur une banque française, plutôt que de venir grappiller, en liquide et au compte-gouttes, une maigre partie de vos revenus tous les deux à trois mois !

---

1. La S.A.C.M. avait été transformée en 1890 en société de droit allemand, sous la raison sociale d'Elsässische Maschinenbau Gesellschaft (E.L.M.A.G.).

– Pour la même raison que je continue à appeler la société S.A.C.M., mon cher. Je n'ai guère confiance en ces transactions d'Allemagne à France. Il m'est déjà suffisamment pénible de percevoir mon dû en marks ! Sans parler de ce qui s'envole en fumée au bureau de change… »

* *
*

Hans n'aimait pas particulièrement sentir dans la poche de sa veste cette enveloppe gonflée de billets, des billets allemands, de surcroît ! Aussi rejoignit-il rapidement sa Sihtam et ne fut pas plus tôt au volant que l'envie le prit de se rendre à Obernai. « Seulement une vingtaine de kilomètres… » Obernai, où il avait véritablement vu le jour, même s'il se disait souvent Strasbourgeois ! Obernai, où il avait toujours vécu, de l'enfance à l'âge d'homme, jusqu'à ce que l'occupant n'affublât la bourgade du nom barbare d'Oberehnheim. Hypocritement, il oubliait volontairement que l'agglomération avait porté à plusieurs reprises ce nom, sous diverses orthographes, depuis le Moyen Âge… Comme si le moteur de son automobile partageait son impatience, Hans mit moins de temps qu'il ne l'avait pensé pour rejoindre la belle cité, laissant derrière lui toute autre préoccupation dans un nuage de poussière…

Quel plaisir secret, à redécouvrir ce paysage idyllique vallonné d'arbres fruitiers et de vignes, aux contreforts du massif vosgien et de la plaine agricole, au pied des crêtes du mont Sainte-Odile ! Un bourg typiquement alsacien, auquel il devait certainement sa passion pour le passé, avec pour premières visions, de loin, son beffroi coiffé d'un clocher effilé et son église hors remparts dotée de deux tours à flèches pointues. Comment ne pas se féliciter, en historien qu'il était, que cette petite ville de près de quatre mille âmes eût conservé des murailles médiévales presque intactes, avec ses deux enceintes plus ou moins préservées, et ses trente tours déployées sur près d'un kilomètre et demi ? Obernai… qui mariait en lui la joie de ses souvenirs d'antan et l'amertume d'avoir dû les fuir à cause de la folie des hommes. Obernai… Chaque fois, y revenir se transformait en une seconde naissance. À croire qu'il avait été accouché par ces murs d'un autre âge !

Pourquoi ne voulait-il pas s'avouer que c'était en ces lieux qu'il s'était lié d'amour avec Emma, et que cette union avortée le poursuivait toujours ? Emma, dont il recréait chaque soir l'image sous ses paupières, à l'heure de s'endormir… Sans cette fichue guerre de 1870, il était évident qu'ils eussent tous deux formé le plus beau couple qui fût : elle et lui n'avaient-ils pas alors déjà choisi le prénom de leur premier enfant ? Mathias si c'était un garçon, Mathevine si c'était une fille… Il chassa vivement la douleur que lui procurait cette évocation, pour mieux savourer l'afflux des réminiscences du passé, en évoquant ses frasques de gamin autour du vieux puits en pierre ouvragée qu'on appelait le puits des Six Seaux. Malgré les années passées, il aimait à se fondre à l'ambiance de ces murailles médiévales, de ces venelles étroites qui avaient été jadis son terrain de jeux, s'extasier encore et toujours sur ces immeubles à colombages qui semblaient issus du tréfonds des temps, avec l'impression de changer de siècle. Et qu'importaient ce vent subitement plus glacial et ces gouttes de pluie jetées par les rafales ? Obernai restait pour lui une des rares petites villes d'Alsace à avoir pu garder son décor d'autrefois, avec ses remparts, ses tours fortifiées, ses maisons médiévales et ses nombreux petits coins pittoresques.

« Sous le soleil ou sous la pluie, avec le vent ou avec le gel, le pays où l'on est né reste toujours le plus beau au monde… »

* *
*

Il résista à l'envie de se rendre comme en pèlerinage au proche mont Sainte-Odile, cette élévation mythique qui faisait la fierté de toute la région… Qu'il se serait régalé dans ses recherches du passé de sa région, si la vie lui avait permis de rester sur ses terres natales ! Alors qu'un vent froid s'ajoutait aux bourrasques de pluie, il se contraignit à rejoindre sa voiture, en se jurant de revenir à la belle saison pour mieux étudier cet endroit qu'il savait magique depuis toujours. Hans laissa donc avec quelque nostalgie la petite ville derrière lui pour reprendre la route de Strasbourg.

Une chasse au mammouth avortée

CE DIMANCHE MATIN, il n'attendit pas une éclaircie pour se mettre au volant de son véhicule. Autant Strasbourg et sa région lui manquaient lorsqu'il en était loin, autant il avait hâte de quitter cette ville dès qu'il y passait plus de deux jours. Hans ne supportait pas ces casernes d'occupants au sein de « ses » quartiers, ces patrouilles de soldats allemands, leur uniforme et leur casque à pointe ! Il haussa les épaules en soupirant. À quoi pouvait bien servir sa révolte intérieure ? Mieux valait s'échapper, comme il l'avait fait, du bon côté de la frontière ! Après tout, il se sentait plutôt à l'aise, à Morey... Mais avant tout, il y avait cette histoire de mammouth, et l'impatience le démangeait d'en savoir plus... Et ce fut donc avec entrain qu'il reprit le volant de sa voiture, malgré les trombes d'eau qui s'abattaient ce matin-là sur les toits gris de la grande agglomération.

Il jeta un coup d'œil à sa montre gousset et décida de s'accorder un détour et de changer de trajet. Il avait sans doute le temps d'arriver à Marmoutier avant la sortie de la messe dominicale, un pèlerinage sentimental qu'il ne s'accordait que rarement, tant cette épreuve lui était cruelle... mais nécessaire ! Il emprunta donc un itinéraire plus au sud, au pied de coteaux colonisés par les vignobles, jusqu'à parvenir près de Marlenheim. Au pied du Wangenberg et du Marlenberg, la route suivait la rivière Mossig entre les parois resserrées de ce défilé pittoresque, dominé par les ruines du château de Cronenbourg, que l'on appelait le Kronthal. Il parvint ainsi en vue d'une cité bâtie en amphithéâtre sur la rive gauche du cours d'eau : Wasselonne. S'éloignant des usines et des carrières, il accéléra, profitant d'une accalmie des averses. Marmoutier n'était qu'à moins d'une dizaine de kilomètres !

De collines couvertes de forêts drues en vallées peuplées de taillis de hêtres, il arriva enfin au panneau annonçant *Maursmünster*... Marmoutier ! Qui avait abrité l'un des plus puissants monastères d'Alsace. Sans plus attendre, Hans fila jusqu'à la place située devant l'antique abbatiale et sa très belle façade à trois tours. Après avoir dépassé le porche ouvert à trois arcades, il arrêta son véhicule un peu à l'écart, avant de s'en extirper, subitement plus hésitant, un peu comme il abordait ses premiers rendez-vous galants, bien des décennies auparavant. Alors que la pluie se transformait en une simple bruine glaciale, il ne pénétra pas pour autant dans l'édifice religieux et se mit en retrait sous la porte voûtée d'une maison à colombages, tout en continuant à admirer la vénérable construction. Façade romane, nef gothique, l'abbatiale Saint-Martin restait un des monuments les plus remarquables de la région !

Au bout d'un temps qui lui parut une éternité, les cloches entreprirent de sonner, et les premiers fidèles sortirent enfin du bâtiment ecclésiastique, qui remontant son col de fourrure, qui s'enroulant dans son écharpe, qui déployant son parapluie, le pas vif et pressé, le dos courbé sous les assauts du vent humide. Homme, femme, enfant ou vieillard, chacun ne semblait rien avoir de plus urgent que de rejoindre la chaleur de son foyer. Immobile, mais tendu et le cœur cognant, Hans détaillait de loin chaque silhouette apparaissant sous la voûte du grand porche central. Il frémit soudain à la vue d'un couple émergeant de l'ombre. Oui, c'était bien elle !

« Emma… »

Emma, dont il était encore amoureux, malgré près de quarante ans écoulés ! Emma, un peu plus jeune que lui, qui avait vieilli elle aussi, bien sûr, mais qu'il trouvait toujours belle… Il eut du mal à juguler son émotion quand, une fois de plus, il lui sembla qu'elle lui avait adressé un bref coup d'œil complice.

« Non, non, je ne peux que me faire des illusions ! Je ne viens guère plus d'une fois par an, en toute discrétion, et je ne peux être pour elle qu'une silhouette anonyme parmi d'autres. Comment n'aurait-elle pu faire autre chose que m'oublier, depuis le temps ? »

Emma Medernach, qu'il avait connue adolescente dans les rues d'Obernai, avec qui il avait joué, et auprès de qui il avait éprouvé ses premiers émois amoureux. À l'époque, nul ne doutait que leur idylle se terminerait par une union des plus exemplaire ! Pourtant, peu avant leurs fiançailles, la guerre avait saccagé leur destin. Après la défaite, Hans avait décidé de quitter l'Alsace occupée pour s'installer en Lorraine française, à deux pas de la nouvelle frontière. Malheureusement, la famille d'Emma s'était opposée à ce qu'elle le rejoignît, et la jeune femme s'était pliée à contrecœur à cette décision parentale. Que de courriers enflammés, ensuite ! Que de serments, de tendres déclarations, que de projets… que le temps qui passait avait fini par affadir. Emma avait pourtant résisté près de cinq ans aux pressions paternelles et aux avances de ses prétendants, avant de finalement céder en épousant Ervin Schlotter, un riche notable de Marmoutier, pharmacien de son état. Hans ne lui en avait pas vraiment voulu, mais il n'avait pu gommer de son âme cette blessure… S'il s'était alors permis quelques aventures sentimentales sans lendemain, jamais il ne s'était résolu à prendre épouse. Non, Emma occuperait son esprit jusqu'à son dernier jour ! Avec un soupir, il la regarda s'éloigner au bras de son mari, sachant bien qu'elle ne se retournerait pas sur lui. L'avait-elle seulement aperçu ? D'ailleurs, pouvait-elle encore le reconnaître, après toutes ces années ?

« Des années qui m'ont paru des siècles… » marmonna-t-il en reprenant sa marche sans souci des rafales pluvieuses.

Il se mordit les lèvres en se reprochant la folie qui l'avait poussé une fois de plus à s'infliger cette souffrance. Il s'était pourtant promis à maintes reprises de ne plus remettre les pieds à Marmoutier ! À quoi bon se faire ainsi du mal ? Mieux valait garder ses souvenirs bien sertis à l'écrin de sa passion déçue… Désorienté, le cœur en friche, il erra quelque peu d'une démarche cassée, puis se força à retrouver un peu de vigueur. Il ne servait à rien de se laisser abattre par une situation qui perdurait depuis des décennies, et il était plus judicieux de profiter de cette halte pour se restaurer avant de reprendre sa route et se consacrer à ces fouilles promises par Karl Wendling ! Il hésita entre l'*Hôtel de la Couronne* et l'*Hôtel des Deux-Clefs*, avant d'enfin opter pour ce dernier. Ce jour-là, pourtant, il ne se sentait aucun appétit pour se mettre à table…

* *
*

Le brouillard ambiant semblait s'être infiltré sous ses paupières, et il conduisait sans bien s'en rendre compte, ne prenant même plus la peine d'éviter cahots et nids-de-poule. Bien entendu, il aurait pu oublier, depuis toutes ces années ! Ou seulement cicatriser… Mais non. La blessure restait toujours aussi cruelle, dès qu'elle se ravivait. Il est des plaies qui jamais ne se referment… Nostalgique, il se reprocha une ultime fois d'avoir cédé à l'envie de revoir en Emma le fantôme d'un passé révolu, puis actionna machinalement le levier manuel permettant de chasser l'eau qui brouillait la vue au travers de la vitre avant.

Pour une fois, la pluie ne lui paraissait pas désagréable, tant la perspective de cette « chasse au mammouth » l'excitait ! Ce n'était bien sûr pas la canicule, mais la température se révélait soudain plus clémente, et Hans appréciait ce changement inattendu. De plus, les averses intermittentes se faisaient de moins en moins violentes, et le conducteur ne tournait la manivelle de l'essuie-glace que de temps en temps, dans un sens ou dans l'autre.

« Le ciel s'éclaircit même à l'horizon… Peut-être même aurai-je droit à un rayon de soleil avant d'arriver à mon but ? »

Pas de soleil, non, mais l'épuisement des ondées, qui cédaient peu à peu place aux brumes diffuses montant des vallées et s'accrochant aux ramures des résineux. Aux yeux de Hans, cette humidité conférait même à la contrée une beauté rude et sauvage que ne savait dévoiler le beau temps, paysages de bois et d'eau, de coteaux entaillés et de forêts profondes, de croupes élevées que les landes et les chaumes masquaient sous des nappes de brouillards étirés. Il dévia de la route de Strasbourg pour filer, *via* Bouxwiller, vers le nord-est en direction d'Haguenau. La commune où résidait son ami Wendling s'enracinait non loin de cette ville de garnison, à Bischwiller, plus exactement.

Il aborda la petite cité vers 2 heures de l'après-midi, tout en déplorant que sa population se fût autant réduite depuis la défaite de 1870. Près d'un tiers des Bischwillerois avait refusé la domination allemande ! Quelle désolation que ces usines fermées, ces ateliers de filature aux volets clos, ces foulons muets, ces teintureries minées par la ruine ! Bien sûr, la ville avait connu depuis une vingtaine d'années un renouveau certain, avec la création d'une cartoucherie, d'une fonderie, d'une savonnerie, d'une manufacture de draps et, entre autres, d'une fabrique de toile de jute. Un commerce essentiellement tourné vers l'Allemagne, à cause des droits de douane exorbitants exigés pour l'exportation vers la France : dix pour cent depuis 1873 ! Malgré son patriotisme exacerbé, Hans ne niait pourtant pas que certains industriels pussent faire preuve d'altruisme. Il savait que la Société alsacienne de filature et de tissage de jute, qu'on appelait ici « la Jute », était un exemple d'innovations sociales. Si quelques âmes bien-pensantes se gaussaient d'une politique d'entreprise dite paternaliste, comment ne pas approuver la mise en place d'une garderie d'enfants, d'un dispensaire de soins, d'une chapelle catholique, d'un foyer récréatif, d'une coopérative, d'une caisse d'épargne et autres commodités ? Les familles d'ouvriers étaient logées dans une cité composée de maisonnettes, les ingénieurs occupant quant à eux de petites villas. Une manière d'agir qui ne pouvait qu'être en accord avec la générosité de Hans Hasenfratz !

Après avoir traversé la Moder, il circula jusqu'au centre de la ville, où il arrêta enfin son véhicule près de la poste. Puis, sans plus attendre, il se dirigea vers une maison bourgeoise calfeutrée derrière la verdure que retenait une clôture en fer forgé. À son coup de sonnette, un petit homme chauve et à barbiche blanche apparut sur le perron de la demeure. Remontant ses lunettes à verres épais sur son nez tordu, il s'exclama :

« C'est vous, Hans ? Déjà ? Je ne vous attendais guère d'ici quelques jours !

– L'idée d'un mammouth trouvé dans les Vosges m'a donné des ailes ! rétorqua Hans.

– Oh, oh… Ce n'est guère plus extraordinaire que d'y dégager des traces de dinosaures ! » assura avec un sourire le propriétaire des lieux.

Après les manifestations habituelles de retrouvailles entre deux êtres ne s'étant revus depuis longtemps, Karl Wendling invita son visiteur à pénétrer jusqu'au salon cossu de sa demeure. Une femme fluette et réservée, belle encore malgré son âge, s'inclina avec l'élégance affectée des personnes conscientes du rang qu'elles occupent dans la société.

« Monsieur Hasenfratz ? Mon Dieu ! Cela faisait des lustres que nous n'avions eu le plaisir de nous revoir !

– Ma chère dame, c'est que je ne reviens que rarement au berceau de ma jeunesse. Je ne pourrais vivre en permanence sous la tutelle prussienne !

– Pff... Vous savez, la défaite est si loin, maintenant, que nous ne voyons guère la différence ! Et la région redevient on ne peut plus prospère. Bischwiller, tel le Phénix, renaît de ses cendres depuis plus de vingt ans. »

Par politesse, Hans évita de répliquer en évoquant l'emprise allemande sur l'économie locale, les taxes, les administrations germanisées, les garnisons de troupes et leurs canons tournés vers la France... D'ailleurs, Karl détourna aussitôt la conversation :

« Il est vrai que la vie est plutôt paisible, ici, d'autant plus que j'ai cessé mes activités de bureau. À mon âge, je préfère me consacrer à ce qui a toujours été pour moi mon violon d'Ingres... Il y avait si longtemps que je n'avais eu l'occasion d'en faire grincer les cordes !

– J'en suis fort heureux, mon ami ! Mais, dites-moi, qu'en est-il vraiment de cette histoire de mammouth ?

– Doucement, Hans ! Passons d'abord à table. Je suis sûr que vous n'avez pas eu le loisir de déjeuner... »

* *
*

Chez les Wendling, l'accueil de cet hôte de passage se révéla des plus chaleureux. Il était vrai que depuis près de vingt ans Hans et Karl n'avaient eu que de rares contacts épistolaires, et le temps avait quelque peu distendu les liens d'amitié qui les avaient jadis unis. Comment concevoir qu'ils eussent été comme de vrais frères en quête de savoir, lorsqu'ils s'intéressaient tous deux à la botanique, à l'astronomie, à la géologie, la paléontologie, la préhistoire, et aussi l'histoire, avec pour seule obsession celle de mettre à nu le passé et le présent de leur région natale ? Après avoir salué le plus civilement possible Hilda, l'épouse de Karl Wendling, Hans avait supporté sans broncher le pesant rituel du repas, alors qu'il n'avait qu'une idée en tête : qu'en était-il de cette histoire de mammouth ?

Il lui fallut attendre le dessert avant que son complice abordât enfin le sujet :

« Bien, bien ! Je suis heureux de constater que mon message ne vous a pas laissé indifférent…

– Eh ! Du mammouth dans la région, ça ferait rêver plus d'un paléontologue !

– C'est pourtant le cas…

– Je connaissais votre passion pour les choses anciennes, Karl, mais j'ignorais que vous procédiez aussi à des recherches sur le terrain.

– Comme vous le savez, j'occupais un poste important à la direction de la Jute. Or, les années passant, j'ai décidé d'arrêter mes activités professionnelles pour me consacrer enfin un peu à la science. J'ai pris l'habitude de prospecter, particulièrement dans la vallée de la Sarre. J'y ai même fait quelques découvertes intéressantes d'ossements fossiles de chevaux, ainsi que d'outils assez frustes de roches siliceuses, dont certains semblent remonter à l'homme de Neandertal !

– J'ai moi-même fait de belles trouvailles, près de chez moi, entre Nancy et Pont-à-Mousson… Alors, ce mammouth ?

– J'y viens. Loin de la vallée de la Sarre, mais bien plus proche de Strasbourg ! Ce n'était pas la première fois que je me rendais dans cette carrière de lœss, près d'Achenheim, mais ce jour-là la pluie avait provoqué des éboulements dans une zone particulièrement propice à mes investigations. C'est ainsi que j'ai découvert tout d'abord une magnifique dent, que je n'ai eu aucun mal à identifier comme étant celle d'un mammouth ou d'un éléphant antique. Dans les jours qui ont suivi, un important fragment de défense a confirmé ce diagnostic. »

Toujours un peu incrédule, mais manifestement alléché par ce récit, Hans s'emballa :

« Ne me faites pas languir davantage, mon ami, et montrez-moi plutôt ces merveilles ! »

Comment nier l'émotion suprême, pour un érudit amateur, que celle de s'extasier sur ces ossements brunis et patinés par le temps ? De manipuler cette molaire impressionnante, toute striée de circonvolutions d'émail et qui rendait à la lumière une teinte iris. Quel choc que de tenir en ses mains ce morceau d'ivoire circulaire aux couleurs mordorées !

« *Elephas Primigenius, Elephas Trogontherii, Mammuthus primigenius*, ou autre ? C'est assez difficile à déterminer, non ?

– Dans tous les cas, c'est une découverte extraordinaire, mon ami ! Les restes de faune découverts dans les mêmes couches ainsi qu'un examen approfondi me permettent d'affirmer qu'il s'agit bien du genre *Mammuthus*...

– J'avoue que je suis impatient de mettre les pieds sur ce site extraordinaire !

– Le temps s'est fait plus clément, et ce n'est certes pas cette bruine tiède qui nous empêchera de nous y rendre !

– Aujourd'hui ? Une cinquantaine de kilomètres, c'est à peine une heure avec ma voiture automobile !

Karl Wendling s'horrifia aussitôt :

« D'une part, j'ai horreur de ces machines à moteur, et d'autre part le meilleur de ces engins ne pourrait que s'embourber ! Mieux vaut faire confiance à mon cheval...

– À votre guise, mon ami... À votre guise ! »

* *
*

« Allez ! Hue, Fringant ! »

Alors que le cheval trottait avec une belle énergie, Hans remarqua :

« La pluie menace toujours, mais la température est étonnamment douce pour la saison, depuis deux à trois jours !

– Je m'en félicite, croyez-le bien ! Mais cela m'inquiète un peu. Après la quantité de neige tombée sur les hauteurs depuis plus d'un mois, ce réchauffement me fait craindre un débordement des rivières.

– C'est vrai, j'ai bien remarqué à quel point les cours d'eau sont déjà hauts et turbulents. »

L'attelage ne rencontra quelques encombrements qu'aux abords de Strasbourg, mais Karl fila bientôt vers l'ouest en s'engageant sur des routes et des pistes plus calmes.

« Nous allons bientôt arriver ! » assura l'ami de Hans.

Ils s'approchèrent du cours d'eau du Muhlbach, en empruntant un chemin fangeux dans les ornières duquel s'embourbaient les roues et les sabots.

« Eh ! Heureusement que nous avons de bonnes bottes ! s'exclama Hans.

– Heureusement aussi que nous ne sommes pas venus dans votre mécanique à pétarades ! » répliqua son ami.

En bordure d'une vaste terrasse, après quelques baraquements de planches, les deux hommes remarquèrent bientôt les cicatrices de l'exploitation de lœss et de limon.

« La carrière Hurst… Elle approvisionne les nombreuses tuileries de la région, précisa le guide de Hans. C'est là que nous attendent nos ossements ! »

La marche n'était guère aisée, et les semelles glissaient dans la boue. En marge du terrain bouleversé par les travaux, Karl leva le bras vers la pente.

« Voyez, un accident géologique a fracturé l'épaisseur des dépôts et donné naissance à des crevasses qui descendent jusqu'au vallon fossile. C'est sur les flancs d'une de ces failles que l'érosion m'a permis de dénicher le gisement qui nous amène ici. Et, si la chance nous sourit, je gage que les dernières pluies ont pu dégager de nouveaux restes !

– Espérons-le… »

Pioche à la main, le dos courbé, les yeux fixés au sol, les deux hommes progressèrent lentement, attentifs au moindre détail, à la plus petite anomalie du terrain. Le premier, Karl désigna un endroit précis :

« C'est dans cet effondrement que j'ai pu extraire la dent et les os que je vous ai montrés. »

Patinant dans la gadoue, ils s'agenouillèrent dans la ravine sans souci de souiller leurs vêtements. S'aidant de leur piochon, ils commencèrent à dégager la terre à mains nues. Sous leurs doigts, des galets, des graviers, une marne collante qui engobait tout…

Inlassables, ils continuèrent à remuer le limon, fouillant nerveusement les couches alluvionnaires. Une petite pluie fine se remit à tomber sans altérer leur travail. Bizarrement, elle leur parut même presque tiède, malgré la saison. Attiré par une lentille de terrain plus sableux, Hans fit bientôt apparaître une surface lisse plus brune, qui n'évoquait pas au toucher un galet. Le cœur battant, il prit le temps de poursuivre son dégagement avant de s'écrier :

« Je crois que je tiens quelque chose ! »

Karl fut aussitôt près de lui pour l'aider dans sa tâche.

« C'est vrai ! Mais qu'est-ce que ça peut bien être ?

– Je crois que c'est un grand fragment de ramure d'un *Megaceros giganteus* !

– Le plus grand cerf de la préhistoire ! Vous croyez ?

– J'en suis presque certain ! Mais le bois de cet animal ne me semble pas complet…

– Heureusement, certains en portaient de plus de deux mètres d'envergure !

– Mais toujours aucune trace de mammouth !

– Ne désespérons pas. Si j'en ai trouvé des vestiges, c'est qu'il y en a sûrement d'autres ! »

Le jour baissait lorsqu'ils dénichèrent enfin la pièce qu'ils n'attendaient plus, et qu'ils exhumèrent patiemment avec toutes les précautions nécessaires. Une belle trouvaille, qu'ils ne dégagèrent entièrement qu'à nuit tombante : la mâchoire inférieure d'un jeune mammouth, seulement brisée en trois morceaux qu'il serait aisé de recoller !

« Une grande première, mon cher Karl ! Et dont on va parler longtemps dans les milieux scientifiques ! Il nous faudra revenir au plus vite pour nous assurer s'il n'y a pas là le reste du squelette…

– Oui ! Il me tarde d'être déjà à demain. Mais il nous faut rejoindre votre demeure, maintenant. On n'y voit presque plus rien ! »

À peine rentrés à Bischwiller, et après avoir rapidement avalé leur souper, les deux hommes abandonnèrent Hilda Wendling à son salon et à ses lectures pour récurer et nettoyer leur vénérable fossile, cet os compact en forme de fer à cheval, à l'articulation élégante et élancée, et ces dents striées bien alignées, dont pas une ne semblait manquer… Ils se couchèrent fort tard, après avoir analysé leurs trouvailles sous toutes les coutures et consulté nombre d'ouvrages et de revues savantes. Ils eurent d'ailleurs du mal à s'endormir, et sans doute les mêmes images tournèrent-elles sous leurs paupières closes. D'énormes et placides pachydermes aux défenses enroulées, qui se déplaçaient en troupeaux dans un paysage ras accablé de blancheur… Un sommeil agité que perturba encore, au plus fort de la nuit, une subite tempête, avec le vent qui secouait les volets et une pluie féroce qui martelait les façades. Hans se retourna sur son oreiller en soupirant. Voilà qui ne pouvait qu'entraver les projets du lendemain. Il se consola en pensant que, si mammouth il y avait, il attendait depuis tellement de millénaires qu'il pouvait bien patienter un peu plus ! Il ferma les yeux, en préférant y sertir comme une pierre précieuse le visage d'Emma…

* *
*

Les trois jours suivants furent plus que moroses, à l'image du climat qui régnait à l'extérieur. Bien que l'on eût l'habitude des intempéries en ces régions rudes, surtout en hiver, de telles ondées restaient on ne peut plus inhabituelles en cette saison, accompagnées qu'elles étaient par une température presque printanière. Sur fond de ciel sombre, portés par un vent du sud tout à fait anormal en ce début d'année, les nuages se bousculaient sans cesse en roulant leurs rondeurs épaisses sur la ville et les toits. Les rafales se succédaient avec violence et leurs assauts furieux ébranlaient portes et fenêtres. Une fois de plus, Hans repoussa le journal de la veille. Il en avait déjà décortiqué à trois reprises toutes les pages et n'avait nulle envie de se replonger dans les faits divers de *L'Est républicain* ! Nerveusement, il se leva de son fauteuil pour s'approcher de la vitre ruisselante. Hilda le suivit des yeux avec amusement :

« Ce n'est pas en regardant la rue que vous ferez changer le temps, mon ami ! Il est ainsi des choses contre lesquelles la volonté humaine est notoirement impuissante, et c'est bien ainsi, car on ne gouverne pas les forces de la nature…

– C'est que, parti comme c'est, ce n'est sans doute pas près de se calmer ! »

Karl s'arracha à la lecture d'un traité de paléontologie pour affirmer à son tour :

« Pas tant d'impatience, mon cher ! De toute façon, avec les trombes d'eau qui tombent depuis la nuit, nous ne pourrons pas remettre les pieds de sitôt aux abords des lieux de notre découverte ! À mon grand regret, d'ailleurs…

– Cette pluie finira bien par cesser, non ?

– Sans doute, mais le site restera longtemps impraticable ! Tout doit baigner dans la boue, là-bas. Et il est même probable que la rivière déborde. Je serais étonné que l'activité de la carrière reprenne avant des jours et des jours !

– Ce qui veut dire que nous sommes contraints de rester cloîtrés ici ? C'est rageant ! »

Deux jours, trois jours… Une semaine ! Et les perturbations qui ne cessaient pas. La pluie s'acharnait sans discontinuer, et la vie quotidienne s'écoulait au ralenti. Peu nombreuses étaient les industries qui s'entêtaient à poursuivre leur activité, tant cet épisode climatique arrivait à paralyser toute la contrée ! Partout, la circulation des gens et des véhicules était entravée par les inondations, et seul le chemin de fer permettait de conserver quelques liens avec les autres régions. Les places se transformaient en marécages et les caniveaux en ruisseaux. Rares étaient les téméraires qui mettaient le nez dehors, rasant les murs, courbés sous les ondées, le parapluie en avant, à filer vite le long des trottoirs. Il fallait bien malgré tout assurer l'essentiel, auprès des quelques commerces qui s'obstinaient à ouvrir leur volet. Ici un épicier, là un boulanger, ici encore un café de quartier qui accueillait des ouvriers désœuvrés…

Karl déplia son journal plus ou moins détrempé, qu'il avait pourtant fait sécher près du poêle ronflant.

« On n'a jamais vu ça ! Tout est en crue, partout ! Le Rhin, bien sûr. Nous sommes bien placés pour le savoir… Mais aussi le Doubs, qui a inondé Besançon, l'Yonne, le Loing, la Marne ! Paris est sous les eaux… La Seine, la Saône, la Meuse, la Moselle, la Meurthe, tout déborde ! Les lignes de chemin de fer sont coupées en plusieurs endroits et la circulation des trains est complètement désorganisée. J'étais bien conscient que cet épisode climatique était exceptionnel, mais pas à ce point. C'est tout bonnement incroyable ! »

Heureusement, le lendemain, les averses s'épuisèrent peu à peu, puis une lueur diffuse tenta de percer les brouillards qui montaient de toutes parts, engobant la cité d'une lourde opacité.

Un soleil timide s'échinait désespérément à déchirer cette chape inopportune. Partout, les toits s'égouttaient, les rigoles des rues désenflaient enfin, le miroir des flaques s'étiolait. Comme libérée, la population envahissait de nouveau les chaussées, les ouvriers tisserands retrouvaient le chemin des fabriques, et chacun commentait à l'envi les récents événements… Aussi Hans se décida-t-il soudain :

« C'est le moment ou jamais pour me remettre en route et rejoindre mes pénates, puisque nous ne pouvons continuer nos fouilles !

– Est-ce bien raisonnable ?

– J'ai toute confiance en mon véhicule, et j'en maîtrise la conduite depuis des années, ne l'oubliez pas, Karl !

– Peut-être, mais qui peut maîtriser le climat et les forces de la nature ?

– N'ayez crainte ! Je serais bien bête de ne pas profiter de cette accalmie ! »

Une trouvaille fort encombrante !

« AU REVOIR MES AMIS ! Et merci pour tout.

– Au revoir Hans. Et n'hésitez pas à revenir lorsque le temps sera revenu au beau !

– Pas avant l'été, alors, Karl ! Pour avoir une chance d'avoir un peu de soleil et de chaleur…

– Et soyez prudent, surtout ! ajouta Hilda. Les routes et les chemins ne sont sans doute pas remis en état partout, tant s'en faut…

– Promis ! Je me contenterai d'emprunter les axes principaux. »

Sans plus attendre, impatient de quitter enfin cette demeure où il avait trépigné des jours durant, il s'échina sur sa manivelle et fut surpris d'entendre presque aussitôt le moteur tousser, hésiter, puis adopter un rythme normal.

« Après tous ces jours d'inaction en pleine humidité, j'aurais pensé que la mécanique se montrerait plus récalcitrante ! »

Ce fut accompagné des signes de main du couple Wendling que le rutilant véhicule s'éloigna en cahotant sur les pavés luisants.

Bien que soulagé de pouvoir à nouveau avaler les kilomètres, Hans ne put que s'assombrir en découvrant le paysage de désolation qui s'offrait à lui de virage en virage. Partout, des branches et des débris, des troncs d'arbres échoués sur le flanc des talus, et de la boue à perte de vue qui avait repeint de brun sale champs et prairies… Par sagesse, il évita de couper par Saverne et Sarrebourg, sachant qu'après cette ville une immense zone plate parsemée d'étangs devait encore être infranchissable. Plutôt se détourner vers le sud et emprunter la voie normale de Strasbourg à Nancy… Tout se déroula d'ailleurs fort bien jusqu'à Strasbourg, où il refit le plein de carburant. Il hésita à s'y offrir un bon repas mais y renonça, ignorant ce que lui réservait un trajet qui s'annonçait difficile. Tellement d'informations contradictoires circulaient, des rumeurs, des exagérations ! Après tout, la crue du Rhin dans la grande métropole alsacienne s'était montrée assez modeste, contrairement à ce qui s'était passé ailleurs.

Il ne tarda pourtant pas à déchanter, pestant contre les couches argileuses qui transformaient la moindre courbe en dangereuse patinoire, râlant à chaque nouvelle ravine qui tranchait en travers de son chemin des ornières démesurées, qu'il crut à plusieurs reprises ne pouvoir franchir ! Ces embûches ne restèrent malgré tout pas hors des possibilités motrices de son automobile. Le pire, c'étaient les heures qui s'écoulaient plus vite que les kilomètres, et il lui fallut près de trois fois plus de temps que la normale pour parvenir jusqu'à Molsheim. Pas question pour autant de continuer à rouler le ventre vide et, malgré l'heure, Hans se contraignit à s'arrêter dans un restaurant proche de la gare. Il ne le regretta pas tant la qualité de cuisine eut le don de l'enchanter. Il ressentit seulement un peu de contrariété à n'avoir pas le loisir de flâner dans cette vieille ville, aux maisons si pittoresques, ou de déambuler près des fortifications médiévales presque intactes. Après un ultime regard sur le donjon carré, il remonta dans son véhicule, oubliant volontairement les mises en garde qu'on lui avait faites. Personne ne s'était encore avisé de franchir la Bruche, dont les flots demeuraient effrayants ! Ne lui avait-on pas précisé que les eaux avaient recommencé à monter, soit à cause de nouvelles chutes de pluie sur les hauteurs vosgiennes, soit parce que la fonte des neiges s'était accentuée ?

« Pensez, on ne voit même plus où passe le canal, noyé qu'il est sur plus de cinquante mètres de large ! Vous n'avez pas vu qu'il est parfois au ras de la route ? »

Renonçant à poursuivre jusqu'à Mutzig, il suivit la vallée de la Bruche, espérant bien arriver à rejoindre des hauteurs moins tributaires des caprices des rivières. Pourtant, au fur et à mesure que la gorge se faisait plus étroite, il mesurait mieux la violence des flots au-dessous de lui, ces tourbillons furieux qui projetaient des gerbes d'écume, ces branches emmêlées malmenées par les courants, ce bruit d'enfer et ces eaux boueuses qui filaient en emportant les berges sur leur passage ! Si les pluies avaient cessé depuis quelques jours, le dramatique épisode climatique était encore loin d'être résorbé… Il décida donc de s'arrêter à Soultz-les-Bains, modeste ville sur la rive droite de la Mossig, afin d'y glaner des informations crédibles.

Hans ne commença à s'inquiéter vraiment qu'en constatant à quel point le chemin était désert. Pas un piéton, pas une seule charrette, pas le plus petit véhicule ni le moindre cavalier ! Il ne comprit pourquoi qu'en approchant de la bourgade, lorsqu'il fut contraint de freiner énergiquement.

« Quelle guigne ! »

Au débouché d'un virage, la route se terminait brusquement sur un lac agité de remous.

« Bien sûr, la confluence de la Mossig et de la Bruche ! »

La conjugaison de la crue des deux rivières était responsable de ce spectacle indescriptible. Il descendit de voiture pour s'en approcher. Dans un vacarme qui s'amplifiait au fil de ses pas, il découvrit l'ampleur de ce déchaînement de vagues en effervescence qui brassaient une mélasse brunâtre encombrée de débris, dont les plus importants se fracassaient sur les rochers de l'entrée de la vallée. Sur un bosquet noyé par l'inondation, un grand arbre vacilla avant d'être emporté par les flots tumultueux, et ses branches nues tournoyèrent longtemps dans les courants comme des bras appelant à l'aide. Comment seulement envisager de traverser cette barrière liquide terrifiante ? La luminosité était de plus en plus faible, et mieux valait pour lui se contraindre à faire demi-tour pour reprendre le chemin d'Avolsheim.

Le crépuscule affirmait son emprise, et de longues langues d'ombre s'étiraient depuis les cimes jusqu'aux flancs des coteaux... En conducteur averti, il conduisait lentement et sans à-coups, mais la chaussée abîmée réservait plus d'un piège. Au plus fort d'un virage un peu serré, les pneumatiques perdirent soudain leur adhérence et le véhicule se mit en travers tout en glissant vers le fossé. Hans eut toutes les peines du monde pour lui éviter de se renverser, mais la Mathis finit par s'immobiliser à quelques centimètres d'un talus herbu que léchaient les eaux en furie.

« Ouf ! Pour un peu, c'était l'accident... »

Encore tremblant, il mit pied à terre, puis contempla la rivière en crue dans les dernières lueurs du jour agonisant. La rive opposée était plus abrupte. Quelques arbustes y frémirent d'étrange façon, attirant son attention. Stupéfait, il vit alors le sol détrempé s'ouvrir sur une entaille, qui s'agrandit soudain en emportant un pan entier de la berge dans une houle roulante de terre et de fange. Le grondement qui accompagna le glissement de terrain couvrit les rumeurs des flots déchaînés.

« Mon Dieu ! »

Subjugué par l'effondrement, il regarda se former l'énorme vague, épaisse d'une boue gluante, qui prenait de l'ampleur en remontant le courant et en traversant de plus en plus rapidement toute la largeur du cours d'eau. Il ne bougea pas, comme hypnotisé, et reçut de plein fouet cette déferlante digne d'un raz de marée océanique !

Ce fut comme une gifle qui le repoussa de deux pas en arrière et le laissa trempé, dégoulinant et souillé, le souffle coupé, les yeux écarquillés. Qu'il était rare d'assister, en temps réel, à un tel phénomène géologique ! Il s'ébroua, chercha vainement son chapeau, puis s'apprêta à remonter en voiture. Hans ressentit alors comme une vibration diffuse qui sourdait du sol, et il vit une longue déchirure courir depuis la cicatrice abandonnée par la coulée jusqu'à une maisonnette située en amont. Dans un craquement sinistre, un ensemble de murs s'abîma à son tour dans des gerbes d'écume, suivi par un vaste lambeau de terrain.

« Ce n'est pas possible ! C'est toute la colline qui va y passer ! » hurla Hans pour tromper l'angoisse qui l'étreignait.

Incrédule, il regarda le toit s'effondrer, puis l'éboulement avaler le reste de la maison, la brasser et la rejeter dans les flots avec tout un pan du coteau. Horrifié, sans plus réfléchir, il courut pour se mettre à l'abri de l'autre côté de la route, certain que cette nouvelle catastrophe allait provoquer cette fois un véritable tsunami. Bien qu'en sécurité sur ce talus surélevé, il ne put échapper au mur d'eau qui balaya le fond de la vallée et dut s'accrocher à un arbre pour ne pas vaciller sous la rudesse du choc. Une seconde onde, plus faible et plus lente, revint à l'assaut en jonchant la rive de tuiles et de débris, de roches et de branchages, de fragments de meubles, de toiles et de tissus, le tout baignant dans une couche de terre liquide...

« C'est bien fini, cette fois ? »

Encore hésitant, maculé de la tête aux pieds, il profita des rayons diffus d'une lune baveuse pour s'assurer que son véhicule n'avait pas trop subi de dommages.

« Ça ira... Mais consentira-t-elle à démarrer, maintenant ? »

Un dernier regard sur la Bruche le convainquit qu'il lui fallait faire vite. La coulée de boue et de gravats formait maintenant un barrage en travers du cours d'eau, et elle allait rapidement faire monter le niveau en amont ! Mieux valait passer avant que la route fût de nouveau inondée… Rejetant un morceau de poutre à la rivière, il avisa soudain, en bordure et malmené par les courants, un amas de linges d'un blanc sale qui l'intrigua.

« Tiens ? On dirait que ça bouge… Un chien, peut-être ? »

Malgré le vacarme des vagues, il lui sembla entendre comme des pleurnichements, des crachotements, et ce fut prudemment qu'il s'en approcha, en prenant garde à chaque pas où il posait ses semelles. S'emparant du paquet fangeux, il eut aussitôt un mouvement de recul.

« Ce n'est pas vrai ? »

Un enfant ! Très jeune, peut-être quatre ou cinq ans, autant qu'il pouvait en juger. Bizarrement, le gamin ne se mit pas à pleurer, se contentant de piteuses éructations. Tout en essuyant du doigt les coulures de boue s'échappant des petites lèvres, Hans s'affola. Qu'allait-il faire de ce môme transi ? Il ne pouvait bien entendu l'abandonner à son sort ! Ce fut pourtant avec un soupir contraint qu'il posa sur le siège arrière ce colis dégoulinant, toussant et gigotant…

* *
*

Que de difficultés pour faire quelques kilomètres seulement, alors que l'obscurité affermissait son emprise sur la ville… La lune peinait à percer les brumes nocturnes et les embarras de la route parurent à Hans plus ardus qu'en plein jour. Il parvint pourtant sans encombre en bordure de Molsheim, et s'arrêta un moment, moteur tournant. Oui, que faire, maintenant, avec ce pauvre être frigorifié qui n'arrivait même plus à pleurer ? Pour la première fois, il se pencha sur ce tas de chiffons souillés et boueux. Contenait-il un garçon ou une fille ? Il s'en assura tout en frissonnant dans ses vêtements mouillés.

« Oui, un petit mâle ! Qui doit être tout aussi gelé que moi… »

Il avait beau tenter de se montrer émotionnellement détaché de ce sauvetage inopiné, tout cela n'était pas sans secrètement lui agiter des états d'âme contradictoires. Comment se débarrasser maintenant de ce fardeau trop encombrant pour ses épaules vieillissantes ? Et les parents de ce marmot ? Dans quelle inquiétude ne devaient-ils pas être ! Hans se remémora alors les atroces images de cette pauvre maison qui s'était abîmée dans les tourbillons tumultueux de la rivière en folie, et il se convainquit que ce gosse ne pouvait qu'être désormais orphelin. Comment ses proches eussent-ils pu sortir vivants d'un tel cataclysme ? Le plus judicieux était de le remettre sur-le-champ aux autorités, la gendarmerie n'étant pas très loin ! Un vague scrupule l'en empêcha : ces hommes de troupe ne sauraient certainement pas prendre soin du bambin, surtout des Allemands !

Non ! Mieux valait l'emmener dans la première auberge venue. Comment alors expliquer la situation anormale dans laquelle il se trouvait ? Un bougre de son âge, trempé, aux vêtements maculés, qui se présentait à nuit tombée dans un hôtel en compagnie d'un gamin de quelques années seulement, tout aussi souillé que lui… Voilà qui pouvait soulever bien des interrogations ! L'enfant crachota et se mit à tousser, ce qui poussa Hans à le prendre dans ses bras pour le coller contre son corps.

« Tu as froid, hein ? »

Le gosse ne répondit que par des yeux emplis d'effroi.

« Moi aussi ! Il nous faut donc trouver un toit. Et je ne vois pas d'autre solution que celle de te garder avec moi pour la nuit. Advienne que pourra, nous verrons bien demain ce que je peux faire de toi ! »

Sans plus attendre, il s'engagea dans la ville, avant de s'arrêter au hasard devant l'*Hôtel des Deux-Clefs*, ce qui lui amena sur les lèvres une mauvaise grimace. Le restaurant dans lequel il avait mangé à Marmoutier, après qu'il eût entraperçu sa chère Emma, ne portait-il pas le même nom d'enseigne ? Qu'importait ? Sans plus réfléchir, il poussa la porte de l'établissement, serrant le jeune corps sous son long manteau dégoulinant.

« Monsieur ? Oh ! Monsieur… Que vous est-il arrivé, *mein Herr ?* Un accident ? »

Hans essaya de gommer la gêne qu'il ressentait, et il répondit à l'employé de service :

« Pas vraiment, mais il s'en est fallu de peu ! Sans doute de façon assez inconsciente, j'ai jugé que je pouvais rejoindre les environs de Nancy par la route, mais j'ai été pris par les inondations et j'ai dû y renoncer… Et c'est en faisant demi-tour avec mon automobile que j'ai reçu une énorme vague provoquée par un effondrement de terrain sur la berge opposée, entre Soultz et Avolsheim !

– Quelle imprudence ! Vous voulez sans doute changer de vêtements ?

– Cela va sans dire ! À condition que vous ayez une chambre de libre pour moi et… et… et pour mon petit-neveu ?

– Vous savez, en cette saison, ce n'est pas la place qui manque pour les clients de passage ! Oh ! Le pauvre garçon… Voulez-vous que je vous sorte une serviette pour le sécher ?

– Volontiers, mon brave. C'est très gentil de votre part !

– Non, non, c'est bien la moindre des choses ! »

Pourquoi n'avait-il pas osé avouer la vérité ? Pourquoi n'avoir pas confessé qu'il venait de recueillir ce gosse et de le sauver des flots de la Bruche ? Honnêtement, il ne le savait pas. Par instinct protecteur ? Peut-être… De toute façon, mieux valait que chacun crût que ce môme était son petit-neveu, ce qui éviterait sans doute bien des questions gênantes ! En attendant, il gagna au plus vite la chambre qu'on lui avait attribuée. Aussitôt, il ôta les vêtements qui enveloppaient le petit corps, et il resta interdit. C'était bien la première fois qu'il se livrait à une telle activité ! Ce jeune être à la peau si fragile, si rose, qui battait des bras et des jambes… Avec ses grands yeux noirs écarquillés qui semblaient chercher à comprendre ce qui venait de se passer.

Comment le nettoyer ? Il avait tellement peur que la moindre pression de ses doigts pût lui briser un membre !

« Pff... C'est tout de même plus simple de manipuler des ossements millénaires ! »

Avec des gestes aussi doux que maladroits, il entreprit malgré tout de récurer l'enfant au-dessus du lavabo, à l'aide du broc d'eau chaude qu'un serveur lui avait monté. Ce ne fut qu'alors qu'il entendit pour la première fois la voix de son protégé, lequel se mit soudain à brailler, comme si le contact liquide lui rappelait son récent cauchemar.

« Tout doux, Mathias... Tout doux ! Ce n'est rien, tu sais... Ce n'est rien... »

Tiens, pourquoi Mathias ? Cela lui était venu comme ça sur les lèvres, sans raison aucune ! Mais il lui fallait bien mettre un nom sur ce gamin. Sans raison ? Peut-être pas : n'était-ce pas ainsi qu'Emma et lui avaient décidé de prénommer leur premier enfant, si celui-ci s'était avéré un garçon ! Il n'eut pas le temps d'y réfléchir plus. Deux grands yeux innocents le regardaient déjà.

« Qui tu es, toi ? »

Hans sursauta. Ainsi, le gamin parlait assez correctement ? Plus âgé sans doute qu'il ne le supposait ! Sans savoir vraiment pourquoi, il chuchota :

« Je suis ton oncle Hans... Allons, ne pleure pas ! C'est fini, Mathias... C'est fini ! »

Hans l'avait posé sur le lit, coincé entre deux oreillers. Le temps de se livrer lui-même à une toilette plus sommaire qu'il ne l'aurait voulu. Il changea de vêtements, hésita, puis lacéra une de ses chemises pour emmailloter ce petit-neveu qu'il venait de s'inventer, et dont il se sentait déjà responsable.

« Papa ? Maman ?

– Chut ! Petit Mathias... Aujourd'hui, c'est moi, ton “papa” ! Viens, manger un peu te fera le plus grand bien, et à moi aussi, d'ailleurs ! »

* *
*

Aurait-il jamais pu imaginer situation plus incongrue ? Lui, Hans Hasenfratz ! Qui avait passé la nuit avec ce gosse serré contre lui… Un petit être tranquille qui, comme hébété, n'avait pas dit un mot, n'avait pas pleuré, et qui s'était même montré propre ! L'enfant s'était pelotonné contre lui et s'était paisiblement endormi, tandis que lui-même était longtemps resté les yeux grands ouverts. Que décider, dès le lendemain ? À qui confier ce gamin ? Certes pas aux *kettenhunde*[1] ! Ce n'était pas demain la veille qu'il mettrait les pieds dans une *feldgendarmerie* ! Il y avait bien un hôpital réputé, à Molsheim, mais ce garçon méritait-il de grandir sans affection aucune, sous tutelle germanique ? Et puis, s'il avait survécu à cette coulée de boue, peut-être ses parents avaient-ils eu la même chance ? Non, le plus sage était de retourner sur les lieux du drame pour essayer d'en savoir un peu plus ! Mais comment confier ce chérubin à quelqu'un de fiable, le temps qu'il s'informât sur l'étendue de la catastrophe dont il avait été le témoin ? Pas question de l'entraîner dans un nouveau périple en automobile qui pouvait, comme la veille, s'avérer plus délicat que prévu ! D'autant plus que les clapotis martelant les volets indiquaient nettement que les intempéries semblaient loin de se calmer…

« Et toi, Emma… Que ferais-tu, à ma place ? »

Pff… Le seul fait d'avoir doté ce gamin du prénom de Mathias ne pouvait que raviver en lui la rancœur latente qui le poursuivait, depuis que les aléas de la vie l'avaient séparé de son amour de toujours !

« Emma ! Emma… »

---

1. *Chiens enchaînés. C'était là le surnom péjoratif donné aux gendarmes allemands, à cause de la chaîne qu'ils portaient autour du cou.*

Petit-neveu ?

PRÉOCCUPÉ, Hans n'avait pas fermé l'œil de la nuit. Ou, s'il s'était plus ou moins assoupi, il n'en avait pas le souvenir. Malgré son impatience, il avait attendu que ce petit « Mathias » fût éveillé.

« Tu dois avoir faim, petit ? Nous allons descendre au plus vite nous caler un peu l'estomac ! Tu viens, petit bout d'homme ? »

Comme oublieux du drame de la veille, ce fut avec l'œil rieur que le gamin lui tendit les bras. Hans le hissa contre son épaule, plus ému qu'il ne l'aurait voulu par ce geste si inhabituel pour lui. Ah ! Ces pupilles levées sur lui, et ces lèvres juvéniles qui babillaient de façon approximative :

« T'es qui, toi ?

– Je… je te l'ai déjà dit ! Je suis ton “oncle Hans”, et je… je dois te… enfin, papa et maman t'ont confié à moi pour quelque temps…

– Ah ?

– Tu verras, tout ira bien, mon petit Mathias.

– Je suis pas Mathias ! Je m'appelle Franz !

– C'est comme un jeu, tu comprends ? Mieux vaut que je t'appelle Mathias, pour l'instant ! N'aie pas peur, je t'aime bien, tu sais ? Et toi ?

– T'es gentil… Mais t'es vieux, on… oncle Hans ! »

Il ne répliqua rien. C'était vrai qu'il était d'âge à être le grand-père de ce bambin ! Et comment empêcher ce prénom improvisé de lui ronger le cœur ? Avec ce regret toujours présent de n'avoir pu forger un couple et une famille avec celle qui lui encombrait encore l'âme…

« Bien. Allons manger, maintenant ! Je suis sûr que tu as l'estomac creux. »

Un bon petit déjeuner, qu'il avait voulu trop copieux pour l'appétit d'un jeune garçon, mais qu'importait ? Sa préoccupation se révélait tout autre ! Avisant le serveur, il le héla :

« Eh ! Garçon…

– Oui, monsieur ?

– J'ai un petit problème… Enfin, un gros ! Après les incidents d'hier, il me faut trouver des vêtements de rechange pour mon petit-neveu, ce joli marmot ! Et j'ai quelques autres formalités à accomplir à son sujet…

– Oui ? Et alors ?

– Alors, avec le temps qu'il fait, je préférerais que mon Mathias reste au chaud. Il s'est trouvé assez trempé hier pour ne pas risquer la même mésaventure aujourd'hui ! Ne connaîtriez-vous personne de confiance pour s'occuper de lui quelques heures ? Si tel était le cas, je saurais me montrer généreux, vous savez…

– Ce n'est que cela ? Rassurez-vous, alors ! Mathilde, la femme de chambre de l'*Hôtel des Deux-Clefs*, est une vraie mère poule ! Et, comme vous êtes l'un des seuls clients à cette époque de l'année, je suis certain qu'elle se fera une joie de cajoler ce rejeton ! »

Hans sortit un billet de cinq marks et le tendit à l'employé en soupirant de soulagement :

« Merci, mon ami, vous m'enlevez une belle épine du pied ! »

* *
*

Reprenant en sens inverse le trajet qui le ramenait sur les lieux de la catastrophe de la veille, il réalisa seulement, en plein jour, à quel point il avait été chanceux de rejoindre Molsheim au cœur de la nuit. Quelle route défoncée, encombrée d'arbres couchés, de coulées de boue, d'effondrements de talus, et sillonnée de ravines dans lesquelles se battaient les roues de son véhicule.

« Et cette foutue pluie qui continue ! »

Approchant de Soultz-les-Bains, et plus particulièrement du virage où s'était produit le drame, il remarqua vite un attroupement de personnes et s'arrêta. Faussement innocent, aussitôt sorti de sa voiture il s'informa, en remontant son haut col sur ses oreilles pour se protéger des ondées :

« Bonjour mes braves. Croyez-vous que je puisse aller au-delà de Soultz, ou serait-il plus sage que je fasse demi-tour ? »

Un colosse dont la mine avenante contrastait avec sa carrure de brute épaisse se fendit d'un sourire ironique :

« Poursuivre plus loin avec votre engin à moteur ? Ce serait folie, même pour un homme à dos de cheval ! Déjà qu'il n'est pas aisé de rejoindre Soultz…

– Oui ! insista un autre. Il y est même impossible de passer les ponts sur la Mossig et sur la Bruche ! Alors, vouloir aller au-delà me semble du domaine du rêve ou du suicide… Surtout avec une mécanique comme la vôtre ! »

Affectant un air contrarié, Hans respecta un moment de silence avant de demander :

« Mais, dites-moi, que faites-vous ici, ainsi rassemblés par un aussi mauvais temps ? »

Une matrone à la poitrine envahissante et à la moustache naissante lui fit aussitôt face, après avoir rejeté en arrière ses cheveux dégoulinants :

« Un grand malheur, *mein Herr* ! La maison des Kirneck !

– Une maison ! Quelle maison ?

– Vous ne pouvez la voir, malheureux ! Elle a été emportée dans la nuit par l'effondrement de toute la berge opposée…

– Quelle horreur ! Et il y a des victimes ?

– Quelle question, *mein Herr* ! Qui pourrait en réchapper ? Il n'y a que ce trou béant, en face, là où s'élevait leur domaine... Nous n'avons pu traverser, mais, de l'autre côté, tous ceux qui sont venus à leur secours n'ont rien pu faire ! Üschen et Gretel sont restés introuvables, tout comme leur *mops*[1]. On a seulement repêché en aval le cadavre de Marieke, une pauvre femme qui leur servait de bonne à tout faire et de nounou pour le gosse ! Nul doute que toute la famille a dû subir le même sort... Avec ces courants, Dieu sait où ont été emportés leurs corps. Peut-être n'en aura-t-on plus jamais trace ? »

Elle se signa rapidement, puis se détourna pour cacher les larmes de pitié qui lui montaient aux yeux. Hans soupira en rejoignant sa voiture, une fois de plus trempé. Il n'avait nul besoin d'en savoir plus et se retrouvait désormais avec un orphelin sur les bras !

* *
*

Il était plutôt mignon, son Mathias, avec sa petite tenue toute neuve ! Le marmot semblait même assez fier d'arborer des vêtements comme jamais il n'en avait porté... Hans le regarda avec un air aussi attendri que préoccupé, et le gamin se précipita vers lui pour fourrer ses doigts dans la barbiche blanche. Ce gosse lui semblait déjà tellement attachant, avec sa joie de vivre, sa mine rieuse, ses élans de tendresse ! Avec sa spontanéité, si inattendue pour un jeune être qui venait de perdre à la fois ses parents et sa maison... Comment l'abandonner au triste sort qui l'attendait ? Hans ne voyait d'autre solution que de le conduire avec lui au-delà de la frontière. Sans doute y serait-il plus aisé de lui trouver un lieu d'asile convenable, à Nancy ou

1. *Petit gamin.*

dans les environs ? Avec un ton doux qu'il ne se connaissait pas, il interpella son protégé, qui explorait déjà la chambre en courant comme un chiot excité.

« Dis, Mathias... Si nous faisions tous deux un grand voyage ?

– Pour voir papa et maman ? »

Gêné, Hans secoua tristement la tête. C'était là un sujet qu'il voulait à tout prix éviter d'aborder !

« Non, petit, répondit-il. Mais nous allons bien nous amuser, et nous allons prendre le chemin de fer !

– Le train ? Qui fume en faisant tchouc-tchouc ?

– Oui, c'est cela ! Tu n'es jamais monté dedans, n'est-ce pas ?

– Non, mais je les ai déjà vus passer...

– Alors, ça va te plaire ! Si tu es sage, bien sûr. »

Oh ! Il avait bien conscience d'être maladroit dans ses propos et dans ses gestes. De sa vie, jamais il n'avait eu l'occasion de s'occuper d'un enfant !

Il avait remisé sa voiture dans la cour intérieure de l'hôtel, se promettant de venir la récupérer dès que les conditions climatiques le permettraient. Valise à la main, et serrant de l'autre les doigts si fragiles du jeune garçon, il s'était dirigé vers la gare toute proche. Un véritable périple, pour Mathias ! L'aventure qui était la sienne lui faisait oublier la vie qu'il avait toujours connue, et ses parents ne semblaient nullement lui manquer, tout au moins pour l'instant...

« Nous sommes en avance, petit ! Mais viens, allons voir les locomotives de près. »

Sans le montrer, Hans tentait désespérément d'afficher une mine enjouée, comme pour juguler la crainte qu'il avait de passer la frontière en compagnie de ce gosse sans papiers. Il se livrait là à un véritable enlèvement ! Il se rassura pourtant en songeant que le trafic était fortement perturbé par les crues et les inondations, et que le personnel ferroviaire comme les agents des douanes devaient certainement avoir mieux à faire que de se montrer trop tatillons envers un vieil homme accompagné d'un charmant gamin.

« N'aie pas peur, Mathias ! Ce n'est qu'un gros animal de fer qui va nous promener dans son ventre... »

Son regard retomba sur ce gosse qui n'était encore rien pour lui. Il ne pouvait que le trouver touchant, à le voir ainsi, avec ses yeux écarquillés, reculer sur le quai face à l'avance bruyante du monstre mécanique. Impressionnant, pour un gosse de son âge ! Ce vacarme, ces trépidations, ces grandes roues de fonte, avec le chuintement des bielles, le souffle asthmatique des cheminées crachant des volutes de vapeur blanche, les nuages de fumées âcres et noires... De quoi faire battre la chamade à un petit cœur tout neuf ! Le convoi à peine arrêté, un employé cria dans son porte-voix :

« *Einsteigen*[1] *! Einsteigen !* »

Calmement, les passagers en attente se dirigèrent vers les voies.

« Allez, grimpe, petit... Attends, je t'aide. Ces marches sont trop grandes pour tes jambes ! »

Peu de voyageurs, ce jour-là. Ces intempéries hors de la normale y étaient sans doute pour quelque chose ? Aussi Hans trouva-t-il vite un compartiment presque vide, et il installa le marmot près de la fenêtre avant de prendre place sur le siège en lamelles de bois cintrées.

Un grincement, quelques chocs qui secouèrent les voitures, puis le convoi qui s'ébranlait enfin, poussivement d'abord, de plus en plus rapide ensuite. Hans, du coin de l'œil, ne ratait rien de la joie du petit garçon qui, à genoux sur la banquette et le nez collé à la vitre, regardait avec extase la gare s'éloigner et le paysage défiler.

« Oncle Hans ! Oncle Hans ! »

1. *Montez en voiture !*

Il se retourna, curieusement ému. C'était si étrange, pour lui, de s'entendre appeler ainsi ! Preuve aussi que l'orphelin l'avait déjà pleinement adopté.

« Oui, Mathias...

– T'as vu la rivière, là ? Comme celle de chez moi... Mais là, je la vois d'en haut ! »

Un simple regard. La Bruche charriait toujours des flots sales, mais elle semblait sérieusement en décrue. Seuls les arbres, branchages et autres débris qui souillaient encore ses berges témoignaient de ses récentes furies...

Le parcours dura plus longtemps qu'en période normale, et plusieurs arrêts en gare s'éternisèrent plus que de coutume. La circulation et le trajet de plusieurs lignes avaient dû être modifiés, certaines voies restant sous les eaux, d'autres ayant été détériorées par les crues, les coulées de boue ou les effondrements de terrain. L'occasion aussi de traverser d'admirables paysages, auxquels il ne manquait qu'un beau soleil pour se prétendre magnifiques ! La vallée de la Bruche, Urmatt, Wisches, Schirmeck... Avec des hauteurs boisées coiffées de brumes, des vallées encaissées, de grandes sapinières et des lambeaux de prairies qui semblaient s'éteindre sur le cours de ruisseaux tortueux. Des rochers aux formes étranges qui se confondaient parfois, sur une crête ou l'autre, avec les ruines de quelque château oublié. Vraiment, il y avait là de quoi émerveiller un gosse qui n'était sans doute jamais sorti de son village !

En raison des circonstances, il fallut aux voyageurs changer deux fois de train avant de franchir la frontière à Saales. Malgré les inquiétudes de Hans, ce ne fut qu'une formalité, et le douanier jeta à peine un regard sur les papiers du vieil homme, sans même paraître remarquer la présence du gamin. Puisque tout le monde avait son billet, il n'avait aucune raison de faire du zèle ! Douane française, puis nouvelle correspondance avant de remonter sur Nancy en suivant le cours de la Meurthe. Nancy et son temps gris, son ciel tourmenté et cet air humide, si lourd à respirer… Ce fut d'ailleurs avec soulagement que Hans s'éloigna de la gare. Contrairement à son protégé, le voyage lui avait paru interminable !

« Si nous allions manger un morceau, Mathias ? Je suis sûr que tu as faim…

– Oh oui ! Oncle Hans… »

Il serra un peu plus fort cette petite main confiante, bizarrement heureux de la complicité tacite qui s'installait entre lui et cet enfant dont il ignorait finalement tout. Il ne leur fallut pas longtemps pour sauter dans un tramway électrique, que le jeune garçon considéra avec autant d'émerveillement que de crainte. La ville l'effrayait autant qu'elle l'attirait, nullement habitué qu'il était de voir autant de gens, dans une telle agitation, avec autant de bruit, autant de rues, autant d'immeubles ! De quoi se sentir un peu perdu… Hans évita de le conduire dans un des beaux restaurants de la grande cité, et il se contenta de descendre à Point central, au croisement de la rue Saint-Jean et de la rue Saint-Dizier, pour pousser sans plus hésiter la porte de la *Brasserie lorraine.*

* *
*

« Alors, Mathias, c'est bon ?

– Oui ? Bon ! »

Il y avait tellement de plaisir à le voir avaler ainsi avec un tel appétit, à croire qu'il n'avait jamais mangé une flamiche aux poireaux ! Hans, quant à lui, n'avait guère fait honneur à son assiette, toujours préoccupé qu'il était de savoir que faire de ce gosse… Il ne regrettait cependant pas de l'avoir arraché au triste sort qui l'attendait dans cette Alsace où l'apprentissage de l'allemand était devenu obligatoire, et où l'avenir des orphelins n'était guère enviable. Mais l'était-il davantage en France ? Il en doutait… Pas question pourtant de le garder sous son propre toit. Il y avait longtemps qu'il avait passé l'âge d'être père, et ne déplorait nullement de n'avoir pas enfanté, depuis que les circonstances l'avaient arraché à sa chère Emma... En contrepartie, cela lui avait sans doute permis de se consacrer sans scrupule à ses nombreuses recherches ?

« Après tout, on verra bien ! décida-t-il à haute voix. Pour le moment, nous allons chez moi...

– Et c'est loin, chez toi ? demanda aussitôt Mathias, les lèvres maculées par son dessert au chocolat.

– Non, pas vraiment. Plutôt que de reprendre un train, mieux vaut louer les services d'un cocher et d'une voiture à cheval. Dans guère plus d'une demi-heure, nous serons arrivés, petit ! »

Comme pour saluer le retour de Hans, pour la première fois depuis des jours, le soleil arriva à percer la chape des nuages qui stagnaient d'un horizon à l'autre en ébréchant la crête des collines. Mathias sembla sensible à ce changement d'atmosphère, et il se mit à sourire tout en admirant ces paysages nouveaux pour lui. Bouxières-aux-Dames, Custines... L'attelage parvint d'ailleurs vite en vue de Morey, dont le clocher se dressait placidement au-dessus d'un groupe de maisons frileusement regroupées à son ombre protectrice. Derrière l'église, bien nichés au creux de sa verdure, s'élevaient le château et ses fières tours rondes surmontées d'un toit pointu.

« Un château sans maîtres... » pensa le vieil homme.

Une belle bâtisse, pourtant, seulement occupée par un jardinier et une domestique âgée qui en assuraient l'entretien sommaire, alors que les propriétaires n'y avaient plus mis les pieds depuis des années... Quelle pitié que tous ces volets fermés ! Il leva enfin les yeux pour les porter là-haut, tout au-dessus de la colline, sur les arbres du parc où était établie sa demeure. Hans soupira de soulagement. La Ribiette commençait à lui manquer terriblement !

* *
*

Gertrude releva nerveusement une mèche sur son front. Elle avait beau tenter de s'activer, l'angoisse était là, à chaque heure plus pesante. Sursautant au moindre bruit, elle attendait vainement d'entendre enfin le vacarme familier du moteur de l'automobile de son maître… Une fois de plus, elle se précipita au-devant de la fenêtre et s'affola aussitôt en voyant une calèche s'engager dans l'allée conduisant à la demeure.

« Oh ! *Mein Gott* ! »

Éperdue, elle déboula sur le perron au moment où la voiture à cheval s'immobilisait au pied des marches et ne fut soulagée qu'en voyant Hans s'en extraire.

« *Mein Herr, mein Herr* ! Dieu soit loué ! J'étais tellement inquiète, après toutes ces catastrophes…

– Ma bonne Trudy ! Je peux bien m'absenter quelques jours sans que ce soit un drame, non ? »

La brave femme descendit précipitamment l'escalier pour le serrer contre sa poitrine.

« Avec tout ce qu'on a dit de ces inondations ! Vous avez eu un accident, ou peut-être que votre voiture est en panne ?

– Non, non… Mais les routes ne sont pas encore praticables partout, avec toutes les rivières en crue ! Et… »

Il fut interrompu par Mathias qui, sautant du marchepied du cabriolet, s'exclama en désignant Gertrude :

« C'est qui, elle ? »

La gouvernante se redressa en portant les poings sur ses hanches. Puis, cherchant les yeux de Hans, elle répliqua :

« La question serait plutôt : c'est qui ce *pia*[1] ? »

Sans répondre sur-le-champ, Hans glissa deux billets au cocher avant de se retourner pour prendre l'enfant dans ses bras :

« Lui, c'est Mathias ! Mon… petit-neveu !

– Votre petit-neveu ? protesta Trudy d'une voix outrée. Vous me prenez pour une *schmollkop*[2] ? »

1. *Petit, p'tiot, jeune enfant.*
2. *Petite tête, abrutie.*

Elle était bien placée pour savoir que Hans n'avait pas de petit-neveu, son seul frère étant décédé sans enfants ! Hans lui adressa un œil moqueur :

« Allez, viens, ma Trudy, je t'expliquerai... »

La vieille femme le suivit en affichant une moue de contrariété. Que signifiait encore cette nouvelle lubie ? Hans réprima un sourire. Que c'était bon de renouer avec le tempérament bougon de la brave domestique !

* *
*

Si Gertrude se faisait un honneur de grommeler sans cesse en évoquant ce gamin qu'on lui avait « mis dans les pattes », elle prenait un secret plaisir à s'occuper de lui. Mathias avait apporté un regain de vie dans cette maison trop vide ! Elle avait beau râler, elle aimait le minois de ce petit être attachant et redoutait de plus en plus de voir son maître parvenir à ses fins et le confier à une famille inconnue. Malgré quelques réticences âprement manifestées, elle avait intérieurement approuvé Hans d'avoir ramené ce gosse plutôt que de l'avoir abandonné en orphelinat ! Pourtant, si elle se félicitait qu'il eût été sauvé de l'emprise prussienne, elle entendait bien qu'il ne devînt pas Lorrain ! Il fallait lui inculquer la fierté d'être né alsacien et de le rester. Aussi s'exprimait-elle fréquemment en parler alémanique, à la grande contrariété de Hans qui s'attachait à user d'un français correct. Mathias, quant à lui, se moquait de ces considérations, et il avait vite fait son domaine de cette immense maison qui n'était pas la sienne...

« Le petit est couché ?

– Oui, *mein Herr* ! Et il a mangé avec un bel appétit !

– Je crois qu'il est à la fête, ici. Il ne devait pas avoir une gamelle bien grasse, chez lui !

– Ce n'est pas une raison pour le gaver ! Mais, dites-moi, vous tenez vraiment encore à lui trouver un autre foyer ? »

Hans soupira, hésitant :

« Ce n'est pas de gaieté de cœur, mais il le faut bien ! Comment l'élever ? Tu le vois grandir, avec moi qui suis d'âge à être son grand-père et toi celui d'être ma mère ?

– Dis tout de suite que je suis trop vieille, malappris !

– Et trop vieux moi aussi ! Il a besoin de côtoyer des gamins de son âge, de jouer, de courir et de crier… Tout ce que nous ne pouvons lui offrir !

– Il y a l'école pour ça !

– Pff… L'école ? Pour ânonner l'alphabet et tenter d'assimiler quelques inepties de base… J'ai tellement mieux à lui apprendre !

– Ah ! Vous voyez, *mein Herr*, que vous entendez bien le garder, ce petit monstre !

– Je n'ai pas dit cela…

– Non, mais c'est tout comme ! »

Hans eut l'impression que Gertrude allait prolonger l'entretien, en remarquant cette expression qu'affichent ceux qui sont sur le point de dire quelque chose d'important, mais Trudy se contenta de pincer les lèvres avant de sortir précipitamment de la pièce. Que diable lui cachait-elle ?

* *
*

Le temps s'était remis au froid, et la neige avait de nouveau étouffé le paysage de sa lourdeur blanche. Cela n'effrayait pas le gamin, qui profitait de la moindre occasion pour piétiner ce tapis de ouate gelée, en faire des boules, ou construire d'étranges formes sur les prairies entourant la grande bâtisse.

« Pourquoi le laisser faire ? Il va attraper du mal, ce gosse !

– Allons, Trudy, il est en bonne santé et l'air vif semble bien lui convenir ! D'ailleurs, je vais faire une balade avec lui… »

Ironique, la vieille femme assena :

« Sans votre mécanique ? C'est un vrai miracle !

– Ma mécanique ? Je la récupérerai à Molsheim dès que les conditions le permettront ! En attendant, j'ai encore des jambes, que je sache… Et le petit de l'énergie ! »

Sous sa couche hivernale, la campagne environnante paraissait plus vaste encore, les paysages plus écrasants, mais Mathias semblait y trouver une féerie particulière. Hans en profita pour tenter de lui expliquer quelques notions élémentaires :

« Qu'est-ce que tu préfères : la pluie ou la neige ?

– La neige, bien sûr ! C'est froid, mais c'est drôle…

– Et si je te disais que c'est la même chose ? »

Il n'eut pour réponse qu'un rire incrédule. Patient, il reprit :

« Tu vois la glace de la Natagne ? C'est ainsi que l'eau devient, quand il fait très froid… Et, quand il fait très froid dans les nuages, la pluie devient de la neige !

– Ah ?

– La preuve, c'est que si tu la gardes un moment dans la chaleur de tes paumes, elle redevient de l'eau, tout comme la glace, d'ailleurs… »

Comme chaque fois que Hans s'évertuait à jouer le rôle d'instituteur, le jeune garçon buvait ses paroles. Contrairement à bien des enfants de son âge, il faisait montre d'une bonne mémoire, et son tempérament curieux enchantait son grand-oncle de substitution. Déjà, Hans rêvait d'en faire un érudit avant terme. Il avait tellement de choses à lui inculquer ! Il lui fallait pourtant faire preuve de patience, et il lui tardait de le voir grandir suffisamment pour enfin aborder des domaines plus ardus…

Bien qu'il n'en parût guère préoccupé depuis qu'il avait été recueilli par son sauveur, ce fut le moment que choisit Mathias pour poser la seule question qui dérangeait vraiment Hans :

« Dis-moi, oncle Hans…

– Mmm ?

– Je suis bien, chez toi, et j'aimerais bien y rester... Quand est-ce que papa et maman viendront me chercher ? »

Que dire ? Comment aborder ce sujet délicat sans heurter la sensibilité du garçon ? Une fois encore, il fallait tricher :

« Rassure-toi, cela sera peut-être pour plus tard ?

– Ah ? Et pourquoi ?

– Je t'expliquerai, petit... coupa Hans. Tiens, regarde plutôt ce ruisseau, là, sur la droite, qui s'appelle la Seille. C'est la frontière de cette Allemagne où tu es né et qui aurait dû rester française... »

Cette notion de frontière échappait totalement à l'esprit juvénile de Mathias, qui préféra jouer de la semelle avec les cailloux du chemin qui émergeaient de la neige.

« Et là, c'est quoi ? »

Hans suivit la direction du petit index, puis répondit :

« C'est le village de Nomeny !

– On y va, alors ?

– C'est un peu loin, tu sais ?

– Non, non ! Je ne suis pas fatigué, moi... »

Il était vrai qu'il n'y avait guère plus de deux à trois kilomètres, lesquels, avec un soleil froid qui luttait contre les nuages, incitaient à poursuivre la promenade. Hans décida alors de se rendre à Clémery.

« Je vais te montrer un beau château et te présenter à ceux qui l'habitent...

– Un vrai château ?

– Oui, mais qui a perdu depuis longtemps ses remparts et ses murailles... Il n'en reste pas moins un lieu historique, et je suis certain que ses propriétaires sauront te faire un bon accueil. »

Hans soupira. Ce trajet d'une demi-douzaine de kilomètres dans la neige commençait à lui momifier les jambes, et il envia soudain la vigueur que l'on pouvait afficher dans les jeunes années. Coupant de chemins en traverses, ils parvinrent enfin en vue de l'antique demeure.

Révélations...

« Par Dieu ! s'écria le comte de Moustier. Malgré cette foutue neige, j'étais sur le point de me rendre à Morey pour prendre de vos nouvelles !

– J'avais tellement à faire, mon ami ! Et, avec ces intempéries, je suis resté plus longtemps que prévu en Alsace... autant dire chez moi... Me croirez-vous si je vous confie qu'avec un ami de Bischwiller, nous avons extirpé du sol une mandibule complète de jeune mammouth ?

– Du mammouth, en Alsace ? Vous plaisantez, Hans ?

– Pas du tout, je vous assure.

– C'est bien, c'est bien, je veux bien vous croire... Mais quel est ce charmant garçon qui s'accroche à vos basques ? »

Hans s'approcha de l'oreille de son ami pour murmurer :

« Le fils unique de mon malheureux neveu, qui est décédé depuis peu avec son épouse dans de dramatiques circonstances que je préfère ne point évoquer ici... Que pouvais-je faire d'autre que de le recueillir à Morey ? Même si sa traversée de la frontière n'était pas vraiment légale.

– Je comprends. Vous ne souhaitiez pas qu'il reste sous emprise prussienne, n'est-ce pas ?

– Peut-être. Mais la principale raison en est que je n'ai pu me résoudre à le confier à un orphelinat allemand, pas plus, ensuite, qu'à un orphelinat français ! »

Le personnel du château se tenait respectueusement à distance, et seule la dernière jeune domestique de la maison se précipita sur l'enfant dès qu'il pénétra dans le grand hall :

« Oh ! Le mignon petit d'homme que voilà ! Comment tu t'appelles, mon bout de chou ?

– Franz, madame… Mais aussi Mathias, maintenant…

– Franz ou Mathias ? Il faudrait savoir ! »

Le garçon hésita avant de se décider :

« Mathias, madame…

– Ce sera donc Mathias ! admit la jeune femme en lui tendant les bras. Viens avec moi. Je suis sûre que tu mangeras bien un petit dessert, après la trotte que tu viens de faire ! »

Le gamin éclata de rire, étonné par cet accent du Sud auquel ses oreilles n'étaient pas habituées.

« C'est drôle, comme tu parles !

– C'est parce que je suis née très loin d'ici, petit ange ! »

Georges de Moustier fixa son ami d'un œil suspicieux. La mention du prénom de Franz par le gamin ne lui avait pas échappé ! Hans le rassura d'un battement de paupières. Il saurait bien lui expliquer que lui donner un prénom de consonance française était plus indiqué, pour un jeunot entré malgré lui sur le territoire national !

« Laissons-le donc avec Charlotte ! décida le comte. Il a l'air de bien s'entendre avec elle… Et passons dans mon cabinet, que vous me racontiez tout cela par le menu ! »

Sans perdre de son assurance, Hans acquiesça :

« Je sais que je peux compter sur votre discrétion, bien que vous soyez maire de cette commune. J'ai extirpé ce gosse non seulement à la tutelle allemande, mais aussi aux horreurs de la vie en orphelinat ! Et, malgré maintes hésitations, j'entends bien maintenant le garder auprès de moi. Plus pour son bien que pour le mien, d'ailleurs, mais il est tellement attachant… Je ne vous demande qu'une chose, Georges. Savoir tenir votre langue sur les circonstances de… de… de cette adoption informelle. »

Le maire de Clémery n'hésita que peu, et son ami lui relata dans le détail les circonstances au cours desquelles il avait recueilli Mathias.

« Vous ne pouvez imaginer la force qu'il faut aux flots pour arracher une berge entière et abattre une maison ! Quelle tempête, j'en frémis encore… Mais, croyez-moi si vous le voulez, j'ai plus de frissons encore qui me courent dans le dos lorsque je pense à l'instant où j'ai aperçu ce pauvre paquet de chiffons échoué sur la rive, et ce gosse qui gigotait dans la boue !

– Je le conçois aisément, Hans. Tout comme je comprends que vous n'ayez pas laissé ce gosse aux institutions allemandes ! Mais pourquoi diable ne l'avez-vous pas confié à une administration française, à Nancy, par exemple ?

– Je ne sais pas… avoua Hans. Je n'allais tout de même pas m'en débarrasser comme d'un vieux vêtement ! C'est pourquoi je l'ai ramené à la Ribiette. J'avais l'intention de lui trouver des parents d'adoption dans le meilleur des cas, ou au pire une institution fiable où il ne serait pas malheureux. Mais…

– Mais ?

– Mais Mathias est si attendrissant ! Gertrude, autant que moi, a vite eu des réticences à s'en séparer, ce qui explique la situation dans laquelle je me trouve aujourd'hui… »

Après quelques allées et venues dans son bureau, le comte admit :

« Je crois que vous avez pris une bonne décision, mon cher, et j'approuve finalement l'entorse que vous avez faite aux lois qui sont les nôtres !

– Des lois allemandes sur terres de France ! insista Hans.

– C'est bien ainsi que je l'avais compris… répliqua Georges de Moustier. Et je me réjouis qu'à votre âge vous vous investissiez dans une telle entreprise ! Je ne vous poserai pas d'autres questions sur cette sorte d'adoption, mon ami, car je ne souhaite nullement en connaître tous les tenants et aboutissants. Je vous assure que vous pouvez compter sur moi, et je pense que ma bonne Albigeoise saura s'occuper au mieux de votre petit... Mathias, lorsque vous serez amené à quitter votre domaine !

– C'est très gentil, Georges. Et n'oubliez pas que j'ai aussi ma brave Trudy !

– Sans doute ! Mais Charlotte a pour elle l'avantage de la jeunesse, et elle saura mieux le mettre en contact avec les garnements du coin que votre Gertrude à Morey ! Ce gosse aura forcément besoin de jouer avec des gamins de son âge...

– J'en suis d'accord, monsieur le comte ! Seulement de temps à autre alors, car je veux rester libre d'une éducation que sera loin de lui donner l'école publique.

– Je vous reconnais bien là, Hans ! Je trouve pourtant cette volonté un peu prématurée. Ce gosse n'a sans doute guère plus de quatre ans. Peut-être cinq... Mais, pour le principe, j'estime que c'est un bon enseignement, lorsque l'on a une culture suffisante. Avec l'aide de précepteurs, j'ai moi-même participé à l'éducation de mon fils Guy et de ma fille Anne-Marie ! Et je suis loin d'être déçu du résultat.

– Croyez bien que je vous suis très obligé de votre soutien, mon cher Georges !

– Votre Mathias le mérite, Hans. Pour le peu que j'aie pu en juger, c'est un bon petit ! »

* *
*

Dès que le climat le permit, Hans n'eut rien de plus pressé que de retourner en Alsace pour reprendre possession de son automobile, à Molsheim. Il s'attarda pourtant deux jours à l'*Hôtel des Deux-Clefs*, préoccupé par les questions nouvelles que posait Mathias pour ce qui concernait ses parents... Si le gamin semblait s'accoutumer assez bien à leur absence, comme si le temps faisait son œuvre, il faisait parfois allusion à son papa et à sa maman, se demandant s'il les reverrait bientôt. Pourquoi ne venaient-ils pas lui rendre visite à la Ribiette ? Pourquoi ne donnaient-ils jamais de leurs nouvelles ? Tout se passait un peu comme s'il n'avait pas encore complètement gommé de sa mémoire l'éboulement qui avait emporté sa maison natale, comme s'il n'avait pas tout à fait oublié ces flots de la Bruche qui l'avaient avalé avant de le recracher miraculeusement dans un creux de la berge… Se souvenait-il encore du visage de ses parents ? S'imaginait-il qu'ils l'avaient abandonné ? Et puis sans doute un jour voudrait-il savoir qui étaient ceux à qui il devait la vie, leur nom, à quoi ils ressemblaient ? Que lui répondre alors ? Aussi Hans avait-il décidé d'essayer d'avoir plus d'informations sur la famille de son protégé. Après tout, même si Mathias était désormais orphelin de père et de mère, il lui restait peut-être des proches, à Wolxheim ou aux environs ?

Une fois sa Mathis récupérée, il reprit en suivant le cours de la Bruche ce qui demeurait pour lui une tragique route d'inondations. Il s'arrêta de nouveau là où il avait trouvé son petit Mathias, considéra de nouveau la rive opposée sur laquelle rien ne laissait supposer qu'elle ait pu, il y avait si peu de temps, abriter une quelconque habitation, sinon cette large cicatrice de terre qui égueulait la berge et la prairie qui lui faisaient face… « De l'autre côté de la Bruche, ces rives doivent appartenir aux communes de Molsheim ou de Wolxheim… Mais peut-être sait-on quelque chose de ce côté-ci ? Avolsheim possède les habitations les plus proches du lieu cette tragédie… » D'ailleurs, au moment du drame, c'était bien sur ce bord de la rivière qu'il avait pu picorer les quelques renseignements qu'il possédait ! Sachant depuis longtemps que l'endroit le plus propice à glaner des informations était souvent, dans un village, un débit de boissons, il se gara sur la place principale. Peu sensible au fait que cette dernière avait la réputation de s'étaler devant la plus ancienne église romane d'Alsace, il poussa la porte du premier café venu.

Peu de monde à cette heure-ci, sinon des paysans d'un âge avancé qui fumaient la pipe ou jouaient aux cartes, les plus jeunes devant sans doute trimer aux champs ou dans les vignes…

« Bonjour messieurs !

– B'jour… »

Le tenancier, un homme replet au visage rougeaud, s'approcha, une serviette à la main :

« Qu'est-ce que je vous sers ?

– Un vin rouge des coteaux de la région. On dit qu'il n'y en a pas de meilleur dans toute l'Alsace !

– Et c'est bien vrai ! »

Honnêtement, Hans eût préféré à cette heure-ci un café, mais mieux valait agir selon les coutumes locales ! Tout en portant son verre aux lèvres, il remarqua :

« Je suis heureux du soleil qui m'accompagne aujourd'hui. Parce que ma dernière visite chez vous m'a laissé un souvenir fortement désagréable ! »

Les gens du terroir ont horreur que l'on critique leur pays, et les sourcils se froncèrent aussitôt :

« Comment, cela ? »

Hans lampa son verre d'un trait et en commanda un autre avant de répondre :

« Ben… C'était un soir, après les orages, il y a deux à trois mois tout au plus. Toutes les rivières étaient en crue, et c'est tout juste si la Bruche n'a pas emporté mon véhicule !

– Ah oui… La dernière crue ! Quelle idée aussi de voyager en janvier, quand tous les fleuves de France débordaient ?

– De la folie pure ! insista un des buveurs. Personne ne se méfie assez des colères de l'eau…

– Vous avez raison, je l'ai échappé belle ! Parce que tout un pan de la colline avait glissé dans la rivière et formait barrage…

J'ai eu toutes les peines du monde à faire demi-tour et à rejoindre Molsheim en automobile ! Automobile que j'ai d'ailleurs laissée à l'hôtel jusqu'à ce jour, où je suis venu en reprendre possession. Le ciel est par bonheur plus clément, aujourd'hui !

– Oui, oui, confirma le patron. Heureusement que de telles catastrophes n'arrivent pas chaque fois que la Bruche ou la Mossig débordent ! »

Hans estima le moment venu d'insister :

« Il a dû y avoir de sacrés dégâts ?

– Certes ! Les vignes inondées, les ponts brisés, les chemins et les champs ravagés, et des glissements de terrain un peu partout…

– Même que la maison des Kirneck a été balayée comme une poignée de foin ! ajouta un autre consommateur. Emportée en moins d'une minute ! Un grand malheur, dont tout le monde se souvient encore… »

Rien d'étonnant à ce que cet événement récent eût marqué les mémoires !

« C'est horrible ! Des gens d'ici ?

– Oui ! Enfin, de Wolxheim, parce que c'était sur l'autre rive…

– Les malheureux ! Et il y a eu des morts ?

– Ben… On a d'abord cru qu'il y avait quatre victimes : les parents, le bambin et la nourrice ! On a retrouvé presque tout de suite le corps de celle-ci, mais pas celui des autres…

– Et pour cause ! intervint un paysan. Le Kirneck et sa femme s'étaient rendus à Saverne, pour le mariage d'un de leurs cousins. Et ils ont été bloqués par les crues durant près d'une semaine, pour le moins…

– Même qu'on les a pris pour des revenants, lorsqu'ils sont réapparus !

– Il n'y a que le gosse que la Bruche n'a jamais rendu… Dieu sait où elle l'a emporté ? »

Hans accusa le coup. Son sauvetage se transformait donc en enlèvement d'enfant ? Il resta sans voix, tandis qu'on lui précisait :

« Les malheureux ! Ils n'étaient déjà pas bien riches… Alors, imaginez ! Leur maison détruite, leur fils unique emporté par la rivière… Et leur brave Marieke au cimetière. »

Hans avala difficilement sa salive :

« C'est une bien sinistre histoire, en effet…

– Oui ! Ils n'ont pas supporté qu'on n'ait même pas retrouvé le corps de leur petit Franz ! »

Franz ! C'était vrai, Mathias lui avait bien donné son prénom réel…

« Comment les pauvres gens auraient-ils pu s'en remettre ? poursuivit le tenancier. Après avoir été hébergés par des voisins durant deux à trois jours, ils ont disparu de la région et nul ne les a jamais revus !

– Quelle pitié ! »

Hans aurait bien aimé en savoir plus, mais il craignit que sa curiosité ne parût trop déplacée. Il se contenta d'offrir une tournée générale, avant de ressortir, bouleversé, et avec au creux du ventre un horrible sentiment de culpabilité. Comment aurait-il pu faire comme s'il n'avait rien entendu ? Les Hasenfratz avaient de l'honneur ! Il lui fallait absolument se mettre désormais à la recherche de Üschen et Gretel Kirneck. « Plus facile à dire qu'à faire ! » Et par où commencer ?

* *
*

Ses recherches étant restées vaines aussi bien sur la commune de Wolxheim que sur celle de Soultz-les-Bains, il se résolut à prendre le chemin du retour, avec cette nouvelle épine au sein de sa conscience… C'était tout de même de sa faute si le couple Kirneck avait été séparé de son fils unique ! Rien de cela ne serait arrivé s'il n'avait gardé secret le sauvetage de cet enfant… Comment aurait-il pu se douter, aussi ? Les gens de la région eux-mêmes considéraient alors que tous les habitants de cette maison avaient péri noyés ! Décidé à ne pas se laisser grignoter la cervelle par cette insidieuse impression de responsabilité, il se força à penser à autre chose… Tiens, il y avait trop longtemps qu'il n'avait pris des nouvelles de ses dernières protégées du lycée Jeanne d'Arc ! De gentilles petites, pourtant, qui lui semblaient pouvoir accéder à un meilleur avenir que celui auquel elles étaient promises à Morey, Belleau ou leurs environs…

« C'est décidé, alors… Malgré ce temps encore médiocre, direction Nancy ! »

Il remonta sur Saverne, reprit sa route habituelle jusqu'à Sarrebourg en repassant, après une longue descente, près de Phalsbourg. Puis il s'orienta vers le sud-ouest, franchit la vallée de la Sarre, croisa Héming, bourgade reconnaissable à la tour de son église. Après avoir traversé la forêt de Réchicourt, il évita le village du même nom avant de s'arrêter à la douane allemande de Deutsch-Avricourt. Une courte dernière halte conventionnelle encore à la douane française d'Igney, et il lui sembla aussitôt mieux respirer, comme si l'air humide se trouvait soudain purifié des miasmes « prussiens » ! D'ailleurs n'avait-il pas l'impression que les ondées se faisaient plus légères et qu'une clarté nouvelle trouait peu à peu les nuages épais ? Il n'eut pas rejoint la vallée de la Vezouse qu'un timide rai de soleil encore hivernal lui redonna du baume au cœur. Ne ressentant aucune envie de s'attarder dans la grosse agglomération de Lunéville, il poursuivit sa route en longeant la Meurthe jusqu'à Blainville-la-Grande. Rosières-aux-Salines, Dombasle-sur-Meurthe, Saint-Nicolas-du-Port, Varangéville, Laneuveville, et enfin Nancy !

« Oui, enfin ! »

Rarement il avait soumis sa voiture à une telle course sans lui octroyer quelques pauses plus ou moins régulières ! Malgré tout, au contraire de ses appréhensions, le moteur continuait à tourner normalement, et il se félicita de nouveau de la fiabilité de son véhicule.

Nancy. Une ville énorme au point de l'effrayer, tant il avait l'habitude de vivre en un village guère plus gros qu'un hameau… Un havre, pourtant. La première grande agglomération française, une fois sorti de l'emprise germanique ! Un point militaire essentiel face au « bloc » germanique, chef-lieu de la Meurthe-et-Moselle, siège de l'évêché, d'une université, d'une cour d'appel et du commandement du 20e corps d'armée… La cité s'étendait, au nid de charmants coteaux boisés, dans la large vallée de la Meurthe, mais en retrait d'un à deux kilomètres de la rive gauche du cours d'eau. Nancy, réputée depuis longtemps comme étant une des plus belles villes de France ! Une ville pourtant essentiellement moderne dans son ensemble, bien qu'ayant été l'ancienne capitale de la Lorraine. En fait, les élégants quartiers neufs étouffaient de plus en plus aux yeux de Hans l'attrait des plus vieux secteurs de la métropole ! Et ce ne fut pas avec une certaine légèreté de cœur qu'il osa s'aventurer dans les rues du centre : pourquoi rechignait-il encore à emprunter ces trams, qui s'avéraient si pratiques pour se rendre d'un point à un autre des grandes cités ayant opté pour ce mode de transport ? Il n'aurait su le dire…

Nancy… Il en connaissait bien sûr les moindres recoins historiques, dont le plus ancien quartier, entre le cours Léopold et la Pépinière, et jusqu'à l'arc de triomphe et la place Stanislas, qui séparaient ce noyau d'origine, lequel s'était épanché en une ceinture de constructions tout à fait récentes.

« S'arrêtera-t-on un jour de tracer ces rues trop droites et de bâtir ces édifices sans âme ? » s'insurgea-t-il intérieurement.

S'arrêtera-t-on ? Nul ne le savait… Hans regrettait seulement le Nancy d'autrefois ! Pourtant, l'extension de l'agglomération était bien justifiée, depuis 1870, afin d'accueillir tous les Alsaciens ayant fui, comme lui, l'emprise allemande sur des terres qui se réclamaient toujours de la France. Amère consolation, avec l'afflux d'exilés, jamais la ville n'avait été aussi prospère !

Ici, quel que fût le jour de la semaine, la circulation restait intense, malgré le froid qui sévissait de nouveau depuis le matin, et ce crachin qui portait en lui des picotements de glace.

« La neige ne va tout de même pas revenir ! »

Que de piétons sur les trottoirs et le pavé, que de vélocipèdes, de voitures à cheval, que d'hommes poussant charrette et que de tombereaux tirés par des bœufs ! Même camions et automobiles, à vapeur comme à essence, y étaient plus abondants que nulle part ailleurs dans la région ! Nancy… Avec ses grandes artères dallées, ses hauts immeubles neufs, ses larges accotements, ses kiosques et ses commerces alignés à longueur de façades. Après avoir franchi la porte Saint-Nicolas, il remonta la rue Saint-Dizier, passa la place du Marché, avant de tourner à droite pour gagner la place Stanislas par la rue Gambetta.

Chaque Nancéien s'enorgueillissait de cette esplanade qui était souvent qualifiée d'être une des plus belles de France. Au centre, la statue en bronze de Stanislas. Aux quatre pans coupés de majestueuses grilles en fer forgé. Aux angles nord-est et nord-ouest, celles-ci encadraient deux fontaines monumentales, l'une à l'image d'Amphitrite, l'autre à celle de Neptune, escortées de figures allégoriques. Le côté sud-est accueillait le vaste édifice élégant de l'hôtel de ville, en face de l'arc de triomphe et de la place de la Carrière. Tout autour, les beaux bâtiments de l'ancien palais épiscopal, du cercle militaire, du cercle lorrain, du *Grand Hôtel*, et d'autres immeubles de prestige, tous construits sur un plan uniforme. Hans soupira en constatant que le théâtre, incendié trois ans auparavant, n'avait pas encore été reconstruit. Il freina pour laisser le passage au tramway électrique, puis se trouva un endroit où s'arrêter près de la préfecture. Il poursuivit à pied pour se rendre, quelques dizaines de mètres plus loin, jusque devant les murs du lycée Jeanne d'Arc.

Une école à l'intention des jeunes filles, qui avait ouvert ses portes une décennie plus tôt. Très attaché à la laïcité, Hans Hasenfratz avait vite jeté son dévolu sur cet établissement afin de donner leur chance à quelques gamines défavorisées de la campagne, mais qui faisaient preuve d'un esprit éveillé et d'une forte envie d'apprendre. Leur obtenir une bourse ne suffisait pas, et Hans, discrètement, savait sortir son portefeuille pour les bonnes causes. Le lycée n'hébergeant pas ses élèves, le vieil homme payait aux plus méritantes les frais de l'internat privé installé depuis 1904 dans la proche rue de Santifontaine. Il ne négligeait pas pour autant de suivre le parcours et les progrès scolaires de ses protégées et s'en informait deux à trois fois l'an. Aussi fut-il rapidement introduit dans le bureau de la patronne des lieux :

« Ah ! Monsieur Hasenfratz…

– Chère mademoiselle Ravaire… J'ai profité de mon passage à proximité de Nancy pour venir vous rendre visite.

– C'est toujours avec plaisir que je vous vois arriver dans nos murs, je vous assure. Asseyez-vous donc, mon cher ! »

Hans appréciait particulièrement Lucie Ravaire, qui était directrice du lycée depuis sa création. Bien que de religion protestante, cette enseignante éclairée était une républicaine convaincue qui, comme lui, défendait ardemment l'école laïque. Elle menait l'établissement avec rigueur et compétence, avec des résultats pédagogiques étonnants.

« Vous venez sans doute prendre des nouvelles des jeunes personnes que vous avez prises sous votre aile ?

– Oui, bien sûr. Et aussi régler les quelques dépenses occasionnées par leur présence ici !

– Autant que je sache, vous ne nous devez rien, bien au contraire…

– Peut-être, mais je préfère payer d'avance une partie des frais de leur hébergement et de leur éducation, car, comme vous le savez, mes venues en cette ville sont aussi rares qu'irrégulières !

– À votre guise, monsieur Hasenfratz. Mettez-vous donc à l'aise. »

Ainsi en allait-il à chacune de ses visites, et l'énergie comme la convivialité de la directrice avaient l'art de lui adoucir un peu la nostalgie qu'il conservait de la dernière fois où il avait entraperçu, et un trop bref instant, sa très chère Emma… Il chassa aussitôt ce souvenir et hésita à confier à Lucie Ravaire le dilemme auquel il était confronté, avec l'adoption tacite de Mathias. Il n'en fit pourtant rien, préférant que le moins de personnes possible fût au courant. Il suffisait déjà bien qu'il en eût informé son ami le comte…

* *
*

Une fois la Ribiette réintégrée, il n'eut d'ailleurs rien de plus pressé que de se rendre à Clémery.

« Que faire, mon cher Georges ? Vous voyez dans quel pétrin je me suis fourré !

– N'exagérons rien ! Vous avez fait ce qu'il y avait de mieux, compte tenu des circonstances… Qui pourrait imaginer que vous eussiez seulement pensé un seul instant laisser ce gosse à la rivière ?

– Peut-être… Mais rien de tout cela ne se serait passé si j'avais confié ce petit à la *feldgendarmerie* ! Laquelle se serait sans doute mise en contact avec le bourgmestre de Wolxheim, ce qui aurait permis aux Kirneck d'avoir la joie de retrouver leur petit Franz…

– Allons, Hans, vous n'êtes pas devin, que je sache ? Et chacun s'accordait alors pour considérer les parents du petit comme morts ! Vous avez donc agi de façon exemplaire pour le bien de cet enfant…

– Il n'empêche qu'il est désormais de mon devoir de retrouver les parents de mon Mathias !

– Ne vous inquiétez pas. Malgré la frontière, mon statut de maire devrait me permettre, discrètement bien sûr, d'en savoir plus sur ce qu'il est advenu de ces… ces… Kirneck !

– Vous feriez cela ?

– Cela va de soi, mon ami !

– Il me faut alors annoncer cette bonne nouvelle à Mathias.

– À votre place, je n'en ferais rien, Hans ! Votre protégé est encore un peu jeune pour comprendre cette situation, et il me semble prématuré de le mettre au courant tant que nous n'aurons pas de traces de ses parents ! Inutile de lui donner de faux espoirs…

– Vous avez sans doute raison, mon bon Georges. Comme toujours ! »

Inquiétudes

« C'EST FOU COMME FILENT LES ANNÉES ! » Il suffisait de voir Mathias qui, à environ huit ans, peut-être un peu plus, affichait désormais une bonne taille, une bonne bouille et un bon tempérament. Une merveille de petit gars ! Qui, à l'âge où d'autres s'exprimaient encore avec difficulté, savait déjà lire, et écrire à peu près correctement. Un gamin cultivé, qui s'intéressait comme par jeu à tous les domaines auxquels son « grand-oncle » Hans le confrontait. Un garçon épanoui, qui se satisfaisait de son sort, au demeurant plus enviable que celui de nombre de gosses des environs. Il avait la chance de vivre dans une maison où régnait sinon l'opulence, tout au moins une aisance certaine ! Sous l'influence de son « oncle Hans », il savait se montrer simple et humble avec tout le monde, et jouait volontiers avec ses camarades du village… Chaque semaine, le samedi ou le dimanche, il se rendait au château de Clémery où Charlotte Mouly, la jeune domestique du domaine, se faisait une joie de ses visites. Parfois, il accompagnait même le comte dans ses excursions géologiques ou archéologiques et pouvait souvent se targuer d'avoir le regard assez aiguisé pour voir ce que des yeux d'adultes ne pouvaient déceler !

Vif et enjoué, il ne se laissait nullement griser par les éloges dont il était l'objet. Tout lui était amusement, du déchiffrage des livres aux arcanes du calcul, des cartes de géographie aux dates de l'histoire de France. Mais rien ne l'enchantait plus que de passer des heures auprès de Hans, la nuit, l'œil collé à l'oculaire de sa lunette astronomique, ou bien lors de longues balades durant lesquelles le vieil homme lui décrivait chaque plante et chaque fleur, en l'aidant à constituer son propre herbier. Il adorait la botanique ! Il y avait aussi ces randonnées afin de récolter les minéraux les plus divers, ces flâneries dans les champs à la recherche de morceaux de poteries ou d'éclats de silex… Oh ! Bien des choses lui échappaient encore, mais il prenait un réel plaisir à apprendre tout ce qui pouvait s'apprendre ! L'influence de Hans Hasenfratz, sans doute ?

« Quel dommage qu'Emma ne soit pas là pour partager tout le bonheur qu'apporte ce petit être dans la maison… »

* *
*

Quelques mois s'écoulèrent encore. Une fois de plus, Hans avait trouvé un prétexte pour se rendre à Clémery en compagnie de Mathias. Il aimait tellement côtoyer ce notable qui partageait les mêmes passions que lui ! Et, dès que le gamin eut tourné les talons pour rejoindre Anne-Marie ou Charlotte, une fois de plus, il s'informa :

« Toujours pas de nouvelles des parents du petit ?

– Allons, Hans… Si j'en avais de sérieuses, vous seriez le premier prévenu ! Mais rien… Toujours rien, malgré ces années à les rechercher ! À croire que les Kirneck ont tout bonnement disparu après ce drame. Aucun de leurs proches ne sait ce qu'il est advenu d'eux, ni le maire, ni le curé, ni les voisins. J'ai tout de même, grâce à mes relations, enfin retrouvé la trace de ce mariage d'un des cousins de la femme d'Üschen, auquel étaient présents le père et la mère du petit.

– À Saverne, comme on me l'avait prétendu ? Comment se fait-il alors qu'on n'en ait rien su plus tôt ?

– Parce que ce n'était pas à Saverne même, mais dans un village des environs, et qu'on ne pouvait deviner que ce fameux cousin de la mère de Mathias était issu d'un second mariage et ne portait pas un nom qui apparaissait dans ce que nous savions de la généalogie de la famille !

– Ce qui veut dire que nous avançons, alors ? s'emballa Hans, un sourire d'espoir aux lèvres.

– Pas vraiment, malheureusement… Je ne vous en ai rien dit la semaine dernière, mais je me suis rendu à Lupstein, à quelques kilomètres de Saverne, pour rencontrer ces cousins fantômes ! Lors de cette cérémonie, les Schmittfeld, c'est leur nom, avaient fait les choses en grand pour bien marquer leur mariage, et avaient invité même des parents éloignés. De fait, ils n'avaient jamais revu Gretel Kirneck depuis l'enfance, ou presque ! Et ils n'en ont plus eu de nouvelles depuis ces réjouissances de noces, qui les avaient d'ailleurs obligés à héberger près d'une semaine plus d'une vingtaine de leurs convives à cause des crues et des pluies… Ils ne savaient même rien de la catastrophe qui avait brisé la vie d'Üschen et de Gretel ! »

Hans baissa la tête pour cacher son désarroi, puis il murmura :

« Il n'y a donc plus d'espoir de les retrouver, alors ?

– Allons, allons, mon ami ! Si j'ai retenu une chose de ma carrière militaire, c'est qu'il ne faut jamais renoncer… Et je ne baisserai pas les bras, croyez-moi !

– Merci, Georges. Merci pour moi, mais aussi pour le gosse, car c'est un bon petit ! D'ailleurs, je le laisse à votre surveillance pour une heure ou deux, car j'ai besoin de me rendre à Nomeny.

– Ne vous inquiétez pas. D'autant plus que j'ai une surprise à lui faire ! »

Hans n'eut pas plus tôt démarré son automobile que Georges de Moustier déboula dans l'office réservé au personnel de maison.

« Mathias ? »

Le gamin abandonna aussitôt ce dessin de paysage sur lequel il usait ses crayons en compagnie de Charlotte, puis sauta de la chaise trop haute pour lui.

« Oui, m'sieur le comte ?

– Combien de fois faudra-t-il te dire de m'appeler simplement "monsieur", ou bien "monsieur Georges" ?

– Oh ! Jamais j'oserai, monsieur le comte ! Même si je vous aime bien…

– Tout le monde t'aime bien aussi, petit gars. La preuve, c'est que je pense à te montrer quelque chose, si tu en as envie ! Quelque chose qu'il m'étonnerait que tu connaisses…

– Oh oui !

– Alors suis-moi dans mon cabinet d'étude ! »

Mathias adorait l'ambiance de cette pièce, avec ses odeurs de parchemins et de vieux papiers, ses ossements poussiéreux, et ses rayonnages croulant sous les objets les plus divers…

« Tu es trop jeune encore pour que je te fasse partager quelques expériences de chimie, car c'est très dangereux ! Mais j'ai songé à autre chose. Connais-tu ces fleurs ?

– Oui, je crois. Des roses trémières, non ?

– Félicitations ! C'est tout à fait exact. Que se passe-t-il si tu passes ton doigt au cœur des pétales ?

– Facile, oncle Hans m'a déjà montré ! La poudre qu'on y trouve, c'est du pollen, pour que la plante fasse des petits.

– Excellent ! Maintenant, pose un peu de cette poudre sur ce morceau de verre… »

Le garçon s'exécuta et Georges de Moustier plaça la lamelle sous le tube d'un étrange instrument.

« Un microscope ! annonça-t-il.

– Pour voir ce qui est trop petit pour l'œil ? s'enthousiasma Mathias. Mon oncle m'en a parlé, mais il n'y en a pas chez nous. Comment ça marche ?

– Un peu de patience, je vais te montrer… »

Mathias restait la paupière collée à l'objectif, la lèvre pendante, suffoqué par ce qui s'offrait à sa vision, sous la force de dizaines de boules d'un bleu-violet, hérissées d'une multitude de pointes…

« C'est drôle ! On dirait des masses d'armes du Moyen Âge !

– C'est vrai, admit le comte. Sauf qu'il en faudrait des milliards et des milliards pour avoir la même taille ! Tu aimerais avoir un tel appareil pour observer l'infiniment petit ?

– Oui ! Je demanderai à oncle Hans s'il peut en acheter un.

– Inutile, mon garçon, je t'offre celui-ci !

– Mais non, il ne faut pas…

– Allons, cela me fait plaisir, p'tit gars ! Je viens d'en acquérir un beaucoup plus puissant, et celui-ci ne me servira plus.

– Merci ! Merci, monsieur le comte…

– Ainsi, tu pourras observer plein de choses. Les pelures d'oignon, les écailles d'aile de papillon, les pattes et les yeux de mouche, les puces, les amibes dans l'eau croupie, et tellement d'autres merveilles ! Il y a autant à voir au travers d'un microscope qu'au travers d'une lunette astronomique. »

Ce fut presque religieusement que Mathias serra contre son corps le coffret protégeant le précieux instrument.

« Bien ! décida Georges de Moustier. Maintenant, comme Charlotte a du travail, si le cœur t'en dit, va donc retrouver ma fille Anne-Marie. Après avoir vu tes progrès en dessin, elle rêve de t'initier à la peinture ! Tu sais qu'elle est une véritable artiste en herbe et qu'elle fait déjà de très beaux tableaux et portraits ?

– Oui, elle me les a montrés ! Mais jamais je ne pourrai faire aussi bien…

– C'est évident, Mathias. Paris ne s'est pas fait en un jour ! Mais tout s'apprend, ne l'oublie pas. Tout s'apprend…

* *
*

Les semaines passaient et Hans avait chaque matin une mine plus contrariée. Mathias ne comprenait d'ailleurs pas vraiment pourquoi. De plus, même Trudy semblait de moins en moins encline à s'amuser de ses plaisanteries de gosse !

« Oncle Hans ?

– Oui, Mathias... »

Le gamin passa outre le ton d'exaspération dont avait usé celui qui se disait son grand-oncle :

« Il fait beau ! J'aimerais bien chercher encore avec toi des poteries des Romains... J'en ai trouvé beaucoup, la dernière fois, à Dieulouard !

– Non, Mathias, nous n'irons pas à Scarpone, parce qu'il se trame dans le monde des choses beaucoup plus graves que nos modestes études !

– Mais...

– Il n'y a pas de "mais", petit ! Si l'on en croit ce qui se passe dans les pays alentour, une nouvelle guerre contre l'Allemagne se profile, et ça ne me donne guère l'esprit à courir les terres, gallo-romaines ou pas ! »

Mathias soupira. Ces préoccupations d'adultes passaient largement au-dessus de ses considérations ! L'angoisse larvée du vieil érudit lui était pourtant perceptible, et le garçon s'étonna :

« Mais... nous avons tellement de choses à faire, encore ! Tu m'as dit qu'il y avait peut-être des mosaïques, dessous, à cause des petits morceaux de couleur que j'ai ramassés dans ce champ...

– Peut-être, mais ce n'est vraiment pas le moment ! »

Se gardant bien de contrarier cet homme envers lequel il vouait autant d'affection que d'admiration, le gamin renonça provisoirement à ses envies de découverte, et il se rabattit sur la seule solution de secours qui lui restait :

« Je peux alors aller au château de Clémery ? Anne-Marie, la fille du comte, veut bien me confier ses pinceaux et ses gouaches pour m'essayer sur une vraie toile d'artiste !

– La qualité de la toile ne fait pas le peintre, petit ! objecta Hans. Mais si c'est là ce que tu désires, tu as ma permission. À condition que tu reviennes avant le repas du soir... »

Mathias bondit aussitôt :

« Merci, oncle Hans ! »

Il ne fallut guère plus d'une minute pour que le jeune garçon enfourchât le vélocipède que Hans lui avait offert quelques mois auparavant. Du haut de ses huit à neuf ans, plutôt dix aux dires de Gertrude, il se sentait un « grand », désormais ! Et il préférait ses fréquentes visites au château du comte aux jeux des gosses de son âge autour de l'église de Morey. Il y avait tellement de choses à découvrir, à côtoyer Georges de Moustier, qui complétait si admirablement le savoir que lui inculquait son « oncle Hans »... Ses entrevues plus ou moins régulières ne surprenaient d'ailleurs plus personne, à Clémery !

Ce jour-là, il n'y rencontra pourtant pas l'enthousiasme qui accompagnait chacune de ses venues. Une inquiétude qu'il ne comprenait pas se lisait sur tous les visages... Que se passait-il donc ? Anne-Marie ne l'avait accueilli que d'un pauvre sourire, la comtesse Louise ne lui avait pas adressé un regard, et le comte Georges, après quelques mots de bienvenue, ne lui avait manifesté qu'indifférence ! Seule Charlotte, la domestique à l'accent si chantant, l'avait embrassé en lui disant :

« Viens avec moi, petit... Je crois que ce n'est pas le bon jour pour qu'ils s'occupent de toi ! »

Mathias n'en manifesta tout d'abord aucune contrariété, car il adorait la fraîcheur et la spontanéité de cette jeune Albigeoise qui, bien que cultivée, faisait office de domestique au château. Tout autant qu'à l'oncle Hans ou Anne-Marie, c'était bien à elle aussi qu'il devait de savoir déjà lire et écrire, ainsi que de maîtriser les lois du calcul élémentaire ! Il n'y avait qu'avec la géométrie qu'il éprouvait de sérieux problèmes, une discipline qui n'arrivait pas à lui susciter le moindre intérêt !

« Mais qu'est-ce qu'ils ont, tous ? »

Tout en lui flattant le menton, la servante l'entraîna vers la cuisine pour le faire asseoir face à une belle part de gâteau.

« Ce n'est pas un bon jour, ici, aujourd'hui… Ce mardi 4 mai est l'anniversaire de la mort de la mère de monsieur ! La pauvre, elle a brûlé vive dans l'incendie du Bazar de la Charité, à Paris, en 1897. Et cela ravive encore le décès de sa fille Simone, il y a moins de huit ans. La pauvrette, elle avait tout juste dix-sept ans… »

La notion de mort était encore un peu abstraite pour Mathias, et il ne sembla pas particulièrement affecté par ces nouvelles…

Après un instant de silence, et tout en le regardant ingurgiter sa portion de tarte, Charlotte ajouta :

« Mais ce qui inquiète le plus tout le monde, ce sont les rumeurs selon lesquelles une nouvelle guerre contre l'Allemagne pourrait survenir ! Les tensions politiques sont de plus en plus vives, et la moindre étincelle pourrait mettre le feu aux poudres… Tu comprends ? »

Non, il ne comprenait pas du tout. Mais alors, pas du tout ! Tout ceci était pour lui aussi obscur que les problèmes de parallèles, de triangles et de perpendiculaires…

« La guerre ! insista l'employée de maison. Avec la frontière à une jetée de caillou de chez nous ! Nous en serions les premières victimes, petit ! Il suffirait alors de sauter la Seille pour se retrouver en terre ennemie… »

Insouciant comme on peut l'être à son âge, Mathias chassa vite ces considérations qui le dépassaient :

« Bon ! Tant pis… Personne ne veut de moi, aujourd'hui, alors ? Mieux vaut que j'aille me promener dans les bois !

– Tout seul et à bicyclette ? Mais tu es fou, petit ! J'ai une meilleure idée. Si la fille du comte n'a pas envie de faire de la peinture avec toi, moi, j'ai une à deux heures de libres pour te faire voir ce qu'on peut faire avec un peu d'argile. À ce qu'on dit, j'ai toujours été douée pour le modelage… »

* *
*

De jour en jour, une tension presque palpable s'installait sur la région, et nul ne paraissait y échapper. Peu à peu, même les plus jeunes semblaient partager les craintes secrètes qui étreignaient les adultes. Mathias lui-même, qui se sentait souvent si coupé du monde de ses petits camarades de jeux de Morey, n'y restait pas insensible ! Partout, du porche de l'église à la terrasse du café, du seuil des maisons à la boutique de l'épicier, du parvis de la mairie aux arbres de la place, l'inquiétude était là, qui se traduisait par d'interminables palabres… Les gens parlaient haut et fort, rarement d'accord, et leurs gestes se faisaient de plus en plus nerveux. Quant aux femmes, elles n'étaient pas en reste et chuchotaient du matin au soir avec des mines sombres. L'atmosphère devenait si pesante qu'on avait l'impression que même les oiseaux s'abstenaient de chanter ! Le temps lui-même s'obstinait à se montrer maussade. Avait-on jamais connu, de mémoire d'homme, un climat aussi horrible ? Toutes les régions de France avaient été touchées… Année détestable, qui avait vu les fontaines des villes de Provence vomir des stalactites de glace au jour de l'an, et des températures sibériennes dès les premiers jours de janvier, les voies ferrées bloquées par la neige, les côtes méditerranéennes ensevelies sous les flocons jusqu'au début de février. En toute logique, les rigueurs du climat s'étaient avérées bien pires dans l'est du pays, et la Lorraine ainsi que l'Alsace avaient longtemps frissonné sous l'assaut des souffles acérés…

Dès la douceur retrouvée, les vents s'étaient déchaînés fin février sous forme de tornades furieuses, et la région n'avait pas été épargnée par des ouragans tels que nul n'en avait connu de mémoire d'homme ! Au printemps, encore des inondations, avant d'autres chutes de neige en mars et en début avril. Une véritable aberration… Les semaines suivantes, au contraire, avaient été étonnamment clémentes, avant que mai ne tournât à des caprices plus insolites, passant du jour au lendemain de températures étouffantes à des frimas hivernaux ! Finalement, les prémices de juin se montraient précocement estivales… Personne ne s'en réjouissait pour autant. Du comptoir des cafés à la table familiale, même si l'on ne commentait que peu les péripéties politiques, les conversations convergeaient toutes sur le spectre d'une nouvelle guerre contre l'Allemagne. Les deux pays voyaient s'accroître de mois en mois un antagonisme toujours plus forcené, à grand renfort de stratégies militaires en cas de conflit ouvert, et la course aux armements se muait en sport national ! Même au plus profond des campagnes les plus reculées, chacun redoutait avant tout l'imminence d'une confrontation qui paraissait malheureusement presque inévitable. Comme pour enfoncer plus profondément le clou du pessimisme, les nuages crachèrent de nouveau des pluies incessantes…

En grand garçon qu'il était désormais, Mathias était de plus en plus conscient de cette ambiance faite d'appréhension et de désir de revanche. Il n'en comprenait pas tous les tenants et aboutissants, mais devinait que les événements à venir pouvaient s'avérer graves ! Aussi se gardait-il de s'immiscer dans les conversations acharnées qui se livraient du plus humble foyer aux salons les plus cossus… À Clémery, Anne-Marie se montrait de moins en moins attentionnée envers lui, depuis que son frère engagé aux armées participait à des manœuvres si poussées qu'elles annonçaient probablement un possible conflit meurtrier. Nul n'avait oublié, ici, les atrocités de la guerre de 1870 ! Seule Charlotte, la bonne du château, continuait à lui accorder une attention empreinte d'affection. Ah ! Combien de livres appartenant au comte n'avait-elle pas prêtés au jeune garçon, maintenant qu'il savait lire !

À la Ribiette, Hans Hasenfratz n'était pas plus amène, étrangement replié sur lui-même, irritable, et désertant de plus en plus son cabinet de travail. Bien sûr, les pluies torrentielles qui s'étaient abattues sur la région avaient pu le contrarier, impatient qu'il était de poursuivre ses prospections sur le terrain, mais l'enfant devinait bien que d'autres problèmes autrement importants perturbaient l'esprit de celui qui était devenu pour lui, depuis plus de quatre ans, son nouveau père…

« Mama Trudy ?

– Oui, mon petit…

– Pourquoi oncle Hans ne veut-il plus sortir ? Il y a bien deux jours que le soleil est revenu ! »

La vieille femme haussa les épaules et afficha un air bourru, n'ayant manifestement pas trop envie d'aborder le sujet avec ce gamin, même s'il affichait une maturité précoce. Elle bougonna pourtant :

« Je ne sais pas, moi !

– On dirait que tout le monde a peur, partout ! insista Mathias. C'est à cause de la guerre ? »

Gertrude se retourna sur lui. En soupirant, elle se résolut à répondre d'une voix lasse :

« Quelle guerre ? Nous ne sommes pas en guerre, encore, mais la menace s'en rapproche, petit ! Toi, tu ne sais pas ce que cela signifie, bien sûr… Mais les gens de mon âge ont déjà vécu au cœur des batailles, avec les canons, les obus, les troupes en marche, les méchancetés des soldats, les incendies, les maisons en ruine, ainsi qu'avec trop d'innocents morts sous les décombres ! »

L'émotion de la gouvernante était contagieuse et Mathias sentit une frayeur inconnue se nouer en son ventre. Trudy conclut alors :

« Tu comprends, mon Hans a quitté l'Alsace dès qu'elle est devenue allemande, il y a plus de quarante ans ! Aujourd'hui, il hésite entre la joie de voir son pays natal redevenir enfin français et l'idée de devoir encore fuir l'horreur des combats…

– Ah ?

– Oui, mon petit chéri… lâcha la brave femme en se penchant enfin sur lui pour le serrer sur sa poitrine. Oui… Sais-tu que je ne suis moi-même jamais retournée à Strasbourg, depuis ces temps-là ? Et que j'ai peur ! Peur que la folie des hommes ne recommence… »

Mathias n'insista pas. Tout cela semblait tellement douloureux pour les adultes !

* *
*

« Nom de Dieu ! jura Hans en froissant le journal qu'il tenait en main.

– Oh, *mein Herr* ! s'indigna Gertrude. Je ne vous ai pas appris à blasphémer ainsi !

– Mais tu te rends compte, Trudy ? On vient d'assassiner à Sarajevo François-Ferdinand, l'héritier du trône d'Autriche-Hongrie, et son épouse Sophie Chotek, la duchesse de Hohenberg !

– Et alors ? Il y a sans cesse des attentats, en cette triste époque ! Et ça se passe tellement loin…

– Mais non, ma pauvre… Cela remet en cause les alliances diverses entre la Serbie, l'Autriche-Hongrie, la Russie, l'Allemagne, la France, et bien d'autres pays du monde entier ! Je n'ai jamais vu la fragile paix que nous connaissons aussi menacée, et j'augure du pire dans les mois à venir… C'est le prétexte rêvé pour le *Kaiser* pour entamer les hostilités !

– Allons, *mein Herr*, dramatiser à cause de quelques lignes de vos feuilles de papier imprimé ne sert à rien ! De toute façon, qu'y pouvons-nous ? Nous verrons bien…

– C'est cela, nous verrons bien. En espérant que ce ne soit pas le pire, car la frontière n'est qu'à quelques pas et, en cas de conflit, nous serions en première ligne !

– Pff… À votre âge, et encore plus au mien, que peut-il bien nous arriver ? Pour ma part, j'ai largement fait mon temps sur cette terre !

– Et le petit ? Tu l'oublies, le petit ? Si Mathias ne te concerne pas, moi, je m'en sens responsable ! Et je ne lui souhaite aucunement de vivre l'horreur d'être coincé ici, au plus fort des combats.

– Allons, nous n'en sommes pas encore là !

– Sans doute… Mais je crains le pire dans les semaines qui s'annoncent… »

L'ombre de la guerre

PAS UN JOUR DE CE MOIS DE JUILLET sans qu'on ne parlât de la conjoncture politique internationale, en bordure d'un champ ou sur le coin d'une table de café. Même la fraîcheur inhabituelle de cet été pourri n'alimentait plus les conversations. Dans la chaumière la plus oubliée des régions les plus reculées de France, il n'était pas un habitant qui ignorât quoi que ce fût des derniers événements ! De situation de crise en situation de crise, tous les pays d'Europe positionnaient leurs pions sur l'échiquier du monde en vue d'un conflit qui semblait désormais inévitable. Cependant, en fin de mois, le beau temps s'installa enfin, redonnant à chacun un peu d'optimisme. Mathias, insouciant, en profita pour rejoindre quelques-uns de ses camarades du village qui participaient aux travaux des champs de leurs parents. C'était toujours avec joie que le garçon se mêlait aux paysans, et il adorait qu'on lui confiât quelques tâches à la mesure de ses petits bras. Malgré la différence de milieu et de culture, il était invariablement bien accueilli par les habitants de Morey. Sa gentillesse naturelle comme son statut d'orphelin y étaient sans doute pour quelque chose ! Nul n'ignorait plus avec quelle bonté le hachepailleur avait adopté en ses murs le petit-fils de son défunt frère…

Bien que préoccupé par l'actualité, chapeau de paille sur la tête, Hans Hasenfratz s'était installé au soleil sur sa terrasse, et il dessinait patiemment les derniers fragments de poterie qu'il avait découverts au fil de ses balades. Résultat d'une longue pratique de cet exercice, c'était d'une main sûre qu'il faisait naître de sa plume ces beaux traits luisants d'encre de Chine, qui s'assemblaient peu à peu pour donner galbe et relief à ses représentations. Il leva le nez de son papier en entendant un véhicule automobile aborder le dernier virage qui le séparait du village :

« Tiens ! Mon ami Georges se déciderait-il à me rendre visite ? »

Hans reconnaissait à l'oreille toutes les rares voitures à moteur des environs ! Aussitôt, il essuya soigneusement sa plume, referma son encrier, puis il se leva pour aller à la rencontre de son hôte.

« Ah ! s'étonna-t-il. Vous êtes venu en famille, aujourd'hui ! Cela me fait le plus grand plaisir ! Bonjour Georges ! Mes hommages, madame la comtesse. Et quel bonheur de recevoir en ma maison une beauté telle que vous, Anne-Marie ! »

La jeune femme baissa le nez en rougissant, ainsi qu'il était de convenance de le faire pour une fille de bonne famille devant un compliment flatteur.

« Entrez donc… À moins que vous ne préfériez rester sur la terrasse ? Mais quelle surprise ! Je vous croyais en voyage ? »

Georges de Moustier approcha un fauteuil d'osier à son épouse, tandis que sa fille s'installait à l'ombre sur un banc près du mur. Puis il fit face à son ami, la mine grave.

« Nous étions bien en voyage, à Gérardmer, à profiter de l'air pur et parfumé de nos belles Vosges, et à admirer son lac aux eaux profondes. Nous avions décidé de faire quelques excursions au Hohneck et à la Schlucht. Le temps était splendide, ce qui nous changeait de cet horrible climat dont nous avons été victimes ces derniers mois. Et c'est en revenant au village que j'ai appris, hier soir, qu'une dépêche de Paris était tombée, annonçant l'ouverture des hostilités entre l'Autriche-Hongrie et la Serbie…

– Ah ? Je n'étais pas encore au courant. Il fallait bien s'y attendre, non ?

– Sans doute ! J'ai donc pris ce matin le dernier train pour Pont-à-Mousson. J'ai même rencontré, à la gare de Nancy, plusieurs personnes qui quittaient la Lorraine et qui m'ont demandé si je faisais de même ! Les imbéciles… Je leur ai dit qu'au contraire je me rendais à mon poste, et un adjoint de Lunéville qui faisait de même m'a approuvé. Il y a encore des gens qui ont le sens du devoir ! Je suis maire de mon village, tout de même !

– Heureusement… concéda Hans.

– Je ne me suis pas encore rendu au château, mon ami. Ayant récupéré mon automobile près de la gare de Pont-à-Mousson, j'ai aussitôt fait le détour pour vous tenir informé de ces dernières péripéties !

– C'est très gentil à vous, Georges. Et je vous en remercie. Mais voici ma brave Trudy qui pointe son nez. Vous boirez bien quelque chose ?

– Ce sera volontiers, toutes ces émotions m'ont bouleversé ! Savez-vous qu'à Pont tout le monde était dans les rues ? Que la banque était prise d'assaut par une foule que les gendarmes et les soldats avaient bien du mal à contenir ? Et que j'ai eu toutes les peines du monde à traverser la ville, tellement l'affolement des habitants était grand !

– Pff ! Comme si la panique pouvait arranger les choses… »

Dès que ses visiteurs eurent pris congé, après une conversation qui n'avait rien de fort réjouissant, Hans abandonna ses poteries et sa planche à dessin pour se rendre au village à pied, ce qui ne lui arrivait guère souvent. Mieux valait essayer de récupérer Mathias, si les choses venaient à s'envenimer soudainement ! Et puis le vieil homme tenait à prendre le pouls de la population locale, si près de cette Lorraine annexée que l'on pouvait voir depuis les fenêtres de la Ribiette, avec cette frontière si proche qui devenait de plus en plus menaçante… Contrairement à son attente, nulle agitation ne régnait dans le petit bourg, et chacun vaquait à ses occupations habituelles. Une fois n'étant pas coutume, il poussa la porte du café et fut intrigué de n'y rencontrer que quelques vieillards. D'ordinaire, lorsqu'un événement provoquait une certaine fébrilité, les débits de boissons ne désemplissaient pas et les discussions animées se poursuivaient tard dans la nuit !

Edgard remit deux chaises en place, puis se tourna pour envisager le nouveau venu. Il marqua quelques secondes de surprise avant de s'exclamer :

« Monsieur Hasenfratz ! Il y a bien longtemps que vous ne m'avez fait l'honneur d'une visite !

– C'est vrai, reconnut Hans. Mais il y a bien longtemps aussi que la situation n'avait été aussi grave ! Je m'inquiétais de savoir comment on prenait les choses, ici... Aussi, une fois n'étant pas coutume, servez-moi donc un verre de votre meilleur vin blanc ! »

Tout en s'exécutant, le cabaretier remarqua :

« Vous avez raison, les nouvelles ne sont guère fameuses, et je crois que nous n'échapperons pas au pire... Il n'empêche qu'ici, à Morey, il y a mieux à faire en cette saison que de *chigner*[1] ! Pensez, les moissons, les mirabelles qu'il va bientôt falloir cueillir, le regain en avance qu'il va falloir faucher avant l'heure, ce n'est pas le labeur qui manque !

– Je sais, je sais... C'est d'ailleurs un peu ce qui m'amène. Je cherche mon Mathias, qui aime à se mêler aux travaux des champs, mais j'ignore vraiment où je pourrais le trouver ! »

Edgard afficha un large sourire :

« Ah ! Mathias... Un brave petit, toujours de bonne humeur et toujours poli ! Pourtant, si vous me permettez, monsieur Hans, il devrait se vêtir plus simplement pour jouer avec les garnements du village : on dirait un petit châtelain ! »

1. *Pleurnicher.*

Hans haussa les épaules.

« Je me tue à le dire à Gertrude, mais elle n'en fait qu'à sa tête ! Rien n'est trop beau pour son petit protégé… J'ai beau la tancer en lui répétant que les habits qu'elle lui achète ne peuvent qu'élever une barrière entre lui et les gosses de son âge, elle s'obstine à le nipper comme un prince ! Ce dont il se moque comme d'une guigne, d'ailleurs, si j'en juge à l'état dans lequel il rentre souvent, débraillé, boueux et parfois avec des accrocs aux coudes et aux genoux…

– Eh ! Ça doit la mettre chaque fois en rogne, votre Trudy !

– Bien évidemment, mais elle l'aime tellement, son Mathias !

– Vous aussi, ça se voit !

– Ça ne me dit pas où il est, le petit ! »

L'un des vieux qui devisaient à une table retirée ôta la pipe de ses lèvres, puis avala une bonne gorgée de bière mousseuse avant de supposer :

« Le gamin bien habillé, vous dites ? Chaque fois qu'il vient au village, il passe presque tout son temps avec le dernier chenapan du Charles…

– Charles Vanémont ? Qui garde un bras abîmé à la suite d'un accident ? s'enquit un buveur.

– Qui d'autre ? M'étonnerait pas que le *ratapoil*[1] du monsieur soit encore en sa compagnie !

– Merci, mon brave, répondit Hans. Je connais un peu ce Vanémont. Edgard, resservez donc ces braves gens ! »

Tout en s'exécutant, le tenancier lança un clin d'œil à Hans :

« Le Vanémont, c'est un de mes habitués. Il habite une ferme au cœur du village, mais les champs dont il s'occupe aujourd'hui sont après la Natagne, en direction de Serrières et du mont Toulon. Les terres de la Gaillotte, qu'on les appelle.

– Je vois où cela se situe, merci ! Cela me fera une balade… Mais prêtez-moi donc un panier, que je vous achète

1. *Enfant, sur un mode affectueusement moqueur.*

quelques bouteilles. Avec ce soleil, elles seront sans doute les bienvenues ! »

* *
*

Sans la crainte d'une nouvelle guerre imminente, il eût apprécié se promener par un aussi beau temps, sous ce ciel lumineux qui resplendissait d'un bleu d'azur, que seuls de rares et paisibles nuages nuançaient de taches blanchâtres. Des brumes de chaleur rendaient floues les cimes lointaines servant de barrière à l'horizon, et la rivière indifférente poursuivait son cours monotone entre ses rives sinueuses et ombragées… Ici ou là, perdues au sein de prairies encore vertes où broutaient inlassablement des troupeaux de vaches, quelques parcelles de blé d'un jaune doré concentraient toute activité humaine. Au passage d'un tombereau tiré par deux bœufs poussifs, Hans héla l'homme qui les menait :

« Je suis bien en direction des terres de la Gaillotte ?

– Oui-da, monsieur… Au premier chemin à droite ! Le Charles et les siens y sont à la faux… »

Si personne ne connaissait vraiment celui que l'on nommait le hachepailleur, qu'on considérait comme un riche original vivant en marge de la vie villageoise, on le respectait pourtant. À son arrivée, chacun laissa son geste en suspens, le crissement des lames s'arrêta, les dents des fourches se plantèrent dans le sol. L'homme qui maniait son outil en grande partie à l'aide de son seul bras gauche s'exclama :

« Ah ! Monsieur Hasenfratz ! Quelle surprise ! Et que me vaut l'honneur ? »

Sans lui laisser le temps de répondre, un jeune garçon s'élança vers lui en quelques bonds :

« Oncle Hans ! Mais… je n'ai pas entendu la voiture ?

– Je suis venu à pied, Mathias. Qu'est-ce que tu fais, ici ?

– J'aide mon ami Gaspard, le fils de m'sieur Charles ! J'aime bien travailler dans les champs… »

Le paysan lui adressa un regard amusé avant de lever de nouveau le nez sur Hans :

« Les gosses en ont vite eu plein les bras de porter les gerbes ! Alors je leur ai confié la mission de glaner les épis oubliés…

– Une bonne et saine occupation, ma foi !

– Votre Mathias adore ça, monsieur Hans ! Et je suis d'autant plus enclin à lui faire plaisir que, depuis qu'il fréquente mon fils, ce dernier s'est bien assagi… À ses côtés, Gaspard apprend mieux à lire et à écrire qu'à l'école, et je suis de plus en plus content de lui ! Votre petit-neveu est un puits de science, pour son âge.

– J'essaie de lui transmettre un peu de mon savoir, répliqua modestement Hans. Mais je suis heureux qu'il mette la main à la pâte pour des activités plus… terre à terre, disons !

– Bien, bien… Mais vous n'êtes pas venu jusqu'ici pour me parler de nos marmots, je suppose ? »

Sans répondre, Hans ouvrit son panier et le déposa aux pieds du cultivateur. Hommes et femmes s'approchèrent aussitôt, les yeux brillants et le sourire aux lèvres. La soif était là depuis un moment déjà, à dessécher les gorges, avec cette salive rare si rétive à se laisser avaler…

« J'ai même emprunté un tire-bouchon, mais je n'ai pas de verres…

– Oh ! Nous savons nous en passer. On n'apporte rarement la vaisselle aux champs ! »

Quels riches moments, à se désaltérer ainsi au beau milieu de l'effort, avec les muscles luisants de sueur, avec la chemise trempée qui collait à la peau, à boire à même le goulot que l'on essuyait d'un simple revers de paume avant de le tendre à son voisin. À la grande stupéfaction des moissonneurs, Hans lui-même ne rechigna pas à ce geste convivial ! Tout en débouchant une autre bouteille, il s'étonna :

« Les dernières nouvelles ne semblent pas trop vous alarmer, dirait-on ? Alors que le territoire germanique n'est qu'à quelques kilomètres !

– Justement ! assura une solide paysanne que Hans reconnut être l'épouse de Charles. Si les Allemands voulaient vraiment la guerre, il nous aurait attaqués depuis longtemps ! Nous sommes bien placés pour voir que rien ne bouge à la frontière, et que c'est le calme absolu…

– Oui, confirma un des ouvriers agricoles, tout au plus le passage d'un ou deux aéroplanes qui font lever le nez aux gosses, qui font peur aux vaches et aboyer les chiens !

– Et qui volent très haut, d'ailleurs… »

Hans renonça vite à aborder de nouveau le sujet, malgré ce qu'il devinait de la gravité de la situation. Il commençait à soupçonner que ces frontaliers se savaient en première ligne, et qu'ils se réfugiaient derrière un calme de façade, comme pour faire obstacle à un avenir que, tout au fond d'eux-mêmes, ils pressentaient fort sombre… Le vieil homme soupira. Cette sérénité forcée lui semblait un obstacle bien illusoire pour conjurer le sort ! S'imposant une mine enjouée qui n'était pas de mise, il se défit soudain de sa veste et retroussa ses manches :

« Bon ! C'est bien beau, la pause, mais il reste du labeur, non ? Que diriez-vous d'une paire de bras de plus ?

– Vous n'y pensez pas ? s'indigna Charles Vanémont. Vous, un “monsieur” !

– Il est vrai que je suis né dans une famille aisée ! admit Hans. Mais mon père était un gros propriétaire terrien qui a tenu à ce que je n'ignore rien des travaux d'un domaine. C'est ainsi que je me suis adonné, souvent avec plaisir, à toutes les tâches de la ferme et des champs. Il serait temps que je m'assure ne pas avoir perdu la main !

– Vous allez vous salir ! protesta Berthe, la femme de Charles.

– Pas plus que lorsque je gratte la terre pour y trouver des traces de nos ancêtres !

– Raison de plus ! Ce n'est pas là la place d'un savant comme vous ! »

Sans répliquer, Hans s'empara d'autorité d'une fourche puis, avisant une gerbe plus grosse que les autres, il la planta et, d'un puissant mouvement de reins et de bras, il la projeta en haut du chargement impressionnant du chariot. Non, son énergie ne s'était en rien érodée au fil des ans, et il maîtrisait toujours la coordination des gestes que nécessitait cette opération pour ne pas s'y briser le dos !

« Allons, vous autres ! Vous n'allez pas me laisser trimer tout seul, non ? »

Après un rire malgré tout empreint d'admiration, chaque homme reprit son manche, qui à la faux, qui à la fourche, tandis que les femmes se courbaient à nouveau pour rassembler et lier la récolte en gerbes. En silence ou en chantonnant, chacun s'adonna de nouveau au labeur, à ce rythme lent du métronome qui savait si bien ménager les forces. Parfois, le regard s'égarait avec incrédulité pour observer ce vieil érudit que l'on connaissait si mal et qui abattait autant de travail que le meilleur commis ! Vite en sueur, Hans s'évertua à dissimuler l'essoufflement qui le gagnait et s'obstina à partager l'effort collectif. Il y avait si longtemps qu'il avait oublié à quel point était pénible la vie des paysans et des « petites gens » ! Il n'en continuait pas moins à plaisanter avec tout le monde, sachant bien qu'en plus de quarante ans il ne s'était jamais senti aussi proche de ces gens modestes. Après tout, si la guerre se déclarait en cette zone frontalière, riches et pauvres seraient embarqués sur une même galère et subiraient les mêmes affres, les mêmes drames, les mêmes ruines… Qu'ils fleuraient encore plus bon que jamais, ces moments de joie sobre et simple, à la veille de jours qui pouvaient s'avérer tragiques !

Mathias, quant à lui, partageait avec Gaspard ces instants de liesse sans arrière-pensées. La vie ne pouvait qu'être pleine de promesses, à leur âge ! Et puis, avec un tel beau temps, avec le piaillement des oiseaux qui, par nuées, tentaient de picorer au vol quelques épis, avec cette brise tiède qui faisait frémir la feuille des peupliers, que pouvait-il bien arriver ? D'ailleurs, le travail avançait vite et le soleil n'était pas encore au plus bas lorsque le dernier tombereau fut enfin chargé... Charles se félicita alors :

« Je ne sais si c'est grâce à vous, monsieur Hasenfratz, mais jamais la moisson de la parcelle des Gaillottes n'aura été aussi promptement achevée !

– Ce n'est certes pas ma modeste participation qui en est la cause ! Mais appelez-moi donc Hans, et arrêtez de me donner du "monsieur"... Surtout aujourd'hui, où nous avons tous transpiré ensemble à la même tâche !

– Oh ! Jamais nous n'oserons...

– Et pourquoi pas ? Nous sommes depuis si longtemps voisins !

– Quoi qu'il en soit, vous connaissez la tradition des moissons chez nous ? Alors, tous ceux qui ont trimé sur ce champ mangeront chez moi à la table commune... Et pas question de refuser, ce serait une offense !

– Aussi ne refuserai-je pas, Charles.

Ce soir-là, il y eut à Morey, dans la grande cour des Vanémont, une ripaille aussi sympathique que débridée ! Et, pour la première fois, l'accent germanique de Hans sembla passer parfaitement inaperçu...

* *
*

Hans n'avait pas l'habitude d'abuser de la boisson, et conservait le souvenir d'être resté raisonnable, la veille, à la table de Charles. Était-ce alors le vin du tonneau familial des Vanémont ? Il eut quelques difficultés à s'extirper de son lit au réveil, avec la bouche pâteuse et un sérieux mal de crâne... Après s'être aspergé le visage d’une eau assez fraîche pour lui remettre un peu les idées en place, il se remémora les épisodes de cette soirée festive, puis retomba dans ce pessimisme qui semblait d’ailleurs de circonstance, au regard des derniers événements que livraient les grands chapitres de la politique internationale. Lorsqu’il descendit pour rejoindre l’officine où il prenait son petit déjeuner, il eut la surprise de s’y voir accueillir par Mathias, lequel lui présentait déjà affectueusement ses lèvres engluées de confiture :

« Non, non, mon petit ! Vraiment, je préfère que tu reviennes m’embrasser lorsque tu auras nettoyé ton museau.

– Promis, oncle Hans ! »

Il grimaça. Les bons moments en apparence insouciants qu’il avait partagés avec ces braves gens ne l’empêchaient pas d’appréhender un avenir problématique. Depuis des semaines, il sentait partout la guerre aux aguets, larvée dans la torpeur du temps, mais, comme un serpent, prête à mordre sa proie ! Allait-il encore vivre un nouvel exode pour fuir la fureur prussienne ? L’âge avançant, il ne le souhaitait pas vraiment. Mais pouvait-il, en restant sur place, sur des territoires si menacés, risquer la vie d’une vieille femme et d’un jeune garçon ? Ah ! S’il n’y avait eu que lui à prendre en considération, le choix se fût révélé plus simple ! Mais comment protéger, sans les affoler, Gertrude et le petit Mathias ?

« Pas de nouvelles, ce matin ? grogna-t-il.

– Le journal n’était pas encore là lorsque je suis allée au village !

– Diable ! C’est assez mauvais signe… »

Déjà inquiet, il absorba rapidement sa collation matinale avant de sortir de ses murs pour sauter dans son automobile. Mieux valait essayer de glaner des informations auprès du comte plutôt que de les quémander des lèvres du maire de Morey, qui se montrait tellement discret que Hans ne l’avait rencontré qu’une ou deux fois, par hasard, depuis qu’il avait été élu. Son prédécesseur, au moins, avait su rester à l'écoute de la population, et lui était même devenu un ami ! Un ami qu'il avait malheureusement dû accompagner au cimetière depuis trop longtemps…

« Ça ne saurait durer longtemps ! »

HANS NE SE DOUTAIT NULLEMENT, ce samedi matin, en tournant la manivelle de sa voiture, qu'il se souviendrait de ce jour jusqu'à l'orée du cercueil ! Comme à son habitude, il dédaigna de s'arrêter au village et poursuivit le court trajet qui le séparait du château de Clémery. Il n'eut pas plus tôt fait crisser les graviers de la cour que la jeune bonne à l'accent du Sud se précipita en dévalant le perron :

« Vous voulez voir monsieur le comte, je suppose ?

– En effet, Charlotte… Serait-il encore au lit ?

– Lui ? Certes non ! Il est parti en urgence à la mairie alors qu'il n'était pas 2 heures du matin, suite à l'irruption au château d'un sergent en armes étant venu lui annoncer que la guerre était déclarée ! Depuis, toute la maison est en émoi, et moi-même je ne suis pas très rassurée, c'est le moins que je puisse dire…

– S'inquiéter ne sert à rien ! affirma alors Hans d'un ton sentencieux. Seule l'action est efficace. Quant à moi, je vais le rejoindre à la mairie pour tenter de le ramener au bercail ! Ce n'est pas derrière son bureau qu'il arrêtera l'ennemi, si la situation est aussi grave que vous le dites. »

Sans plus attendre, il retourna à son véhicule puis, après quelques nouveaux coups de manivelle, reprit en pétaradant la direction du petit bourg.

« Georges, mon ami ! Que vous me semblez avoir les traits tirés et la mine ravagée ! Si vous n'avez que peu dormi cette nuit, mieux vaudrait rejoindre maintenant votre lit, quelle que soit l'heure.

– Je le voudrais plus que tout, Hans… Mais c'est tout bonnement impossible ! Vous savez, si j'avais jusqu'ici beaucoup de satisfaction à me consacrer à cette commune pour le bien-être de ses habitants, en de tels moments, je souhaiterais plus que tout ne plus en être le premier magistrat !

– Alors c'est vrai : c'est la guerre ?

– Pas vraiment… Si vous voulez en savoir autant que moi, je ne peux que vous dire que j'ai été réveillé à 2 heures du matin par des militaires en automobile. Ils m'ont remis des plis afin que je puisse organiser la mobilisation qui devrait être prochainement promulguée. Je dois prévenir toutes les personnes concernées de se tenir prêtes à se rendre au plus vite, dès que l'ordre nous en parviendra, à la caserne de Nancy pour y recevoir leurs instructions, leurs armes et leur uniforme… Une corvée dont je me passerais bien !

– Comme je vous comprends ! Croyez-vous que nous allons revivre les horreurs de 1870 ?

– Je ne l'espère pas… Chacun s'accorde à penser que tout cela sera réglé en quelques semaines, mais on ne sait jamais. Pour l'instant, j'ai consigne de ne pas faire sonner le tocsin, pas plus que de faire battre le tambour pour informer la population de cette mesure extrême… Il n'y a que la Seille qui nous sépare de l'ennemi, et il ne faut pas donner l'éveil aux villages allemands ! »

Hans émit un petit rire amer :

« Un secret qui sera vite éventé, non ? Si la mobilisation est imminente, il n'est pas un gradé "prussien" qui l'ignore encore ! Sans doute étaient-ils même au courant avant vous, mon ami.

– Peut-être, mais je dois me conformer aux consignes qui m'ont été données, et je vais faire prévenir chaque mobilisable discrètement et individuellement par le garde champêtre. Ce qui veut dire tout mâle valide de moins de cinquante ans !

– Triste tâche…

– Je ne vous le fais pas dire, mon ami ! »

Hans tourna le dos au comte pour s'approcher de la fenêtre et faire mine de contempler le paysage. Bien qu'il s'y attendît depuis des jours et des jours, la nouvelle de l'ouverture du conflit ravivait en lui les blessures mal cicatrisées de ses vingt ans ! Ainsi, tout pouvait recommencer ? Il avait fui son Alsace à cause de la guerre, une autre se profilait et, selon comment elle évoluerait, peut-être serait-il sur ses vieux jours condamné de nouveau à l'exil ? Comment pourrait-il s'y résoudre, à son âge ? Mais il y avait désormais Mathias ! Avait-il le droit de l'exposer à tous les dangers, en cette région qui serait sans nul doute la première victime des combats parce que située à deux pas de cette frontière injuste que Hans avait toujours réfutée ? Cruel dilemme… Il soupira. Malgré le risque, il se sentait déterminé à rester chez lui aussi longtemps que cela serait possible !

* *
*

La panique première était-elle vraiment justifiée ? Car chacun continuait à vivre de façon apparemment normale, malgré l'étonnement à ne pas être déjà envahi si tout ce que l'on avait claironné haut et fort s'était avéré réellement crédible ! Sans faire mine de rien, on regardait pourtant du coin de l'œil la frontière, en cherchant à découvrir, à l'horizon, le moindre événement particulier… Mais rien. Par bonheur, rien ! La vie pouvait suivre son cours comme de coutume… Mathias, comme bien souvent, avait rejoint ce dimanche Clémery, où il se sentait à l'aise entre Anne-Marie de Moustier et cette domestique de maison si sympathique dont il ne connaissait que le prénom : Charlotte. Charlotte Mouly, qui ne manquait pas une occasion de partager les moments qu'il passait au château…

« Dis-moi, Lolotte…

– Pas "Lolotte", mais Charlotte, Mathias !

– Oui, Lolotte ! Si la guerre arrive, c'est très grave ?

– Ne t'inquiète pas de ce qui concerne les grands, petit ! »

Oubliant ses soucis, le jeune garçon passa une partie de l'après-midi avec la fille du comte à s'exercer aux techniques de l'aquarelle. Mais la question trottait toujours en sa tête :

« Tu sais, Annie…

– Anne-Marie, je préfère !

– Dis-moi, Anne-Marie, tu crois qu'il va y avoir la guerre, toi ? »

Malgré ses sombres certitudes, la jeune femme n'hésita que peu pour le rassurer :

« On le dit, c'est vrai. Mais tout semble plutôt calme, non ? Aussi, il n'y a pas lieu de s'alarmer ! Tout au moins pour l'instant. »

Mathias, fataliste, replongea le nez sur son papier à dessin, jusqu'à ce qu'il entendît l'arrivée d'un homme à cheval.

« Un soldat ? s'enquit-il aussitôt.

– Non ! Seulement le maréchal des logis de la gendarmerie. Il doit certainement venir voir mon père ! »

* *
*

Peu après le départ du gendarme à cheval, le comte tint à réunir tout le personnel du château. Et ce fut en se serrant contre les jupes de Charlotte que Mathias écouta, sans vraiment en comprendre toutes les conséquences, la diatribe du maître des lieux, lequel s'en tint à une seule phrase :

« La mobilisation générale a été promulguée ! »

Tout à fait inconscient de la portée de cette mesure, le garçon faillit applaudir, mais la mine sombre des adultes l'en dissuada.

« Ça veut dire quoi ? »

La jeune servante se pencha sur lui pour lui confier à l'oreille :

« Que tous les hommes en âge de combattre ou de servir l'armée doivent rejoindre leur caserne ! Ils ont beau croire que la victoire ne sera qu'une question de quelques semaines, ils ne seront pas à l'abri d'une balle ou d'un obus... Il n'y a jamais de guerre sans victimes ! Mais il nous faut rester confiants, petit. »

Rester confiant ? Rien n'était plus facile, pour un enfant de son âge ! Avec une candide insouciance, Mathias retourna à ses pinceaux pour tenter d'achever son barbouillage laborieux. À quoi bon essayer de comprendre pourquoi chacun, dans la vaste bâtisse, sursautait au moindre bruit, avec l'anxiété au fond des yeux ? Ces grondements sourds provenaient-ils d'un orage lointain, ou bien était-ce le roulement de tambours allemands ? L'ennemi se tenait si près ! Pourquoi ces mines graves, et ce silence trop pesant ? Et pourquoi ces deux domestiques du château avaient-ils revêtu cette tenue endimanchée, pourquoi leurs embrassades émues, pourquoi s'approchaient-ils de lui avec ce sourire un peu contraint ?

« Au revoir Mathias... Et continue à te montrer aussi sage et raisonnable ! »

Mathias leva sur eux un regard surpris. Jamais ces deux hommes au service du comte ne s'étaient montrés aussi prévenants envers lui ! Il ne connaissait même pas leur prénom...

« Vous partez ?

– Il le faut bien, petit... On a besoin de nous pour donner une bonne leçon à ces méchants Allemands !

– Vous reviendrez, hein ?

– Promis, mon gars ! Ça ne saurait durer bien longtemps, crois-moi… »

* *
*

Jamais Hans ne s'était rendu aussi souvent au bourg. Comme chaque habitant, il avait à cœur de se tenir informé heure après heure de la situation. Au coin de la place, sous le porche de l'église, à la porte de l'épicerie ou de la boulangerie, hommes et femmes, par petits groupes, tenaient d'interminables conciliabules. Chacun commentait les événements à sa manière, avec au ventre une angoisse indéfinissable. On évoquait le départ précipité de tous les mobilisés de la commune, des pères de famille, des paysans solides, des jeunes gens dans la force de l'âge… Des hommes qui avaient quitté leur foyer dans la plus grande dignité, sans de trop ostensibles effusions, calmes et confiants, et affichant une mâle détermination qu'ils étaient sans doute loin de ressentir ! Et chacun avait secrètement vécu cette séparation comme une véritable amputation… Jamais on n'avait autant vu le maire se démener, à traîner son embonpoint de maison en maison, avec sa face rougeaude de paysan nanti. Depuis le matin, il s'acharnait à faire regrouper les chevaux réquisitionnés, qui devaient être conduits le soir même à Dieulouard. On s'inquiétait aussi pour le bétail. Fallait-il le garder à la ferme ou s'en séparer pour éviter qu'il ne tombât aux mains de l'ennemi, si les armées allemandes franchissaient la frontière ?

« Monsieur Hasenfratz ? »

Hans se retourna en souriant intérieurement. Il n'ignorait pas que, dans la région, on l'appelait l'hachepailleur, bien que nul n'osât l'aborder par ce surnom peu élogieux !

« Oui ? »

Il connaissait de vue l'homme qui lui faisait face, un gaillard taciturne qui louait ses muscles comme ouvrier agricole à la ferme de Jeannet Buzion. Manifestement gêné de s'adresser ainsi à celui qu'il considérait comme un notable, le paysan s'évertuait à fuir le regard de Hans. Il bougonna pourtant :

« C'est vrai qu'après la guerre de 70 vous avez quitté votre pays pour rester Français ?

– Rien n'est plus vrai, mon brave… Pourquoi cette question ?

– Ben… C'est-à-dire que je suis Allemand, bien que Lorrain, et qu'il m'est désormais interdit de rester dans cette situation ! Et je ne sais quelle décision prendre. Soit je choisis la carte bleue pour être incorporé dans l'armée française, soit la carte rouge pour passer la douane et retourner chez moi… Ma famille est disséminée des deux côtés de la frontière, ce qui fait que, dans un cas comme dans l'autre, je serai amené à me battre contre les miens ! C'est pour cela que je vous demande conseil, vous comprenez ?

– Je comprends, je comprends. Je suis bien placé pour savoir qu'un tel choix est forcément cruel, mon ami ! Mais, dites-moi, vous avez passé la cinquantaine, non ?

– Ben oui…

– Et vous êtes établi ici depuis bien des années, n'est-ce pas ?

– Il y a bien quinze ans, au moins, que je trime pour le Jeannet !

– Alors il y a une autre solution, si j'ai bien compris les mesures en cours : les Alsaciens-Lorrains qui habitent sur le territoire français depuis fort longtemps et qui sont trop âgés pour être mobilisés peuvent obtenir une carte blanche qui leur permettra d'y rester. Le maire doit être au courant, car il a dû signer plus d'un passeport de ce genre, depuis ce matin !

– Une carte blanche ? Je ne savais pas ! Merci, monsieur Hans ! Merci ! »

* *
*

Mathias adorait s'installer sur les genoux de Hans dès que ce dernier s'asseyait dans son fauteuil préféré. Le brave homme n'en prenait pas ombrage, bien au contraire… Il lui arrivait même de regretter le temps où ce gamin aimait à passer inlassablement les doigts dans sa barbe ! Aussi fut-il surpris de le voir s'informer, les sourcils froncés :

« C'est la guerre, alors ? Va falloir partir de la Ribiette, oncle Hans ?

– Pas pour l'instant, mon trésor ! Heureusement, d'ailleurs…

– Contente de vous l'entendre dire ! s'exclama Gertrude, qui avait craint de voir son maître choisir une nouvelle fois l'exil.

– C'est qu'il est fort possible que ce conflit soit réglé au plus vite, et il n'y a pas lieu de s'affoler outre mesure ! Nous verrons bien, au fil des jours, comment tournera la situation, non ? »

Mathias soupira, comme soulagé :

« Alors, c'est pas si grave ?

– Je n'ai pas dit cela, petit… Si la guerre est déclarée, tu ne pourras plus sortir seul et il te faudra rester le plus possible à la maison !

– Mais pourquoi ? grogna aussitôt le gamin. Même pas aller jusqu'au château du comte ? Ce n'est pas loin, pourtant…

– La frontière non plus n'est pas loin ! Et il pourra y avoir des patrouilles de soldats, tant français que prussiens… Des batailles, des tirs d'artillerie peut-être. Il est essentiel de rester prudent ! Tu me le promets ? »

À contrecœur, Mathias céda du bout des lèvres, avec une moue boudeuse :

« Je te le promets, oncle Hans.

– À la bonne heure ! » s'exclama le vieil homme en lui prenant la tête pour lui faire claquer deux baisers bien sonores sur les joues.

* *
*

Il fallut attendre le soir du lundi pour apprendre ce que chacun redoutait depuis des jours : l'Allemagne avait bel et bien déclaré la guerre à la France ! Paradoxalement, la nouvelle fut accueillie presque avec soulagement, car rien n'était plus éprouvant que l'attente... Enfin, on savait à quoi s'en tenir ! Si Gertrude s'en émotionna, le maître de maison prit les choses avec plus de philosophie, et il passa son temps à s'occuper de Mathias, qui lisait de plus en plus correctement. Le jeune garçon s'intéressait à presque tous les domaines, et sa seule bête noire demeurait le calcul. Hans n'eut pas à cœur de le confronter à nouveau aux problèmes de multiplications et de divisions. Il le laissa donc jouer avec le microscope que lui avait offert le comte de Moustier et l'abandonna pour monter une fois de plus à l'étage, d'où il pouvait observer le paysage, au nord et à l'est, jusqu'aux brumes tremblantes de l'horizon. S'il n'en parlait pas pour ne point affoler Trudy et le gosse, il avait bien remarqué que rien n'était déjà plus normal. Jamais autant de véhicules motorisés n'avaient circulé sur les routes et les chemins de la région ! Que devait-il en être en Alsace ? Et comment Emma vivait-elle ces tristes événements ? L'armée française se déployait progressivement le long de la frontière, et sans doute l'ennemi faisait-il de même à seulement quelques kilomètres. Combien de points stratégiques, de part et d'autre de la Seille, ne devaient-ils pas être déjà investis par des pelotons des deux camps ? D'ailleurs, au plus loin que portât sa vue en direction de Nomeny, il lui sembla discerner la poussière soulevée par le passage d'une escouade de cavaliers... Français ? Allemands ? Il n'aurait su le dire. Plus rassurant était le spectacle de la vie des champs qui paraissait, quant à elle, immuable ! Et sans doute n'était-ce pas aisé... Si tous les jeunes avaient rejoint leurs corps d'armée, le plus souvent leurs pères avaient dû, eux aussi, abandonner leurs fermes ou leur commerce, laissant la lourde charge des travaux les plus durs aux femmes, aux enfants et aux vieillards. Hans se le promit : il avait encore de la vigueur et, dès le lendemain, il irait proposer ses services aux Vanémont !

* *
*

Ce matin-là, le petit village semblait presque désert, et le peu de personnes que l'on croisait, le plus souvent des femmes, arboraient un visage fermé, un sourcil anxieux et des lèvres pincées. Comment ne pas s'inquiéter du sort d'un mari ou d'un fils, en de telles circonstances ? Si les mobilisés avaient affiché un bel optimisme, on savait bien qu'il n'y avait pas de guerre sans morts ! Hans soupira. Qu'elle était triste cette boulangerie avec ses volets clos ! Sentirait-on de nouveau à Morey sa bonne odeur de pain chaud ? Et la mère Marbache, qui avait repris le commerce de son fils appelé sous les drapeaux à l'orée de la cinquantaine, tiendrait-elle longtemps ouvert l'étal de l'épicerie, à plus de soixante-dix ans ? Le bureau de poste abritait le seul téléphone du village, qui servait d'ailleurs de plus en plus souvent, au fur et à mesure que les tensions se précisaient. Le buraliste n'avait quant à lui pas fermé ses portes, pas plus que le cafetier.

Hans décida alors d'entrer dans le débit de boissons, bien que ce ne fût pas dans ses habitudes. Edgard Noroit se leva de sa chaise.

« Monsieur Hasenfratz !

– Oui, Edgard… Servez-moi un bock, s'il vous plaît. »

Tout en sirotant sa bière, Hans restait songeur. Que c'était triste un café sans clients, et des rues où n'erraient que femmes, vieillards et enfants ! Le cabaretier l'interrompit dans sa rêverie nostalgique en se précipitant vers la porte :

« Nom de Dieu ! Ils sont là ! »

Oui, ils étaient là ! Une patrouille allemande à cheval, suivie de quelques fantassins, avec leurs uniformes gris et ternes et leur casque à pointe en cuir… Quel sentiment d'humiliation à voir ces soldats honnis circuler ainsi au cœur même du bourg ! Hans eut l'amère impression de revivre des souvenirs remontant à plus de quatre décennies… Malgré la méfiance, les habitants ne se calfeutrèrent pourtant pas derrière les murs de leurs maisons. La petite troupe semblait seulement parader, et nulle agressivité ne transpirait dans son attitude. D'ailleurs, ces damnés « Prussiens » ne s'attardèrent pas. Après avoir longé la place, ils redescendirent la rue du village sans avoir seulement contacté le maire ou prononcé la moindre parole ! Tout au long de leur parcours, ils furent malgré tout accompagnés d'un silence glacial qui confinait au mépris, mais n'eurent aucunement l'air de s'en offusquer.

« Peuh ! fulmina alors Edgard. Ils n'ont fait qu'un petit tour de manège pour se montrer. Ces “têtes carrées” n'ont rien à faire d'un aussi petit village, après tout. Ils ont bien plus intérêt à s'occuper de Nancy ou Pont-à-Mousson !

– Ce n'est pas certain ! objecta Hans. Avant de songer à assiéger les villes, il leur faudra bien se rendre maîtres de l'arrière-pays, élargir leur frontière… C'est alors que Morey sera pris en tenaille ! À mon avis, cette visite n'a rien d'innocent, car elle me semble plus une mission de reconnaissance qu'autre chose…

– Peut-être mais, tant qu'il ne se produit aucun trouble, nous pourrons au moins respirer tranquilles !

– Espérons que cela durera !

– Espérons… »

Occupation

« Oncle Hans ?

– Oui, Mathias.

– On s'ennuie, ici ! Pourquoi j'ai pas le droit d'aller voir Lolotte, Anne-Marie et le comte ? Ou jouer au village avec Gaspard et mes amis ? »

Que répondre ? Si ce confinement pesait sur les épaules du gamin, il s'avérait aussi lourd à porter pour les adultes !

« Trudy passe pourtant beaucoup de temps avec toi ! Moi aussi, d'ailleurs... Il faut que tu comprennes qu'avec les patrouilles allemandes il n'est pas question que tu remontes sur ta bicyclette ! C'est trop dangereux...

– Mais nous avons vu des soldats français à cheval... Ils sont là pour arrêter les méchants Prussiens, non ?

– Ce n'est pas aussi simple, petit ! Je sais que nos troupes sont passées devant la maison pour installer un poste d'artillerie au sommet de la colline, à quelques centaines de mètres d'ici, mais cela ne me rassure pas vraiment, bien au contraire ! Quant à circuler, c'est la guerre, et il ne ferait pas bon tomber au beau milieu d'un échange de tirs...

– Avec ta voiture, alors ? Clémery n'est pas loin !

– J'ai été tenu de faire enregistrer l'automobile en cas de réquisition des véhicules à moteur, et elle ne m'a pas encore été retirée, c'est vrai… Mais l'interdiction de circuler en voiture sur les voies communales reste en vigueur ! »

Le garçon se renfrogna, puis objecta :

« Gaspard suit bien son père dans les champs, lui ! La récolte des mirabelles a commencé, et tu m'avais promis que je pourrais aller aider nos amis Vanémont ! Comme l'année dernière…

– C'était avant la guerre, Mathias. Il n'y a que les paysans qui ont le droit, et même le devoir, de se déplacer pour continuer leur tâche ! Mais ils y vont la peur au ventre, crois-moi. Ils sont d'ailleurs souvent interpellés par des patrouilles allemandes ! »

L'enfant soupira, mais n'en resta pas moins contrarié. Hans décida alors :

« Tu te souviens que je t'avais promis, tout comme le comte d'ailleurs, quelques expériences amusantes de chimie ?

– Oui, bien sûr !

– Alors je crois qu'il est temps que je passe aux travaux pratiques… Et, comme les nuits sont claires, je pense aussi qu'il serait également opportun de ressortir ma lunette astronomique, non ?

– Oh oui ! »

* *
*

Les jours passaient, et l'espoir reprenait. Le courrier recommençait à circuler et plus personne ne signalait de rencontre avec des militaires allemands, alors que les passages de soldats français se faisaient de plus en plus fréquents. Les villageois, privés de journaux depuis le début du conflit, en profitaient pour s'informer des événements, et les dernières nouvelles couraient de bouche en bouche…

« *Mein Herr* ! J'ai trouvé à peu près tout ce que je voulais, au village. Mais c'est de moins en moins simple !

– Je m'en doute, Gertrude ! Les approvisionnements sont inexistants depuis près de deux semaines. Et… pour le pain ?

– La boulangerie est fermée, comme vous le savez, mais tous les fours à pain encore en état de marche dans les fermes ont repris du service ! J'ai acheté une belle miche chez les Vanémont pour un prix raisonnable.

– Voilà qui est bien ! À part cela, quoi de neuf ? »

Trudy reposa son panier.

« Il semblerait que ces diables de Prussiens ont tout bonnement abandonné la Lorraine !

– Oh ! Oh… doucement ! Voilà qui serait extraordinaire…

– Je ne peux vous dire que ce qui se dit, *mein Herr*… Et il se dit aussi que les Allemands préfèrent faire une percée par le nord ! Mais la résistance de Liège les a entravés. De plus, cette violation de la neutralité belge n'a fait qu'accroître l'intervention anglaise, si j'ai bien compris !

– Intéressant, tout cela…

– Ce qui est moins rassurant, à mon sens, même si on ne peut s'en apercevoir d'ici, c'est qu'on dit à Nomeny entendre le canon au lointain, du côté de Château-Salins. Le reste n'est que ragots…

– C'est-à-dire ?

– Qu'il arrive sans cesse le bruit de victoires écrasantes, que d'autres rumeurs viennent démentir presque aussitôt !

– Bien, bien… Il n'empêche que la région immédiate conserve pour l'instant une relative tranquillité. Puisque Mathias s'ennuie, et si la situation n'empire pas, j'irai demain avec lui, mais à pied, jusqu'à Clémery… »

Le gosse lâcha le livre dans lequel il avait plongé le nez pour se précipiter :

« C'est vrai, oncle Hans ? Merci ! Oui, merci…

– Attention, j'ai bien dit : “si la situation n'empire pas”, hein ? »

* *
*

Comment croire le pays en guerre en circulant sur les chemins d'une campagne aussi paisible ? Sous un soleil chaud et vaillant, avec le zézaiement des bourdons, des mouches et des abeilles, l'herbe qui crissait sous les pieds dérangeant les sauterelles, le vol des oiseaux sur fond de ciel pur. Ici ou là, des champs où s'effectuaient les dernières moissons, des bosquets où s'activaient quelques bûcherons… Mathias, heureux de cette sortie, gambadait d'un talus à l'autre, tandis que Hans restait vigilant, aux aguets du moindre mouvement à l'horizon. Dans un tel contexte, malgré les nouvelles rassurantes, la zone demeurait peu sûre. Quel soulagement, alors, de voir enfin se profiler les toits du château et ceux des maisons du petit village !

Le vieil homme et son « petit-neveu » avaient à peine franchi le majestueux portail de pierre et le pavillon d'entrée qu'un bruit de moteur se fit entendre. Hans n'eut pas le temps de s'en inquiéter que Mathias s'écriait déjà :

« C'est la voiture de monsieur Georges !

– Je te rappelle qu'on dit "monsieur le comte" !

– Je sais ! C'est lui qui m'a demandé de l'appeler comme ça… »

Le véhicule s'arrêta à leur hauteur, et son conducteur les salua avant de s'étonner :

« Ça alors ! Le petit Mathias… et mon ami Hans ! Qui ont la gentillesse de profiter de ce calme pour me rendre visite ?

– Je ne peux laisser le gamin s'étioler entre mes quelques murs ! D'ailleurs vous-même ? Je croyais qu'il était interdit de rouler en automobile !

– C'est toujours vrai, mais pas pour moi. N'oubliez pas que je suis maire, ici !

– Ah ! Encore d'ennuyeuses formalités, sans doute ?

– Pas vraiment… Si ce n'est que ma femme est tombée malade ! Malheureusement, je n'ai pu trouver ni médecin ni pharmacien dans la région, car ils ont tous été mobilisés ! »

Mathias coupa la parole à son « grand-oncle » pour s'inquiéter à sa place :

« Mme Louise ! Malade ?

– Rassure-toi, petit. Ce n'est sans doute pas très grave, et mes notions d'infirmerie devraient suffire !

– Il y a tout de même quelques mois qu'elle me semble de santé fragile, remarqua Hans.

– Vous savez, depuis la mort de son père de soixante-quinze ans, il y a un an et demi, elle se laisse souvent aller à ce genre de langueurs !

– Ah ! Les femmes… »

* *
*

« Qu'est-ce que tu fais, Anne-Marie ? »

La jeune femme lui adressa un regard complice :

« Tu le vois, Mathias, j'écris…

– Tout ce grand cahier ? »

Elle reposa sa plume dans l'encrier.

« Oui, j'y relate tout ce qui se vit au château et dans les environs depuis le début de la guerre ! Au jour le jour…

– Et pourquoi ? »

Elle haussa les épaules :

« Je ne sais pas vraiment ! Pour m'en souvenir plus tard, peut-être ? Ou le raconter à mes enfants ou petits-enfants… À moins que ces écrits puissent un jour servir à un écrivain qui situerait son roman en Lorraine en 1914 ? Mais laissons là ces papiers, car j'ai plein de choses à te montrer, depuis que je ne t'avais vu ! »

Abandonnant Mathias et la jeune femme, Hans et le comte s'étaient retirés dans le cabinet de ce dernier pour discuter de la tragique actualité :

« Savez-vous que j'ai été fort aise de voir de nouveau des soldats français dans les environs ? C'est bien plus rassurant que les casques à pointe ! Les derniers Allemands que nous avons vus étaient des dragons qui ont réquisitionné un véhicule au village pour évacuer l'un des leurs qui était blessé…

– Et nos braves soldats ?

– Ils avaient installé un poste de chasseurs tout près d'ici, mais avec l'avance de nos troupes ils se sont transportés jusqu'à Port-sur-Seille en laissant leur place à un détachement de hussards. D'après les militaires, nos armées remportent de beaux succès un peu partout sur le front. Aux dernières nouvelles, ils seraient déjà à Altkirch et à Mulhouse !

– Souhaitons que cela dure… »

Après un silence éloquent, les deux hommes en vinrent à des considérations plus pratiques : le manque de ravitaillement, les réquisitions, le courrier distribué de la façon la plus aléatoire et avec beaucoup de retard.

« Pour ma part, confia Georges de Moustier, j'ai fait répartir nos provisions dans toutes les parties du château ! Ainsi, si par malheur les Allemands perquisitionnaient, ils ne pourraient nous dépouiller de tout !

– Sage précaution, mon ami. Je devrais faire de même !

– Encore puis-je m'estimer chanceux ! Si deux membres de mon personnel ont été mobilisés, comme vous le savez, j'ai laissé le choix aux autres, en leur donnant l'opportunité de reprendre leur liberté pour s'éloigner de cette région susceptible de devenir, du jour au lendemain, une zone de combat. Croyez-moi si vous le voulez, mais ils ont tous décliné mon offre ! Même la jeunette Charlotte, qui nous vient d'Albi… Elle serait pourtant bien plus en sécurité chez elle !

– Une preuve de l'attachement qu'on vous porte, Georges. Je suis bien placé pour savoir que vous êtes juste et droit ! »

Un ronronnement persistant les mit soudain en alerte, et ils s'arrêtèrent de parler pour se porter vers la fenêtre :

« Des aéroplanes… Jamais je n'en ai autant vu à la fois !

– D'ici, regretta le comte, on ne peut malheureusement pas discerner à quel camp ils appartiennent…

– Après les informations que vous m'avez rapportées, restons optimistes, mon ami ! »

Après avoir évoqué les considérations plus politiques de la situation internationale, de la Belgique au Danemark, les deux amis se décidèrent à se séparer. Hans ne tenait nullement à rentrer avec Mathias au crépuscule !

« Qu'à cela ne tienne, je vous ramènerai en automobile !

– Non, non, Georges. Occupez-vous donc plutôt de votre chère Louise… Mais, dites-moi, toujours rien pour ce qui concerne les parents du petit ?

– Non, malheureusement… J'avais bien établi quelques contacts avec des élus de sa région natale, mais la guerre m'a empêché de poursuivre ces investigations !

– Je comprends, je comprends… Après tout, il y a des choses bien plus essentielles, en ces tristes temps ! »

* *
*

L'enthousiasme au fond des yeux et des cœurs ne régna finalement que le temps d'un feu de paille. Mathias s'intéressait de plus en plus aux événements et se montrait davantage sensible à l'ambiance morose qui l'entourait. « Oncle Hans » et Gertrude, qui lui étaient depuis la prime enfance sa seule famille, venaient de lui interdire de sortir des murs de la maison… Pour une fois révolté, le gamin s'insurgea :

« Mais pourquoi, enfin ? Nous sommes bien allés il y a deux jours jusque chez le comte !

– Il y a deux jours, c'était il y a deux jours ! répliqua sèchement Hans. Depuis, les choses ont changé… »

Hargneux, le jeune garçon éructa :

« Votre guerre, encore ! »

Par tous les diables ! Que les gosses étaient parfois exaspérants !

« Pas "ma" guerre, Mathias… Mais "la" guerre ! Comprends-moi, ce n'est pas de gaieté de cœur que je t'impose ces contraintes ! Seulement, si nos armées avaient fait de belles avancées, elles ont depuis dû reculer, depuis…

– Cette guerre, je la veux pas !

– Crois-tu que nous la voulions, petit ? Personne ne la voulait, d'ailleurs…

– Pourquoi on l'a, alors ? »

Question innocente, bien sûr, mais à laquelle il était bien difficile de répondre. Gertrude prit le relais de son maître pour soupirer :

« Ce serait trop long à expliquer, mon petit. Ce sont là des décisions qui sont prises sans que personne ne puisse les empêcher. C'est ce qu'on appelle la politique ! Tu le comprendras lorsque tu seras grand…

– Mais je suis grand, non ? »

Pour bien marquer son mécontentement, Mathias tourna le dos et sortit de la pièce afin de rejoindre sa chambre. Tout cela était tellement compliqué que ça dépassait son entendement !

Heureux d'avoir apparemment convaincu son protégé de rester en ses appartements, Hans Hasenfratz en profita pour descendre chercher une bouteille de vin dans la cave. Il était à peine rentré au salon qu'une énorme explosion fit trembler toutes les vitres de la demeure. Aussitôt, Mathias apparut en haut des marches menant à l'étage qu'on lui avait assigné comme seul domaine. Affolé, les yeux exorbités, il s'écria :

« Qu'est-ce que c'est ? Qu'est-ce que c'est ?

– Le canon… répondit Hans d'un ton accablé. Une grosse pièce, d'ailleurs, car il n'a dû tirer qu'à quelques kilomètres d'ici ! Imagine ce qu'il en serait si nous étions sous ses obus… Les solides murs de cette maison ne suffiraient pas à garantir notre sécurité, loin de là ! »

Gertrude, très pâle elle aussi, s'interrogea :

« Que peuvent-ils bien bombarder ainsi ? »

Comme pour lui répondre, une autre déflagration ébranla toutes les fenêtres, et Mathias courut se réfugier contre la poitrine de la vieille femme…

« C'est quoi, Mama Trudy ?

– Rien ne sert de t'alarmer, petit. C'est cela, la guerre ! Et si l'obus que l'on a entendu partir tombait sur une maison, on n'en sortirait que cadavres et blessés…

– Il aurait pu tomber sur nous, alors ? »

Pour la première fois, Mathias ressentait vraiment ce qu'était la peur ! Pas la peur qu'il y a à jouer à se faire peur, pas celle qui consiste à faire sursauter un dormeur en lui criant aux oreilles, pas celle non plus que l'on provoque en mettant le feu à quelques pétards au beau milieu de l'office, à l'église, de préférence un dimanche… Non ! Mais une peur qu'il ne pouvait comprendre, qui lui torsadait les tripes.

« Eh bien… Cette guerre, je l'aime pas du tout ! »

Hans soupira, jeta un regard entendu à Gertrude, puis il conclut :

« Personne ne l'aime, crois-moi. Personne ne l'aime ! »

Comment tout lui dire ? Comment lui expliquer les horreurs que pouvait provoquer la furie des hommes, quand la majorité d'entre eux tombait sous les balles ou les éclats d'obus à cause de la volonté de quelques-uns seulement, les dirigeants qui, seuls, savaient décider de la paix ou du chaos ? Or, manifestement, le chaos était là et bien là !

« Bien, décida Hans, malgré ces canonnades, il serait bien que je m'occupe des abords ! Il n'y a plus personne à louer pour ces menus travaux, depuis la mobilisation…

– C'est folie, *mein Herr* ! Mieux vaut rester le plus calmement possible dans nos murs… Pourquoi prendre le risque de nous faire remarquer ? »

Hans bouscula sa chaise pour se redresser et, le menton agressif, il clama :

« Parce que nous sommes Français ! Un point, c'est tout ! »

* *
*

Les jours qui suivirent ne rapportèrent que des nouvelles inquiétantes. On parlait de Prussiens ouvrant le feu sur des maisons civiles, d'un homme tué de deux balles dans le ventre à Clémery alors qu'il travaillait dans son grenier, et l'on évoquait déjà des exécutions barbares ainsi que des viols de femmes et de jeunes filles… Il fallait désormais s'évertuer à éviter les patrouilles prussiennes qui investissaient le village sans rencontrer aucune résistance des bataillons français, ces derniers s'étant retirés face à l'avancée des forces ennemies. Ce fut malgré tout avec surprise que Hans découvrit, en ouvrant ce matin-là la porte de sa demeure, que cette dernière avait été envahie dans la nuit par un escadron allemand. Aussitôt entouré de soldats en armes, il montra ostensiblement ses mains nues :

« *Langsam, langsam*[1]… Je suis chez moi, ici ! »

Un officier, capitaine sans doute, s'approcha de lui. Contre toute attente, ce fut dans un français impeccable qu'il s'exprima, avec une courtoisie surprenante :

1. *Doucement, doucement…*

« Veuillez nous excuser, monsieur, d'avoir envahi votre parc pour y établir campement, mais ce sont là les lois de la guerre ! J'espère seulement vous causer le moins de nuisances possible… Je laisse ce jour même le commandement au lieutenant Wermer, qui prendra contact avec vous pour les affaires courantes. »

Hasenfratz il était, et Hasenfratz il resterait ! Hans s'interdit la moindre syllabe en réponse. Avec une moue méprisante, il remonta fièrement les marches de son perron sans trahir la torsade douloureuse qui lui nouait le ventre… Les militaires allemands n'entravèrent en aucune manière son avance. Quelle que soit la nationalité, un âge avancé donne parfois certains avantages !

« Oncle Hans ! Oncle Hans… C'est eux, les méchants “Fritz” ?

– Chut, petit… Il faut te garder de parler ainsi lorsque leurs oreilles sont à portée ! Apprends à tenir ta langue. Le danger est partout, avec ces brutes… »

Mathias baissa la tête. Tous ces hommes en uniforme gris qui avaient envahi la propriété, avec leurs cris et leur langue gutturale, leurs armes et leurs tentes, tous ces soldats l'effrayaient ! Il allait lui falloir apprendre à vivre avec la peur au creux de l'estomac.

Le spectacle de cette troupe de uhlans s'avérait aussi fascinant qu'angoissant, avec tous ces chevaux, ces chariots, ces canons, l'éclat des pointes de baïonnette et du tranchant des sabres. Avec des rires gras, des chansons aux accents rudes qui écorchaient les oreilles, des ordres éructés d'un bout à l'autre du parc. Accroché aux jupes de Gertrude, Mathias restait de longs moments avec elle, le nez collé aux vitres du salon, à contempler cette scène étrange… Quel désordre !

« J'espère que ce campement ne s'éternisera pas ! gémit Trudy.

– À mon avis, supposa Hans, ils ne resteront guère ! Ils n'ont même pas dessellé leurs chevaux… »

La porte s'ouvrit brusquement, les faisant sursauter. Un lieutenant à forte carrure s'avança vers eux d'un pas décidé, ses bottes cognant sur le parquet. Il claqua des talons face à Hans puis, avec un accent prononcé, il assena :

« *Bitte, mein Herr* ! *Ich*… Je… je vous serais… obligé de… de faire préparer à manger pour moi et *fünf*, heu, cinq… cinq officiers de mon escadron !

– Je ne prétendrais pas que ce sera un plaisir, étant donné les circonstances, mais notre gouvernante va de ce pas s'en occuper ! Vous voudrez bien nous en excuser, mais avec les difficultés de ravitaillement actuelles le repas sera sans doute un peu modeste à votre goût. Il ne nous reste plus beaucoup de pain et assez peu de viande. Nous ferons malgré tout au mieux de nos possibilités…

– *Danke, mein Herr*… *Danke* ! »

Hans Hasenfratz se félicita intérieurement de s'être exprimé dans un français élégant, sans avoir une seule fois trahi qu'il pouvait parler un allemand presque parfait. Il avait son honneur, tout de même ! Dès que le militaire eut quitté la pièce, il précisa à Trudy :

« Du vin mélangé d'eau, hein ? Et deux tranches de viande par panier, pas plus ! Quelques fruits, et ça suffira bien…

– Vous avez raison, *mein Herr* ! Je file droit à mes fourneaux… »

* *
*

Mathias, au fil des heures, s'apercevait que tout semblait plutôt calme, malgré la présence de cet escadron ennemi. Après tout, la guerre n'était pas dirigée contre les civils, mais contre les armées adverses ! S'enhardissant, mais sans franchir les limites fixées par Hans, il s'autorisa à observer le remue-ménage ambiant depuis la terrasse du perron. Qu'ils étaient fiers et impeccablement vêtus, ces fantassins ! Fringants, dans leur tenue gris clair, avec leur équipement rutilant de cuir fauve, le visage rasé de près, le cheveu bien coiffé… Plus propres et plus disciplinés que les soldats français qu'il lui avait été donné de croiser. Quelquefois, un officier montait les marches pour exiger une gourde de café, et le jeune garçon se réfugiait alors aussitôt à l'intérieur des murs de la maison. Ces militaires restaient malgré tout inquiétants, même s'ils n'affichaient pas d'intentions belliqueuses envers les habitants du lieu, bien qu'ils gardassent toujours la main sur la crosse de leur revolver dès qu'ils pénétraient dans la demeure !

Au loin, les canonnades ne faiblissaient pas, et tout au plus pouvait-on se féliciter qu'elles ne se rapprochassent pas... Sur le soir, on constata tout de même que l'électricité ne fonctionnait plus, et chacun prit une bougie pour aller se coucher. Sans doute tout comme Hans et Gertrude, Mathias eut beaucoup de mal à s'endormir. Comment ne pas être sensible à ce climat de tension, avec le péril qui guettait ? Ce fut d'ailleurs avec une petite mine et les yeux bouffis qu'il rejoignit Gertrude le lendemain, dans la cuisine, alors que le soleil était levé depuis longtemps.

« Désolé, petit, il n'y a plus de pain ! Mais je t'ai sorti un pot de confiture qui devrait te régaler...

– Merci, Trudy... »

À l'extérieur, le cantonnement était en proie à une certaine agitation, et le garçon ne tarda pas à coller son nez aux vitres de la fenêtre pour voir ce qui se passait. Un canon juché sur un chariot à grandes roues sortait du parc, tiré par six chevaux montés par des cavaliers. Deux artilleurs étaient assis de part et d'autre du fût et semblaient plaisanter... Le convoi n'eut pas plus tôt disparu qu'un véhicule à moteur franchit le portail d'entrée. Mathias comprit aussitôt, en remarquant la croix rouge peinte sur la carrosserie de bois du camion, qu'il s'agissait d'une ambulance. Elle s'immobilisa près du perron, et deux hommes portant civière en sortirent pour conduire un blessé jusqu'à une des tentes érigées dans le parc. Mathias blêmit. Jusqu'ici, il n'avait pas vraiment pris la mesure de ce que pouvaient être les horreurs de la guerre. Mais voir ce jeune homme en uniforme gémir, la face ensanglantée, avec un bras pantelant à demi arraché, le bouleversa. Avec toute cette bouillie écarlate qui dégoulinait le long de la manche en lambeau, ce pauvre gars devait souffrir le martyre ! Après quelques minutes, l'infortuné soldat fut évacué en automobile, peut-être en direction d'un hôpital de campagne…

Un coup de sifflet fusa, suivi d'une sonnerie de clairon. Des ordres hachés retentirent, et tout le camp fut aussitôt saisi de frénésie. Les hommes regroupèrent les chevaux, d'autres s'attelèrent à démonter les tentes…

« On dirait qu'ils s'en vont, estima Gertrude. Quel soulagement ! D'ailleurs, voici le lieutenant prussien qui s'approche du perron. Peut-être vient-il nous faire ses adieux ? »

Bonne supposition. L'officier demanda à voir Hans, qui sortit de son cabinet d'étude. Le militaire le salua d'une rapide inclinaison du buste, avant de péniblement exprimer ses remerciements dans un français approximatif :

« *Auf's wiedersehen, mein Herr*[1].

– *Glückliche reise*[2] ! » répondit malicieusement Hans, fier de montrer qu'il pouvait parler un allemand correct sans accent, à la grande surprise de son hôte forcé.

Soudain plus raide, l'officier rétorqua :

– Adieu, monsieur… *leben sie wohl*[3] ! »

---

1. *Au revoir, monsieur.*
2. *Bon voyage !*
3. *Portez-vous bien !*

« *Pazzia bestialissima* »

CHACUN RESSENTIT COMME UN BONHEUR que de voir enfin partir cette troupe d'occupants ! Avec ses convois, ses véhicules, ses chariots et ses pièces d'artillerie. Avec ses cavaliers en bon ordre sur le dos de leur monture, ses fantassins à pied et en rangs bien alignés, ses officiers en voitures à moteur… Un vrai soulagement !

« Mieux vaut espérer que nous en ayons fini avec ces gens de guerre ! Pour tout dire, je ne les supportais plus, *mein Herr*… Non seulement il fallait remplir le ventre de leurs chefs, mais en plus leur donner du café et de l'eau à longueur de journée ! Et certains exigeaient même qu'on en boive avant eux, comme s'ils avaient peur qu'on puisse les empoisonner…

– Ce qui prouve bien qu'ils ont conscience de n'être pas vraiment les bienvenus chez nous, non ? ironisa aussitôt Hans.

– Ne vous moquez pas, *mein Herr*. Ils sont bien capables de revenir, si les choses tournent mal pour eux sur le front et qu'ils sont contraints de se replier !

– Oui, admit Hans, je crains que ce ne soit nullement un repli… Les Prussiens ne lâcheront pas facilement la ligne de démarcation établie depuis la dernière guerre ! »

Après quelques pas nerveux, il décida :

« Je vais profiter de ce répit pour descendre faire un tour du village et tâcher d'en savoir plus ! Si c'est possible, je pousserai même jusqu'à Clémery ou Nomeny… J'essaierai par la même occasion de faire un peu de ravitaillement.

– Soyez prudent, *mein Herr* ! On ne sait jamais… »

Morey n'avait que peu souffert de cette courte intrusion des forces ennemies. Seuls des champs piétinés et quelques portes défoncées témoignaient de leur passage, ainsi que les détritus abandonnés tout au long de la rue principale… Hans n'eut guère besoin de s'avancer dans le bourg pour aborder une conversation. Charles Vanémont était en grande discussion avec Edgard Noroit sur l'*usoir*[1], face au café.

« Bonjour Charles… Bonjour Edgard… Le village me semble plus beau, depuis que ces soudards l'ont déserté !

– Certes, monsieur Hans… Il n'y a d'ailleurs pas eu trop de dégâts ! Deux blessés qui avaient eu l'imprudence de provoquer les soldats, lesquels ont alors fait quelques tirs contre les façades. À part cela, rien de grave…

– Enfin, ils sont partis, et c'est là tout ce qui compte !

– Estimons-nous heureux aussi qu'il n'y ait pas eu de réelles escarmouches de par chez nous, ce qui n'a pas été le cas partout ! On m'a rapporté qu'il y avait eu beaucoup plus d'affrontements près de Nomeny, sur la côte de Lesménils, à Éply, et même à Pont-à-Mousson…

– Justement, Charles… Les routes étant de nouveau libres, je venais vous demander de bien vouloir me prêter une bicyclette. Celle de mon petit Mathias n'est pas à ma taille et, comme vous le savez, il y a toujours interdiction aux particuliers de circuler en automobile ! Bien heureux, d'ailleurs, qu'on ne me l'ait pas encore réquisitionnée…

1. Vaste espace libre de chaque côté de la rue, entre la chaussée et les rangées de maisons, où l'on déposait son bois ou son tas de fumier, remisait sa charrue ou garait sa carriole.

– Ce sera volontiers, monsieur Hans ! J'ai aussi quelques œufs et légumes, si le cœur vous en dit.

– Il faut bien que je garnisse un peu mon garde-manger. Ces Teutons m'ont presque tout pillé, le temps de ces deux jours ! »

* *
*

Sous le soleil d'été, l'atmosphère semblait assez sereine après ces deux semaines d'agitation. Courageusement, les paysans achevaient les dernières moissons et plus aucune patrouille allemande ne venait les importuner. Pas un cavalier militaire sur les chemins, que ce fussent des uhlans ou des hussards… Malgré son âge, Hans pédalait encore vaillamment et il parvint vite en vue du château. Il prit tout de même le temps de pousser jusqu'au village de Clémery et s'aperçut en effet que l'ambiance avait été ici tout autre qu'à Morey. Des portes défoncées qui pendaient lamentablement, des vitres brisées qui partout jonchaient le sol d'éclats miroitants, des façades de maison criblées de balles et des chariots renversés çà et là en travers de la chaussée…

« J'en étais sûr ! pensa-t-il. J'avais bien remarqué, en venant, des fragments de lances brisées un peu partout dans les fossés… »

Les deux mains sur le guidon, il zigzagua entre les petits groupes d'habitants qui devisaient un peu partout dans le village, mais ne prit pas la peine de s'attarder auprès d'eux. Le maire de la commune lui semblait plus indiqué pour lui expliquer ce qui s'était vraiment passé. Les gens vont si vite, de conversation en conversation, pour déformer la vérité ! Faisant demi-tour, il rejoignit le carrefour principal avant de remonter en direction de la vieille bâtisse moyenâgeuse. Tout en empruntant la grande allée, il constata le désordre régnant dans le parc. Des détritus, partout ! Des bouteilles jetées dans les massifs de fleurs, des ornières de roues au travers de la prairie, des chiffons abandonnés aux branches des arbres qui claquaient sous le vent du sud… Oppressé par le spectacle, il descendit de sa bécane pour avancer à pied et frémit en voyant que toutes les ouvertures du château donnant sur ce flan avaient été claquemurées. Les choses avaient sans doute été ici plus graves qu'à Morey !

Quelques domestiques s'affairaient entre les bosquets, tentant manifestement de remettre le terrain en état. L'une d'elles se redressa à son arrivée pour s'exclamer :

« Monsieur Hasenfratz ? Quel plaisir de vous revoir ! Le petit Mathias va-t-il bien ? »

Comme il était plaisant à son oreille alsacienne d'entendre ces intonations du Sud-Ouest !

« Comment il va, Charlotte ? Mais pour le mieux, à part qu'il se morfond à ne pouvoir sortir où bon lui semble, alors qu'il aimerait profiter de ce beau soleil !

– Comme je le comprends ! Avec tous ces combats…

– Il y a donc eu des affrontements, ici ?

– Pas au château, monsieur Hans, mais un peu partout aux alentours ! Monsieur a même soigné des blessés, aussi bien français que prussiens…

– Je reconnais bien là sa grandeur d'âme ! »

La jeune bonne se baissa au pied d'un arbre.

« Encore un paquet de biscuits qu'ils ont gaspillé ! Comment s'en étonner, d'ailleurs, ils sont si durs qu'on ne peut que s'y briser les dents ! Et leur pain noir immangeable… Pas étonnant qu'ils en aient réquisitionné dans toutes les maisons du village ! Quant à leur soupe, faite de conserves bouillies, elle est vraiment infecte…

– Mon ami Georges est-il ici ?

– Oui ! Monsieur le comte vient de rentrer de la mairie… »

« Mon cher Georges ! J'étais si inquiet, pour vous et votre famille…

– J'étais tout aussi inquiet pour vous, Hans ! Et pour le petit Mathias… Vous n'avez pas trop subi d'atrocités ?

– Moins qu'ici, en tout cas, si j'en juge à ce qu'il m'a été donné de voir… Madame et votre fille n'en ont-elles pas trop souffert, au moins ?

– Elles se portent bien, et le mal est passé, Dieu merci ! »

Pour mieux profiter de la chaleur du soleil d'été, les deux hommes s'installèrent sur la terrasse, et ce fut le comte lui-même qui alla jusqu'à l'office pour en rapporter une bouteille et deux verres.

« Une de plus que les "têtes carrées" ne boiront pas ! » s'exclama-t-il.

Après quelques propos de courtoisie, ils en vinrent vite au fait de la terrible actualité :

« À Morey, nous n'avons pas trop eu à endurer de ces deux à trois jours d'occupation, mais il me semble que c'était différent ici, non ?

– Cela aurait pu être pire, répondit Georges de Moustier. Avant l'arrivée des forces allemandes, nous avons accueilli des hussards français, qui ont livré des combats terribles à seulement quelques kilomètres d'ici, à coups de lance et de sabre. Un véritable corps à corps ! La bataille s'est poursuivie jusque dans le parc même de ce château, et nous avons tous été les témoins de cette fusillade…

– Cela a dû être terrible pour votre famille !

– Cela nous a surtout obligés à accueillir quelques blessés. Depuis le début du conflit, j'avais en effet déployé un drapeau à croix rouge au-dessus d'une des tours. Nos troupes ont ensuite dû se regrouper sur Nomeny sans avoir pu évacuer ces malheureux, que j'ai tenté de soigner et de panser au mieux…

– Jusqu'à l'irruption des Allemands ?

– Oui, bien sûr. Et, dès leur arrivée au village, ils ont fait le coup de feu en tirant sur les fenêtres des maisons… Ils ont ainsi tué, sans le savoir, un vieil homme qui s'occupait dans son grenier :

un octogénaire ! Je suis aussitôt allé trouver le capitaine qui commandait cette escouade pour lui signifier mon indignation.

– Courageuse initiative, mon ami !

– Ma qualité de maire l'exigeait, voyons ! L'officier prussien m'a répondu que cette fusillade venait en réponse à des coups de feu qu'on aurait tirés sur ses soldats. Je lui ai assuré que c'était impossible, car tous les fusils de la population étaient consignés à la mairie. J'ai su, depuis, qu'effectivement ces tirs avaient été le fait de quelques fantassins français réfugiés dans une ferme des environs… Toujours est-il qu'il m'a fallu accueillir de nouveaux blessés, dont un soldat allemand qui est mort dans nos murs. J'ai heureusement pu faire rapatrier deux jours plus tard tous ces pensionnaires imprévus par une ambulance venue de Pont-à-Mousson. »

Hans hocha la tête sans ajouter un mot, se félicitant de n'avoir pas connu autant de désagréments. Georges poursuivit :

« J'ai cru pouvoir respirer lorsque ces dragons ont enfin levé le camp ! Mais la population avait tellement été effrayée par les exactions des soudards que les paysans se refusaient à effectuer les dernières moissons. Il a fallu que je donne l'exemple en me rendant personnellement sur une pièce de blé pour les convaincre de se remettre au travail… »

À cet instant, Anne-Marie descendit de l'étage en suggérant :

« Vous partagerez bien notre table, monsieur Hasenfratz ?

– Non, merci, belle enfant. Je ne tiens pas à ce que Trudy et mon petit Mathias s'inquiètent de mon absence, et ce n'est pas parce que les Allemands sont partis que la vie est redevenue sûre !

– Vous avez raison, approuva Georges de Moustier. Et évitez de vous approcher de Nomeny. Les fusillades s'y poursuivent et, pour un peu, on pourrait presque les entendre d'ici ! »

* *
*

La journée fut assez détendue, comme pour chasser les angoisses récentes, et Hans la consacra entièrement à Mathias. La terrasse était au soleil, la température douce et agréable. Sur la table, Hans avait ouvert un livre traitant des grandes inventions, dans lequel étaient reproduites quelques pages des carnets de cet homme illustre. Était-ce à cause des événements ? Le jeune garçon avait choisi d'imiter une étrange machine de guerre réalisée par le génie de la Renaissance. Armé d'un couteau, il façonnait du mieux qu'il le pouvait des montants dans un morceau de bois, les brancards d'un solide et massif chariot qu'il limita à une longueur d'une vingtaine de centimètres. Tout en l'observant, son « grand-oncle » lui racontait dans le détail la vie et l'œuvre de ce savant visionnaire qui avait vécu près de cinq cents ans plus tôt, du peintre à l'anatomiste, de l'architecte à l'ingénieur, de l'humaniste à l'inventeur…

« Sais-tu qu'en dehors de l'artiste, il s'intéressait au corps humain, à celui des animaux, mais qu'il se passionnait aussi à presque toutes les sciences et techniques de son temps ? L'hydraulique, les mécaniques à vis ou à engrenages, les mathématiques, et nombre d'autres domaines… On lui doit les plans d'innombrables machines d'une ingéniosité sans égale, dont les principes de base ont accompagné toutes les grandes découvertes techniques des temps modernes ! »

Mathias, tout en s'appliquant à continuer son œuvre, ne perdait pas une miette des paroles de Hans.

« J'aimerais un jour être comme lui ! s'enthousiasma-t-il. Tout ce que tu m'apprends me plaît, tu sais ?

– La curiosité de ce qui nous entoure n'est en rien un défaut, petit ! Mais au contraire la marque des esprits intelligents. Tu es très doué, et je présume que tu seras un jour érudit dans bien des domaines ! Tu es déjà considérablement plus savant que les gosses de ton âge… »

Dérangé par le compliment, Mathias préféra changer de sujet :

« J'ai fini ce qui sera l'essieu… Tu crois que je peux prendre deux roues sur un des jouets dont je ne me sers plus ?

– Bien sûr ! Mais avec quoi vas-tu représenter les canons ? Il en faut beaucoup…

– J'ai pensé à des morceaux de branches de sureau écorcées. La moelle est facile à creuser pour faire les trous des fûts !

– Très bonne idée, petit ! »

Le soleil avançait dans le ciel et les aiguilles des montres tournaient, mais ni le vieil homme ni l'enfant ne s'ennuyaient. Patiemment, ce dernier avait presque achevé d'assembler toutes les pièces de sa maquette :

« C'est parfait, Mathias… Il te faut encore un axe pour soutenir et faire pivoter les pièces d'artillerie ! Car toute l'astuce était là : trois séries pivotantes de onze canons qui pouvaient tirer soit tous ensemble, soit l'un après l'autre. Une puissance de feu théoriquement extraordinaire ! L'ancêtre de nos mitrailleuses, en quelque sorte…

– Cela marchait, alors ?

– Léonard était un humaniste et ne se penchait sur les armes que par nécessité, car il considérait la guerre comme une “*pazzia bestialissima*”, c'est-à-dire une folie sauvage. Ce en quoi il n'avait pas tort, d'ailleurs ! Mais ces modèles n'ont sans doute jamais été vraiment construits, pour cause de paix revenue…

– Tant mieux, alors ! Regarde, j'ai presque fini ! »

Peu à peu, sa réalisation avait pris forme. Un joli bâti semblable à celui d'un gros tombereau, mais avec deux roues seulement, le châssis triangulaire mobile supportant les trois rangées de onze petits canons, une manivelle et, tout à l'avant, l'ensemble des pièces constituant le timon…

« C'est très réussi, Mathias !

– Il me manque à peindre encore les canons en noir…

– Entre autres inventions de ce genre, Léonard avait aussi imaginé nombre d'autres armes militaires très en avance sur son époque…

– Que de trouvailles méchantes, pour quelqu'un qui n'aimait pas la guerre ! »

Ironie du sort, ce fut à cet instant qu'un sifflement strident se fit entendre. Mathias et Hans levèrent le nez vers le ciel tandis que la tête de Gertrude apparaissait à une fenêtre. Nul ne remarqua rien, mais, après quelques secondes, une énorme déflagration les fit tous sursauter. Presque aussitôt, un nuage de fumée et de poussière s'éleva dans les bois, sur la hauteur, à moins d'un à deux kilomètres du village. Avec un soupir, Hans affirma :

« Un obus, encore… Il fallait s'y attendre, tout était bien trop calme ! Mieux vaut nous mettre à l'abri, car ces murs sont impuissants à résister à des munitions d'un tel calibre… »

Faisant preuve de sa bonne mémoire, Mathias haussa les épaules :

« "*Pazzia bestialissima*" ! Léonard de Vinci avait raison : la guerre, c'est folie sauvage… »

* *
*

Le malaise perdura toute la soirée et toute la nuit. S'il n'y avait pas eu de nouvelle alerte rapprochée, dans le silence du crépuscule, on avait longtemps entendu les échos sourds de tirs d'artillerie lointains… Les batailles des frontières devaient faire rage en Lorraine occupée ! Dans la demeure trop vaste pour trois personnes, chacun fut long à trouver un sommeil agité. Au petit matin, des bruits de moteurs provenant du bourg les éveillèrent, et ils dévalèrent l'escalier en proie à un affolement communicatif. Mathias chercha les bras de Trudy, alors que Hans, en robe de chambre, s'approchait avec appréhension d'une fenêtre. Il aperçut aussitôt une colonne de véhicules sur la route menant au village, et quelques clameurs parvinrent à ses oreilles. Sans refermer les battants, il annonça avec soulagement :

« Ce sont les Français ! Ils reviennent en masse… Au moins une compagnie, pour ce que j'ai pu en juger ! »

La nouvelle ne pouvait qu'emplir de joie le cœur de la brave gouvernante, qui se mit à pleurer d'émotion, et Mathias sautilla sur place afin de partager l'allégresse commune.

« On peut aller les voir ? On peut aller les voir ?

– Nous verrons plus tard comment les choses se passent ! Pour le moment, file plutôt t'habiller. »

Ce fut pourtant avec une impatience non dissimulée qu'à peine restaurés ils se précipitèrent vers le chemin menant au village. Gertrude, pour une fois, avait abandonné les murs du domaine pour être de la fête. Le brouhaha se percevait de loin. Toute la population s'était regroupée sur la place dans une joyeuse confusion à laquelle participaient sans honte les soldats. Quelques camions et automobiles stationnaient en désordre au milieu de charrettes et de chevaux… Fantassins et cavaliers discutaient par groupes avec hommes, femmes et enfants, sous l'œil indulgent d'officiers et de sous-officiers. Çà et là, sur le pas des portes, des militaires au pantalon rouge garance et au képi bleu se faisaient soigner, tout en plaisantant, leurs ampoules aux pieds par des villageoises de bonne volonté. Quelle agitation ! Avec des rires et des chants, des exclamations et des éclats de voix… À croire que la guerre s'était évanouie des préoccupations de chacun !

Après une à deux heures d'euphorie, la discipline reprit ses droits, et les soldats s'organisèrent au mieux au centre même du village, parquant les chevaux dans les prés en leur fournissant des ballots de foin, érigeant ici des tentes, construisant ailleurs des foyers sommaires pour y allumer des feux. Bientôt, les marmites fumèrent en dégageant des fumets appétissants… Un fantassin avait passé un tablier blanc par-dessus son uniforme et se frottait les mains en confiant à qui voulait l'entendre :

« Je suis boucher de métier, et j'attends les voitures qui doivent m'apporter de beaux quartiers de bœuf, ainsi que du pain et des légumes pour nourrir tout ce beau monde ! »

De fait, l'odeur de viande bouillie ou rôtie qui flotta longtemps entre les murs des maisons mit l'eau à la bouche de plus d'un villageois. À Morey, depuis la mobilisation générale, nul n'avait eu la possibilité de se permettre un tel festin ! Par bonheur, beaucoup de militaires s'arrangèrent pour faire parvenir quelques gamelles aux foyers les plus démunis de la commune…

* *
*

Malgré le relatif isolement de la demeure de Hans, les nouvelles circulaient vite. Solidarité et enthousiasme poussaient hommes et femmes à faire partager toute information supplémentaire à tous les villageois, et un va-et-vient incessant s'établissait de maison à maison. Et puis l'hachepailleur se montrait beaucoup plus sociable, depuis le début de la guerre ! Le temps restait chaud et ensoleillé, et les fenêtres ouvertes facilitaient ces communications orales. De l'autre côté du mur parvint une voix féminine. Impossible de voir de qui il s'agissait, mais la personne s'égosilla :

« Nos hussards avancent et sont déjà maîtres de presque tous les cols des Vosges ! »

Hans se leva, mais déjà la femme s'était éloignée en courant pour annoncer plus loin la déconfiture que subissaient les armées allemandes…

« C'est encourageant, non ?

– Je l'espère, Trudy ! Mais je me méfie de ces bruits qui courent de bouche en bouche. Ils se résument trop souvent par des contre-vérités ! Sans compter qu'en cas de guerre tous les gouvernements savent jouer de la propagande et des fausses informations, tant pour galvaniser les populations que pour ne pas décourager les combattants... »

Bien sûr il n'aimait pas trop passer pour un rabat-joie, mais préférait souvent prôner le pire, pour ne point être trop déçu de ce qui pouvait n'être qu'une éclaircie dans le ciel sombre des péripéties militaires en cours. Il savait trop bien qu'il y avait loin des rumeurs à la réalité ! Le temps de méditer cette pensée et il avisa Charles Vanémont qui se précipitait à l'assaut des marches après avoir traversé tout le parc en courant.

« M'sieur Hans ! M'sieur Hans ! L'armée s'avance vers Château-Salins, et les Allemands n'ont encore pu approcher en aucun point le territoire français de façon... signa... sig... ni...

– Significative, je suppose ? compléta Hans en accueillant son ami.

– Oui, c'est cela !

– J'entends bien, vous ne venez me répéter que ce que vous avez entendu dire ? Et ce sont donc des informations sujettes à caution...

– Non, non ! Ce sont les militaires eux-mêmes qui l'affirment... D'ailleurs, avec l'aide des Anglais et des Belges, une grande offensive se prépare en direction de Charleroi !

– Ne nous réjouissons pas trop vite, mon ami. J'ai déjà entendu ce genre de discours rassurants en 70 ! Tout cela pour déboucher sur la défaite que l'on sait...

– Mais c'est différent, cette fois. Avec toutes les forces en présence, ça va cogner plus fort qu'il y a presque cinquante ans !

– Sans doute, concéda Hans. Mais cogner plus fort d'un bord comme de l'autre ! Et nul ne sait encore de quel côté finira par pencher la balance... »

L'enthousiasme un peu sabré par les remarques de Hans, Charles resta un moment sans voix... Puis il haussa les épaules :

« Allons… Il ne faut surtout pas se montrer défaitistes, hein ? »

Devant le manque de réaction de son interlocuteur, il préféra reprendre le chemin de la sortie pour, sans doute aucun, continuer à propager les dernières nouvelles triomphalistes…

Entre vacarme et silence

OUBLIEUX DES PÉRIPÉTIES RÉCENTES, Mathias s'acharnait à peaufiner sa maquette en collant chaque pièce avec précision, en peignant de noir les canons et les éléments métalliques, en vieillissant le bois au brou de noix. Déjà, il devenait indifférent aux fréquentes visites de dragons ou de hussards qui demandaient à s'entretenir avec le maître de maison. Une fois passée l'admiration pour leur tenue et leur prestance, le charme s'évanouissait vite à les entendre palabrer sur des sujets qui ne le concernaient encore en rien. Il avait tellement mieux à faire en s'occupant de ses dix doigts !

Une stridulation aiguë lui fit cependant lever le nez, et il frémit. Un nouvel obus ! Inconsciemment, il baissa la tête et se boucha les oreilles des deux mains, se souvenant du vacarme assourdissant que générait ce genre de projectiles. La déflagration fit pourtant vibrer toute la maison, et il lui sembla que le sol se dérobait sous lui, qu'un souffle invisible le faisait vaciller sur ses jambes et que la respiration lui manquait soudain ! Le cœur tambourinant, il délaissa ses bricolages pour courir se réfugier au salon, où son « grand-oncle » et Gertrude se remettaient eux aussi du choc provoqué par l'explosion. Hans, bien qu'impressionné par le bruit assourdissant, redressa bravement le torse pour afficher une moue d'exaspération :

« Ah ! À en croire les racontars, nos armées tiennent toute la région ? Ce qui ne nous empêche pas d'être pilonnés, à ce qu'il me semble ! »

La vingtaine de soldats qui avaient élu campement dans le parc n'avait apparemment pas même inquiétude. Par forfanterie ou par bravoure, ces fantassins n'attendirent pas que les échos du tir se fussent estompés pour éclater d'un rire frondeur :

« Ah ! Ah ! Quel cadeau que voilà !

– Nous saurons bien le rendre au centuple !

– Et vous ferez moins les fiers, quand nos pruneaux écraseront la pointe de vos casques, bandes d'Alleboches[1] ! »

Loin de ces fanfaronnades, Hans n'hésita plus lorsqu'un nouveau sifflement venu du ciel se fit entendre :

« Mathias, Gertrude ! Tous aux caves… Si jamais un de ces obus nous tombe dessus, c'est là que nous serons le plus en sécurité ! »

De nouveau la peur, dans cette obscurité que n'atténuait qu'avec peine une pauvre lampe à pétrole, avec cette sensation d'oppression et l'impression que chacun pouvait entendre le battement affolé de son propre cœur. Avec de trop longues minutes de silence, à ne plus oser le moindre bruit ni le moindre mot, à guetter la menace toujours possible d'un autre projectile. Pourtant, si toute la bâtisse s'effondrait sur eux, quelle chance avaient-ils d'en réchapper ? Hans ferma les yeux : Emma subissait-elle les mêmes affres, à Marmoutier ? Après un temps indéfinissable, il y eut encore deux sourds grondements qui firent vibrer le sol, puis plus rien. Le maître de maison attendit pourtant une bonne heure avant de timidement rejoindre la lumière du jour. Plus qu'à sa vie, il tenait désormais à préserver celle de Mathias !

---

1. *Ou Allemoches, Boches, Fritz…*

* *
*

Si le sommeil de chacun n'avait pu qu'être agité, on se félicita au matin que les tirs d'obus se fussent espacés. À peine une demi-douzaine depuis la veille, avec une trêve bienvenue durant la nuit ! Ce n'était pas pour autant qu'on oubliait le danger, mais on ne pouvait décemment passer sa vie dans les sous-sols... Il n'empêchait qu'à chaque alerte il était devenu instinctif de rejoindre les caves. Aussi restait-on habillé pour dormir, afin d'être prêt à gagner ces emplacements qui se révélaient les plus sécuritaires, pour le cas où un obus achèverait sa course au cœur de la demeure... Malgré tout, les tirs d'artillerie filaient généralement largement au-dessus de la propriété. Si cela pouvait rassurer Gertrude, il n'en était pas de même pour son maître. Ces canonnades signifiaient bien que l'ennemi était aux portes de la France et que les glorieuses victoires que l'on annonçait sans cesse n'étaient sans doute que propagande ! Ce fut pourquoi Hans s'inquiéta dès qu'il vit les soldats se préparer à lever le camp :

« Qu'est-ce à dire, mon capitaine ? Vous nous abandonnez à notre sort ?

– Mais non, mais non, je vous assure, monsieur Hasenfratz. Seulement, nos avancées sont telles que nous avons ordre de rejoindre le front de Belgique ! Il n'y a pas lieu de vous en inquiéter plus que de mesure, car un escadron devrait devrait arriver ici dès que nous lui aurons laissé place libre. »

Paroles rassurantes, mais pas au point de réveiller un sentiment de quiétude pour Hans et les siens. En fait de relève, il n'était arrivé à Morey le jour suivant qu'une troupe de fantassins épuisés, qui n'avait eu pour priorité que celle de soigner des pieds meurtris et des ampoules aux orteils. De plus en plus d'aéroplanes allemands survolaient le territoire, et les ballons d'observation français avaient disparu des cimes des

Vosges… Le canon tonnait de façon de plus en plus tonitruante et rapprochée, et toute la population de Morey et des environs n'avait de cesse de tourner le nez et le regard en direction de Château-Salins, d'où parvenaient les échos d'intenses pilonnages. Était-ce là le signe d'une progression française, comme le prétendaient la presse et certains communiqués, ou bien la preuve que la contre-offensive se heurtait à une résistance plus acharnée que prévu ? Car, au contraire de ce qu'imprimaient les rares journaux encore disponibles, tirs d'obus et fusillades se faisaient davantage fréquents dans toute la région ! Cela voulait-il dire que l'ennemi s'appropriait à nouveau les zones perdues ? Et qu'il pourrait de nouveau déferler sur le village et ses alentours ? Même si nul ne le laissait transparaître, l'angoisse des premiers jours de la guerre renaissait…

Il fallait se rendre à l'évidence, les crépitements d'armes assourdis que renvoyait l'écho des collines alentour prouvaient bien que les batailles faisaient rage à la frontière toute proche. Les canonnades presque incessantes semblaient même se rapprocher d'heure en heure. De l'étage de la bâtisse, Hans Hasenfratz regardait les panaches de fumée qui s'élevaient à l'horizon, et il essayait de deviner où les dévastations avaient pu sévir. Éply, Rancourt, Nomeny ? Avec sans doute de nouvelles vies fauchées, et des atrocités qu'on ne pouvait que supposer ! Comment espérer échapper à semblables malheurs, quand la mort frappait si près ? Après avoir longuement observé le paysage, il grimaça :

« Les canons allemands se font entendre tout autour, mais notre artillerie reste muette ! Voilà qui ne me plaît guère… »

Le sifflement d'un obus au-dessus du village l'incita à plus de prudence, et il redescendit au cellier pour rejoindre Gertrude et le petit Mathias.

Au fil des heures, l'optimisme que chacun affichait s'érodait comme givre sous la caresse du soleil. Par vagues, on ne pouvait que frémir aux sifflements lugubres des projectiles, au grondement lointain des explosions... L'air du sous-sol des celliers se faisait rapidement étouffant, tout autant que le silence qu'on s'imposait. Un huis clos qui devenait vite insupportable !

« Dès que ces salves se seront arrêtées, j'irai voir nos voisins les plus proches ! décida soudain Hans. Leurs caves ne leur sont pas un abri aussi sûr que nos sous-sols ! Il faut que je les convie à se réfugier à la Ribiette, pour les prochaines alertes...

– Bonne idée, *mein Herr*.

– C'est bien le moment ou jamais de nous entraider, avec cette foutue guerre ! »

Mathias accueillit lui aussi cette décision avec une joie non dissimulée. Parmi les fils de fermiers alentour, il comptait nombre d'amis de son âge qui briseraient peut-être l'ennui des heures passées sous ces voûtes souterraines.

Après une nouvelle alerte, le silence revenu, Hans attendit encore quelques minutes avant de rejoindre la lumière du jour en compagnie de Gertrude et de Mathias. Aussitôt, ils grimpèrent tous trois à l'étage pour scruter de nouveau la contrée environnante. Le soleil était prêt à basculer derrière l'horizon, et il jetait de longues langues mordorées sur les nuages rosés...

« C'est bien ce que je pensais. Ces salopards foutent le feu derrière eux comme de vulgaires pillards ! »

Il usait rarement de mots grossiers, mais les colonnes de fumée qui s'élevaient ici ou là le révoltaient.

« Derrière cette colline, ce doit être Nomeny ! Et ici, Clémery... Et plus loin, ces gerbes d'étincelles, derrière ce bois ? Peut-être Rouves ?

– Mon Dieu ! gémit Trudy. Tous ces pauvres gens et leurs maisons en feu ! Que vont-ils devenir, maintenant ?

– De malheureux exilés... Il nous faut nous préparer à héberger en nos murs ceux que nous pourrons aider ! On ne peut les laisser errer sur les routes au milieu des batailles...

– Impossible d'accueillir tous les malheureux du canton !

– Nous ferons ce que nous pourrons… soupira Hans. En espérant que chacun aura à cœur d'agir de même ! »

De longues minutes, ils contemplèrent le spectacle avec des sentiments mitigés, l'avenir s'annonçait de plus en plus sombre et le vieil homme comme sa gouvernante redoutaient secrètement de devoir, eux aussi, un jour ou l'autre, quitter ces murs auxquels ils s'étaient attachés.

« Regarde ces lueurs d'incendie, plus loin que Clémery. Je ne serais point étonné qu'il s'agisse de Port-sur-Seille ! Si c'est le cas, il y a fort à parier que les Prussiens s'en sont rendu maîtres… D'autant plus que l'essentiel de nos forces s'est regroupé sur le front belge. Il n'y a plus depuis hier un seul fantassin à Morey !

– Mais pourquoi, *mein Herr* ? Pourquoi laisser le champ libre à l'ennemi en lui abandonnant la Lorraine ?

– Je ne sais, ma bonne Trudy… Nos généraux doivent avoir d'autres plans pour faire plier l'Allemagne. Il faut parfois savoir reculer pour mieux sauter ! »

* *
*

Pour une fois, Mathias s'éveilla le premier dès l'aube, se sentant plus fatigué encore qu'en se couchant. Épuisés par une nuit blanche, Hans et Gertrude devaient dormir profondément, après s'être seulement assoupis à l'heure où ils se levaient d'habitude ! Respectueux, le jeune garçon se garda bien de faire le moindre bruit, et il se rendit aussitôt vers les combles pour ouvrir un fenestron et ausculter le paysage. Le ciel s'amusait à repeindre de rouille la palette d'un horizon rose, et des mèches de brume s'élevaient au-dessus de forêts lointaines… Le regard de Mathias pointa alors vers les incendies qui avaient alimenté les conversations, la veille au soir. Des volutes d'épaisses fumées noires montaient toujours vers les rares nuages, et il semblait même que l'air portait en lui, jusqu'ici, l'odeur âcre du brûlé. Balayant de l'œil tout son champ d'observation, il frémit soudain, plissa les paupières : depuis le mont Saint-Jean et les hauteurs de la Haye, dans la direction de Moivrons et Jeandelaincourt, toute la plaine à partir de Sivry fourmillait de soldats et de chevaux, de chars et charrettes, de canons, d'automobiles et de camions… Nul besoin d'être un grand stratège…

« Les Prussiens ! déduisit aussitôt Mathias. Ils reviennent ! »

Plus question de respecter le sommeil de la maisonnée ! Le gamin descendit les marches de toute la vitesse de ses petites jambes, puis il fonça dans le couloir pour entrouvrir la porte d'une chambre.

« Oncle Hans ! Oncle Hans ! Réveille-toi, les Allemands ! Ils sont partout et ils arrivent ici… »

Le vieil homme s'arracha aussitôt à sa torpeur et se redressa d'un coup, repoussant ses draps. Rien ne pouvait l'extirper aussi vite de son lit que d'évoquer le retour de l'envahisseur ! « Ma pauvre Emma ! pensa-t-il. Voilà que ça recommence… »

* *
*

Désormais, chaque fois qu'il se rendait au bourg, Hans prenait ses précautions. Aussitôt franchi le portail de la Ribiette, il descendait le chemin en « s » qui déboulait sur la rue principale de Morey sans rencontrer personne. Puis, en progressant en direction de l'église et de la mairie, il n'était pas rare qu'il s'aperçût que l'accalmie des tirs avait précipité les habitants sur le pas des portes, où chacun devisait avec ses voisins sur la façon dont on avait vécu ces heures terribles. Hans s'attardait alors poliment de groupe à groupe, tout en échangeant quelques mots. Il glanait ainsi les informations qui couraient de bouche en bouche, sans savoir s'il devait y accorder crédit ou non. Aussi écoutait-il les uns et les autres sans prendre position, car il se méfiait de la rumeur comme de la propagande. Ce jour-là, près de la mairie, il fut intrigué par un chariot débordant de meubles et d'ustensiles divers, de malles et de ballots de vêtements, qu'une femme et trois gosses tentaient d'empiler au mieux. Avisant un paysan qui s'approchait en portant un matelas roulé sur l'épaule, il s'exclama :

« C'est vous, Martial ? Vous nous quittez donc ? »

L'homme se délesta de son fardeau et baissa la tête, comme honteux.

« Vous avez entendu comme moi siffler les obus, non ? Et toutes ces explosions, ces mitrailles ! Vous n'avez pas vu ces villages en feu, à seulement quelques kilomètres ? Ce serait folie de rester ! Surtout quand on a charge de famille…

– Je vous comprends, Martial ! Et loin de moi l'idée de vous en blâmer…

– D'autant plus que nos armées ne font pas merveille et qu'elles nous abandonnent déjà aux casques à pointe !

– C'est vrai ! Mais peut-être n'est-ce là qu'un plan pour mieux surprendre l'ennemi ? »

Le villageois parut intrigué. En repoussant son chapeau en arrière, il lissa ses moustaches du pouce.

« Comment ? Vous ne savez pas ? La IIe armée a été bloquée dans la région des étangs et elle a essuyé de méchants revers du côté de Dieuze, comme Castelnau l'avait prévu ! Mais personne ne l'a écouté… Pire, pour rétablir la situation et épauler les troupes en difficulté, il a annulé l'assaut sur Morhange, mais un commandant a désobéi à ses ordres en maintenant l'attaque…

– Êtes-vous sûr de ce que vous dites, mon ami ? Un militaire de haut rang sait faire preuve de discipline et ne se permettrait pas ce genre de choses !

– Puisque je vous le dis ! La nouvelle a déjà fait le tour du village !

– Mais qui a bien pu se rendre coupable d'une telle initiative ?

– Le commandant Foch, à ce qu'on dit ! Qui est pourtant professeur à l'école de guerre… Résultat, la contre-attaque de la VIe armée bavaroise a pris de plein fouet le 20e corps d'armée, qui a dû décrocher, entraînant dans son repli toute la IIe armée !

– Si ce que vous dites est vrai, c'est une véritable honte !

– En tout état de cause, je n'ai nullement envie d'attendre que les Prussiens mettent tout ici à feu et à sang… »

Ce fut plus préoccupé que jamais que Hans se rendit ensuite au domicile des Vanémont, qu'il avait pris en affection. En habitué, il se garda bien de frapper pour ne pas froisser ses amis et il poussa la porte de la grande cuisine. Après avoir salué Berthe, il s'arrangea pour acquérir une belle portion d'un veau tué par un dénommé Lucien, et débité par le vieil Armand, un ancien boucher… Le paysan parut heureux de serrer Hans contre lui.

« Qu'il fait bon vous revoir chez moi ! Parce que, depuis quelques jours, on n'osait pas trop sortir de nos murs…

– Si j'ai bien compris, les Allemands campent dans la plaine, mais ils se refusent à occuper nos villages. C'est à n'y rien comprendre, puisque nos forces se sont presque toutes repliées !

– Que leur importent nos quelques maisons, qui ne représentent aucun danger ? Les investir ne serait qu'embêtements pour eux, tout en éparpillant leurs hommes. Non, à mon avis, ils sont plus intéressés par les points stratégiques où ils pourront installer leurs grosses pièces, afin de pouvoir pilonner nos positions et nos villes ! Ce qui est le plus inquiétant, c'est que certaines sections de l'armée prussienne semblent composées de plus de pillards que de soldats ! »

Hans ressortit de la ferme de Charles assez ébranlé par ces propos. Ce n'était pas parce qu'un calme précaire s'était établi que les menaces avaient pour autant disparu !

* *
*

Les deux jours qui suivirent s'écoulèrent sans anicroche, malgré une certaine agitation. Les Allemands se faisaient plus fréquents dans les rues du bourg et les chemins de la commune, sans pour autant se montrer agressifs. Dans la plaine, le regroupement des forces bavaroises continuait, et champs et prés se couvraient de plus en plus de tentes, de convois, de carrioles, d'hommes et de chevaux… En fait, le village intéressait beaucoup moins l'ennemi que les éminences et autres postes stratégiques, à partir desquels son artillerie pouvait s'avérer la plus efficace contre les positions françaises ! En cours d'après-midi, les premières déflagrations firent à peine frémir les villageois. Leur bruit assourdissant au départ des projectiles ne représentait aucun danger à Morey même. Jusqu'à la tombée de la nuit, ce fut ensuite un vacarme continu, chaque batterie installée ici ou là envoyant des salves de trois obus, lesquels partaient à environ une minute d'intervalle.

Il fallut attendre le lendemain, alors que le soleil arrivait à son zénith, pour que le silence retombât enfin. Sa soudaineté le gonfla aussitôt de manière presque menaçante. Quelques cavaliers allemands circulaient encore dans les rues de Morey, comme pour surveiller les réactions de la population, mais leur attitude ne semblait nullement hostile et ils laissaient les villageois méfiants se regrouper çà et là sur la place. Les soldats avaient abandonné détritus et cageots vides un peu partout, et même une caisse de munitions oubliée dans la précipitation. La rapidité de leur retraite indiquait pourtant que ce repli était parfaitement préparé !

« Monsieur Hasenfratz ! Vous comprenez ce qui se passe, vous ? »

Hans soupira :

« Je ne sais, Lucien… À mon sens, ils ne souhaitent pas ici une guerre de positions, mais une campagne mobile pour harceler nos forces. Une fois repérés, et dès qu'ils se trouvent sujets aux répliques de nos obus, ils transportent ailleurs leur artillerie pour continuer à pilonner nos lignes !

– Pas bête, ce que vous dites ! C'est une tactique comme une autre, après tout…

– En tout cas, le maire se garde bien de pointer le nez hors de chez lui ! Ce gros pleutre ne doit songer qu'à déguerpir de la région, depuis qu'il a appris que le maire de Rouves a été ignoblement abattu devant sa maison en flammes ! *I n'a pu tat d'serré les fesses quand à s'é da sé chausses*[1] !

Le calme qui régna ce soir-là se révéla plus oppressant que le son du canon ! Ce fut pourtant apaisé que Hans s'endormit en rêvant, une fois de plus, qu'il se réveillerait avec Emma à ses côtés dans ce lit trop grand pour lui…

1. *Il n'est plus temps de serrer les fesses quand on a fait dans sa culotte !*

« Que restera-t-il de mon pauvre pays ? »

HANS SE RÉVEILLA CONTRARIÉ par une insomnie sournoise. Il restait avec les sens aux aguets, sursautant au moindre bruit, et se rendait fréquemment aux fenêtres pour surveiller la contrée qui s'offrait à sa vue. Qu'elle paraissait belle, cette Lorraine, baignée qu'elle était par le soleil matinal d'un été étincelant ! Qu'elle se révélait douce, avec cette chaleur qui se prolongeait de façon inhabituelle, avec ce climat qui faisait oublier les rigueurs du dernier hiver !

« Oh ! *Mein Herr*... Vous n'avez pas goûté aux prunes du verger ?

– Si, si, Trudy... Mais je préfère les manger à même l'arbre, tu le sais bien ! Enfin, celles que nous ont laissées les soldats qui ont campé ici... »

Le bruit d'une mécanique pétaradante les interrompit, et Hans se précipita une fois de plus vers la terrasse, le cœur en alerte. Il soupira de soulagement en voyant l'automobile du comte de Moustier franchir le portail du parc :

« Tout de même, j'aurais dû reconnaître entre mille la chanson de son moteur ! »

Mathias accueillit avec joie la venue de leur visiteur, pour qui il nourrissait une affection particulière :

« Ah ! Monsieur Georges ! Il y a si longtemps qu'on m'interdit d'aller à Clémery !

– Et c'est fort heureux! Parce qu'il y a eu des combats acharnés, chez nous. Des morts et des blessés des deux camps... Des hameaux et des villages détruits. Rouves et Manoncourt n'existent pour ainsi dire plus, et Nomeny a subi des dégâts considérables !

– Et Anne-Marie ? Et Charlotte ? Et Mme Louise ? Et...

– Rassure-toi, tout le monde va bien, au château. »

Hans laissa s'établir un moment de silence avant de s'enquérir :

« Nous, nous n'avons pu sortir des limites de la commune, mais nous avons bien vu, de loin, que vous n'avez pas été épargnés autant qu'ici. Si vous me racontiez comment vous avez vécu ces tristes jours ? »

Georges de Moustier baissa la tête.

« De manière fort peu réjouissante, vous savez... Des batailles sévères se sont déroulées tout autour de nous, et c'est miracle que nous en soyons sortis sans dommages ! Le château a été occupé par l'ennemi, lequel ne s'est pas privé de contrôler si les blessés que nous hébergions étaient réellement blessés. Il y a eu de violents combats à Éply, à Rouves, à Nomeny, à Manoncourt ! Des soldats en sang, des soldats morts, tant d'un camp que de l'autre... Nous avons vu tomber plusieurs obus à seulement quelques dizaines de mètres de la propriété.

– Quel courage, pour rester au cœur d'une telle folie !

– Pas le temps d'y penser, mon ami... Car, ensuite, il y a eu de féroces combats tout autour. Malgré une résistance héroïque, nos forces ont été contraintes de se retirer face à l'énorme supériorité en nombre des Bavarois !

– Quelle misère pour la France !

– Il ne nous reste plus qu'à prier pour que le pire soit passé !

– Vous connaissez mes positions religieuses, Georges. Aussi ne prierai-je pas ! Mais je l'espère plus que tout... »

« Que restera-t-il de mon pauvre pays ? »

* *
*

Après une nuit plutôt fraîche pour la saison, le soleil réchauffa vite cette journée de lundi. Qu'importait d'ailleurs qu'il fût ou non lundi, jeudi, mardi ou dimanche ? En ces temps de tourmente, tous les jours se ressemblaient, avec leurs lots d'espoir ou d'abattement ! Ce lundi resta tout de même en mémoire, car le village eut le bonheur de voir enfin réapparaître des uniformes français. Un peloton de dragons s'installa peu avant midi sur la place de l'église de Morey, accueilli avec enthousiasme par tous les habitants. Les clameurs s'entendirent depuis la Ribiette, et Hans s'apprêtait à rejoindre ce rassemblement festif lorsque plusieurs cavaliers se présentèrent à l'allée du parc. Mathias descendit le perron en applaudissant, puis s'en fut jusqu'au verger cueillir des prunes pour ces héros. Ils semblaient si fiers et invincibles, ces dragons sur leur monture, avec leurs pantalons rouges, leur tunique bleue, l'éclat d'acier de leurs boutons brillants, leur sabre étincelant et leur fusil à baïonnette ! Mais quel vide soudain, après l'exaltation première ! Après s'être restaurée à l'ombre des tilleuls de la place, l'escouade tourna bride avec armes et chariots, et le village tout entier se sentit prématurément orphelin et livré à lui-même.

Durant quelques jours, quelques dragons à cheval se montrèrent pourtant régulièrement au village, comme pour rassurer la population, mais ces visites réconfortantes s'estompèrent progressivement pour définitivement cesser. Après tout, le danger semblait s'écarter, même si quelques coups tirés de temps à autre de la commune voisine de Landremont ranimaient de récentes angoisses... Miné par les mauvaises nouvelles colportées par les soldats français, Hans délaissait de plus en plus le rôle d'enseignant qu'il s'était assigné pour donner à Mathias une éducation digne de ce nom. Le jeune garçon ne s'en plaignait d'ailleurs guère, car il prenait beaucoup de fierté à s'instruire seul en se plongeant dans les livres de la bibliothèque.

Depuis deux jours, les roulements assourdis des canons grondaient sans cesse, issus de l'horizon du sud. Qui ignorait encore que Nancy avait été impitoyablement bombardée dans la nuit du 9 au 10 septembre, jusqu'aux environs de midi, et que plus de soixante obus s'étaient abattus sur la ville, causant la mort d'au moins une dizaine de civils ? Cependant, des échos plus rassurants se propageaient aussi : après une résistance acharnée, les divisions françaises défendaient le terrain pied à pied, que ce fût à Loisy, Sainte-Geneviève ou Pont-à-Mousson ! Partout, les armées ennemies avaient été contraintes de se retirer… Bonnes nouvelles ou rumeurs mensongères ? Ce soir-là, après l'exposé que Hans fit à sa gouvernante, le garçon leva le nez de son livre pour affirmer d'un ton serein :

« Tout ne va pas si mal, alors ? »

Interloqués de le voir ainsi s'intéresser aussi soudainement à l'actualité des opérations militaires, Hans et Trudy échangèrent un regard de surprise. Puis le vieil homme confirma :

« Oui, après tout, ça ne va pas si mal ! »

Les jours coulaient au rythme des flots calmes de la Natagne. Plus de combats rapprochés, plus d'échos de fusillades ou de canonnades ! À croire que tout était redevenu normal et que la guerre n'avait été qu'un bref mirage ! La victoire semblait plus proche que jamais, et la préoccupation principale des habitants n'était plus la crainte des obus, mais le souci de s'approvisionner en farine, car les inquiétudes des villageois relevaient plus de nourriture que de considérations militaires. Le manque de pain, de sucre et de nourriture alimentait beaucoup plus leurs conversations que les péripéties guerrières, d'autant plus que le canon ne se faisait plus entendre que de façon fort lointaine !

Bizarrement, plus le temps se dégradait, avec des averses incessantes, plus les informations colportées par les troupes se révélaient réjouissantes ! Comme si le tonnerre qui grondait pouvait rendre muets les canons adverses… Derrière les fenêtres de la Ribiette, Hans observait au loin les rives de la Natagne qui débordait de son lit. Ne se disait-il pas, à Morey, que tous les fleuves de la région provoquaient un peu partout de terribles inondations ? Il laissa son regard s'attarder ensuite sur « son » petit Mathias : sur une feuille de papier, l'enfant reproduisait d'une main encore malhabile les amibes qu'il découvrait sous l'oculaire du microscope. Quelle vie foisonnante pouvait cacher une pauvre goutte d'eau croupie ! Avec un sourire attendri, le vieil homme repensa à la crue durant laquelle il avait recueilli ce bambin orphelin, près de cinq ans auparavant. Jamais il n'avait eu à le regretter. Ce garçon restait la seule véritable joie de cette maison !

* *
*

Les intempéries ne connaissaient pas de relâche et cette fin de septembre demeurait morose. De sévères batailles se déroulaient dans les environs, et l'on entendait de nouveau le canon et l'écho de combats toujours plus proches. Sur le front, le conflit s'enlisait peu à peu en une guerre de tranchées et chaque camp s'attachait avec acharnement à s'accrocher sur ses positions.

« L'ambiance reste malgré tout assez calme, ici, et je pense que le risque n'est pas trop grand pour que je me rende à Clémery ! décréta Hans, un matin où les pluies accordaient enfin un répit.

– Quelle imprudence ! s'indigna aussitôt Gertrude. Mais qu'auriez-vous à y faire, que diable ?

– Le maire de Morey reste introuvable, car il s'est sans doute réfugié loin des combats et de ses administrés ! Le secrétaire de mairie s'échine sur ses paperasses, mais ce qu'on exige de lui le dépasse, le pauvre… Je ne vais donc pas l'importuner pour avoir un simple malheureux laissez-passer afin de me rendre chez le comte.

– Mais pourquoi ? Et par quelle lubie ? s'indigna la vieille femme.

– Parce qu'il nous faut bien vivre ! répliqua Hans. Et que j'ai besoin de toutes les autorisations pour me rendre jusqu'à Belfort et percevoir l'argent qui nous nourrit... Georges de Moustier est bien plus à même de me les fournir que ce pauvre bougre, qui fait ce qu'il peut, mais ne saurait être au courant de tout pour me délivrer les signatures et tampons nécessaires ! »

Mathias abandonna l'arbalète de son invention qu'il avait entreprise et qui l'obligeait à tailler copeau après copeau des pièces compliquées.

« Je peux venir avec toi, oncle Hans ?

– Il n'en est pas question ! Cela n'est pas sans danger, tu sais ? »

Prenant sa mine la plus cajoleuse, le garçon insista :

« Oncle Hans, s'il te plaît ? »

Le vieil homme hésita. Après tout, les alentours restaient provisoirement sous maîtrise française, et les anicroches demeuraient rares...

« Bien ! Je veux bien, Mathias, mais tout à fait exceptionnellement. Et à condition que tu obéisses à mes moindres paroles !

– Promis, mon oncle ! Promis... »

* *
*

Hans, après maintes hésitations, avait renoncé à remettre en route son automobile, pour lui préférer un simple cabriolet à cheval, plus discret et plus anonyme. Il ne servait à rien de montrer une relative opulence, en de telles circonstances !

« Allez, Mathias... En route ! »

Morey ne se trouvait guère à plus de un kilomètre de Belleau, mais le contraste n'en était pas moins saisissant, car cette ville minuscule, à peine plus grosse que le moindre village, était la proie d'une agitation incessante ! Des militaires de tous grades et de toutes armes y fourmillaient. Des fantassins, des brancardiers, des artilleurs… Une présence française plutôt revigorante quant à l'issue du conflit ! Hans n'y glana pourtant aucune nouvelle information, si ce n'était l'intention des autorités militaires d'établir une ambulance et un centre de soins au château de Morey.

Après Belleau, la campagne détrempée se montra beaucoup plus tranquille que Hans ne l'avait imaginée. Un véritable désert, même si Mathias ne reconnaissait plus les lieux. Tous ces champs sillonnés de tranchées abandonnées, et d'autres où se devinait encore la présence souterraine de soldats en alerte ! Le chemin, peu fréquenté, rendait le trajet pesant. On y croisait parfois quelques cyclistes, des dragons de liaison ou des médecins-majors effectuant leur tournée. Ce fut l'abord du village de Manoncourt qui troubla profondément le jeune garçon : la vision des maisons éventrées, aux poutres calcinées et aux murs noircis, lui faisait brutalement appréhender les réalités d'une guerre qui, jusqu'ici, était restée pour lui assez abstraite. Quelle pitié, de voir les soldats repousser les habitants voulant réintégrer leurs ruines ! Plus loin, en approchant de Clémery, des rouleaux de fil de fer barbelé barraient épisodiquement la route, permettant à peine le passage de la voiture. Les combats avaient laissé des cicatrices bien plus visibles que dans la région de Morey. Des cratères d'obus sur la chaussée, des arbres déchiquetés, des moissons desséchées sur pied, des bestiaux errants… Ici ou là, des postes d'infanterie arrêtaient le véhicule et vérifiaient longuement les passeports. Hans se pliait de bon gré à ces contrôles et en profitait pour échanger quelques mots avec les soldats. Aussi fut-ce avec soulagement qu'il vit enfin apparaître, au détour d'une colline, les fières tours du château de son ami le comte.

* *
*

« C'est vous, mon cher Hasenfratz ? Je ne m'attendais certes pas à votre visite ! Surtout avec notre petit Mathias… »

Georges de Moustier descendit à leur rencontre, tandis que Hans contemplait tristement la façade du château.

« Que d'impacts de balles ! s'exclama-t-il. Vous avez dû passer par des épreuves bien dures, mes amis…

– C'est vrai ! Mais heureusement, nous n'avons pas été touchés par des tirs d'artillerie… Finalement, nous avons échappé au pire ! »

Le comte n'attendit pas d'introduire ses hôtes au salon pour demander :

« Mais, dites-moi, qu'est-ce qui vous amène, en des temps si troublés ? Rien de grave, j'espère…

– Non, non… Seulement quelques services bassement administratifs à vous quémander ! Mais nous verrons cela plus tard. Racontez-moi plutôt ce qui s'est passé, à Clémery et aux alentours… Nous avons vu tellement de ruines et de saccages, durant le trajet ! Énormément plus qu'à Morey, en tout cas.

– C'est que nous sommes presque à cheval sur la frontière, ici ! Et que de sévères batailles se sont déroulées à deux pas du château. Tenez, de la fenêtre, nous pouvons même voir les soldats allemands en train de creuser leurs tranchées, du côté de Raucourt ! »

N'ayant guère envie d'écouter le récit des péripéties récentes, Mathias en profita pour s'enquérir :

« Je peux aller voir Anne-Marie et Charlotte ? Et saluer Mme Louise ?

« Que restera-t-il de mon pauvre pays ? »

– Bien sûr, petit… Bien sûr ! Ça leur changera les idées, d'ailleurs. Tous ces événements les ont bien perturbées ! Nous avons soigné dans ces murs tant de blessés, et nous avons vu mourir tellement de pauvres gars, tant français qu'allemands, qu'un peu de ta jeunesse ne peut qu'être la bienvenue, Mathias ! »

Le garçon s'enfuit en courant vers le couloir, et le comte poursuivit :

« Par bonheur, nous avons eu plus de chance que Nomeny ! J'ai eu l'occasion de m'y rendre, et je ne m'en suis toujours pas remis. De cette ville si agréable, accrochée à sa colline, avec ses si belles maisons, ses porches cintrés et ses fenêtres à meneaux, il ne reste que des ruines noircies !

– Quelle honte, et quel dommage !

– C'est malheureusement la triste réalité, Hans… Mon Dieu, si tout cela ne cesse, que restera-t-il de mon pauvre pays ? »

Le grand-oncle adoptif de Mathias ne répondit rien et le comte en profita pour ajouter :

« Ce n'est pas parce que la guerre nous oppresse que j'en oublie le gosse ! J'attends encore des réponses aux courriers que j'ai pu faire parvenir au-delà de la frontière…

– Ce dont je vous remercie grandement, croyez-le, mon cher ami !

– C'est bien la moindre des choses, voyons. »

Partir ?

Les journaux laissaient entendre, depuis qu'on les voyait réapparaître presque quotidiennement au village, que la victoire n'était plus qu'une question de jours ! Hans avait beau se montrer méfiant de la propagande d'État, tout autour de lui semblait confirmer les nouvelles reçues. Ce silence, d'abord, qui faisait oublier les canonnades récentes… Et puis, aussi, la présence constante et rassurante de bataillons de hussards et de dragons. Plus de tirs d'obus, plus de fusillades… À croire que le conflit s'était endormi, las de s'épuiser en vain ! Bien sûr, les soldats rapportaient régulièrement le témoignage d'embuscades et d'engagements sporadiques, mais l'ennemi restait contenu au-delà des terres nationales et les incursions allemandes demeuraient rares et timorées.

« Tout irait pour le mieux sans cette foutue pluie ! râla une fois de plus Gertrude en essuyant nerveusement l'assiette qu'elle tenait en main.

– Il vaut mieux la pluie que le tir des Prussiens ! rétorqua Hans avec un sourire moqueur.

– C'est vrai ! Mais il n'empêche, *mein Herr*…

– Il n'empêche que les Allemands sont bien déconfits. Leur défaite sur la Marne, c'est l'échec de leur plan Schlieffen, qui prévoyait une victoire rapide ! D'ailleurs, leur général von Moltke considère déjà que la guerre est perdue, et il a été limogé de l'état-major pour être remplacé par un général au nom imprononçable : Erich von Falkenhayn, je crois… Un favori de Guillaume II.

– Pff ! Cela nous fait une belle jambe ! »

Mathias releva le nez de sa tartine de confiture :

« Alors, oncle Hans… Elle est pas encore finie, cette guerre ? »

Le vieil homme soupira :

« Je crains bien que les choses ne s'éternisent, au contraire, comme l'affaire est engagée ! »

Mathias retint une grimace de contrariété. Il en avait plus qu'assez de se sentir prisonnier de ces murs ! Les moteurs de deux aéroplanes allemands perturbèrent alors le calme des cieux, mais le jeune garçon ne leva même pas le nez pour les suivre du regard. Il y avait longtemps que sa curiosité s'était émoussée pour ces engins volants !

* *
*

Même en des régions habituées à un rude climat, l'hiver n'est pas la saison préférée des habitants ! Aux pluies glaciales succédaient neige, givre, et verglas. Les malheurs de la guerre s'ajoutaient à ces rigueurs, et personne n'affichait une mine satisfaite. Que l'on fût villageois ou soldat, les mois à venir s'annonçaient pénibles ! Certaines choses s'arrangeaient pourtant, comme le courrier, qui avait de moins en moins de retard et était régulièrement acheminé par les militaires… Le ravitaillement se trouvait également assuré par le service des armées et les commandes étaient passées au nom de la municipalité. Le secrétaire de mairie les centralisait puis, chaque semaine, il en remettait la liste et l'argent au chef de convoi chargé de cette mission. Hans se satisfaisait de ces améliorations qui simplifiaient la vie quotidienne, regrettant seulement la pénurie de sucre, pas tellement pour lui, mais pour la gourmandise de Mathias… On s'habituait aussi, épisodiquement, aux tirs de canon rapprochés, au bruit sec des mitrailles, aux mouvements précipités d'escadrons et de bataillons. Si les offensives d'envergure se faisaient rares, les combats ne diminuaient pas d'intensité de tranchées à tranchées !

« *Mein Herr* ! Je descends au village pour chercher le ravitaillement… Les chariots ont dû arriver à bon port, à cette heure !

– Je te l'interdis bien, Trudy ! s'emporta Hans. Tu as entendu comme tu tousses ? Ne t'inquiète pas, c'est moi qui m'en chargerai… Tu ferais mieux de te soigner, bourrique !

– Mais…

– Ne discute pas, vieille têtue ! C'est un ordre ! »

S'il y avait une chose qui pouvait vexer la gouvernante, c'était bien de se faire rabrouer par le maître de maison ! Elle céda pourtant en bougonnant, et s'échappa de la pièce en refermant la porte plus violemment qu'à l'habitude…

Si le village voyait une abondance de soldats s'affairer de la rue principale à la place de l'église, les habitants évitaient de sortir, préférant se calfeutrer chez eux. Hans se présenta à la devanture du café d'Edgard, mais eut la surprise de la trouver close. De l'étage, une fenêtre s'ouvrit et la tête du cabaretier apparut.

« Ah ! C'est vous, monsieur Hasenfratz ? Je vous en prie, montez donc…

– J'arrive ! »

Il fallait vraiment des circonstances exceptionnelles pour amener Edgard à fermer son rideau ! La première question que posa Hans fut d'ailleurs de s'informer s'il n'était pas malade.

« Malade, moi ? Non ! Heureusement, d'ailleurs… Mais je n'ai presque plus de consommateurs à servir ! Alors, à quoi bon ?

– Je comprends, les gens préfèrent rester au chaud, avec ce temps !

– S'il n'y avait que ça ! Mais j'ai toutes les peines du monde à me faire livrer. Et puis les compagnies sont largement ravitaillées en vin. Car il en faut, pour donner du cœur au ventre des braves qui doivent partir au combat ! Et les militaires ne se privent pas de faire profiter les buveurs du village de cette manne…

– Je n'avais pas pensé à cela. Un gros manque à gagner, hein ?

– En effet… Mais surtout, depuis quelques semaines, beaucoup d'habitants de Morey ont pris la décision de s'exiler en s'éloignant de cette frontière maudite ! Si cela continue, toutes les maisons seront bientôt abandonnées…

– Comment ? Les bombardements ne nous menacent guère, pour l'instant, et le risque d'une invasion allemande semble écarté !

– Sans doute ! Mais les paysans ne peuvent plus espérer labourer leurs champs au printemps. Les tranchées ont tout bouleversé et les armées occupent la plus grande partie des terres cultivables. Presque tout le bétail a été réquisitionné. De quoi voulez-vous qu'ils vivent ? Même Charles Vanémont a fini par lâcher sa ferme !

– Il est parti ? Sans même me faire ses adieux ! s'indigna Hans.

– Oui ! Sur un coup de tête… Il a des cousins du côté de Vittel, et il a trouvé qu'il était mieux pour lui et sa famille de les rejoindre ! »

Hans demeura une bonne minute silencieux, troublé par cet aspect des choses qu'il n'avait pas envisagé. Avec des terres, des champs et des vergers dont on ne pouvait s'occuper, avec des commerces vides de toute marchandise, avec l'impossibilité de se déplacer à sa guise, comment survivre, ici ? Sans parler du risque toujours présent de tomber dans une embuscade ou au cœur d'une fusillade, ou bien encore de voir s'abattre sur sa maison un obus meurtrier ! Et que dire des réquisitions qui vous privaient de votre bétail et de vos maigres ressources ? Des razzias perpétrées par des patrouilles bavaroises composées de plus de pillards que de soldats dignes de ce nom ? Enfin, la présence même des troupes françaises représentait une charge permanente, bien qu'on s'en accoutumât plus volontiers... Bien sûr, le gouvernement accordait des compensations aux plus démunis et aux personnes réduites à l'exode, mais comment se loger et se nourrir, avec des sommes aussi dérisoires ? Même en ayant une certaine aisance financière, à quoi pouvait servir l'argent lorsqu'il n'y avait plus rien à acheter ? Pour la première fois, Hans se surprenait à envisager de devoir lui aussi, un jour ou l'autre, quitter la Ribiette à son corps défendant... Surtout en ayant charge d'un gamin d'une dizaine d'années, et d'une vieille femme qui n'était plus loin d'être octogénaire !

« Partir ? Pourquoi pas, s'il le faut... »

Mais où ?

« Enfin, nous n'en sommes pas là... »

* *
*

Contrairement à ce que chacun redoutait, ce début du mois de décembre s'annonçait anormalement chaud. N'avait-on pas enregistré, la veille, des températures atteignant presque les vingt degrés ?

« Ça ne saurait durer, on va bien finir par le payer ! Il faut bien que l'hiver se fasse, par Dieu ! »

Au bout du compte, en ces temps de tourmente guerrière, Morey ressemblait de moins en moins à Morey ! Il y circulait plus de militaires en effervescence que d'habitants du lieu. Peu à peu, le village se muait en caserne, en centre de garnison. Des soldats déroulaient des câbles de téléphone, d'autres positionnaient des chariots portant de lourds fûts d'artillerie... Chaque espace libre accueillait des chevaux que l'on approvisionnait régulièrement en foin et en avoine. Ici ou là, des cantines en plein air où mijotaient quartiers de bœuf, pommes de terre et féculents... Le fumet qui s'en échappait suscitait l'amertume des villageois, qui n'avaient que peu mangé de viande depuis des semaines et des mois ! Heureusement, le ravitaillement des armées se révélait tellement désorganisé qu'il arrivait qu'il y eût surabondance. Les dragons circulant au village n'hésitaient alors pas à proposer aux occupants du lieu, en échange de légumes, des morceaux de bœuf congelés provenant d'Australie, à ce qu'ils disaient. Des pièces que l'on tranchait à la hache et qu'on exposait une pleine journée au soleil avant de les cuisiner… Un régal, en ces périodes de pénurie !

De jour en jour, Hans affichait une mine plus sombre. Lui fallait-il se résoudre à un nouvel exil, à son âge ? L'avenir lui semblait plus noir que jamais… Mais l'exode restait une aventure qui n'était pas dénuée de dangers ! Devait-il perdre tout ce qu'il avait pour foncer vers un futur d'autant plus flou qu'il ne pouvait qu'être imprévisible ? À l'inverse, s'accrocher à sa demeure le contraignait à cohabiter avec les militaires, et par là même exposait la Ribiette à être la cible de tirs d'obus meurtriers ! Si peu lui importait de mourir à son âge, comment pourrait-il jamais assumer la responsabilité de voir le petit Mathias agoniser un jour sous les gravats d'une maison effondrée ? Malgré tout, la présence d'autant d'escadrons sur le territoire de la commune permettait d'espérer une issue positive au conflit. Les Allemands n'avaient pas avancé d'un pied au-delà de la Seille, et tout portait à croire qu'ils allaient reculer loin des frontières établies en 1870, et même que les provinces annexées avaient une possibilité de redevenir françaises…

* *
*

« Qu'est-ce que c'est, encore ? »

Hans commençait à se lasser des allées et venues des soldats dans sa propriété, fussent-ils français. Le ciel ne participait d'ailleurs pas à lui remonter le moral, car de nouveau la pluie tombait en abondance, sans discontinuer, insistante, soutenue, déprimante… Le bruit des roues cerclées d'une carriole crissait sur l'allée défoncée par trop de passages. Il soupira, rejeta le dernier journal parvenu entre ses mains et qui datait de trois jours. Un coup d'œil aux vitres détrempées de son bureau le rassura.

« Mille diables ! Mais c'est ce bon Georges… »

Sans plus attendre, il se précipita pour l'accueillir sur le perron, malgré les gerbes d'eau qui continuaient à gifler murs et façades.

« Georges ! Faut-il être fou pour circuler par un temps pareil… Sans parler des dangers à rouler aussi près de la ligne de front ! »

Le comte ne prit pas la peine d'ouvrir son parapluie. Remontant le col de son imperméable sur la tête, il grimpa les marches en courant avant de se réfugier dans le grand hall de la demeure.

« J'étais tenu, pour une fois, de venir récupérer à Morey le courrier de Clémery et de ses environs ! Comment n'en aurais-je pas profité pour vous rendre visite, mon ami ?

– Bien… Mais ôtez donc votre ciré, Georges. Et rapprochons-nous de la cheminée. Ce vent froid et humide sait nous transir les os jusqu'à la moelle !

– C'est vrai, on ne sait plus comment s'habiller, en ce mois de décembre ! Du jour au lendemain, on passe de températures d'été à des frimas d'hiver… »

Connaissant les goûts de son visiteur, Hans lui offrit un des derniers cigares qui lui restaient. Bien calé dans un fauteuil au plus près des flammes ronflantes, le comte de Moustier s'environna de lourdes volutes de fumée odorante avant de chercher le regard de son hôte.

« Il est de plus en plus compliqué de vivre, ici ! Tout au moins à Clémery, et je suppose que ce n'est guère mieux à Morey. Si nous avons moins à craindre des échanges d'obus et des tirs de mitraille, les approvisionnements en nourriture sont de plus en plus aléatoires…

– Je vous rassure, ce n'est guère mieux ici ! Et j'ai parfois peur que, bien qu'ayant une aisance financière qui n'est pas celle de la majorité des gens, je ne sois un jour prochain contraint de quitter la Ribiette ! Mais pour aller où ? »

Georges de Moustier hocha la tête avant d'affirmer :

« C'est bien de cela que je venais vous parler, Hans ! Je crains comme vous de devoir renoncer un jour ou l'autre à demeurer au château. Pourtant, j'estime de mon devoir, étant non seulement ancien capitaine de cavalerie issu de la promotion de Saint-Cyr, mais encore maire de mon village, de m'accrocher à ces terres aussi longtemps que ce sera possible ! Quelques semaines ou quelques mois, qui sait ?

– Et alors ?

– Alors, mon ami Hans, j'ai pensé que l'hôtel particulier que je possède à Paris, grande ville où je suis né, je vous le rappelle, pourrait vous être un toit plus agréable et plus sûr que celui qui est au-dessus de nous, non ? »

Hans commença par protester :

« Ce serait plutôt à vous de rejoindre votre maison familiale, Georges ! D'autant plus que Clémery se révèle beaucoup plus vulnérable que Morey aux débordements du conflit.

– En réalité, l'hébergement que je vous propose fait partie du patrimoine de mon épouse. Quant à moi, si besoin était, il me reste toujours l'opportunité de réintégrer la demeure qui m'a vu naître, à deux pas de l'île de la Cité ! Alors, que pensez-vous de ma proposition ? »

Hans se mura un long moment dans un silence embarrassé. Puis il marmonna :

« Je ne sais, mais j'y réfléchirai, Georges… Je vous le promets, j'y réfléchirai ! »

Le comte prit alors un air plus embarrassé, puis il chercha du regard les yeux de son ami :

« Ce n'est pas tout, mon ami… Aussi étonnant que cela puisse paraître, ce n'est qu'hier, après des mois et des années de vaines recherches, que j'ai enfin eu des nouvelles des parents du petit Mathias ! »

Interloqué, Hans bégaya :

« Les… les Kirneck ? Mais par quel hasard ?

– Par les hasards de la guerre, justement ! Car, depuis août dernier, nous ne sommes plus les seuls à les rechercher… Quoi que vous en pensiez, mon cher Hans, si l'Alsace est malheureusement allemande, ses habitants sont aussi Allemands. Lors de la mobilisation, Üschen ne s'est pas présenté à sa caserne d'affectation et, depuis, la *feldgendarmerie* et les services de l'armée teutonne sont à ses trousses, car il est considéré comme déserteur !

– Par le diable, Georges ! Mais comment savez-vous tout cela ?

– Maire d'une commune frontalière, et malgré la guerre, j'ai toujours les moyens d'avoir des contacts avec les élus des municipalités de nos provinces occupées ! Pas officiellement, bien sûr, mais de manière plus ou moins détournée…

– Et alors ?

– Alors vous n'êtes pas sans savoir toutes les démarches que j'avais inutilement effectuées pour tenter de retrouver ces braves gens ? Seulement voilà, le maire de Wolxheim a pu me faire parvenir cette information qu'il n'avait pas lorsque je l'avais entretenu de cette affaire. D'après ce qu'il croit savoir, Üschen et sa famille ont fui l'Alsace pour la France dès les premiers jours du conflit ! »

Hans s'anima aussitôt, le cœur cognant :

« Et dire que nous n'avions plus de traces de lui depuis que j'ai recueilli mon Mathias !

– Pas étonnant, car le père du petit avait trouvé un emploi à Strasbourg, à la *Société des bières Kronenbourg* ! Poste qu'il a quitté avec un certain nombre de ses collègues dès la déclaration de guerre…

– Et… sait-on exactement où il s'est rendu ?

– Malheureusement, non ! Mais peut-être en apprendrai-je plus d'ici quelques jours ou quelques semaines ? Si cette foutue guerre le permet…

– Je l'espère vivement, mon ami. Mais je n'en dirai rien à Mathias tant que nous n'en saurons pas plus !

– Ce en quoi vous avez entièrement raison ! Inutile de lui donner de faux espoirs. »

Adieu la Ribiette…

Il y avait sans cesse de l'animation, au bourg, mais les conditions d'approvisionnement et de survie étaient telles que le village comptait de moins en moins de civils, alors que les militaires envahissaient les moindres recoins de la petite agglomération. L'existence quotidienne devenait de plus en plus pénible, et la plupart des habitants avaient fini par choisir un exil empli d'incertitude, plutôt qu'un entêtement absurde à vouloir rester dans des murs qui étaient pourtant leurs depuis des générations. Il n'y avait que quelques vieillards à s'accrocher encore à leurs pauvres demeures ! Bien que les crachotements des mitrailleuses restassent assez éloignés de Morey et de la Ribiette, que les tirs d'artillerie se limitassent à de sourds échos qui ne se devinaient qu'à peine au-delà de l'horizon, la stratégie militaire étranglait peu à peu toute vie normale au pays ! Et puis l'ennemi n'en resterait certainement pas sur un échec. À la première occasion, des hordes prussiennes ne pouvaient que déferler à nouveau sur la région ! Que resterait-il alors du village, si les combats se poursuivaient jusqu'à Morey ? « Non. La mort dans l'âme, il me faut écouter les conseils de Georges ! Pour ma vieille Gertrude, bien sûr… Mais surtout pour mon petit Mathias. Nous sommes moins que jamais en sécurité, ici ! »

« Vous me semblez bien pensif, *mein Herr* ?

– C'est vrai, ma gentille Trudy… Mathias est bien couché ?

– Oui, oui ! Comme d'habitude à cette heure-ci. Mais il me semble de plus en plus morose, le pauvre gosse !

– Comment pourrait-il en être autrement ? À toujours rester enfermé dans ces murs, sans jamais sortir ne serait-ce que jusqu'au village, où il n'y a d'ailleurs plus un seul gamin de son âge avec qui jouer !

– Je sais… mais qu'y faire ?

– C'est bien sur quoi je méditais. Partir, nous aussi, comme les autres !

– Vous n'y pensez pas ? s'indigna aussitôt la vieille femme.

– Ce n'est pas de gaieté de cœur, crois-moi ! Il n'y a plus personne, ici, et nous manquons de toutes les denrées essentielles…

– Vous songez donc vraiment à laisser la Ribiette derrière vous ? Après plus de quarante ans passés dans cette demeure qui est devenue toute ma vie ?

– Toute la mienne aussi, concéda Hans. Ce n'est pas une raison pour qu'elle soit aussi celle de notre mort ! Je pourrais presque ajouter qu'à nos âges peu nous importe, peut-être… Mais il y a Mathias !

– Ah ! Oui, le petit… »

Il y avait tellement de tendresse dans sa voix, dès qu'elle évoquait le gamin de la maison !

Hans plongea de nouveau dans une rêverie nostalgique. Comment se contraindre à cet arrachement, à devoir envisager de partir de ce domaine auquel il s'était tellement attaché ! Ne plus voir ces meubles familiers que cirait amoureusement Gertrude. Car partir ainsi, en temps de guerre, cela voulait dire aussi se séparer de tout, ou presque. Que devait-il emporter ? Et était-il sûr de retrouver ce qu'il laisserait sur place, une fois le conflit terminé ? Une aussi belle demeure, située en hauteur, était susceptible d'être investie par les militaires d'un camp comme de l'autre, tant elle était idéale pour abriter un quartier général ! D'ici, on dominait toute la plaine de la Natagne, et la vue portait loin vers le nord et l'est… Pour la même raison, la Ribiette représentait le risque de devenir la cible de bombardements stratégiques et pouvait du jour au lendemain se transformer en ruines fumantes ! Il soupira, ne pouvant se contraindre à imaginer cette belle façade réduite à des pans de murs éboulés, le parc labouré par les obus, les toitures effondrées et leurs poutres noircies…

« Et toi, Emma… Que ferais-tu ? »

Chassant l'image floue de celle qui hantait toujours ses souvenirs, il secoua la tête :

« Bon ! Rien ne sert de *raminer*[1] ! Mieux vaut aller dormir. La nuit porte conseil, non ? »

* *
*

L'heure n'était plus à tergiverser, sa décision était prise ! D'autant plus qu'aux premières lueurs du jour, un capitaine de dragons était venu réquisitionner plusieurs pièces de l'aile nord du bâtiment pour y établir son état-major. Il fallait se résoudre à l'exil, et cela ne s'avérait pas si simple. On ne pouvait emporter grand-chose ! Mais quoi ? Et que faire pour protéger le reste ? Il grimaça et se contraignit à appeler tout de même cette gouvernante qui lui était une vraie mère :

« Trudy ? »

La vieille femme apparut en baissant la tête, comme si elle s'attendait à ce que Hans allait lui dire.

« Oui, *mein Herr* ?

– Il n'y a plus à hésiter, ma pauvre. Il nous faut faire nos bagages !

---

1. Ruminer des pensées.

– Mon Dieu ! Ça veut dire que vous êtes tout à fait déterminé à quitter la Ribiette ?

– Quelle autre solution ? Toute une partie de la maison est déjà occupée par une flopée d'officiers ! Et les habitants de Morey ne dépendent que de leur intendance pour s'approvisionner de l'essentiel. Tu sais mieux que personne que nous commençons à manquer de tout ! »

Gertrude marqua son désaccord d'une moue expressive.

« C'est bien beau de tout abandonner ! Mais pour aller où ?

– Le comte de Moustier a eu l'obligeance de me proposer l'un des immeubles qu'il possède à Paris, et qui reste inoccupé…

– Paris ? éructa la gouvernante. Paris ! Mais ce serait se retrouver en enfer !

– Pour moi, le véritable enfer s'appelle actuellement l'Alsace, la Lorraine, ou encore l'Artois, la Marne, ou la frontière belge !

– Pour ma part, je pensais que, si l'on avait à quitter Morey, ce serait pour retourner “chez nous” !

– Comment ? Rejoindre Strasbourg, Obernai ou Eschau ? En terres allemandes ! Au plein cœur des combats, coincés entre les armées, cernés par les mitrailles, les obus, avec les routes coupées, les barbelés, les tranchées ? Le meilleur des laissez-passer ne nous permettrait pas d'y arriver vivants ! »

Trudy baissa le regard avant de murmurer :

« J'aurais tellement voulu, pourtant, terminer mes jours dans la région où je suis née… Un rêve, sans doute ?

– La guerre ne saurait durer éternellement ! D'ailleurs, les troupes bavaroises sont sujettes à un nombre incroyable de désertions, à ce qu'il se dit. À ce rythme, nos culottes rouges se rendront vite maîtres de ce qui nous est dû ! Et nous pourrons alors revivre là où nous avons vu le jour…

– Vous y croyez vraiment, *mein Herr* ? »

Hans ne répondit rien. Il convenait de ménager la peine de Gertrude, qu'il aimait plus que tout sous couvert de ses manières bourrues… La vieille continua à bougonner :

« Paris, tout de même ! Il y a si longtemps que nous avons perdu l'habitude de vivre dans une ville ! Alors, la capitale…

– C'est vrai ! Mais, à y réfléchir, j'y vois là le meilleur moyen de parfaire l'éducation de notre Mathias. Comment pourrait-il connaître le monde, en n'étant jamais sorti plus loin que notre horizon ? À Paris, il y a une autre façon de vivre, des monuments, des spectacles, des théâtres, des musées ! Connaissant sa soif de s'instruire, il n'y trouvera que des bénéfices.

– C'est en effet possible… admit Trudy. Il est tellement intelligent ! Mais supportera-t-il toutes ces rues, tout ce monde, loin de nos vaches et de nos prés ?

– L'avenir nous le dira ! Et puis choisir la capitale, cela ne veut pas dire que nous nous y incrusterons, si la guerre s'éternise. La France est grande et les combats restent localisés dans l'Est et le Nord… »

Gertrude soupira :

« De toute façon, je n'ai guère mon mot à dire, n'est-ce pas ? Lorsque vous avez décidé quelque chose, il faut bien s'y plier.

– Absolument pas ! la détrompa le maître de maison. Rien ne t'empêche de choisir une autre voie…

– Comment ? Jamais je ne te laisserai, espèce d'insolent ! Tu ne te débarrasseras pas de moi aussi facilement ! »

Hans retint un sourire. Une fois de plus, il avait réussi à la faire s'emporter jusqu'à ce qu'elle en oubliât ses principes ! Un peu comme s'il se vengeait de ces « *mein Herr* » qu'elle lui adressait à longueur de journée… Un peu confuse de ses écarts de langage, Trudy releva sur lui un menton faussement agressif.

« En tout cas, ne comptez pas sur moi pour annoncer cela au petit ! Car c'est comme s'il était devenu un peu notre fils, malgré la différence d'âge…

– Oui, c'est un peu l'impression que j'ai… Un peu comme si je retrouvais en mes vieilles années ce que j'aurais dû vivre avec Emma ! »

Gertrude prit aussitôt une mine plus sérieuse :

« Vous ne l'avez pas oubliée, malgré tout ce temps passé ? »

Subitement pris en défaut, Hans avoua :

« Il n'est pas une nuit où je ne m'endors sans penser à elle… Et à la vie que nous aurions eue sans… sans ce qui nous a séparés ! »

La vieille femme sembla hésiter, avant de baisser la tête. D'une voix cassée, elle murmura alors :

« J'avais juré sous le sceau du secret de ne jamais vous faire part de… de… mais… »

Hans la coupa brusquement :

« S'il s'agit d'Emma, inutile de m'en dire plus ! Et laisse les souvenirs que j'ai d'elle continuer à fleurir en mon jardin secret.

– Mais…

– Non, je t'en prie, Trudy ! Ce n'est pas vraiment le moment d'aborder un tel sujet… »

La gouvernante ouvrit la bouche, comme pour insister, puis préféra se raviser en se pinçant les lèvres.

* *
*

Mathias ne parut nullement surpris lorsque Hans lui expliqua, avec beaucoup de tact, la nécessité qu'il y avait désormais à fuir la région en laissant la Ribiette derrière soi. Comme s'il s'y attendait depuis longtemps, à entendre autour de lui les propos des adultes ! Ce ne fut pas pour autant qu'il accueillit la nouvelle avec joie. Il était tellement attaché à ces lieux !

« Partir d'ici ? remarqua-t-il seulement, un peu triste. Comme les Vanémont ? Est-ce que je vais retrouver Gaspard ?

– Je ne pense pas, petit, car notre destination sera plutôt la capitale…

– Paris ! s'exalta aussitôt le garçon, subitement plus enjoué. Paris ? »

Paris, un mot magique ! Une ville presque mythique qui représentait pour un enfant rural un prestige considérable, avec ce qu'elle signifiait de gigantisme, d'animation, de monuments, de rues sans fin et d'immeubles alignés à l'infini…

« Oui, Paris… M. de Moustier m'y céderait gracieusement l'opportunité d'occuper l'un de ses logements, dans un des beaux quartiers.

– Nous allons partir avec le comte, alors ?

– Non, non, malheureusement… Il s'obstine à demeurer au service des derniers villageois qui s'accrochent encore à leurs fermes et à leurs maisons ! »

Un peu déçu, Mathias esquissa pourtant un sourire, puis entoura de ses deux mains le cou du vieil homme avant de frotter ses joues contre sa barbe rugueuse. Sans dire un mot… Comme pour mieux témoigner de toute l'affection qu'il nourrissait pour ce « grand-oncle » qui remplaçait depuis toujours une famille dont il n'avait plus de souvenirs. Comme pour partager aussi le désarroi secret qu'il devinait derrière ces propos rassurants, car il se doutait qu'il devait être cruel de prendre une telle décision. La vie était si douce, à la Ribiette, avant cette fichue guerre !

« Et quand partons-nous ?

– Dès que nous serons prêts, mon garçon ! Car ce ne sont pas des choses qui s'organisent dans la minute, tu sais… »

* *
*

« Qu'est-ce que tu fais, oncle Hans ?

– Tu le vois bien, je débarrasse mon cabinet !

– Toutes tes collections ?

– Je préfère les mettre à l'abri dans un endroit plus sûr, parce qu'il est impensable que je puisse les emporter ! Et je ne vois rien de mieux, ici, que la cave derrière le cellier…

– Tout ce que nous avons trouvé ?

– Oui ! Et tout ce que j'avais amassé avant que tu ne m'aides, Mathias. Car je tiens à mes herbiers, à mes fossiles, mes échantillons géologiques, et je ne souhaite pas que mes récoltes archéologiques disparaissent sous les bombes. »

Un peu désemparé, le garçon fronça les sourcils :

« Et… et moi ? Je ne vais pas pouvoir emporter tout ce que j'aime ? Il faut aussi que je descende tout à la cave ?

– Tout, peut-être pas… Il te faut être raisonnable, car tu vas devoir te séparer de beaucoup de choses, tu sais !

– Même le microscope que m'a offert le comte ?

– Oui, tout comme je vais moi-même laisser ma lunette astronomique ! Mais rassure-toi, ce sont là des choses que l'on pourra racheter, si l'on en a l'occasion. Je ne vois d'ailleurs qu'avantage à m'offrir un instrument plus puissant ! Tout comme à te doter d'un microscope qui grossirait plus que celui que tu possèdes.

– C'est vrai ?

– Promis, mon Mathias… Promis ! »

Il fallut des jours d'effervescence pour tout organiser au mieux, le plus dur restant de choisir entre ce que l'on pouvait emporter et ce que l'on devait laisser sur place. Hans voulait bien se séparer de la majorité des livres de sa bibliothèque, mais certains méritaient d'être mis à l'abri, et ils rejoignirent la partie la plus reculée des caves. En revanche, il n'était pas question que le vieil érudit laissât derrière lui les notes qu'il avait accumulées durant des années de recherche, ainsi que les ébauches d'articles divers qu'il avait si péniblement élaborées : des études de géologie, d'archéologie, de botanique et d'histoire, toutes concernant l'Alsace ou la Lorraine !

« Il faut absolument que je termine ces manuscrits et que je finisse par les publier ! se jura-t-il une fois de plus. Enfin, ce malheureux exode m'en laissera peut-être le loisir… »

Courant toujours de droite et de gauche, Gertrude ne savait où donner de la tête. Elle s'arrêta soudain et écarta les bras :

« Et l'argenterie, *mein Herr* ? Et tous ces bronzes ? Nous ne pouvons laisser tout ce qui a de la valeur à l'étalage ! Surtout si ces pauvres pièces deviennent la proie des militaires…

– À dire vrai, il n'y a que quelques œuvres d'art qui me tiennent à cœur ! Pour le reste, c'est peut-être dommage, mais cela peut se remplacer. J'ai assez de fortune en banque pour repartir à zéro et m'aménager une autre maison lorsque la guerre aura cessé, si par malheur la Ribiette ne survivait pas aux combats… Ce n'est pas lorsque je serai sous terre que j'aurai l'occasion de dépenser mon argent, non ?

– Certes, certes… Mais tout de même !

– Bien, Trudy. J'enterrerai donc tout ceci dans une cache près du puits intérieur, et je replacerai les dalles à leur place ! Cela te convient-il ?

– Bien sûr, bien sûr… »

Elle avait beau dire, elle n'arrivait pas à cacher sa contrariété. Elle s'était tellement attachée à ses ustensiles, au fil des ans ! À ce fourneau, ces casseroles, à tous ces meubles qu'elle avait si souvent dépoussiérés et cirés qu'ils en étaient presque devenus des amis… Se ferait-elle jamais à un autre environnement, à son âge ?

Une autre préoccupation trottait dans la cervelle de Hans. Que faire de sa Sihtam ? Un peu puérilement, il tenait à son automobile ! Non à cause de son prix, mais comme un enfant s'accrochant à son jouet préféré. Pourtant, avec l'interdiction de circuler dans la région, cette voiture à moteur se révélait pour l'instant plus encombrante qu'essentielle ! Déterminé, il traversa toute la demeure pour atteindre le quartier réservé aux officiers, mais se vit arrêter par un soldat en faction :

« On ne passe pas, monsieur !

– Je suis chez moi, tout de même ! Et, comme propriétaire des lieux, je…

– On ne passe pas ! Tout ce qui se déroule derrière cette porte reste secret défense ! »

Une voix se fit entendre :

« Qui est-ce, Letournier ?

– C'est M. Hasenfratz qui veut…

– Laissez-le entrer !

– Bien ! Monsieur, si vous voulez vous donner la peine… »

Hans pénétra dans la pièce où plusieurs gradés étaient penchés sur des cartes d'état-major. Le capitaine auquel il avait déjà eu affaire se leva pour se rendre à sa rencontre :

« Monsieur Hasenfratz… Qu'est-ce qui vous amène ?

– Si vous avez quelques instants à me consacrer, capitaine, j'aimerais vous entretenir en particulier…

– Bien… Passons donc sur la terrasse, le temps reste clément, pour la saison ! »

Hans contempla un instant ces paysages qu'il devait se résigner à abandonner, et auxquels il s'était habitué depuis si longtemps. Pour la deuxième fois de son existence, il lui fallait s'arracher à son cadre de vie, et cela n'allait pas sans une souffrance qu'il se gardait bien d'afficher…

« Capitaine, à cause du danger dû à notre position géographique près de la frontière, à cause des pénuries et des difficultés d'approvisionnement, je me vois contraint de vous laisser la Ribiette en mains propres. J'ai décidé de quitter notre belle Lorraine pour m'exiler à Paris !

– Ce ne doit pas être facile pour vous, mais je vous comprends. C'est là une démarche empreinte de bon sens ! D'autant plus que j'allais vous demander l'autorisation de pouvoir étendre le secteur que nous occupons à quelques autres pièces de votre demeure…

– Comme si mon autorisation vous était nécessaire pour cette réquisition ? railla Hans.

– Bien sûr, mais cela n'empêche pas la politesse qui vous est due…

– À propos de réquisitions, j'ai été surpris que l'armée ne se soit pas encore intéressée à ma torpédo, alors qu'elle ne s'est pas privée de me soulager de plusieurs voitures à cheval ! Avouez que cette automobile m'est plutôt un handicap sur les chemins de l'exode, d'autant plus qu'il me sera presque impossible de me ravitailler en carburant… Aussi, si vous en avez l'utilité, c'est par patriotisme que je la laisse à votre disposition ! »

L'officier lui jeta un regard surpris. Une telle générosité n'était guère habituelle !

« Je vous en remercie, monsieur Hasenfratz ! Vous savez que nous avons pour principe de rémunérer honnêtement ce que nous confisquons aux habitants ! Je propose donc de vous dédommager en conséquence…

– C'est bien gentil à vous, mais j'aurais préféré deux choses. La première, de m'accorder un sauf-conduit pour me rendre à Clémery, où j'ai encore quelques affaires à régler avec le maire, Georges de Moustier, dans les appartements duquel je vais loger, à Paris. La seconde, de fournir quelques hommes en escorte à chaque groupe de réfugiés qui passe par la commune. Je me suis laissé dire que les routes n'étaient pas sûres, pour ces pauvres gens, et que ces malheureux étaient parfois la cible des exactions prussiennes ?

– C'est malheureusement vrai ! Il y a d'ailleurs quelques jours que nous assurons la sécurité de ces réfugiés du mieux que nous le pouvons… De préférence de nuit, pour ne pas attirer l'attention de l'ennemi. Vous pensez donc vous associer à l'un de ces convois ?

– C'est plus prudent que de voyager en solitaire, non ?

– Sans doute ! Il en sera fait comme vous le demandez. Quant à votre automobile, je n'en démords pas, elle vous sera payée au tarif en vigueur. Dernier détail… Quand comptez-vous partir ?

– D'ici deux jours, je pense… À quoi bon hésiter plus ?

– Eh bien, je vous souhaite bonne chance, monsieur Hasenfratz ! Vous êtes un brave homme, et je me souviendrai de vous…

– Merci, capitaine. Merci ! »

* *
*

Cette fois-ci, ce fut à dos de Cayatte, sa jument, que Hans fit le trajet de Clémery. S'il se désola une fois encore à voir la campagne défigurée par les tranchées, les cratères d'obus, les rouleaux de fil de fer barbelé, il se consola en constatant que les choses n'avaient pas empiré depuis son dernier passage. Pour faciliter les franchissements de différents contrôles de son court voyage, le capitaine lui avait affecté la présence de deux dragons à cheval, et il ne mit que peu de temps pour accéder à la propriété du comte de Moustier. Bizarrement, le châtelain ne vint pas l'accueillir ainsi qu'il en avait l'habitude, et le visiteur grimpa seul les marches du perron. Dans le grand couloir, il rencontra la plus jeune domestique des lieux qui roulait un tapis :

« Charlotte ? s'étonna-t-il. Que se passe-t-il, ici ? Vous vous exilez, vous aussi ?

– Non, non ! Pas encore, tout du moins… Mais M. le comte s'attend à ce que nous y soyons obligés un jour ou l'autre, et il préfère ne pas être pris au dépourvu. Alors nous nous préparons…

– C'est bien… Et vous allez l'accompagner à Paris ?

– Je ne sais, monsieur… Peut-être retournerai-je à Albi, finalement ! »

L'arrivée du maître de maison interrompit cette conversation.

« Hans ? Je ne vous avais pas entendu arriver… Alors, qu'avez-vous décidé ?

– Je me rends à vos raisons, mon ami, et j'accepte votre hospitalité parisienne… À moins que vous n'ayez changé d'avis et que vous souhaitiez en reprendre possession, car je vois que vous vous préparez au départ ?

– À tout hasard, mieux vaut prévenir que guérir ! Rassurez-vous pourtant car, si nous retournons à la capitale, nous occuperons mes appartements familiaux et non ceux des Thibaut de La Rochethulon, ma belle-famille.

– Nous aurons ainsi l'occasion de nous voir plus souvent qu'ici, en ces temps troublés ! Mais passons à des choses plus pratiques. J'attends de vous les consignes nécessaires à la prise de possession des lieux, mon ami…

– Rien de plus simple, Hans ! Suivez-moi donc en mon cabinet, nous y serons plus à l'aise… »

Exode

L'HEURE FATIDIQUE ARRIVA plus vite que nul ne l'avait supposé, et Mathias ne cessait de faire des allers et retours entre la maison et le chariot, sans crier ni pleurer, mais avec une excitation visible. Hans se retourna sur cette demeure qui était sienne depuis la guerre de 1870, et il grimaça, le cœur serré. Reverrait-il jamais ces lieux ? Et, si oui, dans quel état ? Puis il chercha le regard de l'officier qui l'accompagnait sur le perron.

« Inutile que je ferme à clé, capitaine. Je vous confie la Ribiette, en espérant que vous saurez la prémunir des soldats ennemis !

– Comme tout bon Français, nous ferons notre devoir de soldats, monsieur ! Nous contiendrons Prussiens et Bavarois hors de nos frontières et, avec l'aide de Dieu, nous leur reprendrons la Lorraine annexée ainsi que l'Alsace !

– Même sans Dieu, puissiez-vous dire vrai, capitaine !

– En tout cas, bonne chance… J'ai fait arrêter quelques familles de réfugiés sur la place de Morey. Une patrouille vous accompagnera jusqu'à la vallée de la Moselle et jusqu'à Bouxières-aux-Dames dès que la nuit commencera à tomber ! De toute façon, tout à l'air calme, ce soir. On n'entend plus gronder le son du canon, même à l'horizon.

– Merci, capitaine… Et bonne chance à vous aussi ! »

Alors qu'une escadrille allemande emplissait le ciel du ronronnement de ses moteurs, prenant la jument par le licol, Hans tourna le dos à sa demeure et se força pour ne pas regarder en arrière. Les dents crispées, il chercha la main de Mathias et la serra plus fort qu'il ne l'aurait souhaité. L'attelage s'éloigna, suivi par Gertrude qui ne pouvait retenir ses larmes… Pas un mot pour accompagner ce départ, pour traverser le parc où s'alignaient des véhicules de l'armée, et où des chevaux parqués broutaient des bottes de foin. Seulement le crissement des roues cerclées, le choc des sabots et le bruit des pas… Comme elles semblaient longues et cruelles, ces quelques centaines de mètres qui menaient au bourg !

Comme l'avait annoncé le capitaine, des charrettes et des carrioles étaient regroupées sur la place, et Hans soupira. Ils semblaient tellement pitoyables, ces nomades forcés aux regards vides ! Sans doute beaucoup d'entre eux n'avaient-ils jamais quitté leur village, et voici qu'ils perdaient tout, livrés à un avenir incertain, voués à la misère et à la désespérance. À leur contact, Hans se sentit presque coupable de la situation financière qui lui permettait de ne pas subir cet exil comme un drame irrémédiable ! Il n'eut d'ailleurs pas le temps de s'attendrir longtemps sur le sort de ces pauvres gens. L'obscurité s'abat si vite, l'hiver ! La fraîcheur commençait à tomber lorsque le lieutenant des dragons prit la tête de la colonne :

« Allons, en route ! »

Des voitures de ferme encombrées de maigres meubles, de matelas et d'objets hétéroclites… Des femmes, des vieillards et des enfants qui suivaient le cul des chars d'une démarche lasse, le nez fiché dans les ornières du chemin, quelques hommes qui poussaient en avant ce bétail qui restait leur dernière richesse… Dans le silence de la dignité, cette triste caravane de détresse partit à l'assaut de la colline tandis que, derrière elle, s'évanouissait dans le flou du soir l'ombre indécise des maisons de Morey.

*   *
*

Finalement, malgré la lenteur imposée par le bétail des paysans, le trajet dura moins longtemps qu'on eût pu le craindre. Si Trudy avait fini par accepter de monter sur la banquette du chariot, Hans et le petit Mathias avaient quant à eux préféré, dans un premier temps, poursuivre le chemin à pied. Il y avait bien eu une alerte lorsque l'on avait entendu se rapprocher un groupe de cavaliers, mais il ne s'agissait que de hussards en reconnaissance. Après quelques mots échangés avec les dragons, ceux-ci avaient d'ailleurs renoncé à rejoindre la Moselle par Custines. Par prudence, ils avaient imposé un détour par Malleloy, pour rallier Bouxières-aux-Dames en longeant le bois de Faulx. Bien qu'on s'éloignât de plus en plus de la frontière, il était des secteurs où les anicroches demeuraient plus fréquentes qu'ailleurs ! Au fil d'un parcours malaisé qui dura deux bonnes heures, alors que le froid se faisait plus mordant sous la maigre lueur d'une lune blafarde, un village se devina au flanc d'une pente raide au pied de laquelle coulait la Meurthe.

« Nous y sommes ! annonça le lieutenant. Bouxières-aux-Dames… C'est là que s'arrête notre mission, braves gens. Il ne me reste qu'à vous conduire vers une grange mise par la municipalité à la disposition des réfugiés. Vous y trouverez du pain, de la paille, et des couvertures pour la nuit ! »

Hans décida :

« Ma charrette n'est que peu chargée, et je préfère poursuivre sur Nancy. Après tout, il n'est pas si tard, malgré la pénombre ! J'ai largement le temps d'y parvenir avant qu'hôtels et restaurants n'aient portes closes.

– Libre à vous, monsieur. Le centre de la ville n'est plus qu'à cinq ou six kilomètres !

– Je sais, je sais… Vous renouvellerez tous mes remerciements à votre capitaine !

– Je n'y manquerai pas, monsieur Hasenfratz. »

Hans s'était assis près de Gertrude puis, Mathias sur les genoux, il avait pris les rênes et avait mis son cheval au trot. La route longeant la Meurthe était plus rassurante que les bois traversés ! Malgré l'heure avancée, elle était encore fréquentée par des voitures de marchands et de paysans. Quelques rares automobiles particulières, aussi… On y croisait surtout des fantassins, des camions militaires et des cavaliers en tenue, ce qui confortait agréablement un sentiment de sécurité qui n'était pas de mise à Clémery ou à Morey, villages pourtant si proches ! Hans se dirigea sans hésitation vers la gare et préféra l'*Hôtel Terminus* à l'*Hôtel des Deux Hémisphères* pour ce qu'il était plus souple aux horaires des voyageurs.

Trudy n'avait pratiquement pas ouvert la bouche depuis le départ, murée dans la détresse qu'elle éprouvait à tout laisser derrière elle. Elle s'indigna soudain :

« Vous n'allez pas me faire dormir dans ce genre de palace ?

– Palace ? répondit Hans en riant. Il ne faut pas exagérer, ce n'est qu'un simple hôtel de gare comme il en existe dans toutes les villes !

– Ce n'est pas la place d'une domestique, *mein Herr* ! Il faut me trouver une pension de famille. Je ne sais pas, moi… Quelque chose de plus ordinaire !

– D'abord, tu n'es pas ma domestique, mais celle que je considère comme la seule vraie parente qu'il me reste ! Ensuite, c'est moi qui décide…

– Mais… jamais je n'oserai me dévêtir devant vous !

– Il n'en est pas question, ma bonne Trudy. J'estime avoir la décence et les moyens de louer une chambre à ton seul usage, tout de même. Et ne proteste pas, surtout ! J'ai d'autres choses à penser, pour la suite des événements… »

Mathias ne se plaignait pas, lui ! Ne se souvenant pas des séjours en hôtel effectués avec son sauveur lors de sa petite enfance, tout était découverte, pour lui. Les tapis, les miroirs, les longs couloirs… La salle de restaurant, aussi, que Gertrude n'avait consenti à rejoindre que sur l'insistance amusée de Hans. Après un repas bienvenu qu'elle s'obstina à juger moins succulent que ceux qu'elle avait l'habitude de cuisiner, elle accepta enfin de s'isoler dans sa chambre, tandis que Mathias et son « grand-oncle » s'apprêtaient à partager le même lit. Une sorte de jeu inédit, pour le garçon. Si Hans s'endormit assez vite en ayant comme chaque soir une pensée pour Emma, l'enfant mit longtemps à trouver le sommeil, énervé qu'il était par tous les bouleversements récents apportés à sa vie par ce départ.

* *
*

Éveillé tôt, Hans rongea son frein plus de deux heures, attendant que Mathias se réveillât. Dès que le gamin ouvrit les yeux, il le confia à la vigilance de Trudy en lui ordonnant de descendre manger un copieux petit déjeuner.

« Et vous, *mein Herr* ?

– Moi, je verrai plus tard. Il me reste à gérer notre voyage sur Paris, car il est hors de question de poursuivre en voiture à cheval, alors qu'il y a le chemin de fer en bas de la porte !

– Qu'allez-vous en faire, alors ? Vendre notre bonne jument et le chariot ?

– Je sais à qui les confier, rassure-toi ! Cayatte sera plus heureuse ici que dans les rues de Paris ou aux mains des soldats sur les champs de bataille… »

Abandonnant la vieille gouvernante, il traversa aussitôt la place Thiers pour s'avancer vers la gare. Il s'arrêta bientôt, interloqué… À cause de la nuit, il n'avait pas remarqué à son arrivée qu'un bâtiment annexe avait subi des dégâts ! Le trafic ferroviaire n'était pas interrompu pour autant. Il lui fallut pourtant patienter avant de parvenir au guichet, tant l'animation était vive. Connaître les horaires et les conditions des trajets civils, qui trouvaient difficilement une place au travers des convois militaires acheminant les troupes vers le front ; négocier le chargement de ses malles dans un wagon de train de marchandises, qui était susceptible de n'arriver dans la capitale que dans une ou deux semaines ; s'informer sur un itinéraire perturbé par les bombes allemandes larguées par les escadrilles sur les voies ferrées…

« Ah ! Oui, le réseau ferroviaire semble être une cible favorite des Prussiens ! J'ai remarqué les dommages près de la gare… Un obus des canons de septembre, sans doute ?

– Même pas ! Cinq bombes lâchées par aéroplane il y a quelques jours seulement, le 13 janvier… Et qui sont tombées en plusieurs endroits de Nancy.

– Bien ! Tout est en règle maintenant ?

– Oui, monsieur… Voici vos billets ! Si tout se passe bien, vous pourrez monter en voiture dès demain à 8 h 45.

– Merci, mon brave. Merci ! »

Enfin un problème de réglé !

« Et maintenant, Cayatte, je vais essayer de te trouver une nouvelle maison. En espérant que j'aurai vite l'occasion de te reprendre avec moi ! Que veux-tu, c'est la vie… »

Hans avait son idée : Lucie Ravaire ! La directrice du lycée Jeanne d'Arc lui était presque devenue une amie, depuis qu'il lui confiait les jeunes filles villageoises douées pour les études. Nul doute qu'avec les réquisitions une voiture et son cheval ne pouvaient que se révéler pour l'établissement une aubaine inespérée. Depuis la déclaration de guerre, la pénurie de bêtes d'attelage s'avérait un problème majeur…

La responsable de l'école lui ouvrit la porte de son bureau en arborant un large sourire :

« Monsieur Hasenfratz ! Il y avait si longtemps que nous avions eu l'occasion de vous revoir en nos murs !

– C'est vrai, mademoiselle, mais avec les événements…

– Oui… soupira Lucie Ravaire. Tristes temps, n'est-ce pas ? D'ailleurs, la majorité des élèves issues de la campagne ont déserté Jeanne d'Arc ! Pour suivre leurs familles sur les chemins de l'exil… »

Hans approuva de la tête avant d'ajouter :

« Je suis moi-même obligé de quitter Morey et ma demeure, car la situation devient invivable, au plus près de la frontière !

– C'est vrai ? Vous cherchez donc peut-être un logement à Nancy ou dans la contrée ?

– Non, non… Je ne suis pas ici pour parler de moi, même si j'ai une requête à vous soumettre…

– Dites toujours, monsieur Hasenfratz ?

– Je ne vois pas l'utilité de m'encombrer de ma jument, alors que je file sur Paris ! Aussi, j'ai pensé que vous seriez susceptible de vous montrer intéressée pour héberger mon cheval et ma charrette. Ce pourrait vous être de quelque utilité, peut-être ?

– Et comment ! Cela m'enlèvera même une belle épine du pied. Vous êtes le messie, Hans !

– Allons, allons, n'exagérons rien ! Et n'oubliez pas, ma chère, que nous sommes dans un établissement laïque… »

* *
*

Il y avait si longtemps que Mathias avait emprunté le train qu'il n'en gardait plus aucun souvenir. Il ne faisait pourtant pas le fier, dans la cohue de la gare, au milieu de tous ces militaires en transit qui encombraient les quais ! Ces soldats entassés dans les wagons qui criaient et chantaient, ces autres qui buvaient du vin rouge à même le goulot… Ces va-et-vient continuels au sein de mouvements de foule confus… Serrant très fort la main de

Gertrude d'un côté, et celle d'« oncle Hans » de l'autre, le garçon s'inquiéta :

« C'est là-dedans, qu'on doit monter ?

– Non, non, les voyageurs civils ont des trains attitrés ! L'inconvénient, c'est que l'armée est prioritaire, et que nous risquons d'additionner attentes et retards… »

Après deux heures de tumulte, de bousculade et de confusion, ils finirent par prendre place en queue d'un convoi militaire, où quatre compartiments étaient réservés aux voyageurs civils. Peu de monde pourtant dans ces voitures au confort sommaire… Enfin, les chuintements rythmiques de la locomotive de tête prirent plus d'ampleur, et Mathias s'accouda à la fenêtre ouverte pour contempler le spectacle. Il y eut plusieurs chocs qui secouèrent le convoi, des couinements et des crissements métalliques, puis le train s'ébranla doucement, par à-coups, tandis qu'un nuage de vapeur investissait le quai.

« Dis… Il va aller très, très vite ?

– Oui, même s'il n'y a plus de rapides à cause de la guerre, ce convoi est un semi-direct qui, en temps ordinaire, rejoint Paris en cinq heures… Malgré tout, des perturbations sont probables, et j'estime qu'il nous faudra prendre notre mal en patience ! »

Le garçon haussa les épaules. Que lui importait que le voyage durât plus que de coutume ? C'était tellement excitant !

À peine sorti de la gare, le train s'arrêta à un aiguillage, puis repartit en marche arrière vers le sud. Devant l'étonnement des voyageurs, l'un des paysans expliqua :

« Les avions allemands ont endommagé les voies habituelles, à la sortie de Nancy ! Nous allons donc faire un crochet pour arriver à Toul par la ligne venant d'Épinal… »

Progressivement, le paysage défila plus vite, et Hans remonta la vitre qui faisait face à Mathias.

« Il ne fait pas très chaud, et il commence à *broussiner*[1]. Je ne tiens pas à ce que tu prennes une escarbille dans un œil, c'est très douloureux ! »

Toul, avec ses fortifications qui couronnaient les hauteurs environnantes, les plus visibles étant celle de la côte Barine et celle du mont Saint-Michel, en forme de cône. La plupart des soldats y descendirent dans un désordre contraire aux principes militaires, la ville étant la tête de pont d'une série ininterrompue de forts échelonnés sur le rempart naturel des côtes de Meuse, en face de la grande plaine de la Woëvre.

« Les autres soldats doivent sans doute bientôt eux aussi quitter ce train… supposa Hans. Pour gonfler les troupes qui tiennent la Marne ! »

Alors que tous les soldats étaient descendus à Toul ou Bar-le-Duc, les voitures de voyageurs furent arrimées à un convoi de marchandises gagnant Paris. Hans sortit sa montre à gousset pour remarquer :

« Nous n'avons fait qu'une centaine de kilomètres en trois heures, mais je m'attendais à pire ! Tout devrait aller plus vite, maintenant…

– Et il reste combien ? demanda Mathias qui n'avait pas lâché la fenêtre des yeux, se régalant des paysages inconnus qui s'étaient offerts à sa vue.

– Un peu plus de deux cent cinquante kilomètres, je pense !

– Tout ça ? Alors, Paris, c'est vraiment loin de chez nous ! »

Le périple continua, le train s'arrêtant gare après gare. Châlons-sur-Marne, Épernay, Château-Thierry… Côte après côte, descente après descente, tunnel après tunnel et pont après pont, Mathias découvrait des reliefs nouveaux, des vallées, des collines boisées, des vignes et des prés, des rivières et des étangs. Ici ou là, de fières églises ou des ruines de châteaux forts, des villages paisibles, des villes plus importantes qui se

1. *Pleuvioter, en parlant d'un crachin, d'une pluie fine et persistante.*

fondaient dans la brume… Malgré son intérêt pour ces panoramas qu'il admirait depuis le départ, le *staccato* lancinant des roues sur les rails et les soubresauts du compartiment finirent par bercer le jeune garçon, qui se tassa peu à peu sur la banquette inconfortable.

« Meaux ! La capitale n'est plus très loin… »

Hans n'avait prononcé cette phrase qu'à mi-voix à l'intention de Gertrude, qui s'obstinait à afficher une mine butée et un mutisme têtu. Pourtant, le sommeil de Mathias n'était guère profond, car il s'éveilla aussitôt :

« Paris ? »

Il colla de nouveau le nez à la vitre, sous le regard amusé des passagers. Un nouveau tunnel avant le pont sur la Marne, des voies plus nombreuses et plus denses, des aiguillages et d'autres trains que l'on croisait sans cesse. Noisy-le-Sec, Pantin, et la ceinture est de la grande agglomération. Des maisons serrées, des usines, des pavillons…

« Nous arrivons ! Et la nuit n'est même pas tombée…

– Encore heureux ! bougonna Trudy. Tout le monde sait bien que les rues de Paris sont des coupe-gorge !

– Mais non, mais non ! Hormis peut-être les bas quartiers… Même si c'est la guerre, l'électricité fonctionne encore, ici, et les grandes artères sont bien éclairées.

– Pff ! Un nid de voleurs, de malfaiteurs, d'apaches et de criminels, *mein Herr* ! Personne n'ignore que le danger est partout, dans cette cité du diable…

– Ah ? ironisa Hans. Parce que tu te sentais plus en sécurité à Morey, peut-être ? Sous la menace des bombes et des obus, des pillards prussiens et des uhlans bavarois ? »

* *
*

Depuis quelques minutes, il pleuvait, et les gouttes avaient tracé des sillons mouvants sur les vitres de la voiture. Dans un grincement de ferrailles martyrisées, le convoi ralentit soudain, et Mathias se sentit perdre l'équilibre pour se retrouver contre la banquette.

« Oh ! Petit, tu ne tiens plus sur tes jambes ? »

Avant même que le train ne s'arrêtât, les voyageurs se précipitèrent, encombrés de valises et de malles, se pressant tous vers la porte de sortie qui donnait sur le quai. Un peu effrayé par cette frénésie citadine, le jeune garçon attendit, pour abandonner son siège, que Trudy se décidât à récupérer son bagage.

« Pourquoi ils courent comme ça, oncle Hans ?

– Je ne sais... C'est un peu comme une maladie qui frappe les habitants des grandes villes ! Mais peu importe, cela ne nous empêchera pas de vivre à notre rythme ! »

Ils descendirent tous trois du train les derniers pour se retrouver sur le quai, d'où ils gagnèrent un long et immense espace dont les structures métalliques soutenaient une gigantesque verrière en arc de cercle.

« La salle des pas perdus ! » annonça Hans.

Des dizaines d'arcades surmontées de fenêtres arrondies s'alignaient à droite comme à gauche. Des boutiques cassaient ici ou là ce bel alignement, et divers bancs accueillaient les voyageurs fatigués ou en transit... Traverser cet interminable bâtiment impressionna Mathias, qui ouvrait de grands yeux curieux sur cet environnement nouveau pour lui, toutefois un peu angoissant. Ce fut d'ailleurs presque avec soulagement qu'il sortit de cet espace oppressant, malgré la bruine dérangeante qui lui picotait le visage.

À la vue du spectacle qui s'offrait à lui, il s'arrêta et resta sans voix. Jamais il n'avait imaginé qu'un tel grouillement humain pût exister ! Des hommes poussant des charrettes à bras encombrées de colis, d'autres qui appuyaient sur les pédales de leur vélocipède et zigzaguaient entre les piétons, d'innombrables voitures à cheval ou à moteur qui se croisaient et allaient en tout sens, des tramways sagement à l'arrêt sur leurs rails, des fiacres, des camions, des omnibus… Quelle folle animation ! Comme s'il était coutumier du fait, Hans remonta calmement la file pour s'adresser au conducteur du taxi de tête :

« Connaissez-vous la rue Saint-Romain ? »

L'homme en blouse releva sa casquette à visière :

« Rue Saint-Romain, vous dites ? Elle n'est pas bien longue, mais je peux vous y conduire les yeux fermés ! C'est en plein faubourg Saint-Germain. Un beau quartier, ma foi… »

Mathias se retint d'éclater de rire, car l'homme roulait les « r » avec un fort accent bourguignon qui étonnait ses oreilles alsaciennes ! Il monta sans appréhension dans le véhicule, habitué qu'il était à voyager dans la Sihtam de son « grand-oncle ». Gertrude y mit plus de mauvaise volonté, en rappelant à Hans qu'elle s'était juré de ne jamais emprunter un quelconque de ces engins !

« Allons, Trudy. Pas tant de manières ! À la guerre comme à la guerre… »

Paris

De nouveau, Mathias collait son nez à la vitre pour profiter au mieux de son premier contact avec la capitale, malgré le soir tombant et les gouttes de pluie qui constellaient la surface du verre. L'automobile s'engagea sur la longue avenue bordée d'arbres, d'allées et de terre-pleins. Hans ne connaissait que peu Paris, mais il s'y était rendu à plusieurs reprises. Il avait suivi l'extension des grandes artères, le creusement souterrain démentiel des trajets du métro, les quartiers encore campagnards transformés en zones résidentielles. Il avait été témoin de l'édification de tous ces nouveaux immeubles si fringants qui remplaçaient peu à peu des quartiers autrefois ruraux, ouvriers ou miséreux.

« Cette voie nous mène du nord-est au sud et sud-ouest de la ville, mais sous différents noms. Boulevard de Strasbourg, à cause de la gare de l'Est, puis de Sébastopol, puis Saint-Michel, et j'en oublie peut-être… »

Mathias se souciait peu du nom des rues, et il se consacrait à lorgner à travers la vitre de la portière. Jamais il n'aurait cru que des bâtisses si imposantes et aussi hautes pussent exister ! Et encore, une peut-être ? Mais des dizaines et des dizaines, les unes collées contre les autres, avec chacune cinq à six étages !

Il découvrait avec curiosité ces avenues éclairées par des lampadaires électriques, ces façades illuminées de théâtres, de cafés-concerts… Un monde dont il ignorait tout ! Tous ces magasins, ces commerces, ces devantures ! Tous ces piétons qui se bousculaient sur les trottoirs, ces véhicules qui encombraient la circulation, cette fébrilité qui semblait diriger la ville entière, cette folie tourbillonnante qui lui flanquait le tournis…

Hans s'attendait à ce que le taxi descendît la grande artère jusqu'au Port-Royal pour remonter à sa destination par le boulevard du Montparnasse, mais le conducteur préféra contourner l'Odéon et le musée du Luxembourg par la rue de Vaugirard. Histoire sans doute d'éviter les embarras de circulation. Quelques rues plus loin, le chauffeur s'arrêta, puis il fit glisser la vitre coulissante qui le séparait de ses passagers.

« Nous voici arrivés ! J'ai préféré emprunter cet itinéraire plutôt que de passer par Saint-Germain-des-Prés, parce que nous y serions encore, à cette heure ! Malgré toutes ces rues et ces avenues, le déplacement des véhicules paralyse Paris, mon bon monsieur…

– C'est très gentil à vous, et je vous en remercie, mon brave, répondit Hans. Et alors ?

– Alors ? Alors nous sommes rue Saint-Romain, comme vous me l'avez demandé ! Où dois-je vous déposer ?

– Ici sera très bien ! La rue ne fait guère plus de cent mètres et je saurai bien trouver à quelle porte sonner, d'autant plus qu'on m'y attend.

– Oui, mais… la pluie ?

– Quelle pluie ? Un simple *crachotin*, sans plus ! Mon pauvre ami, si vous saviez ce qu'il tombe, chez nous, lorsqu'on parle de pluie ! »

Le taxi n'avait pas encore tourné au carrefour que Hans supputait :

« Si j'ai bien compris, ce devrait être là ! »

Sans plus attendre, il secoua vigoureusement le heurtoir sur le panneau de la porte. Il ne fallut pas une minute pour que le battant s'entrouvrît sur un domestique en tenue.

« Monsieur Hasenfratz, sans doute ? Je vous guettais… M. le comte a réussi à me faire parvenir un télégramme pour me prévenir de votre venue. Vous ne pouvez savoir le plaisir que vous me faites de vous voir arriver dans ces appartements !

– Ah ? s'étonna Hans. Et pourquoi donc ?

– Parce que cette belle demeure reste inoccupée à longueur d'année ! M. Fernand, le beau-père du comte, avait coutume de venir y passer quelques semaines par an mais, depuis son regrettable décès, nous nous sentons inutiles, la cuisinière et moi… bien qu'elle soit aussi mon épouse. Mais entrez donc. Pas besoin de rester sous la pluie, que diable ! Je m'appelle Martin, et ma femme Berthe.

– Merci, Martin ! Mais il n'était pas nécessaire de vous mettre en livrée pour nous. Je préfère nettement la spontanéité des rapports humains aux hypocrites fausses politesses auxquelles vous oblige votre fonction !

– Il n'empêche que je tiens à assumer mes tâches ainsi qu'il se doit, monsieur Hasenfratz.

– Je comprends, mon brave… Mais, si vous préférez officier en tenue ordinaire, je n'en prendrai pas ombrage, bien au contraire !

– C'est vrai ? Bien ! Il en sera donc fait ainsi que vous le souhaitez… »

* *
*

Mathias s'éveilla sans savoir vraiment où il se trouvait. À la Ribiette, la chambre était bien plus modeste. Il se sentait perdu dans ce lit trop grand pour lui, avec cette hauteur de plafond, ces lourdes tentures aux fenêtres, ce plancher ciré et ces meubles qui semblaient sortir d'un musée. Il lui fallut quelques minutes pour se remémorer tout ce qui s'était passé depuis qu'il avait abandonné la Lorraine derrière lui, entraîné par son « grand-oncle » et Gertrude dans une aventure dont il ne devinait pas la fin, mais qui bousculait malgré tout plutôt agréablement la monotonie de ses jours. Finalement, pour lui, la guerre ajoutait du piment à la routine ! Il hésita un peu, se débarbouilla sommairement à l'eau froide devant le lavabo de marbre dont la cuvette basculante rejetait les eaux usées dans un réservoir amovible, puis il se dirigea à l'instinct dans cette maison inconnue. Comme s'il avait connu les lieux, il parvint directement à l'office, où Hans et Gertrude prenaient déjà leur première collation de la journée.

La vieille gouvernante ne lui adressa qu'un regard affectueux avant de continuer à rouspéter auprès de Hans :

« Ce n'est pas parce que nous sommes hébergés qu'il faut que je me contraigne à ne rien faire, *mein Herr*. J'en crèverais ! Aussi, j'exige de participer à toutes les tâches de cette demeure, quitte à faire de l'ombre aux "pingouins" qui s'en occupent...

– Jamais je ne t'interdirai d'aider le personnel de notre hôte, Trudy. Mais je t'incite plutôt à te joindre à moi pour découvrir vraiment Paris, ses monuments, ses musées, ses expositions, ses parcs et ses squares. En bonne Française, c'est presque un devoir pour toi de montrer une certaine curiosité pour les merveilles que recèle notre capitale !

– Mais... je ne sais si...

– De toute façon, j'entends profiter de ce séjour pour initier Mathias à la richesse de notre patrimoine que concentrent si bien tous les lieux culturels de Paris ! Quelle plus belle occasion de lui ouvrir l'esprit à d'autres horizons que ceux auxquels le limitait notre contrée étriquée ? »

Si Martin et Berthe Montceau avaient craint d'avoir à accueillir des hôtes pédants et maniérés, la simplicité naturelle de Hans les avait tout de suite rassurés. Ils n'avaient également guère tardé à adopter Trudy, malgré ses apparentes façons bougonnes. Quant au petit Mathias, il était l'objet de toutes les attentions de la maisonnée ! Le gamin n'avait de cesse de parcourir la belle demeure, s'étonnant du luxe de l'architecture de cette maison aristocratique. Il prenait tellement de plaisir à monter et descendre l'escalier à volutes dont les marches étaient recouvertes d'un tapis bordeaux, à s'attarder à détailler les regards inquiétants des personnages dont les portraits s'alignaient tout au long du couloir de l'étage, à cavaler d'une pièce à l'autre, et surtout à passer des heures dans la riche bibliothèque, dont les ouvrages soigneusement reliés occupaient des rayonnages courant tout autour des murs ! Et puis il y avait ce jardin clos où trônaient des arbres centenaires, mais la saison ne se prêtait guère à ce que Mathias en fît son terrain de jeux privilégié.

Hans n'entendait pas pour autant qu'il se contentât de s'enfermer tous les jours dans sa chambre en compagnie de ses livres.

« Ce n'est pas parce que le temps s'est refroidi que tu dois rester toute la journée ici, petit. Il ne pleut pas, aujourd'hui. Si nous en profitions pour faire quelques pas ? Je te raconterai ce que je sais du quartier et de ses environs. »

Comment refuser, même si la démesure de Paris l'avait passablement effrayé, à ce qu'il avait pu en juger lors de son arrivée en taxi ? Les premiers pas qu'il effectua avec son « grand-oncle » sur le trottoir accentuèrent d'ailleurs son sentiment de malaise. S'habituerait-il un jour à cette circulation si intense, même dans les rues les plus isolées ? À ces gens pressés qui se bousculaient ? Ces charrettes à bras poussées par des livreurs peu soucieux de laisser le passage aux piétons, ces cyclistes qui se faufilaient entre les voitures, ces camionnettes et ces voitures à cheval agglutinées aux carrefours, tous ces véhicules à moteur, aussi, dont les gaz d'échappement lui picotaient le nez…

Hans le guida vers la proche rue de Vaugirard, qu'il suivit jusqu'à traverser le boulevard Raspail. Devinant que l'animation citadine mettait encore Mathias mal à l'aise, il fila directement au jardin du Luxembourg, estimant que ce dépaysement convenait mieux à l'humeur du garçon.

« Tu vois qu'il existe des endroits enchanteurs, même en pleine ville ! Et encore, nous ne sommes pas au printemps, en été ou en automne…

– C'est grand, oncle Hans !

– Ce l'était plus encore autrefois, mais ce jardin a été sévèrement mutilé par des travaux en 1867… Il n'empêche qu'il reste encore un des plus beaux de Paris ! »

Beaucoup de promeneurs, malgré la température peu clémente. Aussi, l'absence de véhicules et le calme ambiant eurent le don d'apaiser aussitôt Mathias, qui s'extasia devant les façades du palais et les parterres soigneusement entretenus où étaient érigées ici ou là des statues :

« Oh ! Une sculpture de joueur de flûte ! Et là, des femmes drapées… Et ce barbu, près de la pièce d'eau ?

– C'est une représentation de Bacchus !

– Celui de la religion des Romains ?

– Exactement, tu as bonne mémoire ! »

Laissant son guide en arrière, le garçon se mit à gambader dans la belle avenue de platanes, à la grande satisfaction de Hans : « Ce petit, il ne supportera jamais la vie citadine ! Il n'est vraiment lui-même qu'au sein de la nature… » Il n'en resta pas moins déterminé à lui montrer, petit à petit et au jour le jour, les richesses artistiques et historiques de la capitale. « Cela fait aussi partie de son éducation, et je n'en laisserai pas filer l'occasion, puisque nous sommes sur place ! »

Ils poursuivirent leur balade ponctuée de statues et de parterres, de bronzes et de colonnes, de kiosques, d'escaliers et de terrasses. Chaque œuvre fournissait à Hans le prétexte de parfaire les connaissances de son protégé. Il lui parla ainsi de Marie Stuart, de Jeanne d'Albret, de Vulcain, des gladiateurs, d'Anne de Bretagne, de Roland ou des vestales…

« Tu vois, là ? Ce sont des serres... Il y en a seize, et nous y reviendrons un jour pour les visiter. Elles contiennent plus de vingt-cinq mille plantes ! Des collections très précieuses d'orchidées, de broméliacées, de fougères, de palmiers, et j'en passe !

– C'est vrai ? s'enthousiasma le garçon. Et il y aura vraiment des plantes que je n'ai vues que dessinées dans des livres ?

– Bien sûr, des espèces rares et exotiques, et des fleurs de tous les continents ! »

Ils terminèrent leur visite au travers des pelouses et des allées par une avenue bordée de plates-bandes dont la perspective était rompue par des colonnes et des statues, et qui aboutissait à la splendide fontaine de l'Observatoire. Huit chevaux de bronze, disposés par couples, entouraient un piédestal où quatre personnages supportaient de leurs bras une sphère armillaire, tandis que des tortues et des dauphins lançaient des jets d'eau croisés...

« Que c'est beau !

– Cette œuvre représente les quatre parties du monde. Observe bien, l'Europe et l'Afrique sont particulièrement magnifiques ! »

D'un pas calme, Hans attira ensuite son « petit-neveu » vers l'issue de ce noyau de verdure, pour le confronter de nouveau à la vie de la ville. Il se rendait bien compte que les bruits habituels de la grande cité, les flux et reflux des véhicules et des gens, que toute cette turbulence parisienne, que cet environnement inaccoutumé perturbaient le gamin. Il remonta donc la rue en bordure de laquelle, collés aux trottoirs délimitant le jardin du Luxembourg, s'échelonnaient de nombreux éventaires et boutiques adossés aux grilles de ce site fréquenté, en famille, par énormément d'habitants de la capitale. Il y avait là des marchands de jouets, d'autres qui offraient des friandises, des kiosques à journaux, des échoppes de bibelots... Mathias se montrait plus détendu, bien qu'il ignorât superbement l'attrait des ballons, des cerceaux, des jeux de volant et autres cordes à sauter, comme si ce n'était déjà plus de son âge ! D'ailleurs, il fut plutôt offusqué de constater que les enfants de la capitale raffolaient, depuis le début de la guerre, de petits fusils à bouchon et de figurines en bois maladroitement ébauchées de soldats agressifs. Contrairement aux gosses de Paris, il avait trop subi, lui, la réalité des combats proches !

« Ce n'est pas qu'il se fait tard, Mathias… Mais le soir tombe tôt ! Nous allons donc rentrer tranquillement. Je te promets de te faire voir d'autres lieux exceptionnels de notre grande métropole ! Tu sais, la tour Eiffel n'est qu'à deux pas de là où nous logeons…

– On y va, alors ?

– Demain ou plus tard, si tu veux. Parce que la nuit va bientôt tomber, et nous ne verrons rien ! D'ailleurs, il serait étonnant que l'on y accueille encore des visiteurs. »

* *
*

La nuit s'était appesantie sur la ville, et Hans ne résista pas, une fois tout le monde couché, à l'envie de renouer avec la vie nocturne de Paris, histoire de s'accrocher à de vieux souvenirs qui remontaient à ses derniers passages de quelques jours dans la capitale… Aussi, oubliant le froid, il dédaigna son lit pour sortir affronter la rigueur hivernale. D'un pas rapide, il gagna à quelques centaines de mètres le boulevard du Montparnasse, pour s'y offrir les services d'un fiacre afin de plonger au cœur de la métropole. Au trot du cheval tirant la voiture, il franchit ainsi le pont Royal pour accéder au quartier de Montmartre, qu'il considérait comme le plus pittoresque. Tout au long du parcours, il constata que la vie parisienne avait repris de plus belle après le début des hostilités, comme pour conjurer un avenir qui s'annonçait funèbre. L'enseigne des cabarets restait allumée, et une clientèle nombreuse s'y pressait, les cafés étaient combles, et trottoirs et rues regorgeaient de noctambules en quête de distractions. Comme si chacun voulait volontairement s'effacer de l'esprit les souffrances des soldats sur le front !

La butte Montmartre... Un quartier populeux autrefois occupé par des moulins et des fours à plâtre, mais qui devenait depuis quelques décennies le rendez-vous des artistes et de l'élite. Le point culminant de Paris, hormis le sommet de la tour Eiffel ! Un endroit phare de la peinture, aussi. Avec ses théâtres et ses lieux de plaisir. Ses musées et ses rues pittoresques... Ses venelles où des chanteurs reprenaient les refrains de chansons qui tournaient en ridicule l'ennemi prussien ! Des ruelles où se mélangeaient la haute classe de la capitale et la population laborieuse, la bonne société et le milieu de la pègre et du crime, les femmes huppées et celles qui vendaient leurs pauvres charmes au détour d'un porche, ou dans les combles d'immeubles sordides. Le vieil homme n'avait nullement l'intention de s'encanailler, mais il apprécia l'ambiance détendue qui régnait dans le quartier, comme si les drames de la guerre se noyaient dans l'oubli bien avant de s'échouer sur Paris. Quelle insouciance, au fil des rues ! Que de rires et de chants ! Que de toilettes à la dernière mode ! Resongeant aux ruines de son Alsace native et de sa Lorraine d'adoption, cette atmosphère ludique lui apparut soudain incongrue, et ce fut beaucoup plus sombre qu'il se résigna à rejoindre la rue Saint-Romain, sans même qu'il se fût octroyé le temps de boire un verre...

* *
*

Il n'y avait pas une semaine que Hans, Gertrude et Mathias s'étaient installés dans la riche propriété de la rue Saint-Romain que Martin annonçait, à l'heure de midi, que le comte de

Moustier avait lui aussi fini par abandonner Clémery pour rallier la sécurité de la capitale.

« Ce bon Georges ! s'exclama Hans après avoir avalé une bouchée de son entrée. Lui qui voulait rester le plus longtemps possible sur ses terres !

– Je viens de recevoir un télégramme de Mme Louise… expliqua Martin en s'asseyant sans façon à la table de ses hôtes. Je n'en sais guère plus, mais je suppose que la proximité du front et de la frontière a dû le contraindre à cette décision ?

– Les réquisitions militaires, plutôt. Car nos armées s'enferrent dans une guerre de positions en s'enracinant dans des tranchées, et le château représente sans doute un lieu idéal pour l'état-major !

– Peut-être…

– Je ne sais si M. le comte occupe déjà ses appartements du faubourg Saint-Honoré mais, si ce n'est le cas, il ne saurait tarder à le faire !

– J'en suis moi aussi impatient. J'ai tellement hâte de le revoir, afin qu'il me donne enfin des nouvelles de “chez nous” !

– Allons, monsieur Hans, les journaux nous apportent tous les jours les derniers événements du front ! Et c'est plutôt réconfortant…

– Parce que vous gobez vraiment tout ce qui est imprimé, Martin ? J'ai pu constater que la réalité reste occultée par les armées, afin de ne pas affoler le bon peuple. Une bonne partie de l'art de la guerre moderne se réfugie dans une propagande le plus souvent mensongère, que s'empressent de relayer les journalistes de tout poil !

– Vous croyez ?

– Puisque je vous le dis ! »

* *
*

« Mathias ?

– Oui, oncle Hans ?

– Georges de Moustier et sa famille ne sont pas encore parvenus à Paris, malgré ce télégramme ! Il y a un peu de soleil. Veux-tu que je te conduise jusqu'à la tour Eiffel ? Même si on ne la voit d'ici, elle n'est pas loin, et nous pouvons même nous y rendre à pied…

– Et… on pourra grimper dessus ? espéra le garçon.

– Bien sûr ! La vue est bien plus belle, d'en haut !

– Alors, on y va ?

– Oui, à condition que tu te couvres bien ! Il fait froid, et sans doute bien plus au sommet de la tour, avec le vent qu'il fait… »

Ah ! Il ne fallut pas longtemps pour que Mathias s'habillât au mieux pour affronter la bise, et il fut prêt avant que Hans ne se fût décidé à quitter son fauteuil.

Bien souvent, le garçon avait entendu parler de ce monument de métal. Il en avait admiré dessins et photographies, mais c'était pour lui une aventure exceptionnelle de le découvrir de près. Et jamais il n'aurait supposé que la fameuse tour fût si proche ! Rue de Sèvres, boulevard des Invalides, puis croiser la large avenue de Breteuil, bordée d'arbres, avec ses deux voies montante et descendante entourant une vaste plate-bande, laquelle débouchait sur l'hôtel des Invalides, reconnaissable, de loin, à son magnifique dôme. Mathias fut impressionné par la majestueuse présence de ces hauts immeubles à six étages, avec balcons arrondis, grandes fenêtres, toitures compliquées, moulures architecturales et sculptures. Hans obliqua avenue Duquesne pour aborder l'immense esplanade du Champ-de-Mars. Les allées le parcourant et les espaces de verdure ne retinrent aucunement l'attention de Mathias qui, depuis qu'il l'avait dans son champ de vision, ne quittait plus des yeux la gigantesque structure métallique de la tour…

« Tu sais, cette construction de plus de trois cents mètres de hauteur a été réalisée pour l'Exposition universelle de 1889 par

Gustave Eiffel et son équipe, et elle a été élevée en guère plus de deux ans ! Viens, allons prendre un ticket d'entrée. Il n'y a pas trop de touristes à cette époque de l'année, et encore moins à cause de la guerre…

– Et on va grimper tout en haut ?

– Pas tout à fait, mais presque ! Rassure-toi, il y a des ascenseurs… »

Pour autant, le vieil homme préféra emprunter l'escalier pour rejoindre le premier étage.

« Tu veux quelques chiffres, Mathias ? Il paraît que cette tour pèse plus de sept millions de kilos, et qu'elle se compose d'environ dix-huit mille pièces métalliques reliées entre elles par deux millions cinq cent mille rivets ! »

Tout à sa découverte, le jeune garçon n'écoutait Hans que d'une oreille distraite, tout à la sensation de s'élever marche après marche si haut au-dessus du sol et de se sentir si petit au contact de ces énormes poutrelles de fer qui constituaient l'ossature des montants et des traverses ! Dès le premier niveau, dont la galerie couverte s'ornait d'une série de portiques rehaussés de décorations polychromes et de cabochons en verre ou en émail, la vue sur la ville prenait déjà une autre dimension, avec ce panorama sur les toits gris et roses des immeubles proches, sur la verdure du Champ-de-Mars, de l'esplanade des Invalides, du jardin des Tuileries, des Champs-Élysées, et des jardins du Trocadéro. Sur les quatre terrasses de ce niveau, Mathias fut surpris de découvrir qu'elles abritaient une douzaine de boutiques et plusieurs restaurants. Il ne lui serait jamais venu à l'esprit qu'on pût manger au sein de ce gigantesque squelette de fer !

Ils accédèrent à la deuxième plate-forme à l'aide d'un ascenseur que Mathias n'apprécia que peu. Les couinements, les grincements et les vibrations de la cabine n'étaient guère rassurants ! La pâtisserie que lui offrit « oncle Hans » au bar-buffet de l'étage lui fit vite oublier cette désagréable impression.

« Hum ! Qu'elle est bonne, cette gaufre !

– Ne le dis surtout pas à Trudy, elle serait vexée tant elle se vante de confectionner les meilleures qui soient… »

Parvenir à la troisième plate-forme récompensait le visiteur de son audace et de ses efforts. Le spectacle s'y révélait tellement vertigineux sur la capitale, avec ses mosaïques de toitures, de rues, et de monuments !

« Tiens, là, le mont Valérien. Ici, l'Arc de triomphe et les Champs-Élysées… Ça, c'est la basilique du Sacré-Cœur. Et ça, tout près, le palais de Chaillot, à côté des jardins du Trocadéro… »

Comment concevoir un tel gigantisme ? Si Mathias avait eu peur de l'ampleur de la capitale, il ne prenait vraiment conscience qu'en cet instant de sa démesure, face à cet enchevêtrement de bâtisses à perte de vue, de réseaux d'artères, d'avenues qu'on ne devinait qu'au travers des cimes alignées des rangées de platanes ! Et le cours de la Seine régulièrement barré de ponts… Non, jamais il n'oublierait cette vision aussi passionnante qu'effrayante ! Le garçon ferma les yeux. Il avait le sentiment que tout vacillait sous ses pieds, que le vide environnant l'aspirait, que les poutrelles se vrillaient et que l'horizon basculait…

« Par beau temps, on devine presque les brumes de la mer, petit. D'ici, la vue porte alentour jusqu'à plus de quatre-vingts kilomètres ! Mais cela suffit pour aujourd'hui, il commence à faire vraiment froid avec ce vent ! »

Balades instructives

L'ANNONCE DE L'ARRIVÉE de Georges de Moustier et de sa famille à Paris n'arriva pas à chasser les images gravées dans la mémoire de Mathias. Cette grande ville l'oppressait, bien qu'il se doutât qu'elle avait encore mille merveilles à lui offrir ! Hans semblait l'avoir deviné, aussi proposa-t-il à Trudy et au petit d'autres excursions dans Paris. Si la gouvernante refusa obstinément de sortir de la demeure, Mathias accepta avec enthousiasme. Hans savait si bien lui expliquer dans le détail les caractéristiques de chaque monument, de chaque lieu, de chaque édifice historique !

« Que dirais-tu de mettre tes semelles dans l'ombre des pas des grands rois de France ?

– Ce qui veut dire, mon oncle ?

– Qu'il fait un temps si pluvieux qu'il vaut mieux avoir un toit sur la tête pour admirer de véritables chefs-d'œuvre ! Je pense que le Louvre serait une bonne destination. Il y a bien vingt ans que je n'y ai mis les pieds… »

Le Louvre… Un magnifique palais, avec une noblesse et une pureté de style architectural d'une rare élégance et des frises délicatement sculptées. Mathias en oubliait de se retourner pour s'étourdir une fois de plus de la majestueuse aiguille de la tour Eiffel, obnubilé par les alignements d'arcades et de voûtes, de fenêtres, de bas-reliefs, de niches et de statues !

« Eh oui, petit, c'est le plus grand musée du monde !

– Ça doit bien faire un kilomètre de long !

– Peut-être pas, mais c'est immense… Viens, nous allons entrer par la place du Carrousel.

– Mais… c'est tellement grand que nous n'aurons pas le temps de tout visiter !

– C'est vrai, il y a tellement de collections ! Aujourd'hui, nous n'en ferons qu'un simple survol… »

Ils entrèrent par la porte du pavillon Denon pour pénétrer dans le musée, accueillis par quelques représentations en marbre de couleur et en bronze. Bien que la guerre entravât les voyages des touristes, tant français qu'étrangers, une foule conséquente avait déjà envahi les lieux. Guidé par Hans qui usait d'un pas assez alerte, Mathias avait du mal à réaliser tout ce que ses yeux voyaient, de galeries en salles, de corridors en vestibules. Statues antiques y côtoyaient des bronzes plus modernes, des autels romains s'affichaient près d'inscriptions latines. Quelques marches, d'autres statues… Tellement de compositions où le porphyre le disputait au marbre blanc, et où le marbre noir s'efforçait de combattre la douceur de l'albâtre. Comment seulement prendre le loisir de s'attarder à contempler de telles richesses archéologiques ?

« Oncle Hans ! Mais tu vas trop vite !

– Nous n'avons qu'à peine commencé la visite du rez-de-chaussée ! N'oublie pas que le Louvre te propose encore deux étages à découvrir… »

Mathias hocha la tête :

« On va revenir, alors ? Parce que je veux tout voir !

– Vaste programme ! répliqua Hans en riant. Ici, il y a près de trente-cinq mille pièces exposées ! Allez, viens… »

Ce fut avec la tête qui lui tournait et les jambes flageolantes que Mathias ressortit, en compagnie de son « grand-oncle », pour se retrouver face au jardin des Tuileries. Malgré son jeune âge, tout l'avait enthousiasmé et trop d'images se bousculaient en lui ! Ce soir, il mettrait certainement longtemps à s'endormir et, sous ses paupières closes, défileraient à l'infini le regard de *La Joconde*, des papyrus, des inscriptions indéchiffrables, *Le Radeau de la Méduse*, des statues emplies de grâce ou terrifiantes, des colliers d'or, des cercueils de pharaons, des représentations de terre cuite, des vases antiques ou modernes, des divinités, des… des… des…

* *
*

Ce matin-là, la sonnette de la porte d'entrée retentit tôt, alors que Hans, Gertrude et Mathias étaient encore attablés pour leur petit déjeuner. Martin se précipita, et on l'entendit s'exclamer depuis le couloir :

« Monsieur le comte ? Quel plaisir de vous revoir ! Mais… Mme la comtesse n'est pas avec vous ? Ni Mlle Anne-Marie ?

– Rassurez-vous, Martin, elles vous rendront visite dès qu'elles auront organisé leur vie parisienne ! Mais, dites-moi, mes hôtes se sont-ils bien installés ? »

Hans avait l'oreille fine, et il se leva de son siège en clamant :

« Pour le mieux, mon ami Georges ! Avancez donc, que je vous serre dans mes bras. »

Après quelques formules de politesse et maintes effusions, le comte décida de s'asseoir à table pour partager le casse-croûte matinal. Tout en avalant bouchée sur bouchée, il donna les dernières nouvelles de Nancy et sa région :

« Finalement, ce ne sont pas les obus qui m'auront chassé de mes murs, comme je le craignais ! Mais la pression militaire de nos propres armées…

– Comment cela ?

– D'abord, presque tous mes administrés actifs ont été contraints d'abandonner leur maison. Le paysan n'a plus possibilité de circuler pour s'occuper de ses terres, et beaucoup ont vu leurs champs envahis par des soldats qui y ont aussitôt creusé des tranchées et élevé des butées de terre, avec des rouleaux de fil de fer barbelé partout... Le maréchal-ferrant n'a plus rien à ferrer depuis qu'hommes et animaux ont déserté le village ! Quant aux chevaux des compagnies qui occupent le terrain, ils ont leurs propres maréchaux militaires. Le menuisier n'a plus de menuiserie à faire, les commerces ont fermé, les bûcherons n'ont plus accès aux forêts, et j'en passe...

– Quelle désolation ! soupira Trudy.

– De plus, les officiers s'étalent toujours plus dans le château et ils envisageaient même, outre leurs activités d'état-major, d'y loger et d'y dormir ! Vous voyez, je n'avais plus guère d'autre choix que de me plier, moi aussi, aux lois de l'exil... »

Hans resta un moment sans rien dire. Ces nouvelles n'étaient pas très réjouissantes ! Au mieux, elles annonçaient que la plus grande partie des habitants était en sécurité loin des foyers familiaux... mais au prix de quels sacrifices ? Au prix de quelle indigence, après avoir quitté à regret sa maison, son village, sa région, ses amis et sa famille, avec un avenir sans toit, sans travail, et la perspective d'une misère inévitable ? Mathias sortait rarement de son mutisme en présence de personnes étrangères, mais il osa pourtant interrompre la conversation des adultes :

« Anne-Marie et Charlotte... Quand est-ce que je vais les revoir ? Et Mme Louise ? »

Georges de Moustier s'inclina vers lui :

« Elles te manquent donc tant ?

– Ben... oui ! Je ne m'ennuie jamais, avec elles...

– Ma fille reste avec ma femme à Paris, rassure-toi. Mais Charlotte a préféré retourner là où elle est née, loin dans le Sud, à Albi, au plus loin du front et des opérations militaires. C'est à mon avis la plus sage décision qu'elle pouvait prendre, d'autant plus qu'ici je n'avais pas besoin d'autant de personnel qu'au château ! »

Le jeune garçon baissa la tête sur sa déception. Il aimait tellement Charlotte ! Enfin, il lui restait Anne-Marie, et la fille du comte se montrait toujours si disponible pour lui !

« Bien… Comme il pleut, aujourd'hui, je vais finir un livre de Jules Verne que j'ai trouvé dans votre bibliothèque !

– Très bien, petit ! Ce sont là de fort bonnes lectures… »

Le gamin n'eut pas plus tôt disparu que le comte envisagea son hôte :

« Cela tombe bien, je souhaitais justement vous entretenir de Mathias !

– Mathias ?

– Oui ! Enfin… de sa famille…

– Comment cela ? Vous avez des nouvelles ?

– Pas vraiment ! Tout au plus des indices… Malgré la guerre, j'ai pu établir quelques contacts avec certaines de mes relations strasbourgeoises, qui se sont renseignées auprès de la brasserie où travaillait le père du petit.

– Et alors ?

– J'ai bien eu confirmation qu'Üschen Kirneck, ainsi que plusieurs de ses amis, a préféré fuir l'Alsace plutôt que d'être enrôlé dans l'armée allemande ! J'ai même eu vent de certaines complicités leur ayant permis de se faire établir de faux papiers. C'est sous des identités d'emprunt que ces quelques familles ont pu sortir du territoire occupé en filant vers le sud. Leur but était de franchir la frontière au niveau de Belfort ou de Delle…

– Voilà qui est bien, mais cela ne nous dit pas quelle était leur destination finale !

– Il semblerait que Friedrich Mooch, l'un des fuyards et meneur de ce groupe, avait pour point de chute un village aux limites de la Normandie et de la Bretagne… près de Fougères. »

Hans garda un moment de silence, histoire d'assimiler ces révélations. Il hocha de la tête, puis soupira :

« Si je suis heureux d'en savoir plus, cela reste plutôt vague…

– J'en suis bien conscient, mon ami, mais c'est mieux que rien ! Il semblerait qu'Üschen Kirneck soit devenu pour l'occasion Eugène Massevaux, mais j'ignore s'il a gardé en France ce pseudonyme… »

Les deux hommes ruminèrent leurs pensées de longues minutes. Puis Georges de Moustier soupira :

« Je crains qu'avec la guerre nous ne soyons pas à la veille de retrouver la famille de Mathias ! Mais nous avançons, Hans… Nous avançons ! »

* *
*

Grâce à la bonne volonté de Hans, Mathias profitait de ses moindres moments de loisir pour s'enferrer au musée du Louvre. Contrairement à l'attente de son « grand-oncle », il ne demandait pas à s'attarder auprès des antiquités romaines, grecques ou égyptiennes, mais se passionnait désormais pour l'histoire chaldéenne et babylonienne ! Les grands cylindres à inscriptions mystérieuses le fascinaient… Quelques vitrines seulement parmi toutes celles du musée, mais devant lesquelles il passait des heures ! Ce fut malgré tout sans regret qu'il abandonna ces occupations studieuses pour se rendre avec Hans et Gertrude jusqu'à la belle demeure du comte…

« Anne-Marie ! Anne-Marie ! »

Avec une exubérance frénétique, le garçon lui avait sauté dans les bras au mépris de tous les principes de retenue qui lui avaient été inculqués.

« Oui, Mathias, je suis là ! Et je suis très heureuse de te revoir, tu sais ?

– Moi aussi ! Je m'ennuyais tellement, sans toi ! Heureusement, oncle Hans me conduit souvent au musée du Louvre… Ce n'est pas aussi amusant que de peindre avec toi !

– Le Louvre, dis-tu ? Tu as donc pu voir de bien plus beaux exemples de tableaux que ceux auxquels je m'exerce ! »

Le dessin n'était heureusement pas le seul talent de la fille du comte de Moustier ! Mais que pouvait-elle partager avec Mathias, sans ses crayons et ses pinceaux ? Aussi consacra-t-elle l'après-midi à lui raconter des légendes lorraines, le Graoully, ce dragon à l'aspect immonde qui terrorisait Metz au temps des premiers chrétiens, la nauséabonde bête de Silsheim et ses yeux de braise, les exactions du Warabouc, l'ami Sotré, petit bonhomme malicieux et farceur quelque peu pillard, paillard et effronté… Assez d'histoires merveilleuses pour l'arracher à la frénésie d'études qui l'habitait depuis ses visites de musées !

* *
*

« Mathias ?

– Oui, oncle Hans ?

– Sans aller à l'autre bout du monde, est-ce que ça ne te plairait pas de me suivre en un endroit qui montre vraiment les résultats de fouilles ?

– Si, bien sûr !

– Alors, pour une fois, tu vas t'arracher à l'étude des pays lointains pour te replonger dans celle de chez nous. Le musée de Saint-Germain-en-Laye expose nos antiquités nationales, ainsi que tout ce que l'archéologie a sorti du sol de France ! »

Hans connaissait bien ce gamin auquel il s'était attaché plus qu'à nul autre être tout au long de sa vie, hormis Emma. Devant l'intérêt que montrait Mathias pour les sciences, il avait parfois l'impression de se fondre en lui, de se prolonger, et il rêvait souvent de le voir achever les recherches que lui-même n'aurait pas le temps de mener à terme… Une vie humaine est si courte !

« Ici, Mathias, tu trouveras la plus grande abondance de vestiges de tous les âges, qui représente l'essentiel de nos antiquités nationales. C'est le seul lieu entièrement consacré à l'archéologie française, qui s'enrichit chaque année des trouvailles de nos chercheurs ! »

Était-ce l'influence de Hans ? Le jeune garçon continuait à s'adonner sans compter à la découverte des musées de Paris et des environs, avec une préférence marquée pour l'archéologie et la minéralogie. La paléontologie l'enthousiasmait aussi, depuis que son « grand-oncle » lui avait raconté comment il avait extrait, en Alsace, des ossements et des dents de mammouth ! Pourtant, depuis que le printemps se faisait de plus en plus présent, le jeune garçon aimait à se rendre régulièrement sous les serres si proches du musée du Luxembourg. Toutes ces variétés de fleurs et de plantes lui flanquaient le tournis, et il devinait qu'il y avait là de quoi alimenter sa curiosité naturelle durant une éternité. L'immensité du vivant l'intéressait tout autant que les vestiges du passé !

« Oncle Hans ?

– Toi, tu veux sortir de cette maison, non ?

– Ben… je retournerais bien au bois de V…

– À Vincennes, encore ? Je veux bien, mais à une seule condition…

– Laquelle ?

– Que nous nous y rendions en empruntant le métro ! Jamais je n'ai pu te contraindre à monter dans une rame, mais c'est pourtant une expérience à faire, surtout à ton âge. Le métropolitain parisien est un modèle pour le monde entier ! »

Mathias hésita. Les bombardements perçus depuis le fond des caves de la Ribiette lui avaient déclenché la phobie de se trouver sous terre ! L'envie de profiter de cette journée ensoleillée pour admirer, à nouveau, cet endroit qui lui rappelait un peu les forêts tranquilles de Lorraine le décida pourtant.

« D'accord pour le métro, mon oncle ! Alors, tu veux bien ?

– On y va, mon gars… On y va ! »

Vincennes, qu'il préférait au bois de Boulogne ! Aussi fit-il montre d'une détermination qu'il n'éprouvait pas vraiment en descendant les marches qui le conduisaient sous terre. Oh ! Ce n'était pas tellement l'impression de s'enfoncer sous le niveau du sol qui le dérangeait, mais plutôt toute cette foule pressée qui s'engouffrait ou ressortait de l'antre menaçant où menait l'escalier encombré. Mathias fut soulagé de voir le quai splendidement éclairé. Il s'était tellement attendu à ce que les lieux fussent plongés dans la pénombre ! Au cœur du tunnel, des rails… et deux yeux de nuit à droite comme à gauche, cette faible vibration qui précédait le grondement assourdi du monstre qui approchait dans les ténèbres, et enfin la gueule carrée de l'avant de la motrice, qui ressemblait à s'y méprendre à un simple tramway ! Bousculés, malmenés, Hans et le gamin prirent pied dans une rame où, malgré le monde, ils trouvèrent rapidement une place assise dans le compartiment.

Après une minute, le garçon arracha son regard de la vitre. Finalement, il n'y avait rien à voir, sauf lors des arrêts aux différentes stations, le trajet n'offrant que de rares parties aériennes…

« On traverse donc tout Paris sous terre ?

– Presque ! Cette ligne est la plus ancienne, et elle conduit de la porte Maillot à la porte de Vincennes. Elle a été ouverte en 1900, lors de l'Exposition universelle, pour desservir les jeux Olympiques d'été de cette même année. Actuellement, le réseau métropolitain compte dix lignes et je crois qu'il transporte environ cinq cents millions de passagers par an ! »

Mathias mit un moment à concevoir l'énormité du chiffre avant de s'étonner :

« Mais… et la Seine ?

– Tu l'as vue, nous sommes passés dessus à ciel ouvert au pont de Neuilly. Mais, en bien des cas, il a fallu passer dessous, mon gars, ce qui ne s'est d'ailleurs pas avéré simple, tout comme passer aussi sous le canal Saint-Martin, éviter les collecteurs d'égouts… »

Le jeune garçon avait imaginé un parcours souterrain plat et constitué de sections rectilignes entre les stations, mais n'avait certes pas présumé de ces pentes et de ces montées, avec un trajet constitué de courbes et contrecourbes serrées, et d'un tracé si sinueux qu'il secouait le compartiment et faisait grincer les roues de façon inquiétante sous le plancher. Finalement, ce fut avec soulagement qu'il descendit de la rame pour retrouver l'air libre !

Les bois de la ville restaient une destination privilégiée pour les Parisiens, et le beau temps y amenait une certaine affluence. Dans l'allée qui conduisait, en quelques pas et au milieu des bosquets, jusqu'au magnifique lac Daumesnil et ses deux îles, de nombreux promeneurs allaient et venaient, des enfants jouaient sous l'œil de leur mère, des bourgeois devisaient en usant d'une démarche nonchalante, des jeunes gens échangeaient timidement des regards langoureux… Le calme restait roi malgré tout ce monde qui circulait ! On en aurait même oublié la guerre, sans ces parties du bois interdites aux promeneurs, près du fort et du champ de manœuvre de l'infanterie. Depuis la mobilisation, même le champ de courses était régulièrement investi pour des exercices militaires ! Hans proposa alors à Mathias :

« Tu ne veux pas jouer avec ces enfants de ton âge, dans cette clairière ? »

Le garçon haussa dédaigneusement les épaules :

« Pff ! J'ai passé le temps de ces jeux stupides… Maintenant, je préfère me plonger dans un bon livre ! »

L'érudit apprécia la réponse, tout en regrettant un peu l'isolement auquel conduisait la soif de culture de son protégé. Il eût aimé le voir lui aussi gambader, crier et rire, avec cette turbulence propre à la jeunesse ! Il n'empêchait qu'il demeurait fier des connaissances si vite acquises par Mathias…

Inquiétudes et moments de détente

LES MOIS SUIVAIENT LEUR COURS, alimenté par les cruelles nouvelles de la guerre, que la censure militaire s'efforçait d'ailleurs d'amoindrir dans la presse. Peu à peu, entre rumeurs incertaines et témoignages fiables, des informations préoccupantes parvenaient enfin à filtrer, comme celle de ce dirigeable allemand qui avait réussi à lâcher des bombes sur le Royaume-Uni ! Et, ce 21 mars, le même « Zeppelin » aurait pris Paris pour cible. C'était ce qui, de l'avis de tous, expliquait les explosions entendues la veille… Ainsi, la capitale elle-même n'était plus à l'abri des pilonnages ennemis ? Pourtant, les Parisiens semblaient ne pas s'en inquiéter et la vie nocturne ignorait superbement les menaces potentielles qui planaient sur la ville. De nouveau, chaque nuit, les cabarets et les lieux de plaisir faisaient salle comble, et théâtres et spectacles attiraient de plus en plus de monde, comme si la capitale continuait contre toute logique à s'étourdir de futilités pour conjurer les périls qui rôdaient alentour !

Malgré tout, plus les semaines passaient, plus Mathias prêtait l'oreille aux péripéties du conflit qui alimentaient les conversations des adultes. De plus en plus, et surtout depuis que les événements l'avaient chassé de Morey, il devinait qu'une partie de sa vie dépendait des batailles se déroulant sur le front ! Après l'hiver, les opérations militaires des deux camps antagonistes se transformaient en guerre d'usure. En février, les troupes françaises et britanniques avaient lancé assaut sur assaut en Artois et en Champagne, tandis que Reims était à nouveau bombardée par les Allemands. Ces offensives s'étaient terminées sans avancées notoires, mais au prix de milliers de vies sacrifiées... Encore un échec ! Georges de Moustier semblait toujours avoir un temps d'avance sur les articles de presse et les racontars, et il se livrait à des visites de plus en plus fréquentes pour en entretenir son vieil ami :

« Vous ne savez pas, mon ami ? Non contents de nous lancer des bombes sur la tête du haut d'aéroplanes ou de ballons dirigeables, ces suppôts de Satan viennent d'adopter des méthodes ignobles sur les champs de bataille ! »

Blasé depuis des mois par les nouvelles du front qui inondaient les moindres articles comme les plus petits ragots, Hans perdit les doigts dans sa barbe, qu'il tritura un instant avant de répondre :

« Ah ? Quelles nouvelles horreurs, encore ?

– Horreurs, on peut le dire ! Ces monstres déloyaux utilisent désormais des gaz asphyxiants qui foudroient nos soldats dans leurs tranchées et ne leur laissent aucune chance de survie !

– Comment ? Ce sont là pratiques ignobles qui ne relèvent aucunement de l'art de la guerre !

– Je ne vous le fais pas dire, Hans. Ces porcs ne respectent rien !

– Face à de telles méthodes, comment lutter ?

– Je ne sais... Mais il se dit que les Allemands commencent à limiter ce genre d'actions. Les vents sont capricieux, et il s'est déjà avéré que ces gaz délétères se retournent contre ceux qui les avaient lancés !

– L'histoire de l'arroseur arrosé, alors ?

– C'est vrai, on peut dire les choses ainsi ! »

Si Mathias écoutait d'une oreille apparemment innocente, il n'en restait pas moins perturbé, le soir, lorsque lui revenaient en mémoire les atrocités des combats qui lui étaient parvenues aux oreilles dans la journée. Il avait déjà vu dans Paris des soldats blessés, et nombre de pauvres bougres mutilés ou défigurés qu'on croisait parfois dans les rues… Des héros des premiers mois de la guerre, sans doute, mais qu'on ne regardait déjà pas plus que des mendiants ! Ces tristes rencontres avaient l'art de bouleverser le garçon, même s'il prenait soin de le cacher. Aussi, la nuit, bien au fond de son lit, il y resongeait et ces effroyables visions le remuaient tout entier dans sa sensibilité naturelle. Combien de boiteux, déjà, d'amputés, d'hommes sans visage, en seulement quelques mois de conflit ? Combien de familles en deuil, alors que la liste des soldats « morts pour la patrie » s'allongeait sans cesse, des plus grandes villes aux plus modestes villages ? Même si les chiffres officiels annoncés par les journaux tendaient à rassurer la population, personne n'était dupe ! La guerre qu'on espérait réglée en quelques semaines s'éternisait et se transformait en une hécatombe inattendue. Cette boucherie durerait-elle encore longtemps ?

*   *
*

Gertrude vieillissait mal, et plus rapidement encore depuis l'exil forcé auquel l'avait contrainte la situation militaire sur la ligne du front. Malgré la gentillesse de Martin et de sa femme Berthe, elle supportait de plus en plus difficilement la vie dans la capitale. Hans ne se privait pourtant pas de l'inciter à plus de souplesse :

« Voyons, Trudy, tu t'obstines à rester enfermée dans les murs de cette maison ! Tu ne sors même pas dans le parc, alors que le soleil brille…

– C'est que, *mein Herr*, ici, je ne me sens plus “chez nous” ! »

Hans éclata de rire :

« Et pour cause, nous ne sommes pas “chez nous”, comme tu dis ! Mais malgré tout loin des combats, et dans un cadre fort agréable grâce à la générosité de cœur de notre ami le comte… D’ailleurs, il n’y a pas de gens plus aimables et sérieux que son personnel de maison !

– Oui, Berthe et Martin sont très gentils. Mais ils s’évertuent à ne me confier que des tâches mineures, comme si j’étais déjà sénile ! Depuis que nous sommes à Paris, je ne me suis jamais sentie aussi inutile…

– Pourquoi n’en profites-tu pas pour te reposer un peu, ma vieille ? Après toutes ces années de service, tu as bien droit à un peu de repos, non ?

– Moi, ne rien faire ? Vous voulez ma mort, *mein Herr* ! »

Hans ne répondit pas. Lui aussi regrettait la Ribiette ! Depuis le temps qu’il avait quitté l’Alsace, il avait fini par prendre Morey et cette propriété en affection… Qu’en retrouverait-il, après le conflit, avec l’occupation des militaires et la reprise probable des combats, des bombardements, des mises à sac et des incendies ? Même s’il se sentait toujours Alsacien, la plus grande partie de sa vie avait pris racine en Lorraine française ! Il se rendait compte aussi que Mathias, bien que s’adonnant à la folie aux richesses culturelles que lui offraient les musées et les monuments de la capitale, n’appréciait que peu les contraintes d’une grande métropole. La capitale l’écrasait par son gigantisme, par son agitation populeuse, par la circulation incessante de ses rues et de ses boulevards… Envers et contre tout, il restait un enfant de la campagne et des grands espaces libres ! Le sexagénaire soupira : lui-même ne subissait ce nouvel état de choses qu’avec réticence, et les grandes balades de prospection archéologique ou minéralogique lui manquaient de plus en plus… Oh, bien sûr, replonger dans le monde des musées prestigieux de Paris l’avait tout d’abord empli de joie, d’autant plus que Mathias y avait pris un réel plaisir et un intérêt certain. Mais il préférait nettement se sentir de l'autre côté de la barrière, dans le camp des chercheurs qui alimentaient les collections de ces temples de la culture. Arpenter les champs ou fouiller les sites renfermant les vestiges du passé lui manquait terriblement, même s'il ne voulait pas se l'avouer !

« Oncle Hans ? »

Il se retourna avec un sourire retenu. Depuis que le gamin partageait sa vie, combien de fois n'avait-il pas entendu cette même question d'entrée en matière ? « Oncle Hans ? » « Oncle Hans ? »

« Oui, Mathias ?

– Dis-moi, pourquoi qu'on ne va pas chercher des ruines de Lutèce, puisqu'on est à Paris ? J'aimerais bien, tu sais… »

Ainsi, malgré la différence d'âge, le gosse ressentait les mêmes privations que lui ?

« La cité regorge de vestiges de toutes les époques, c'est vrai, mais on ne les découvre que lors des grands travaux qui bouleversent le sol de la capitale, et les érudits amateurs n'y ont pas accès. Cela reste le privilège des grands professeurs, qui n'ont d'ailleurs guère le loisir d'approfondir ces trouvailles tant les travaux urbains sont d'urgence et d'intérêt général ! De plus, la guerre contribue largement à faire passer au second plan ces considérations scientifiques…

– Ah, bon… »

Que de déception, dans sa voix !

* *
*

Visite après visite, Mathias finissait malgré tout par devenir blasé des œuvres magnifiques qu'il découvrait. Trop, c'était trop ! Comment pourrait-il un jour se pencher sur tous les domaines scientifiques qui titillaient sa curiosité au fil des galeries et des bibliothèques ? C'en était presque décourageant !

Comme par nostalgie, il profitait de plus en plus du jardin pour lire et relire les notes accumulées par son « grand-oncle » au cours de ses recherches. Il se jurait même de poursuivre, un jour, ces études plus modestes que celles des savants patentés et hautains, lesquels donnaient leurs cours à la Sorbonne ou distillaient des conférences pour le public averti d'une élite intellectuelle et prétentieuse… Le garçon avait pourtant de plus en plus besoin de découvrir d'autres horizons que ceux de la capitale ! Si le mois de mai, à part une mémorable tempête le 14 avec des vents violents qui avaient engendré de multiples dégâts, était resté fort clément, jusqu'à fin juin, une canicule inhabituelle avait été responsable d'une sévère sécheresse. Cette aridité se termina brusquement à la charnière de juillet, lors d'un orage et de pluies d'une intensité sans pareille qui inondèrent les rues de Paris en quelques minutes…

Ce jour-là, sous les grondements du tonnerre et la fulgurance des éclairs, alors que les rafales giflaient les vitres du pavillon et secouaient les volets, Hans demeura dans son fauteuil plus silencieux que jamais. La tête plongée dans son journal, il ne parvenait pas en en lire une ligne ! Le manque d'entrain et la tristesse de Trudy le contrariaient, tant il l'aimait comme une véritable mère… Il n'avait pas été sans remarquer non plus la lassitude que montrait désormais Mathias à effectuer la moindre sortie en ville. D'ailleurs, le seul événement capable de rompre cette nostalgie latente résidait dans les visites d'Anne-Marie de Moustier ou de ses parents : de véritables bouffées d'air qui semblaient transporter avec elles les effluves de Morey et de Clémery…

Hans resongea à la veille, jour où il s'était rendu chez Georges et Louise de Moustier, qui l'attendaient en compagnie de Mathias et Trudy pour le repas de midi. Quelle aventure, pour convaincre Gertrude de les accompagner !

« Chez le comte, moi ? Mais ce n'est pas ma place !

– C'est lui qui t'y convie, avec le petit et moi ! Ce serait très incorrect d'ignorer son invitation, tu sais !

– Ça ne fait rien, il n'y aura qu'à dire que je suis malade…

– Trudy ? Tu ne m'avais pas habitué à te voir non seulement avoir recours au mensonge, mais encore de m'inciter à en être complice !

– De toute façon, je ne saurais mettre les pieds chez M. Georges dans les tenues que je possède !

– C'est de ta faute, tête de bois ! Tu n'as jamais voulu que je renouvelle ta garde-robe… En tout état de cause, il est impensable que tu refuses, ce serait un grave affront ! »

La brave gouvernante avait fini par céder, et ce fut affublée d'une robe démodée et d'un manteau presque hivernal qu'elle avait accepté de sortir dans les rues, coiffée d'un ridicule chapeau à fleurs qui n'avait dû être à la mode qu'à la fin du siècle passé !

L'invitation et le repas, comme d'habitude, s'étaient déroulés dans une ambiance amicale et détendue. Hans en gardait le souvenir confus d'une longue conversation avec le comte, alors que Mathias s'était absenté en compagnie d'Anne-Marie et que Trudy n'avait pu résister à l'envie de rejoindre la domesticité des cuisines…

« Mon cher ami, vous m'avez l'air passablement préoccupé.

– Mais non, Georges. Je vous assure !

– Allons, allons…

– Bien… Vous savez comme moi que Gertrude a beaucoup de mal à s'accoutumer à l'existence dans la capitale, et qu'elle ne sort pas le nez de vos appartements ! J'ai malheureusement l'impression que mon petit Mathias ressent un peu la même lassitude.

– Lui ? s'était étonné le comte. Que vous conduisez dans tous les coins de la ville et qui ne demande qu'à voir tout ce qu'il y a à voir à Paris !

– Je lui ai montré tellement de choses que tout se bouscule en lui ! Tout l'intéresse, et il ne sait sur quel domaine concentrer son désir d'études... Et, surtout, tout est trop statique pour lui, et il préférerait la recherche sur le terrain aux vitrines des musées, ce qui n'est guère possible dans la métropole et encore moins en ces tristes temps !

– Je comprends, Hans... Pourtant, il n'y a pas que Paris, en France, même si je me fais une joie de vous avoir chez moi ! Loin du Nord et de l'Est, loin de la guerre et des Prussiens, d'autres régions attendent la curiosité de Mathias, que ce soit en Bretagne, dans le Midi, dans le Massif central ou au pied des Pyrénées, il pourrait courir la campagne en complétant ses herbiers et en enrichissant ses collections d'antiquités ou de minéralogie... »

Le claquement sec de la foudre le fit sursauter, l'arrachant à sa méditation. Il repensa une fois encore à la suggestion du comte et murmura :

« Pourquoi pas, après tout ? »

Changer d'air n'empêchait pas de conserver à Paris le pied-à-terre de la rue Saint-Romain, et Hans avait les moyens financiers de s'offrir n'importe quel voyage... Partir, oui, mais pour aller où ? Quelle région conviendrait le mieux aux passions qui animaient Mathias ?

« Nous verrons bien, si jamais je me décide ! Après tout, rien ne presse... »

L'idée le titillait pourtant, tant dans l'intérêt de Mathias que pour son propre plaisir. Lui-même était loin d'avoir assez voyagé pour connaître la totalité du territoire, et la France était riche de curiosités, des flots de l'océan aux montagnes des Alpes, des Landes à la Provence, de l'Auvergne au Béarn, des pays de langue d'oïl à ceux de langue d'oc... Tellement de paysages différents, à l'histoire et à la géologie variées, avec tellement de traditions et de coutumes diverses. Vraiment, cela valait la peine d'y réfléchir sérieusement ! Si Hans ne doutait nullement de l'enthousiasme de Mathias face à une telle initiative, le cas de Gertrude lui posait plus de problèmes.

Comment la persuader de se joindre à de tels périples ? Bien sûr, elle n'aimait pas la vie de la capitale, mais de là à sillonner les provinces de France il y avait pour elle un pas infranchissable, que ce fût en fiacre, en omnibus ou en chemin de fer… Quant à la convaincre de loger et dormir en hôtel, de manger au restaurant, c'était là mission presque impossible ! Le vieil homme était pourtant si accoutumé à sa présence bougonne qu'il envisageait difficilement de se séparer d'elle des semaines ou des mois durant.

« Bof… Après tout, la nuit porte conseil… »

À condition de trouver le sommeil, avec tous ces projets qui s'affinaient et lui taraudaient les méninges ! « Ah ! Si seulement j'avais Emma auprès de moi, tout serait sans doute plus simple… »

* *
*

Il lui fallut près de deux mois pour mûrir ce qui n'avait été au début que de vagues envies. Même s'il avait coutume de vivre sans un luxe ostentatoire, sa fortune en banque lui permettait de s'offrir sans compter caprices ou fantaisies. Il aurait même pu envisager de partir avec Mathias et Trudy à la découverte des pays du monde, d'admirer les pyramides d'Égypte, les ruines de Carthage ou les vestiges des civilisations d'Amérique du Sud ! Mais, en ces temps de guerre, mieux valait rester au pays natal… Et la France comptait nombre de cités au riche passé dont les restes archéologiques ne pouvaient que satisfaire la curiosité de Mathias ! Il savait néanmoins que le jeune garçon avait surtout soif de tranquillité et de grands espaces. À quoi servait-il de quitter Paris pour se retrouver au cœur d'autres villes ? Et puis la France rurale n'avait rien à envier aux grandes agglomérations quant au patrimoine qu'elle proposait aux amateurs d'antiquités…

« Tiens, pourquoi ne pas commencer par la Bretagne, tant que le climat le permet ? Ce sera plus agréable qu'en hiver ! Et puis, au passage, peut-être aurai-je l'occasion d'en savoir plus sur ce qu'est devenue la famille de Mathias, mais il ne faut pas rêver… »

« Oncle Hans ? Où tu vas, si souvent, sans que je t'accompagne ? »

Que répondre, alors que sa décision n'était pas encore définitive et qu'il n'en avait même pas parlé à Trudy ?

« Tu sais ce que c'est qu'une surprise ?

– Oui, bien sûr !

– Eh bien, je t'en prépare une, mon gars. Aussi, si tu m'accompagnais, ce ne serait plus une surprise… »

Mathias se montra aussitôt excité par la nouvelle, mais il ne put tirer aucune précision supplémentaire de la bouche de son « grand-oncle ». Trudy en profita pour esquisser une grimace méfiante.

« Ne l'écoute pas, petit ! Quand il mijote quelque chose, il faut s'attendre au pire, c'est moi qui te le dis… C'est que je le connais, ton oncle Hans, depuis le temps ! »

Hans attendit encore une semaine avant d'exposer son projet. Il y mit les formes, essayant avant tout d'amadouer Gertrude :

« Alors, Trudy. Tu n'as pas trop mis les pieds dans Paris, à ce que j'ai pu en juger ?

– J'ai essayé, *mein Herr*, mais tout ce monde me flanque le tournis, avec ces gens qui n'arrêtent pas de *pidoler*[1] à longueur de temps et à longueur de rues !

– Ma pauvre… C'est cela, la vie des grandes villes ! Mathias n'aime pas plus que toi cette précipitation incessante, et moi non plus. C'est tout de même préférable à prendre sur la tête un obus perdu, non ? »

1. *Pédaler, avancer de façon toujours pressée.*

La gouvernante poussa un soupir embarrassé. Puis elle releva un nez buté :

« Pff… Après tout, je suis bien assez vieille pour faire une morte ! Alors, maintenant, un peu plus tôt ou un peu plus tard…

– Égoïste, va ! Et le petit, il est aussi assez jeune pour faire un mort, peut-être ? »

Trudy ne répondit rien, comme honteuse de ses propos, et Hans en profita pour se lever de sa chaise et la serrer dans ses bras.

« Et moi, tu n'y penses pas ? Même si nous nous *aspouillons*[1] sans arrêt, tu sais bien que je t'aime plus que tout ! Tu ne m'as pas quitté depuis mes langes, après tout… Et puis… j'ai si peu connu celle qui m'a mis au monde que je n'ai que toi, comme véritable mère… »

Gertrude avait beau se considérer depuis toujours comme une domestique, elle ne pouvait que s'émouvoir de ces propos, malgré l'âge de celui qui les prononçait. Quelle déclaration d'amour, entre un plus que sexagénaire et l'octogénaire qu'elle était devenue ! Après avoir essuyé une larme, elle se rebiffa, subitement méfiante :

« Toi, tu as quelque chose à me demander, comme chaque fois que tu me fais *chigner*[2] ? »

Hans la considéra un instant d'un œil attendri, puis constata :

« Que j'aime lorsque tu oublies ces “*mein Herr*” qui m'écorchent les oreilles ! Je préfère largement ces “tu” et ces “toi” dont tu es si avare envers moi…

– Vous essayez de détourner la conversation, *mein Herr* ! Ce qui, pour moi, n'augure rien de bon.

– Mais non, mais non… Tu as toujours des idées toutes faites, ma pauvre. Comme lorsque tu prétendais ne jamais monter dans un chemin de fer ! C'est pourtant bien ainsi que nous avons gagné la capitale, et tu n'en es pas morte, que je sache ? »

1. *Se disputer.*
2. *Pleurer.*

Elle grommela de façon inaudible, et Hans insista :

« Il me semble me souvenir que, même si tu faisais la *poute*[1], tu ne pouvais t'empêcher de lorgner par les fenêtres pour te remplir les yeux de paysages que tu n'avais jamais vus ? »

Il en fallait plus pour emberlificoter la gouvernante, qui repoussa Hans de son embrassade.

« Bon, venons-en au fait ! Qu'est-ce que vous attendez de moi, encore ?

– Encore ta suspicion, Trudy ! Tout est beaucoup plus simple que tu ne crois, car je m'aperçois de plus en plus que Paris n'est pas une ville faite pour toi… Pas plus que pour moi, d'ailleurs, et encore moins pour notre petit Mathias !

– Ne me dites pas que vous voulez encore déménager, *mein Herr* ?

– Non, pas vraiment… Je n'ai seulement pas envie que le gosse s'anémie ici ! Il passe trop de temps entre ses musées et ses livres ! Quelques voyages lui feraient le plus grand bien et lui ouvriraient l'esprit sur d'autres paysages et d'autres façons de vivre, non ?

– Ah ! Les voyages… Vous avez encore la bougeotte, n'est-ce pas ?

– Ne t'emballe pas aussi vite, voyons ! Je ne renie pas le havre providentiel que nous a octroyé le propriétaire de ces lieux, mais je me pose sérieusement la question de savoir si notre exil forcé ne serait pas l'occasion de faire découvrir d'autres régions de France à notre petit prodige. Mathias ne pourrait ainsi qu'enrichir ses connaissances et son expérience de la vie, tout en échappant aux pressions d'une aussi grande métropole que notre capitale. Il est tellement avide de grand air et de liberté que quelques séjours à la campagne ne pourraient que lui être bénéfiques ! Commencer par la Bretagne et les vagues de l'océan me semblerait une bonne idée, non ?

1. *Faire la* poute, *c'est bouder, avoir des grimaces de mécontentement.*

– Sans doute, mais qu'est-ce que je viens faire dans tout cela, moi ?

– Ne te fais pas plus bête que tu n'es, voyons ! Tu souffres encore plus que lui d'une existence aussi citadine que celle à laquelle nous contraint ce Paris que tu supportes si mal ! »

Un silence… lourd et embarrassé. Un silence riche aussi de sentiments secrets. Puis Trudy afficha de nouveau une mine plus dure et plus soucieuse.

« Même si vous avez raison, *mein Herr*, c'est pour le bien du petit, et j'estime que cela ne me concerne en rien ! Pourquoi alors cette offensive de charme hypocrite ?

– Hypocrite, moi ? s'insurgea Hans. Alors que la seule chose qui m'inquiète vraiment, c'est que tu me lâches !

– Moi ? Qu'est-ce que ça veut dire, *mein Herr* ?

– Que je n'envisage pas de partir sur les routes de France en te laissant derrière moi, bourrique !

– Ah donc ! Et pourquoi ?

– Parce que tu es malheureuse à Paris, et que je suis malheureux quand je ne te sais pas près de moi. Voilà pourquoi ! »

Cet aveu, bien qu'un peu prémédité, ne put que bouleverser Gertrude, qui perdit soudain de sa superbe et tira une chaise pour s'y asseoir. Bredouillante, elle toussa avant de chevroter :

« Vous… vous voulez dire que vous renonceriez à tout cela à cause de moi ?

– C'est vrai, ma bonne Trudy ! Ce n'est pas moi qui en serais le plus frustré, mais notre Mathias, même si je ne l'ai pas encore mis au courant de ces projets… »

Mathias, un prénom magique qui avait l'art de faire fondre la vieille dame ! Encore troublée, elle abdiqua, à la grande joie de Hans qui s'efforça pourtant de ne pas montrer le moindre signe de victoire.

« Bien, *mein Herr*. De toute façon, même à mon âge, je suis toujours à votre service et je ne pourrais m'en passer… jusqu'à la fin de mes jours ! »

Bretagne

Hans, comme il l'avait supposé, n'avait eu aucun mal à convaincre Mathias. À la fin d'un repas, alors que le gamin se levait déjà de table, il l'avait interpellé :

« Eh ! Où vas-tu, si vite ?

– Ben, mon oncle… J'ai commencé à comparer les fossiles que tu as dessinés dans tes carnets de notes, avec ceux d'un traité de géologie que j'ai trouvé dans la bibliothèque. Alors…

– Alors ça ne presse pas ! D'autant plus que j'ai à te parler… »

Au ton grave de Hans, il avait froncé les sourcils.

« Est-ce que j'aurais fait quelque chose de mal ?

– Certes non, mais je trouve qu'il n'est pas bon pour toi que tu te transformes peu à peu en rat d'études.

– Je… je pensais que c'était une bonne manière de passer utilement mon temps, à Paris.

– Sans doute, sans doute… Je crois pourtant que j'ai autre chose à te proposer !

– Je sais ! s'emballa le jeune garçon. Une séance de cinématographe ! Tu me l'avais promise…

– C'est vrai, et je l'avais oubliée ! Nous irons donc dès demain. Mais je songeais à tout autre chose : voyager…

– En métro ?

– Non, non, il ne conduit pas jusqu'à la mer ! »

Trépignant de joie à la perspective d'échapper une journée au carcan de la capitale, le gamin avait sauté sans façons sur les genoux de Hans.

« C'est vrai, mon oncle ? La mer ! Tous les Parisiens qui en parlent vont à Deauville…

– Deauville ? Pour nous retrouver dans la foule des citadins aisés alors que tu ne rêves comme moi que de plus de tranquillité ! Non, j'ai bien mieux en tête : l'océan, les menhirs, les dolmens…

– La Bretagne ! compléta Mathias en exultant. Mais c'est loin !

– Aussi pourrions-nous y passer une semaine ou deux, voire plus ? Histoire de nous dépayser vraiment et de renouer un peu avec la vraie nature… ainsi que de prendre le temps de visiter au mieux cette région que je ne connais pas moi-même !

– Mais c'est merveilleux, oncle Hans ! C'est merveilleux ! »

Pourtant, le premier moment de jubilation passé, sa fièvre était retombée d'un coup, et il avait objecté, la mine plus sombre :

« Mais… Trudy ? Jamais elle ne voudra venir ! »

Hans avait apprécié l'affection que Mathias portait à la vieille femme pour songer à elle en un tel instant d'euphorie. Il l'avait aussitôt rassuré :

« J'ai déjà réglé ce gros détail, petit, et notre Gertrude a fini par se rendre à mes raisons !

– Elle veut bien, alors ? Et quand partons-nous ?

– La semaine prochaine, je pense. N'oublie pas que, demain, je dois t'emmener voir une représentation cinématographique ! Je crois que plusieurs salles des grands boulevards présentent une œuvre de Louis Feuillade : *Le Faux Magistrat*. Si j'ai bien lu ce qui s'en dit dans le journal, c'est le dernier épisode d'une série du nom de *Fantomas*…

– Quoi, *Fantomas* ?

– Tu connais ?

– Ben… J'ai lu quelques-unes de ses aventures dans des livres que me prêtait Anne-Marie.
– Elle lisait ça ?
– Non, mais ils étaient à son frère Guy, qui est militaire…
– Ah ? Bon… Je comprends mieux ! »

* *
*

Le souvenir des aventures de *Fantomas* s'estompait déjà dans la mémoire de Mathias, alors qu'il embrassait vivement Martin Montceau et son épouse Berthe sur le parvis de la gare Montparnasse. Gertrude elle-même semblait troublée, partagée entre le regret de quitter ces domestiques qui lui étaient devenus des complices et la crainte de cet inconnu dans lequel l'entraînait l'incorrigible Hasenfratz ! Pourtant, si elle ne le montrait pas, elle ressentait une certaine fébrilité à être confrontée, à son âge, à des paysages qu'elle n'aurait jamais espéré découvrir…

« Allons ! Ce ne sont pas des adieux, que diable ! s'impatienta Hans. Seulement un au revoir ! Et ce n'est pas une raison pour rater notre train… »

De nouveau la magie des gares… L'afflux des voyageurs au sein de ces fourmilières sonores et animées où hommes et femmes circulaient en tous sens au milieu des chariots poussés et tirés par des employés pressés. Le brouhaha incessant qui bruissait aux oreilles, avec en arrière-fond le bruit et les chocs des rames sur l'écheveau des rails… Affolée par ce remue-ménage, Gertrude semblait paradoxalement se rassurer en serrant plus que de raison la main de Mathias. Sur les quais régnait la même agitation, dans la vapeur des fumées des locomotives. En habitué des voyages, Hans se dirigea vers le bon convoi, tout en sachant qu'il devrait s'attendre à des retards sur l'horaire. Il y avait tellement de militaires en transit, de voitures emplies de soldats, de compartiments à croix rouge qui rapatriaient des blessés, autant de trains qui avaient naturellement priorité sur les déplacements de civils.

Il ne fallut pourtant qu'une demi-heure avant que la chenille métallique et crachotante ne s'ébranlât, pour prendre lentement de la vitesse et s'élancer sur les voies. Gertrude s'était tassée sur sa banquette, comme si elle regrettait déjà d'avoir accepté ce voyage, et Hans lui sourit :

« Le plus dur est fait, Trudy. Et le beau temps va te permettre de partager le paysage avec Mathias ! Cela te mettra tout de suite plus à l'aise. »

La gouvernante haussa les épaules. En fait de paysage, la voie ferrée ne permettait d'apercevoir que des façades de maisons noircies, puis des rangées de pavillons et d'usines ! Quelques terrains vagues ensuite, puis enfin des zones plus campagnardes qu'elle apprécia davantage. Insensiblement, elle s'intéressait aux prairies qui défilaient sous ses yeux, à ces horizons qui s'élargissaient, ces vaches dans les prés, ces villages et leurs clochers qui se cachaient entre deux vallons ou derrière le dos d'une colline. Ici, un cycliste à un passage à niveau, là, un tombereau en contrebas d'un pont, ainsi que ces enfants qui adressaient de grands saluts au train…

Une forêt, de nouvelles agglomérations, puis Mathias s'anima :

« Je reconnais ! Oncle Hans, c'est le château de Versailles… que tu m'as emmené visiter il y a un mois ! »

La voie ferrée permettait d'avoir une large vue sur le parc, les bassins et, en se retournant, on pouvait apercevoir la façade du corps central, de ses ailes et de ses dépendances… Comment oublier la géométrie parfaite de l'ensemble, des jardins à l'architecture stricte et noble des bâtiments ? Gertrude, elle aussi, s'était collée à la fenêtre ouverte pour l'occasion.

« Alors, c'était cela, la maison du Roi-Soleil ? Que c'est grand ! Il devait s'y perdre dans toutes ces pièces… »

Surpris, mais heureux que sa vieille gouvernante sût que ce palais avait été la résidence de Louis XIV, Hans précisa :

« À cette époque, le roi ne vivait pas en famille, tu sais… Il y avait à la cour des centaines de courtisans, des seigneurs, des nobles de toutes sortes, des gardes, des soldats, des princes et des dames de haut rang ! Une foule grouillante qui vivait dans le luxe, sur le dos des manants du royaume et de tous les pauvres gens qui criaient misère et famine… Il n'empêche que Versailles demeure un monument des plus exceptionnels au monde ! »

Trudy se laissa retomber sur son siège en grognant :

« Et moi qui trouvais que la Ribiette était trop grande pour nous trois ! »

Après plusieurs aiguillages et un bref trajet en marche arrière, le voyage continua en infléchissant vers le sud, entrecoupé d'étapes en de multiples gares, Saint-Cyr, Saint-Quentin, Trappes, La Verrière, certaines où le train ne s'immobilisait qu'une à deux minutes, d'autres où il restait à l'arrêt d'insupportable façon, d'autres encore devant lesquelles il filait sans même ralentir. Peu à peu, le relief se faisait plus vallonné, avec de vastes espaces boisés, des prés et des champs, de nombreux ruisseaux. Un cadre verdoyant qui se révélait singulièrement apaisant, après ces semaines et ces mois passés dans l'agitation de la capitale.

« Tiens, regarde, Mathias ! Ces bâtiments, ces carrières au milieu des prés. Ici, on exploite le grès pour en faire des meules et des pavés. Une spécialité régionale ! »

Au fil du trajet, Hans prenait ainsi plaisir à expliquer ce qu'il savait de tel ou tel lieu :

« Cette ligne d'arbres doit marquer le cours de l'Eure, et cette autre celle de la Voise… Nous allons arriver, au cœur de la vallée, à la charmante ville de Maintenon. Ça ne te dit rien ?

– Si ! Mme de Maintenon, celle qui était la femme secrète de Louis XIV ?

– Ta mémoire m'étonnera toujours, petit ! Même s'il me semble ne t'avoir jamais parlé de ces histoires d'alcôve…

– À Paris, j'ai eu tout le temps de me plonger dans les livres de la bibliothèque du comte, mon oncle ! Et j'aime beaucoup les ouvrages historiques... »

Un nouvel arrêt... Un nouveau départ tressautant...

« Bien ! Nous allons arriver à Chartres. En prenant nos billets, j'ai pris soin de prévoir une halte pour manger dans cette ville ! Tu verras, Mathias, ce n'est pas par hasard...

– Ah ! La fameuse cathédrale ?

– On ne peut rien te cacher, mon gars ! »

Hans ne répondit pas. Il se cala sur son siège, songeur, laissant défiler devant ses yeux, sans vraiment la voir, la vaste plaine de Beauce et ses interminables champs de blé. Il ne se releva qu'en devinant le ralentissement du convoi, alors que la ville apparaissait à l'horizon. Mathias fronça les sourcils.

« Mais... et nos bagages ?

– Ne t'inquiète pas, chaque gare possède un dépôt sous responsabilité de la compagnie, et cela ne coûte qu'une misère ! Nous aurons ainsi l'occasion non seulement de manger, mais aussi de faire une courte visite dans cette belle cité ! »

Gertrude gémit :

« Des vieilles pierres, encore !

– Ne parle pas sans savoir, Trudy. Pour une fois que tu me verras entrer dans un monument religieux ! La cathédrale a la réputation d'être une des plus belles de France, et je suis certain que tu ne regretteras pas d'y porter tes pieds... »

* *
*

Pour une fois, Hans se contenta d'une modeste auberge en bordure de la vieille ville. S'il aimait occasionnellement s'asseoir à une table aux mets raffinés, son goût naturel le poussait le plus souvent à apprécier une cuisine plus rurale et traditionnelle ! Trudy parut également soulagée de découvrir ce cadre plus simple. Elle se sentait tellement gênée dans les établissements de luxe ! Elle ne fit d'ailleurs aucun commentaire désagréable sur le menu servi et se montra plutôt détendue durant tout le service. Mathias, quant à lui, avalait cuillerées sur fourchetées sans prendre le temps de respirer ! Son « grand-oncle » s'exclama :

« Eh bien ! Tu avais vraiment une faim de loup… Le voyage, peut-être ?

– Non, non, mon oncle, mais je ne veux pas perdre de temps. Nous avons la cathédrale à voir ! »

Si les quartiers les plus récents s'étendaient sur une langue de terre constituée par deux bras de l'Eure, et sur une pente douce opposée à la rivière, la vieille ville s'agglutinait sur un promontoire que contournait le cours d'eau. Une fois franchis un boulevard et quelques places, Mathias eut l'impression de se retrouver des siècles en arrière. La ville basse, d'abord, au bord du cours d'eau et de ses affluents, avec ses ruelles étroites aux pavés irréguliers, ses ponts, ses bâtisses médiévales ou Renaissance, ses maisons ventrues à colombages, ses lavoirs et ses moulins à eau. La ville haute, ensuite, regroupée autour du prestigieux édifice religieux… Avec des dénivellations pourvues d'escaliers aux marches usées par les ans, de superbes constructions agrémentées de sculptures de bois, des restes de fortifications, d'agréables et vastes jardins, des tours et des portes voûtées.

« Notre-Dame de Chartres est une des plus grandes cathédrales gothiques. L'une des mieux conservées, aussi, malgré plusieurs incendies ! En fait, telle que nous la voyons aujourd'hui, elle date du XIIIe siècle, mais il faut savoir qu'à cet emplacement se sont succédé, avant son édification, plusieurs autres édifices religieux. »

Gertrude, comme souvent, ne disait rien, mais elle jubilait de se trouver confrontée au gigantisme de ce monument.

« Jamais je n'aurais cru que nos anciens pouvaient construire de telles choses !

– Allons, Trudy. Notre cathédrale strasbourgeoise était là pour te le prouver, et c'est aussi un monument d'architecture extraordinaire !

– Peut-être… Mais à force de la voir, je n'y attachais plus d'importance ! Et, depuis près de quarante-cinq ans que je ne l'ai pas revue, je n'en ai plus une image précise… De plus, à Strasbourg, elle est tellement enserrée entre les maisons des vieux quartiers qu'on n'arrive pas à la voir dans son ensemble, *mein Herr*. Ici, on peut vraiment la contempler dans toute sa majesté !

– C'est vrai, la vue en est magnifique ! »

La visite de l'édifice marqua profondément Mathias. Il avait déjà été confronté à des constructions prestigieuses, mais la beauté et l'emprise de la cathédrale lui donnaient l'impression d'être écrasé par le charme émotionnel que dégageaient les lieux ! Non pas à cause de la foi chrétienne qu'ils semblaient émettre, mais pour la prouesse technique et artistique que représentait un tel monument, que Hans ne se privait pas d'expliquer dans ses moindres détails. Mathias sembla pour une fois se lasser de ses commentaires, et il se montra subitement impatient pour en découvrir plus :

« Si nous n'avons que peu de temps, dépêchons-nous !

– Ne t'affole pas, voyons. S'il le faut, nous ne reprendrons le voyage que demain ! Après tout, rien ne presse… »

* *
*

Les bielles s'activaient lentement dans des chuintements de vapeur, mais Mathias ne ressentait plus l'exaltation des départs. Il resongeait encore aux merveilles que lui avait fait découvrir Hans la veille, au spectacle de cette magistrale façade de pierre travaillée, ciselée, presque modelée en une infinité de volutes et de frises, à cette hauteur qui donnait le vertige, ce foisonnement de sculptures ! Tout comme Trudy, il avait été écrasé par la vision verticale de ces deux tours élancées dont les flèches semblaient vouloir écorcher le ciel, par ces portails ornés de statues et de centaines de figures enchevêtrées, et par cette gigantesque rosace en dentelle de pierre au-dessus de l'entrée principale ! Le garçon s'était ensuite senti plus petit encore en pénétrant au sein de l'édifice sacré, dont la hauteur des voûtes et des arcades défiait l'imagination. Partout, la décoration foisonnante rehaussait la grâce et l'élégance des travées et des piliers, et la lumière irisée provenant des vitraux ajoutait une nuance colorée et magique à l'ambiance du lieu…

« Eh ! À quoi tu penses, mon gars ? On ne t'a pas entendu depuis le départ…

– À rien, oncle Hans. »

À rien, sinon qu'il ne pouvait chasser de son esprit l'étrange labyrinthe en pavage de la nef principale. Que pouvait bien signifier le cheminement géométrique de cette représentation symbolique et compliquée ?

Nouveau ralentissement, nouvel arrêt…

« Nous sommes en gare de Nogent-le-Rotrou ! précisa Hans. Nous n'aurons pas le loisir d'y flâner, mais c'est une belle cité… »

Le paysage qui filait derrière les vitres demeurait faiblement vallonné, mais de plus en plus sillonné de rivières, de canaux, d'étangs et de lacs.

« Nous arrivons à La Ferté-Bernard, une jolie bourgade, aussi, que l'on appelle la Venise de l'Ouest ! Inutile de t'expliquer pourquoi… »

Sceaux, Connerré, Montfort-le-Gesnois, Saint-Mars-la-Brière. La voie ferrée égrenait ses stations…

« Le Mans n'est plus très loin, je crois. La limite entre les pays de Loire et du Bassin parisien, et le début du Massif armoricain ! Une ville qui compte elle aussi d'intéressants quartiers historiques… C'est une agglomération très peuplée et je pense que la halte va s'y éterniser, mais pas au point de nous laisser le loisir de la visiter ! Je gage pourtant que nous aurons le temps d'y manger en gare un rapide petit casse-croûte…

– Oh oui ! Je commence à avoir très faim.

– Tu vois, j'en étais sûr ! »

Le voyage continua. S'il pouvait sembler monotone aux habitués du trajet, il restait source d'émerveillement pour Mathias, pour qui ce périple en terres inconnues avait des relents d'aventure. Insensiblement, rythmé par le *staccato* des roues sur le rail, le paysage changeait. Les marécages cédaient le pas à des espaces herbus cernés par des haies, la platitude de l'horizon se faisait plus ondulante… Laval ! Dont Hans vantait une fois encore le patrimoine architectural et historique, mais qu'il avait exclu comme halte dans le cadre horaire du voyage. La végétation se diversifiait progressivement, avec des bosquets plus nombreux, des étendues ici plus dénudées, ailleurs plus humides et verdoyantes. Le nez collé à la vitre du compartiment qui s'ouvrait entre deux banquettes, Mathias et Trudy n'écoutaient même plus les commentaires du vieil érudit. Ce cadre se montrait tellement différent de celui qui avait été le leur depuis toujours !

Il fallut un peu plus de deux heures de trajet avant que, peu avant Rennes, Hans ne préparât le garçon et la gouvernante à se tenir prêts à descendre sur le quai :

« C'est là que sera notre première étape, qui durera ce qu'elle devra durer en fonction de notre curiosité. Cette ville, la plus orientale à la limite de la “vraie” Bretagne, est un point idéal pour rayonner tout autour à la découverte des multiples beautés de la région ! Nous y passerons quelques jours…

– Pas dans un palace où l'on n'ose bouger un orteil sans se faire remarquer, au moins ? s'inquiéta aussitôt Gertrude.

– Mais non, nous nous contenterons d'un hôtel modeste à la cuisine conviviale, comme d'habitude ! J'en apprécie souvent presque autant la table que celle que tu me mijotais à la Ribiette...

– Oh ! Quel menteur vous faites, *mein Herr* ! »

L'hôtel choisi se trouvait en périphérie de l'agglomération, et chacun s'y installa vite au mieux.

« Rennes, c'est déjà la Bretagne ! affirma Hans. La Bretagne de l'Est, mais la Bretagne tout de même, à la confluence de l'Ille et de la Vilaine...

– La Vilaine ? s'esclaffa Mathias.

– Oui, la Vilaine. Un drôle de nom pour une rivière qui est pourtant à l'origine de la prospérité de cette ville ! Rennes est une grosse agglomération qui a un passé historique très important. D'ici, nous pourrons rayonner dans tout un périmètre des plus intéressants !

– Encore des ruines et des vieilles pierres... soupira une fois de plus Trudy.

– Mais arrête de toujours râler ! s'amusa Hans. Les vieilles pierres de la cathédrale de Chartres m'ont semblé te régaler au plus haut point, non ?

– Oui, mais ce n'est pas pareil que les quelques cailloux romains ou gaulois qui font votre bonheur, *mein Herr* !

– Sans doute, ma bonne amie, mais, de Rennes, nous pourrons aussi bien aller à l'intérieur des terres qu'en bordure de mer. Ne me dis pas que tu n'as pas envie de la voir ! »

Gertrude, par pudeur ou fierté, préféra ne pas répondre. Bien sûr qu'elle en brûlait d'envie, mais pour rien au monde elle ne l'aurait avoué !

Rennes... Une belle cité, effectivement, que Hans et Mathias prirent plaisir à arpenter, de la rue d'Orléans à la place de la Mairie, de la Porte mordelaise à la place des Lices. Le vieux quartier offrait lui aussi de fières maisons qui défiaient les siècles, avec leurs colombages, leurs encorbellements, leurs façades si typiques et leurs toits pentus. Si Gertrude s'était vite lassée de parcourir ruelles et avenues, elle avait tout de même apprécié d'entrer au sein des murs du parlement de Bretagne, dont la décoration intérieure affichait une richesse inégalable, avec ses peintures envoûtantes, ses tapisseries épaisses et ses boiseries si finement ciselées… Hans n'avait pourtant d'autre idée que celle de rayonner tout autour de la prestigieuse agglomération, et il finit par s'adresser à Gertrude d'un ton qui ne masquait que peu son exaspération :

« Trudy ! Il n'y a pas que les églises, les chapelles et les basiliques qui méritent d'être vues, que diable ! »

La vieille femme se fendit d'une moue expressive :

« Je sais trop bien ce que sont vos balades, *mein Herr !* Des pas inutiles dans les champs, pour ramasser des cailloux que vous prétendez exceptionnels, ou pour admirer des ruines de murs qui ne dépassent pas la cheville !

– Libre à toi de rester enfermée en ville ! Mathias et moi avons mieux à faire…

– Faites donc, alors !

– Ce qui m'ennuierait malgré tout, ce serait que tu ne puisses découvrir la mer, les falaises, le Mont-Saint-Michel, et les mille autres merveilles que nous offre cette belle région ! »

Le Mont-Saint-Michel ? Un mot magique ! Le seul qui persuada la vieille gouvernante à se joindre aux excursions de celui qu'elle couvait depuis ses culottes courtes…

* *
*

Sachant que Gertrude supportait difficilement les engins à moteur, et estimant qu'il eût été choquant en période de guerre de louer une automobile pour seulement se consacrer au tourisme, Hans avait préféré avoir recours à un cabriolet tiré par une sympathique jument. De prairies en bocages, le trajet s'écoulait de façon plutôt agréable, égayé par de petites vallées où couraient ruisseaux et rivières…

« Il n'y a donc jamais de forêts, dans ces pays ?

– Très peu, Mathias. Les champs et les prés sont fertiles, ici, et faciles à cultiver car il n'y a pas de fortes pentes, ce qui fait qu'on n'y trouve que maraîchers, fermiers et éleveurs. Une bonne part de la viande et du lait qui se consomment à Paris provient de Normandie et de ces régions !

– Bien, bien ! objecta Gertrude. Vous ne nous avez pas encore dit où nous allions, *mein H...* euh... Hans ! Jusqu'à la mer, comme vous nous l'aviez promis ?

– Nous irons bientôt. En attendant, nous nous arrêterons pour manger à Fougères. C'est une vieille cité médiévale dont tu apprécieras le charme tout autant que notre Mathias ! »

La brave gouvernante ne répliqua pas, mais eut du mal à dissimuler sa contrariété. Que c'était lassant de toujours se voir imposer la visite de sordides ruelles et de demeures défraîchies, de vieilles pierres et de statues érodées par le temps ! D'autre part, elle s'avouait secrètement avoir déjà une belle faim...

Elle changea malgré tout d'humeur en apercevant, de loin, cette cité chargée d'histoire. Jamais elle n'avait vu un gros bourg aussi ancré dans son passé ! À croire que Hans, au fur et à mesure qu'il s'approchait de la petite ville, la contraignait à se projeter des siècles en arrière. Une simple crête rocheuse qui dominait la vallée du Nançon et les terres marécageuses environnantes. Des maisons agrippées aux pentes. Et puis, surtout, un impressionnant château qui semblait être resté harponné au Moyen Âge, et qui dominait la ville haute comme échoué sur un récif du passé !

« Je ne suis jamais venu ici, confessa Hans. Mais je me suis renseigné dans des revues historiques. Ce château est un des plus grands et des mieux conservés de France, et peut-être même d'Europe ! Il est resté dans sa configuration à peu près tel qu'il était au XVe siècle... »

Comment ne pas remarquer, même de loin, ses onze tours, ses fossés, ses créneaux, ses mâchicoulis, ses meurtrières, ses merlons, ses courtines et ses chemins de ronde ?

« C'est vrai que c'est beau ! murmura Mathias alors que la jument attaquait les premières montées des rues de la ville. Mais surtout très grand…

– Le château s'étire sur près de deux hectares, avec trois enceintes dont les remparts sont bien conservés ! Si le logis seigneurial est en ruine, tu peux constater que les tours ont encore fort belle allure…

– Allons ! le pressa Gertrude. Il me tarde de me reposer un peu… et de manger, surtout ! Il serait peut-être temps de nous trouver un toit ?

– Ce ne sera sans doute guère difficile… »

Le Mont-Saint-Michel et Saint-Malo

LE LENDEMAIN, HANS, dès la première heure, ouvrit la fenêtre de sa chambre, huma l'air et jeta un coup d'œil au ciel. « Hum... Le temps se maintient au beau, tant mieux ! »

Il entrouvrit la porte de la pièce attenante, constata avec satisfaction que Gertrude et Mathias dormaient encore, puis il sortit discrètement de l'auberge alors que l'aube pointait à peine. Ce n'était pas par hasard qu'il avait choisi Fougères pour cette halte ! C'était pourtant sans grand espoir qu'il se mettait en quête d'informations sur ce qu'il était advenu de la famille de Mathias... Autant chercher une aiguille dans une botte de foin ! Peu de piétons dans les ruelles, à cette heure matinale, ce qui fit que Hans put pleinement apprécier le charme indéniable de l'agglomération. Il déambula un peu au hasard, en profitant des vues incomparables sur la vallée et les anciens remparts. Comment ignorer l'emprise de ces quartiers d'un autre âge ? Comment rester indifférent à l'escarpement des murailles des fortifications, à la longueur de ces enceintes, à la robustesse de ces tours, de ces poternes et de ces toits en pointe ? Rue des Tanneurs... rue de la Pinterie... D'un œil averti, il s'attarda devant les façades de plusieurs maisons du

XVIe siècle, avant de se diriger en direction du beffroi qui dominait ces vieilles habitations.

Il aborda ainsi la place du Marchix, où une foule de paysans et de commerçants installaient des étals dans une ambiance bruyante et détendue, sans crainte aucune de perturber le sommeil des habitants alentour. La présence de Hans ne manqua pas d'intriguer : impossible de le confondre avec les pauvres hères qui offraient leurs bras contre quelques sous afin d'aider les forains !

« Excusez, m'sieur… Je n'ai pas fini de déballer !

– Ne vous inquiétez pas, je ne suis matinal que pour cause d'insomnie ! En réalité, j'ai tout mon temps.

– Bien, bien… Pour ma part, j'ai plutôt encore sommeil ! C'est qu'il faut se lever tôt, dans le métier.

– J'en suis bien conscient, mon brave… Chez nous, c'est la même chose !

– C'est vrai que vous n'avez pas le parler d'ici, sauf votre respect ! »

Hans en profita pour confirmer :

« Vous avez raison, mon brave ! J'arrive d'Alsace, et mon accent ne peut que le confirmer… Je me suis laissé dire que je n'étais pas le seul, dans la région ?

– Pour sûr ! confirma le maraîcher. On est plus à l'abri des obus ici que près du front ! Et beaucoup des vôtres ont trouvé refuge dans les environs… Plus en Normandie, d'ailleurs.

– Ah ? Ce qui n'est pas sans me rappeler qu'un Strasbourgeois de mes connaissances a choisi votre contrée pour havre…

– Peut-être que je le connais, alors ?

– Cela m'étonnerait. Il s'appelle Friedrich Mooch.

– Jamais entendu ce nom ! Mais vous devriez demander au charcutier, dans la travée qui est derrière nous. Ses parents ont échoué ici après la défaite de 1870, et il a toujours gardé des relations avec son pays natal.

– Merci pour ces renseignements. Je vous laisse, car vous avez encore bien du labeur avant d'accueillir les premiers clients !

– Oh, vous savez, j'ai l'habitude ! Je déballe tous les matins, dans la plupart des villages du canton… »

Le charcutier, un gaillard d'un âge certain au visage froissé de rides, avait déjà dressé ses tréteaux, et il y disposait avec art jambons et pâtés. Cheveux blancs qui avaient dû être blonds, yeux bleus, Hans n'hésita pas :

« *Buschur mein Herr*[1] *!* »

L'homme se retourna, surpris. Puis son visage rond s'illumina d'un large sourire :

« Votre accent ne m'a pas l'air d'être feint ! Vous savez, ici, bien des gens s'essaient à imiter notre parler pour plaisanter à mes dépens…

– J'ai connu cela, moi aussi ! À tel point qu'on m'appelait hachepailleur… Je suis natif d'Obernai, mais j'ai aussi vécu un peu à Strasbourg… Longtemps serait trop dire, car j'ai quitté la ville dès la défaite de 70 pour élire domicile en Lorraine, de l'autre côté de la frontière.

– Té ! J'ai fait de même, mais je me suis plus écarté du pays, comme vous pouvez le constater. En tout cas, *willkomme*[2] ! Et vous comptez rester ici ?

– Pas vraiment ! Je ne suis que de passage…

– Dommage ! Depuis le début de la guerre, il se trouve que beaucoup d'Alsaciens ont choisi la région pour refuge.

– Je sais, je sais… J'ai connu quelques familles dans ce cas : les Massevaux, les Mooch, les Kirneck…

– Mooch, vous avez dit ? s'étonna le commerçant. Adrien Mooch ?

– Non, Friedrich.

– Ce n'est pas un nom très courant ! Peut-être est-il de la même famille ? Les Mooch que je connais sont paysans à

---

1. *Bonjour monsieur !*

2. *Bienvenue !*

Saint-M'Hervé, près de Vitré, à moins d'une vingtaine de kilomètres d'ici.

– Tiens ? Il faudra que je m'en assure, si j'ai l'occasion d'y passer. En attendant, je vais vous prendre deux saucissons. Ils m'ont l'air fort appétissants !

– Vous n'en serez pas déçu, je vous assure… »

* *
*

Hans avait hésité à se rendre aussitôt au village indiqué par le charcutier, même s'il ne se faisait pas trop d'illusions pour cette piste. Finalement, il avait préféré tenir son engagement envers Trudy. À peine rentré à l'hôtel, il avait claqué des mains :

« Allons, allons ! Il ne convient pas de traîner !

– Pff ! Vous voulez sans doute nous mener voir votre "cordon des Druides" ou autres méga… mégalithes, c'est ça ?

– Tu veux parler du curieux alignement d'environ quatre-vingts blocs de quartz de la forêt domaniale ?

– Oui ! Vous n'avez pas arrêté d'en parler à Mathias, hier… C'est bien là que vous voulez aller, n'est-ce pas ?

– Pas vraiment, bien que je ne partirai pas d'ici sans avoir l'occasion de les contempler ! Non, je pensais plutôt te conduire jusqu'à la mer, avec un aussi beau soleil… Et même, pour en profiter, de faire une excursion jusqu'au Mont-Saint-Michel !

– C'est vrai, *m*… monsieur Hans ? La mer ?

– Je te l'avais bien promis, non ? Aussi réveille vite notre gentil petit monstre. Je suis sûr qu'il brûle d'envie, lui aussi, de se trouver face aux flots de la fameuse baie ! »

À peine installé dans le cabriolet entre Hans et Gertrude, Mathias, qui avait expédié en un temps record ses ablutions et son petit déjeuner, ne cacha pas son impatience :

« Par où allons-nous commencer ?

– Le plus sage est d'aller au plus proche, je crois… répondit son “grand-oncle”. C'est-à-dire au Mont-Saint-Michel !

– Et c'est loin ?

– Avec un parcours pas trop accidenté et au trot de la jument, il ne nous y faudra guère plus d'une heure, depuis Fougères.

– Et… et c'est grand, la mer ?

– Souviens-toi de ma belle mappemonde, petit ! Elle comportait bien plus de bleu que d'autres couleurs, n'est-ce pas ? »

La route s'avéra en effet assez peu tortueuse, entre prairies humides et bocages verts, quelques landes plus arides et d'autres où abondaient la bruyère, quelques étangs et de rares espaces boisés, des champs clos et des cultures légumières… Partout, des haies bien drues délimitaient les parcelles, au fil d'un habitat dispersé où les fermes isolées succédaient à de minuscules hameaux. Beaucoup de ruisseaux et de rivières aussi, qu'enjambaient allégrement de charmants ponts de pierre. Ici ou là, un manoir ou un château esseulé. De loin en loin, un village plus important se dessinait à l'horizon. Peu de véhicules circulaient à cette heure encore matinale, si ce n'étaient chars et tombereaux agricoles, quelques cyclistes et un certain nombre de piétons. Déjà, on pouvait discerner, au loin, la silhouette caractéristique du mont…

Alors que le vent d'ouest se faisait plus violent, l'équipage atteignit un plus gros bourg d'environ deux à trois mille habitants. Hans leva le nez :

« Trudy ! Mathias ! Vous ne sentez pas ? On devine déjà les effluves de la mer…

– Pourquoi ? Nous arrivons ?

– Pas encore… Cette petite ville doit être Pontorson. Dès que nous l'aurons passée, je crois que nous pourrons entrevoir les flots ainsi que, de beaucoup plus près, le fameux Mont-Saint-Michel ! »

Ah ! Qu'importait à Mathias que Pontorson eût été la cité de Du Guesclin et une ancienne place forte entre Normandie et

Bretagne ? Découvrir les vagues immenses de la baie l'intéressait beaucoup plus ! Sur de faibles hauteurs, plusieurs villages se signalaient par leur clocher et, çà et là, on pouvait remarquer des moulins aux grandes ailes qui tournaient lentement.

« Regardez donc le ciel, tous ces oiseaux qui volent et piaillent nous annoncent le rivage ! »

Tout d'abord, la gouvernante sembla aussi déçue que le jeune garçon. La mer, cette brume indécise qui se noyait à la grisaille des nuages ? La route suivit l'ultime portion du cours d'eau du Couesnon, alors que se détachait désormais nettement le fier promontoire du mont. Un parcours plat, avec à perte de vue des pâtures herbues où broutaient des moutons... Et, bien installée au milieu d'un horizon de sable, la forme pyramidale de l'abbaye et du petit village fondu au granite même de l'îlot rocheux.

« Oh ! s'écria Gertrude, sortant enfin de son silence. Que c'est beau !

– Ce l'est encore plus de près, si j'en crois les amis qui ont visité ce vénérable site...

– Mais... objecta Mathias d'un ton contrarié. Mais... et la mer ?

– Ici, la mer a ses fantaisies, tu sais ? Elle est soumise au rythme des marées... Elle s'est retirée, mais ne tardera pas à revenir encercler le mont, ainsi qu'elle le fait deux fois par jour depuis que le monde est monde...

– Ah ! Il faudra attendre, alors, pour revenir ?

– Mais non, depuis près de quarante ans, une digue insubmersible mène jusqu'à ce rocher ! Nous allons donc l'emprunter, car la traversée à pied de la baie à marée basse est chose aussi malaisée que dangereuse, à cause des sables mouvants qui peuvent avaler un homme en moins de temps qu'il n'en faut pour le dire. »

Comment oublier l'entrée du site, constituée de trois portes fortifiées successives, d'un pont-levis et d'une herse ? Comment ignorer cette impression de se retrouver au cœur du Moyen Âge, avec ces maisons à colombages serrées les unes aux autres, de part et d'autre des ruelles pentues, et le linge qui pendait aux fenêtres ?

« Nous allons gagner l'abbaye en suivant les remparts, et nous redescendrons ensuite par la Grande-Rue, car ce sera plus aisé pour les jambes de Trudy...

– Eh ! Je suis encore vaillante, pour mon âge ! » protesta la vieille femme.

Un parcours agréable, entre l'envers de la rue et la baie, malgré le vent continu qui fouettait les visages ! Des marches et des marches tout de même, ainsi que des courtines, avant de parvenir en haut de la petite rue du Mont, qui offrait une vue d'ensemble sur la baie et ses environs. Plus loin, un peu plus sur la droite, le minuscule îlot de Tombelaine émergeait du sable. Quant à la Manche, on n'en devinait qu'un éclat de brillance au rasoir de l'horizon. Au hasard des façades de pierre, quelques statues grimaçantes déplurent fortement à Trudy, laquelle soupira de soulagement en atteignant enfin le parvis de l'abbaye, dont le fronton se révéla d'un classicisme rigoureux. Le panorama, en revanche, était époustouflant, tant la vision des toits d'ardoises du village que celle de paysages plus lointains !

Si Hans Hasenfratz affichait volontiers son indifférence pour la religion, il ne pouvait nier l'emprise d'un tel bâtiment sur ceux qui y pénétraient, avec l'ensemble harmonieux des voûtes et des arches qui semblait vouloir vous écraser l'esprit ! En érudit qu'il était, il admira particulièrement la façon dont les bâtisseurs médiévaux avaient su alléger la masse des baies, rendant ainsi l'église très lumineuse.

« Est-ce que vous imaginez les quantités incroyables de pierres qu'il a fallu transporter pour ériger cet édifice ? Elles sont toutes parvenues par mer, la plupart depuis l'archipel de Chausey, à quelques kilomètres d'ici, dont les carriers fournissaient un granite de qualité. »

La visite, ensuite, du cloître et de sa double rangée de fines colonnes en pierre rouge qui semblaient suspendues. Et, de nouveau, un coup d'œil exceptionnel tout autour du site… De là on pouvait pénétrer dans le grand réfectoire des moines, dont les fentes accueillaient largement la clarté extérieure. Au-dessous, la salle des Chevaliers, autrefois chauffée par trois cheminées.

« C'était là que festoyaient les pèlerins et les grands seigneurs. Il y a aussi trois cryptes qui soutiennent le bâtiment. »

Comme tous les visiteurs, Mathias en admira les impressionnants piliers dont les nervures se déployaient avec élégance au-dessus des têtes. Ce fut pourtant avec un certain plaisir qu'il retrouva le grand air, sur la terrasse face à l'abbaye.

L'emprise de certains lieux est telle qu'aucun mot ne s'échappa des bouches tout au long de la descente de la Grande-Rue, au bord de laquelle le rez-de-chaussée de plusieurs antiques maisons s'ouvrait sur la devanture d'échoppes et de boutiques qui en gâchaient malencontreusement le charme des siècles.

« Il en va ainsi des plus beaux sites… soupira Hans. L'afflux des touristes attire toujours les appétits mercantiles !

– Oui ! intervint pour une fois Gertrude. Les marchands du temple ! »

Ils empruntèrent quelques ruelles plus tranquilles à l'ambiance passéiste, puis, d'un pas lent, rejoignirent leur cabriolet tout en s'emplissant les yeux de la beauté des bâtisses qui bordaient la rue.

« Ah ! Si nous avions plus de temps, nous aurions mangé dans cette auberge, célèbre pour ses omelettes. On y déguste aussi, paraît-il, de succulentes petites galettes bretonnes…

– Et pourquoi n'avons-nous pas le temps ? Je commence à avoir faim, moi !

– Allons, Mathias, rien qu'une petite heure à tenir ! Nous déjeunerons à Saint-Malo, et tu ne regretteras certes pas le voyage… »

* *
*

Alors qu'ils empruntaient en sens inverse la route de la digue, le jeune garçon remarqua tristement que la mer paraissait toujours aussi lointaine et floue. La marée montante n'était pas encore amorcée ! Peu après Saint-Broladre, le chemin se rapprocha pourtant de la côte, et Hans arrêta enfin la jument.

« Allez, Mathias ! La voici, ta mer… »

La mer ! Il y avait si longtemps qu'il en rêvait… Et voilà qu'il s'avançait vers elle, avec les semelles qui collaient au sable humide, vers cet horizon mystérieux et mouvant qui lançait vers lui, à l'infini, des lignes de vagues recouvertes d'écume. Plus prudente, Gertrude restait en arrière, mais semblait tout autant subjuguée par le spectacle qui s'offrait à elle. Jamais elle n'aurait imaginé qu'une telle immensité liquide pût exister ! Les jambes tremblantes d'émotion, elle s'arrêta pour tenter de contenir le rythme des battements de son cœur. Cet environnement inconnu la broyait de l'intérieur et, paradoxalement, l'emplissait d'admiration. Quoi qu'en pensât Hans, elle y voyait indéniablement l'empreinte de la main du Créateur !

« On ne peut que se sentir bien petits, face à ces flots qui viennent d'on ne sait où et qui semblent n'avoir point de fin et point de début… »

Le jeune garçon ne se posait pas tant de questions. Après avoir longuement regardé les rouleaux aux crêtes blanches qui se précipitaient vers lui pour venir mourir sur le rivage, il s'enhardit jusqu'à mouiller ses jambes dans le va-et-vient des lames chuintantes… Il y avait comme une magie à entendre sans cesse ce battement régulier, comme celui d'un cœur qui palpitait sous ces eaux turbulentes et moussantes ! Hans lui accorda une dizaine de minutes à savourer cette découverte d'un monde nouveau pour lui, avant de proposer :

« Si nous poursuivions maintenant jusqu'à Saint-Malo ? Il me semble que tu avais faim, non ? »

Tout au long du trajet, Mathias et Gertrude ne quittèrent pas des yeux le miroir éblouissant de la mer qui scintillait à l'infini, toujours pareille et pourtant si différente… Des villages, essentiellement voués à la pêche, s'égrenaient au fil du trot de la jument, et Hans ne put s'empêcher de remarquer à quel point beaucoup de pontons étaient laissés à l'abandon. Combien de mines tristes, de femmes en deuil… Ici comme ailleurs, la guerre semait la mort derrière elle et les survivants se battaient sur le front en espérant le miracle qui les ferait échapper à la mitraille ennemie ou à un éclat d'obus. Le vieil homme garda malgré tout pour lui ses sombres réflexions. La joie de Gertrude et de Mathias ne méritait pas d'être troublée par d'aussi sinistres considérations !

Saint-Malo… Ils abordèrent la ville par la porte Saint-Vincent qui menait à une cathédrale au clocher en flèche, et Mathias n'en crut pas ses yeux. Jamais il n'avait imaginé un port aussi puissamment fortifié ! Pas une maison, en dehors des solides murs qui entouraient le double porche. Et que l'on se sentait petit devant d'aussi robustes murailles !

« Ce n'est pas la porte la plus ancienne, mais c'est actuellement la plus importante de Saint-Malo ! Autrefois, la cité était une presqu'île que cette porte reliait par un banc de sable… Ne tardons pas plus, et arrêtons-nous à la première hôtellerie venue, car nous passerons la nuit ici. »

Une bonne auberge, avec des spécialités typiquement bretonnes… Par prudence, Hans évita de commander huîtres et fruits de mer, sachant que les palais de Mathias et de Gertrude n'étaient guère habitués à de tels mets. Il se contenta de choisir du poulet au cidre et une galette garnie en dessert. Peu importait pourtant à Mathias, qui calma sa faim en avalant son assiette avec gloutonnerie. Il brûlait tellement de l'impatience de parcourir les rues et les remparts de ce port à l'allure si imposante ! La bouche encore pleine de sa dernière bouchée de fromage, il supplia :

« Alors, on y va ?

– Oui, oui… Mais pourquoi tant de hâte ? Nous avons le temps ! »

Tout en marchant lentement, Hans ne se cacha pas pour consulter le guide qu'il avait acheté à Paris. Il n'avait pas dans l'idée de faire croire qu'il connaissait depuis longtemps par cœur l'histoire de la ville ! Pourtant, déjà, Mathias n'écoutait plus les commentaires de son « grand-oncle », car il savait que ce dernier n'aurait de cesse de lui confier dès le soir cette précieuse brochure historique. Il préféra donc s'user les yeux à admirer tout ce qu'il pouvait voir. Et il y en avait, des choses à contempler, depuis l'escalier qui montait sur les murailles jusqu'au chemin de ronde ! Quelle vue imprenable sur la ville et sur ses toits ! Avec, en prime, un beau point de vue sur l'avant-port, ses bateaux et leur armada de mâts, de voiles et de gréements… Tout en longeant une lignée de maisons aux hautes façades de granite, Mathias put enfin profiter d'un panorama qui lui dévoilait le large.

« Nous avons de la chance ! commenta Hans. Il n'y a pas de brume, aujourd'hui… »

Gertrude s'attarda de nouveau à observer les flots, sans souci des rafales qui lui fouettaient le visage. Elle ne parvenait pas à s'arracher de la vision de ces vagues colossales qui se fracassaient sur le môle dans des gerbes d'écume !

« Et ce n'est rien, Trudy… Il faut voir le spectacle lors des grandes marées, ou quand de fortes tempêtes frappent la côte ! D'ici, nous avons une vue imprenable sur les îles Harbour, du Petit Bé, et du Grand Bé ! »

Ils poursuivirent leur balade par le nord, où le Fort national, construit sur le rocher de l'Islet et seulement accessible à marée basse, s'élevait à quelques centaines de mètres des remparts. Émerveillé, Mathias avait jugulé son excitation, et s'était contenté d'écouter les explications de son « grand-oncle » sans poser de questions. Arrivé au terme du circuit, à hauteur de la plage et devant le château de la ville, dont l'imposant donjon le dominait de tout son vertige de pierre, il s'exclama enfin :

« C'est tellement beau, avec la mer à perte de vue ! Avec toutes ces tours et ces murailles… Je suis sûr que l'intérieur de Saint-Malo a encore plein de trésors à nous montrer ? »

Trudy soupira :

« Alors ce sera sans moi, je ne sens plus mes pieds ! Je ne suis plus toute jeune, tu sais… »

Après avoir reconduit la vieille femme à l'hôtel, Hans ressortit avec Mathias pour explorer la vénérable cité des corsaires. La cathédrale Saint-Vincent, d'abord, qui épousait la forme du rocher sur lequel elle avait été édifiée, le plus vaste monument à l'intérieur des enceintes ! Sa rosace, ses flèches, ses arcatures, ses colonnes et ses sculptures… Le château, ensuite, qui s'appuyait sur un vestige des remparts médiévaux, avec ses tourelles de guet qui offraient un magnifique point de vue sur la ville, le grand large, les îlots et les bassins du port… Comme son « grand-oncle », le garçon ne rechignait pas à traîner ses semelles dans les vieilles venelles, et nombreuses étaient les ruelles plus tranquilles que les artères fréquentées ! Il y avait tellement d'échauguettes à découvrir, de façades ornées de sculptures, de mâchicoulis, de balcons avancés ! Autant de merveilles architecturales…

« Bien, bien, l'heure passe, et j'ai l'estomac qui commence à se révolter ! De plus, Trudy doit nous attendre… Je crois que nous nous sommes assez rempli les yeux pour en rêver toute la nuit, non ?

– C'est vrai, oncle Hans ! C'est tellement différent de chez nous, ici, qu'on y passerait des jours et des jours…

– Oui, mais il n’en est pas question. La Bretagne est si grande et si riche en vestiges qu’une vie entière ne suffirait pas à la connaître !

– Où irons-nous, demain, alors ?

– Nous verrons bien, il y a tant à visiter, dans cette région ! »

Sur la piste des Kirneck…

Après une nuit fort reposante, Mathias ouvrit les paupières avant d'afficher un air contrarié en discernant, au travers des vitres de la fenêtre, un ciel lourd et gris, menaçant même… Pourtant, le temps d'avaler le petit déjeuner, après une légère bruine que Gertrude qualifia de *broussine*, le vent dispersa brumes et miasmes et un timide soleil voilé s'installa sur la ville. Aussi, ce fut avec satisfaction qu'il vit son « grand-oncle », aussitôt après la collation matinale, s'affairer à préparer quelques bagages. Il lui plaisait tant d'être confronté à de nouveaux paysages !

« Où allons-nous aller, aujourd'hui, oncle Hans ?

– Oh ! Seulement faire quelques balades dans le coin, car Trudy a bien besoin de se reposer de l'épopée d'hier ! »

La vieille femme protesta :

« Parce que vous croyez que je suis trop décatie pour pouvoir vous suivre, non ?

– Certes pas, ma brave… Mais j'ai l'intention de montrer au petit quelques sites archéologiques qui, je sais, ne pourraient que t'ennuyer, ma pauvre ! Je préfère que tu te reposes, avant que nous allions visiter d'autres lieux fabuleux de cette Bretagne aux mille facettes enchanteresses… »

Gertrude ne tenait pas à l'avouer, mais cette solution lui convenait au mieux :

« C'est vrai que je n'aime pas trop vos vieilleries préhistoriques ou vos morceaux de pots cassés. »

Le cabriolet filait de nouveau sur des chemins moins fréquentés que les grandes routes, s'éloignant toujours plus de la côte. Oh ! Il n'y avait que peu de kilomètres pour les pattes du cheval tirant la carriole de louage avant de parvenir en vue de Dol-de-Bretagne.

« Tu sais, si on ne devine qu'à peine la mer, ici, il ne faut pas oublier qu'avant la construction d'une digue ses flots venaient battre autrefois la falaise sur laquelle est bâtie cette ville !

– Une ville gauloise, alors ?

– Peut-être, mais ce n'est pas vraiment la ville qui nous intéresse, aujourd'hui. Nous avons assez vu d'édifices religieux ces derniers jours, et assez de vieilles baraques, non ? Il est peut-être temps pour nous de remonter un peu les millénaires ! »

Après avoir traversé la petite agglomération, ils filèrent vers le sud en empruntant la route de Combourg. Un chemin sur la gauche les conduisit vite vers une prairie où ils s'arrêtèrent. Hans descendit de la voiture, et Mathias s'étonna :

« Mais… il n'y a rien que de l'herbe et des vaches, ici ?

– Ne sois pas si pressé, petit ! Et contourne plutôt avec moi cette haie et ce bosquet… »

Le jeune garçon fila sur les pas de son « grand-oncle » et se figea soudain.

« Fichtre ! »

Incongrue par rapport à l'horizontalité du pré se dressait face à lui, dans toute sa verticalité, une énorme canine de pierre lisse qui semblait crever le sol…

« Un menhir ! s'écria-t-il.

– Oui, mais pas n'importe lequel ! Celui-ci a la réputation d'être l'un des plus hauts de Bretagne, avec ses presque dix mètres de haut… »

Mathias savait qu'il n'avait pas une taille d'adulte, mais il se sentit plus petit encore au pied de ce monolithe levé vers le ciel !

« Mais ça doit peser des tonnes et des tonnes ! Comment ont-ils fait pour le tailler et le mettre debout ?

– C'est là une question qui divise les archéologues, Mathias. Plusieurs hypothèses sont avancées, mais aucune n'est entièrement convaincante ! D'autant plus qu'il faut expliquer le transport de ces énormes pierres, qui proviennent parfois de lieux situés à des kilomètres et des kilomètres… »

Impressionné par la taille d'un de ces menhirs qu'il n'avait jamais vus que sur illustrations, Mathias tourna longtemps autour du gigantesque chicot de granite, et il fallut que Hans s'impatientât pour qu'il consentît enfin à rejoindre la voiture à cheval.

« Il y a encore d'autres villages où dénicher de tels mégalithes, dont certains se présentent en ligne ou en cercles… S'ils sont moins grands, ils valent pourtant le coup d'œil ! Et puis il y a aussi les cairns, les cromlechs, les tumulus. La Bretagne en regorge…

– D'accord, d'accord, on y va ! »

Durant deux jours, malgré un crachin insistant mais tiède, le vieil homme et son « petit-neveu » s'adonnèrent à de multiples excursions, avant que Hans ne se décidât à rejoindre Rennes et leur hôtel, au grand soulagement de Gertrude. L'enfant, quant à lui, ne se plaignait nullement de ces périples. Hans lui ouvrait les yeux à tellement de choses et d'horizons différents !

« Demain, nous irons découvrir d'autres horizons, qui t'offriront de nouvelles découvertes, mon gars… »

* *
*

Les reliefs de plus en plus vallonnés, parfois même accidentés, un paysage où alternaient champs et prairies, bois et surfaces dénudées... L'automne naissant mordorait la feuille des arbres et teintait chaque végétal d'or et de bronze, avec cette lumière à nulle autre pareille qui irisait la crête des haies et des bocages, qui transfigurait l'horizon et frisait de reflets la frange des bosquets... Hans et Mathias confièrent voiture et cheval à l'une des dernières fermes du village, avant de s'aventurer à pied sur l'un des chemins qui s'éloignaient dans les landes.

« Les landes de Lanvaux, petit ! Nous allons nous enfoncer maintenant dans celles de Gremel, où nous pourrons découvrir, à ce que je sais, nombre de mégalithes... Oh ! Ce ne sont pas les seuls, par ici ! Il y en a jusqu'au pied du château d'Allérac. Mais ils sont dans un état tellement pitoyable qu'il vaut mieux nous consacrer à ceux qui ont mieux résisté aux hommes et au temps... »

Dès la sortie du bourg, ils purent admirer le magnifique menhir du Ocher, ainsi qu'un alignement assez spectaculaire de rochers granitiques de belle taille. Puis, s'acheminant vers une butte qui coupait l'horizon au sud, ils s'attardèrent de longues minutes face à trois tertres grossièrement disposés à son sommet. De chacun d'eux émergeaient pierres dressées, plaques de schiste ou blocs de grès, pour certaines couchées à cause des vicissitudes des ans.

« Qu'en penses-tu, Mathias ?

– Ben... ce n'est pas très spectaculaire, non ?

– Sans doute ! Mais c'est là un rêve d'archéologue : ces monticules n'ont jamais été fouillés, et je gage qu'ils regorgent de vestiges des temps préhistoriques... Ah ! Si seulement j'avais eu une telle opportunité à deux pas de la Ribiette, jamais je n'aurais lâché la pioche, la pelle et la truelle ! Je ne comprends pas pourquoi nul n'a encore entrepris une recherche sérieuse sur un tel site... Tiens, regarde ces renflements sur la lande, je suis certain qu'ils trahissent d'autres tertres enfouis qui ne demandent qu'à être étudiés ! »

Ils longèrent une longue crête schisteuse avant de recouper un profond vallon aux pittoresques affleurements rocheux. Mathias était plus sensible pour l'instant à la variété des paysages qui s'offraient à lui au fil des chemins. Des zones humides, des landes, des bocages drus, des pinèdes, des vallées verdoyantes et des *grées*[1] sèches… Au détour d'un sentier, il changea aussitôt d'attitude en se trouvant confronté à un alignement de menhirs envahi par la végétation. De quels prodiges avaient donc pu user ces ancêtres de la préhistoire pour tailler, déplacer et ériger de tels blocs de pierre ?

« Regarde, ces menhirs décrivent un cercle presque parfait… Et là, un tumulus qui ne demanderait qu'à être fouillé. Et il y a des sépultures partout, dont la plupart n'ont pas été ouvertes !

– Mais… pourquoi ?

– Le poids des légendes, peut-être… Ou parce que trop peu d'érudits se sont encore penchés sur ces vestiges ! Tiens, si je ne me suis pas trompé, nous devrions arriver face aux Pierres Chevêches… »

Assis sur une roche de quartz blanc, Mathias considéra longuement le monument en ruine. Mentalement, il reconstruisait l'aspect qu'il avait dû avoir lors de son édification. Une allée bordée de part et d'autre par des menhirs qui conduisait à un dolmen en couloir, recouvert de plusieurs dalles colossales.

« Comment ces mégalithes ont-ils pu subsister jusqu'à nos jours ? »

Poursuivant leur errance en direction d'une colline, leur attention fut bientôt attirée par une étrange chenille de pierre émergeant de la lande broussailleuse.

« Qu'est-ce que c'est, oncle Hans ?

– Ce doit être l'allée couverte de la butte de Tréal, que je tenais autant à te montrer qu'à découvrir moi-même ! Un monument exceptionnel, si je m'en tiens aux revues archéologiques… »

---

1. *Du breton* créh *ou* c'hrav, *signifiant hauteur, colline de pierre ou crête.*

Exceptionnel, sans doute, mais passablement dégradé et partiellement effondré.

« Quel dommage ! gémit Hans. Toutes ces pierres pourraient pourtant être facilement redressées à leur emplacement original. Tu te rends compte ? Elles feraient un couloir d'environ quinze mètres de long sur plus de un mètre de large ! Doit-on l'appeler dolmen long ou allée couverte, je ne sais... Mais cela vaut le coup d'œil, n'est-ce pas ?

– Oh oui ! Pourquoi n'avons-nous pas de telles choses chez nous ?

– À chaque région ses richesses, Mathias... Nous avons les nôtres, ici ils ont les leurs ! Et nous n'avons pas tout vu, c'est moi qui te le dis ! »

Comme son « grand-oncle », Mathias préférait l'ambiance des fortifications du Moyen Âge à celle des demeures luxueuses du temps de Louis XIV. Aussi Hans lui proposa-t-il, avant d'envisager de quitter Rennes, de se rendre jusqu'à Vitré, à moins d'une vingtaine de kilomètres à l'est :

« Tu verras, il se dit que la vieille ville est encore plus admirable que Fougères ! »

À leur grande surprise, Gertrude manifesta son intention de se joindre pour une fois à eux :

« J'en ai plus qu'assez, maintenant, de rester seule pendant que vous trottez à droite et à gauche ! Alors, autant profiter de ce que le soleil est revenu...

– N'exagère pas ! Tu as déjà fait beaucoup d'efforts pour visiter nombre de lieux mémorables, non ?

– Peut-être, mais moi, vous savez, vos cailloux gaulois, ça ne m'intéresse pas trop... Pour autant, dans les villes anciennes, il me semble qu'il y a toujours de belles maisons à voir, n'est-ce pas ? »

Contrairement à ce qu'avait supposé Mathias, Vitré était une agglomération considérable, située sur les pentes encaissées de la Vilaine et surmontée par la fière silhouette de son château.

« Cette ville a été l'une des plus florissantes du duché de Bretagne ! » assura Hans en calquant son pas sur celui de Trudy, qui avançait gaillardement malgré son âge.

Ils commencèrent par la Tour rompue et les remparts qui subsistaient au nord et à l'est, puis s'attardèrent quelque peu à la muraille sud, entre la tour des Claviers et la tour de la Bridole, avant de s'aventurer dans les vieilles rues… Le monument le plus impressionnant demeurait malgré tout le château de la ville, bâti sur un emplacement défensif situé sur un promontoire dominant la Vilaine. Une visite historique de plus, qui n'était certes pas la dernière en une région aussi riche de vestiges !

De façon un peu gênée, Hans déclara alors d'une manière abrupte qui n'entrait pas dans ses habitudes :

« Pour une fois, je vais vous laisser quelques heures ensemble pour visiter cette belle cité ! Quant à moi, j'ai d'autres choses en tête qui ne sauraient vous intéresser…

– Ah donc ! Et pourquoi ? grogna Gertrude.

– J'ai quelques raisons de penser qu'un ancien de mes amis d'enfance habite désormais dans les environs, et je voudrais m'en assurer… quitte à me priver des charmes et des attraits de cette ville ! »

Trudy esquissa une moue éloquente. Elle connaissait trop celui qu'elle avait couvé toute sa vie pour ne pas soupçonner le moindre de ses mensonges ! Conscient de ne pas l'avoir convaincue, Hans insista, le regard soudainement autoritaire :

« Tu sauras bien t'occuper de Mathias, non ? D'autant plus qu'il y a une infinité de choses à voir, ici ! »

La vieille femme ne répondit que par un bougonnement indistinct. Il ne fallait pas lui faire prendre les vessies pour des lanternes !

« Bon, bon, ce sera comme vous voudrez, *mein Herr* ! »

Bien qu'intrigué par une telle décision, Mathias ne protesta pas. Il adorait tellement son « grand-oncle » !

* *
*

Hans Hasenfratz afficha une mine contrariée tout au long de son trajet solitaire, durant lequel il houspilla la jument plus qu'il ne l'eût fallu. En homme intègre, il détestait se sentir obligé de travestir la vérité ! Pouvait-il faire autrement ? Avec Mathias qui ne le lâchait pas d'une semelle, comment progresser dans la recherche des parents du môme ?

« Allez, au trot ! Et un peu de nerf, que diable ! »

La route restait pourtant désespérément plate, et les prairies n'étaient boursouflées que de légères ondulations que ne contrariaient que les haies et les vergers. Ici où là, quelques fermes espacées, ou des maisons rectangulaires plus cossues qui avaient dû être érigées autrefois par de riches négociants en toiles… Le clocher de Saint-M'Hervé se voyait de loin, mais Hans mit plus de temps qu'il ne l'avait pensé à atteindre le village. Sans hésiter, il se dirigea aussitôt vers un des cafés qui bordaient la place principale, sachant bien que c'était le lieu le plus propice pour y glaner d'éventuelles informations. Il s'y fit servir une bolée de cidre qu'il trouva un peu amer, puis se retourna sur la salle occupée par une douzaine de buveurs. Sans doute parlait-on déjà de lui à chaque tablée, tant son accent de l'Est était flagrant !

« On m'a dit que plusieurs compatriotes de Strasbourg se trouvaient dans la région. »

Les consommateurs échangèrent des regards entendus. Un étranger au village, Alsacien de surcroît, ne pouvait que chercher des gens de son pays ! Pourtant, on ressentait de l'estime pour ces patriotes qui avaient tout quitté pour échapper à la tutelle allemande, et ce fut avec le sourire qu'on lui répondit :

« Certaines familles de chez vous ont en effet échoué chez nous… Quelques-unes il y a des dizaines d'années, mais la plupart depuis le début de cette fichue guerre !

– En fait, celui que je cherche s'appelle Adrien Mooch…

– L'Adrien ? Il habite la deuxième ferme à gauche en direction de Balazé… Un vieux de la vieille, vous savez ? Qui est une figure du village depuis plus de quarante ans, même s'il n'est pas né ici ! »

Hans leva son gobelet.

« Bien ! Il n'est pas exclu que j'y fasse un détour, histoire de parler du pays… Si je ne le dérange pas, bien sûr ?

– Rassurez-vous, il n'y a pas plus accueillante que la famille Mooch ! »

La propriété indiquée par le tenancier du café s'avéra facile à trouver, et elle sembla à Hans d'une immensité peu commune. Il n'était guère habitué à voir des parcelles aussi étendues et s'étonna une fois de plus de la puissance tranquille et de la santé que dégageaient les vaches de cette région ! Le chemin bordé de haies qui filait droit au travers des prairies lui parut interminable, avant qu'il n'abordât une demeure ancienne, mais fort bien entretenue. Une dizaine de journaliers et de domestiques s'affairaient dans la grande cour fermée et les dépendances, et une servante sortit de la maison alors qu'il n'était même pas encore descendu de calèche.

« Vous désirez, monsieur ?

– Simplement, si c'est possible bien sûr, rencontrer le maître de ce domaine ! Adrien Mooch et moi, nous sommes de la même génération, celle de ceux qui ont quitté l'Alsace après la défaite de 1870. On m'a parlé de lui au village, et j'aimerais fort partager avec lui ces vieux souvenirs qui n'appartiennent qu'à nous…

– Il s'en fera un plaisir, soyez-en sûr ! Il ne cesse de parler de cette époque dès que l'occasion s'en présente… Suivez-moi, il est dans la grande salle. »

Le fermier était un homme sensiblement du même âge que Hans, mais avec un embonpoint impressionnant. Le cheveu rare et la trogne rougeaude, il dévisagea un instant son visiteur, avant d'affirmer d'une voix graillonnante qui n'arrivait pas à masquer des relents d'accents plus gutturaux :

« Alors ainsi, vous êtes de “chez nous” ?

– Oui, d'Obernai. Je m'appelle Hans Hasenfratz !

– Déraciné par la guerre, sans doute… Comme beaucoup ! Et je suppose que vous cherchez un toit dans la région ?

– Même pas, monsieur Mooch. J'ai moi-même quitté l'Alsace après 70, pour m'implanter en Lorraine. Il est vrai que les derniers événements ont réussi à me chasser loin de chez moi, mais j'ai trouvé refuge à Paris. Non, ce n'est pas ce qui m'amène chez vous… Je recherche plutôt un homme qui porte le même nom que vous, mais pas le même prénom : Friedrich Mooch ! »

La mine du propriétaire des lieux s'assombrit aussitôt, et son regard se fit plus suspicieux. Les rumeurs se faisaient tellement échos d'espions allemands ! D'une inflexion plus agressive, il s'enquit :

« Friedrich, vous avez dit ? Je ne connais personne de ce prénom dans la famille !

– Allons, *mein Herr* ! Ne me prenez pas pour une taupe prussienne… Je sais que celui dont je voudrais retrouver la trace a pris un faux nom pour fuir le pays, et je ne lui veux aucun mal, je vous assure ! »

Le bonhomme jaugea une fois de plus son visiteur, puis se décida, en usant d'un ton plus bas :

« Bon… Je ne vous connais pas, mais je vais vous faire confiance, parce que nous sommes de la même région et environ du même âge. En vérité, Friedrich est un de mes neveux. Il n'a pas voulu rester en Alsace après la déclaration de guerre, et a choisi de rejoindre la France. Seulement, il lui manquait deux ans pour échapper à la mobilisation et il a préféré se vieillir sous une fausse identité. Je ne tiens pas plus que lui à ce que cela se sache, d'autant plus que je l'héberge, avec sa famille, comme ouvrier agricole…

– Je préfère moi aussi être franc avec vous ! En vérité, ce n'est pas votre Friedrich qui m'intéresse, mais un de ceux qui l'accompagnaient lors de son exil… Non pas pour lui chercher des noises, bien au contraire, mais pour lui apprendre une bonne nouvelle, au sujet d'un membre de sa famille qu'il croit mort depuis des années, mais qui est bien vivant !

– Je comprends d'autant plus que, par les temps qui courent, c'est plutôt l'inverse qui se produit ! Il ne se passe pas de semaine sans qu'on apprenne qu'un gars du village ou des alentours a laissé sa vie sur le front… Tenez, vous boirez bien une bolée de mon cidre maison pendant que j'appelle notre homme ! À ce propos, mieux vaut que vous l'appeliez Martial Bougès… C'est plus prudent ! »

Le neveu d'Adrien Mooch portait le cheveu rare et blanc de la cinquantaine proche. Il se montra méfiant dès qu'il vit la tenue citadine de Hans : ces gens de la ville n'apportaient généralement rien de bon ! Son oncle le mit aussitôt plus à l'aise, mais Friedrich ne consentit à ouvrir la bouche qu'après que Hans eut fait part qu'il n'ignorait rien du pseudonyme choisi par Üschen Kirneck.

« C'est bien cela ! Eugène Massevaux…

– J'avais espéré que les membres de votre petit groupe de fuyards avaient tous choisi la même destination !

– Il n'en a rien été, *mein Herr*… Le Kirneck et sa femme ont préféré suivre avec leur gamine Karl Rimbach, un autre de nos collègues, qui avait de la famille dans le midi de la France ! »

Bien que déçu par ces propos, Hans s'exclama :

« Je ne savais pas que les Kirneck avaient une fille !

– Si, si ! Hilda… Elle doit bien avoir cinq ou six ans. Mais dites-moi. Que leur voulez-vous, à ces gens ?

– Seulement leur annoncer le plus grand bonheur de leur vie, mais je ne peux vous en dire plus…

– Si cela peut vous aider, je sais seulement que la femme de Karl Rimbach était née près d'Arles. Ah ! Quel accent elle avait ! À mon sens, c'est bien là qu'ils ont dû échouer.

– En tout cas, merci, Friedrich… pardon, Martial !

– Eh ! Vous n'allez pas repartir comme cela ? Vous reprendrez bien encore une bolée, non ? C'est qu'il est fameux, le cidre des Mooch ! »

Le nez de la France

HANS N'AVAIT PAS DIT UN MOT de cette entrevue secrète, et s'était évertué à faire découvrir à son protégé les richesses archéologiques de cette région à nulle autre pareille. Il y avait tellement de sites à arpenter, de pierres monumentales, de dolmens, de menhirs, de tertres et de tumuli, de murs cyclopéens et d'enceintes mégalithiques ! Hans complétait ces excursions par des commentaires géologiques et botaniques, des observations sur la faune ou l'agencement des paysages. De Paimpont à Médréac, de Concoret à Saint-Marcan ou de Retiers à Landéan, le vieil homme et l'enfant, quelquefois accompagnés par Gertrude, passèrent leur temps à visiter nombre de lieux étonnants, chargés d'histoire ou porteurs de légendes, et dont le seul nom évoquait des univers plus ou moins magiques : le tombeau des Géants, la pierre des Fées, le cordon des Druides, les Demoiselles piquées, la pierre du Trésor… Leur passion pour l'archéologie ne les empêchait pas de faire des détours pour admirer les châteaux de différentes époques qui pullulaient dans la région. Comment rester insensible à l'élégance et l'harmonie de celui de la Bourbansais, avec ses pigeonniers, ses tours, et ses pavillons « à la Mansard », au faste de celui du Bois-Cornillé, reconstruit au XIXe siècle, à la massive emprise de celui de Montmuran, avec son pont-levis et ses tours rondes à mâchicoulis ?

« Quand allons-nous rentrer au pays ? maugréa ce matin-là Trudy.

– Certes pas demain, malheureusement ! rétorqua Hans. Notre région est la proie des armées et de leurs exactions, à tel point que la population civile n'a pu rester sur ses terres… Tant en Alsace qu'en Lorraine, tout n'est que désolation, tranchées et ruines !

– À Paris, alors ?

– J'y songe… Mais, comme l'automne reste clément, j'estime que nous pouvons passer encore quelques semaines en Bretagne !

– Parce que nous n'avons peut-être pas encore assez visité de vieilles choses, par ici ?

– Par ici, sans doute… Mais je pensais, avant de rejoindre la capitale, quitter notre pied-à-terre de Rennes pour gagner Brest ou Quimper ! »

La gouvernante soupira, comme déjà usée par ce périple qui durait trop à son goût :

« Encore une de vos lubies, sans doute ?

– Non ! Mais j'entends bien profiter de ce voyage pour vous faire découvrir ce qu'est vraiment l'océan, là où s'arrête, à l'ouest et dans les flots, notre belle terre de France. Vous n'avez encore rien vu de la puissance de la mer, Mathias et toi, depuis la côte ou la baie du Mont-Saint-Michel ! Moi-même, je n'ai été confronté qu'une fois à l'Atlantique, près du fort de La Rochelle… Et j'ai grande envie de renouer avec les sensations que m'avait procurées la force des vagues et des embruns ! »

Mathias sauta aussitôt sur place, trépignant d'impatience :

« Oh oui ! Quand partons-nous, mon oncle ?

– Le temps de faire nos bagages et d'avaler une solide collation… Le train venant de Paris passe par Rennes dans deux heures, s'il n'a pas de retard ! »

La ligne de chemin de fer était très fréquentée, pour un jour de semaine, et Hans regretta que ce convoi, à cause de la guerre, n'offrît pas le choix d'opter pour des billets en première classe, car les compartiments étaient complets. Beaucoup de femmes, dont certaines affichaient une tenue de deuil, contraintes sans doute à des déplacements autrefois dévolus à leurs époux. Des jeunes gens anxieux, la mine grave, qui rejoignaient peut-être leur caserne d'affectation pour porter la première fois l'uniforme. Des personnes d'un certain âge, à la mise paysanne, qui avaient repris contre leur gré les rênes de l'exploitation familiale. Des hommes d'affaires et des commerçants qui se déplaçaient pour traiter des marchés plus ou moins importants. Et puis, en fond de voiture, des soldats blessés, pansements sur la tête ou béquille à leur côté, certains amputés ou horriblement défigurés, qui se muraient dans un silence que chacun respectait. Qui ne brûlait pourtant d'entendre leurs témoignages, lesquels démentiraient sans doute les relations optimistes des journaux quant aux opérations militaires en cours ? La mine tragique et le mutisme de ces hommes désemparés décourageaient malgré tout les plus curieux de leur poser la moindre question, et on se contentait de leur adresser des regards apitoyés en pensant à l'enfer que vivaient, sur le front, des membres proches de la famille ou des connaissances du voisinage…

S'efforçant d'oublier l'angoisse sourde distillée par les voyageurs, Hans prit Mathias sur ses genoux et s'obligea à contempler le paysage qui filait derrière les vitres. Au fil des kilomètres, le relief changeait peu à peu, devenant de plus en plus accidenté.

« À gauche, au loin, sur ces hauteurs, ce doit être la forêt de Paimpont. Tout ce qui reste de l'ancienne forêt de Brocéliande…

– Celle du roi Arthur ?

– Oui ! Et celle de Merlin, des fées Morgane et Viviane, et de bien d'autres légendes…

– Tu ne sens pas, déjà, l'odeur de la mer ? Nous nous en rapprochons, Mathias. Nous sommes juste au sud du cap Fréhel et de la baie de Saint-Brieuc ! Le paradis des landes et des oiseaux… »

Saint-Brieuc !

« Nous ne nous y arrêterons que pour une nuit, décida Hans. J'abandonnerai l'essentiel de nos bagages en consigne, ce qui nous laissera l'après-midi et demain matin pour profiter des lieux, avant de poursuivre notre voyage jusqu'à Brest !

– Et après ? s'inquiéta Gertrude. Nous retournerons à Paris ?

– L'hiver ne s'annonce pas encore, ma bonne Trudy… Et je n'envisage qu'une autre étape à ce voyage, sur la côte atlantique, entre Quimper et Vannes, avant de rejoindre la capitale ! C'est la région la plus riche en vestiges celtiques de la Bretagne, qui me passionnent autant qu'ils passionneront le petit… »

La vieille femme baissa la tête pour maugréer :

« Parce que j'en ai assez de ce voyage qui n'en finit pas, moi ! Je ne suis plus d'âge à courater partout !

– Ce qui n'empêchera ta curiosité d'être confrontée à l'océan, n'est-ce pas ? »

Gertrude esquissa une grimace hypocrite :

« Grâce à vous, j'ai vu la mer pour la première fois, *mein Herr*, et cela restera l'un des plus beaux souvenirs de ma vie ! Mais maintenant, mer ou océan, c'est toujours pareil, non ?

– J'espère bien te prouver le contraire, Trudy… »

Ce fut avec impatience que le jeune garçon attendit la suite du voyage, après une nuit agitée de songes étranges. Son « grand-oncle » Hans lui avait tellement évoqué ce déplacement qu'il espérait être confronté au bout de la terre, face à l'immensité d'un océan aux vagues furieuses ! Sans doute le vieil érudit avait-il été lui aussi en proie aux mêmes rêves, lui qui n'avait jamais eu l'occasion de visiter cette région de France qui le hantait depuis toujours ? Désormais accoutumé aux trajets en chemin de fer, le jeune garçon se montra d'ailleurs moins passionné par la découverte de paysages inconnus, bien qu'ils fussent de plus en plus variés au fil des kilomètres… Un arrêt à Guingamp qui lui parut interminable, puis cette remontée vers Plouaret, et ces kilomètres encore avant de parvenir à Morlaix et son impressionnant viaduc. Une nouvelle attente en gare, que Hans excusait par les dérèglements apportés à la circulation ferroviaire civile par la priorité donnée aux convois militaires, lesquels acheminaient sans cesse provisions et armement, munitions et hommes, bêtes de trait et véhicules, jusqu'aux lignes de front où s'épuisaient les armées antagonistes depuis des mois…

Landivisiau, Landerneau, et enfin Brest ! Bizarrement, pour un port, la cité maritime s'était développée sur un plateau d'une centaine de mètres d'altitude, au sommet de falaises dominant la rade… La gare était proche de ce point de vue et, fier de ses connaissances, Mathias déduisit d'instinct que les fortifications qui s'offraient à lui avaient été élevées par Vauban, tant l'architecture en était aisément reconnaissable !

« Ces remparts sont énormes ! s'exclama-t-il pourtant.

– Et pour cause ! rétorqua Hans. Le port a toujours été d'importance stratégique, et se devait d'être puissamment défendu ! De nos jours encore, il abrite un gros fort et un arsenal militaire qui font vivre une bonne partie de la ville…

– Et qui la mettent sans doute dans l'angoisse, depuis la déclaration de cette fichue guerre ! » ajouta Gertrude.

Aussitôt, Hans se mit en recherche d'un hôtel propre, mais modeste, ce qui devenait au fil des étapes une habitude presque quotidienne. Il le trouva près de la place de la Liberté en suivant la grande rue de Paris, desservie par le tramway, où s'alignaient commerces, auberges et guinguettes, une artère très fréquentée où alternaient lieux de plaisir, cafés et magasins.

* *
*

Trudy ayant résolu de rester dans sa chambre, remettant au lendemain pour cause de fatigue son envie de découvrir les flots de l'Atlantique, Hans et Mathias décidèrent néanmoins de faire une première excursion dans la cité. Leurs pas les menèrent naturellement jusqu'au pont National, qui franchissait la large embouchure de la Penfeld, dont une berge rassemblait une multitude de petites embarcations de pêcheurs.

« Tu te rends compte, autrefois, pour rejoindre la rive opposée, le trajet se faisait sur de mauvais esquifs en piètre état ! Ce pont métallique ne date que d'un peu plus de cinquante ans… Il mène au quartier de la Recouvrance qui, comme tu le vois, possède aussi ses remparts, sous lesquels s'étalent les quartiers et le port militaire.

– Et l'océan ?

– On peut dire que la rade en fait partie, mais il est trop domestiqué, ici, pour en goûter la véritable beauté. Nous gagnerons demain des côtes plus sauvages, depuis lesquelles nous pourrons juger de sa force et de sa violence ! »

En attendant, ils préférèrent ne pas traverser le pont, pour descendre par la rampe d'accès jusqu'au niveau du port de commerce, afin de profiter de l'ambiance si particulière des grands quais maritimes. À l'odeur iodée de la mer s'ajoutaient ici toutes sortes d'effluves, ceux du goudron des calfatages, ceux des fumées de charbon des steamers, du poisson pourri, des cordages humides, du bois gorgé de sel, des ballots pourrissants, ainsi que des relents d'épices lointaines… Une multitude d'hommes habillés de toiles cirées et de cuir bouilli se mouvaient en tout sens, poussant à bras des chariots surchargés ou coltinant à l'épaule d'énormes colis. Délaissant le spectacle des convoyeurs et des matelots et oubliant la multiplicité des langues étranges dans lesquelles ils communiquaient, Mathias se fondit dans la contemplation de ces grands navires marchands aux coques défraîchies, mais qui avaient encore fière allure. Comment ne pas être impressionné par ces mâts, ces voiles repliées et ces gréements ? Par ces bâtiments au ventre rond qui se laissaient bercer par les vagues, auprès de plus frêles corvettes ou frégates ? Moins beaux, mais combien plus solides, les bateaux à vapeur, aux flancs de fer ou de bois, crachotaient leurs dernières bouffées de fumée âcre. Plus que tout, c'était leur taille qui troublait le jeune garçon, qui cherchait en les regardant à deviner les paysages exotiques qu'ils avaient croisés au fil de leurs longs périples. Le jour commençait à baisser quand Hans arracha Mathias à ses rêveries :

« Le soir sera vite là, petit, et il convient de ne pas trop nous attarder. Si le port est plus sûr qu'autrefois, quand les marins fraîchement débarqués, abrutis d'alcool et en manque de femmes transformaient ces quartiers en lupanars le jour et en coupe-gorge la nuit, il n'en est pas moins désagréablement turbulent et dangereux pour qui s'y égare une fois les ténèbres tombées ! »

* *
*

Le sommeil semblait avoir été réparateur, et chacun paraissait décidé à passer le moins possible de temps face à son petit déjeuner pour profiter au mieux de la journée qui s'amorçait. Hans n'avait-il pas annoncé qu'il avait loué une automobile pour éviter l'inconfort d'une voiture à cheval ? Gertrude elle-même n'avait fait aucune objection, malgré l'aversion qu'elle éprouvait pour ce mode de déplacement. Peut-être s'accoutumait-elle peu à peu aux progrès du siècle ?

« Allez, montez ! Et ne vous étonnez pas de cette mécanique de marque Darracq, en bon état c'est vrai, mais qui date tout de même de 1910 ! Les moteurs et le confort des voitures à moteur ont eu beaucoup d'amélioration depuis… Malheureusement, avec cette guerre, la commercialisation de nouveaux modèles pour les particuliers reste assez délicate !

– Mais pourquoi est-il besoin d'un tel engin ? râla encore Gertrude. Je croyais que la mer était toute proche ! Brest est l'un des premiers ports français, si j'ai bien compris ?

– C'est vrai, Trudy, mais il donne sur une rade qui est loin de ressembler à l'océan dans toute sa splendeur ! Et, à cause de la découpe des côtes morcelées, il faut souvent se déplacer sur des kilomètres et des kilomètres pour rejoindre deux points géographiquement assez proches… »

Le temps était gris, le ciel sale, l'air un peu humide, mais Hans se montrait plutôt optimiste. Il en était généralement ainsi chaque matin, depuis qu'ils subissaient tous trois le climat de Bretagne ! Souvent, peu avant midi, tout devenait plus lumineux et, même si les nuages se bousculaient toujours, ils laissaient par intermittence le soleil embellir le paysage… Fort de son expérience, Hans maîtrisa aisément son véhicule et il traversa Brest pour filer, au nord-ouest, en direction de Saint-Renan. Une route poussiéreuse et tortueuse faisait le tour des champs et des prairies, longeait haies et bosquets. Après une courte halte à Saint-Renan pour laisser refroidir le véhicule, faire découvrir à Trudy le goût du chouchen, et à Mathias les sculptures de bois que supportaient les poutres de certaines vieilles demeures de la place du Marché, avec leurs visages grimaçants ou souriants, d'étranges chimères ou des animaux mystérieux, ils remontèrent tous dans la Darracq, qui pétarada de nouveau sur la voie défoncée d'ornières qui menait à Plouarzel. Hans poursuivit en direction de la côte au travers d'un paysage de landes et d'ajoncs, avant d'enfin faire taire son moteur.

« Le sol devient trop sableux pour que je m'aventure plus loin ! Nous finirons à pied… »

Une belle balade, que ne contrariaient que les assauts du vent qui, sans répit, sifflait et hurlait en courbant la végétation sous son souffle. Gertrude avait troqué son chapeau contre un simple foulard emprisonnant ses cheveux blancs, et elle suffoqua :

« Mais tenez-moi donc la main, monsieur Hans, que ces rafales vont bien finir par me renverser, que diable ! »

La barbiche malmenée et les cheveux ébouriffés, le vieil érudit fit de son mieux pour aider la gouvernante, suivi comme son ombre par le petit Mathias. Tout en marchant, il cria pour se faire entendre :

« Ce n'est pas par hasard que je vous amène ici ! Nous sommes en pays d'Iroise, et non seulement nous nous trouvons à la limite de la Manche et de l'océan, mais encore au point le plus à l'ouest de la France continentale. Le bout de notre monde, en quelque sorte ! On l'appelle la pointe de Corsen. »

Dans l'herbe verte frisée par les bourrasques que crevait ici ou là la roche s'agitaient des parterres de fleurs roses ou jaunes. Déjà, avant même d'apercevoir les flots, des gifles d'embruns humides fouettaient les visages, faisant regretter à Trudy d'avoir participé à cette expédition. Elle oublia pourtant tous ces désagréments dès que la vue s'ouvrit sur l'océan.

« Mon Dieu ! Quelle furie ! »

Comme Mathias, jamais elle n'avait imaginé une telle force des éléments, effrayante dans sa beauté sauvage, avec cet horizon sans fin qui se fondait au ciel, infiniment scintillant sous les rais d'un soleil fantasque, et ces crêtes de diamants qui accrochaient la lumière d'un univers sans cesse en mouvance, ces vaguelettes qui grossissaient à l'approche de la côte jusqu'à se liguer en rouleaux mousseux, dont l'écume blanche courait à l'assaut des roches dans un grondement sourd, avant de se fracasser contre les falaises en gerbes ruisselantes… Le reflux, dans un chuintement humide brassé de clapotis, puis l'arrivée d'un nouveau front d'eau qui venait battre les récifs, mouvement incessant qui renaissait de lui-même !

« Et encore, ce ne sont ni les grandes marées ni la tempête ! » hurla Hans en se courbant en avant pour résister aux rafales.

Un spectacle prenant pour qui ne l'avait jamais vu, aussi terrifiant qu'attirant, ensorcelant, hypnotisant… Quelques rares personnes cheminaient au bas des falaises, là où un ruban de plage le permettait. Hans proposa :

« Et si nous allions voir cela de plus près ? »

Si Trudy y renonça à grands cris, jurant qu'elle était bien mieux ici pour apprécier au mieux ce premier contact avec l'océan, Mathias n'hésita pas :

« Oh oui, oncle Hans !

– Mais à la condition que tu restes prudent, alors. Il est parfois des vagues traîtresses qui ne préviennent pas ! »

Jamais Mathias n'oublierait cette fureur de bruit et d'écume ! Ce fracas ! Cette peur, aussi, à voir se jeter sur lui les lames menaçantes qui venaient mourir à ses pieds dans des giclées de gouttelettes cinglées par le vent… À entendre les masses d'eau de mer submerger de bouillons et tourbillons les brisants émergeant des vagues ! Une expérience grisante, malgré tout, qui faisait battre plus vite son cœur. Tout en remontant le chemin pour rejoindre Trudy, Hans en conclut que son protégé avait été recueilli trop jeune pour qu'il se souvînt des flots qui avaient failli le noyer, près de six ans auparavant…

« Nous reprendrons le chemin de la gare dès demain ! annonça-t-il. Direction Paris, mais avec un dernier détour par Landerneau pour une halte entre Lorient et Vannes…

– Et pourquoi ?

– Parce qu'il est impensable de venir dans cette région sans que je te fasse découvrir les plus formidables monuments mégalithiques qui soient ! Je suis certain que tu seras soufflé… »

* *
*

Le voyage s'avéra assez long, parsemé qu'il était d'arrêts et de correspondances, de retards inopinés et de changements de rames… À la gare d'Auray, Hans n'eut rien de plus pressé que de pousser la porte du premier hôtel venu et, la fatigue aidant, chacun se coucha après un repas bien mérité.

Le lendemain, Hans réveilla Mathias de bonne heure, alors que Trudy était déjà debout depuis longtemps. Après un petit déjeuner rapidement avalé, il convainquit laborieusement Gertrude de l'accompagner vers les sites archéologiques qu'il désirait montrer à Mathias. Oh ! Le trajet n'était pas très long ni très accidenté, seulement une petite dizaine de kilomètres, mais le train facilitait vraiment l'accès à la côte, et Hans, après avoir consulté son guide de voyage et demandé confirmation au contrôleur, descendit sans hésiter à une minuscule gare qui tenait plus du hangar que d'une véritable bâtisse : Plouharnel !

« Inutile d'avoir recours à un cabriolet, non ? Il n'y a pas plus de un kilomètre pour rejoindre Carnac, et le chemin longe la côte en permettant de larges vues sur l'océan. »

Il ne fallut en effet que quelques minutes de marche pour parvenir aux abords d'un bourg d'apparence modeste. Malgré l'automne avancé et la France en état de guerre, un certain nombre de touristes circulaient sur le chemin, principalement des hommes dont la tenue évoquait le plus souvent bourgeois ou amateurs d'antiquités.

« Le site attire énormément d'érudits ! précisa Hans. Suivons-les, ce devrait être à gauche, peu avant les premières maisons du hameau qui a pour nom le Ménec… »

Le secret de Gertrude

AU TOURNANT D'UNE HAIE, Hans, la vieille femme et le jeune garçon découvrirent enfin ces fameux menhirs. Trudy s'écria aussitôt :

« Mon Dieu ! Mais qu'est-ce que c'est que cette diablerie ? »

Hans lui-même, bien que connaissant la notoriété de ces alignements exceptionnels, ne s'attendait pas à un tel choc.

« Il n'y a là ni Dieu ni diable, voyons ! Les pierres ont été dressées par nos ancêtres bien avant la naissance de Jésus, peut-être même avant l'écriture de la Bible ! »

Quant à Mathias, il s'était arrêté, la bouche ouverte, les yeux écarquillés, pétrifié. Comment avait-il été possible, sur cette bande de landes large d'une centaine de mètres, d'ériger ces multitudes de blocs irréguliers alignés à perte de vue sur autant de rangées ?

« Mais… c'est incroyable, oncle Hans. Il y en a des dizaines et des centaines !

– Ce n'est pas le seul emplacement du village où s'élèvent des menhirs, tu sais… Les files que nous voyons sont constituées d'environ onze cents pierres dressées, sur une douzaine de rangs et un kilomètre de long ! Comme tu peux le constater, elles ne sont pas parfaitement droites et décrivent parfois de faibles courbes parallèles. En outre, plus on regarde à l'est, plus ils sont grands et rapprochés ! Si les plus petits mesurent à peine un mètre, le plus grand, dans un autre ensemble près d'ici, frôle les sept mètres.

– Mais pourquoi ? Et comment les Celtes ont-ils fait pour les transporter et les mettre debout ?

– Je ne te répondrai pas sur ce point, petit, car bien des choses restent mystérieuses, même pour les chercheurs et les archéologues les plus émérites ! De plus, les siècles et les millénaires avaient couché beaucoup de ces énormes blocs, et il n'est pas certain qu'ils aient été relevés à leur exact emplacement d'origine... D'autres ont sans doute disparu. D'ailleurs, beaucoup de maisons des environs possèdent dans leurs murs de grosses pierres fragmentées provenant probablement de l'un ou l'autre de ces alignements ! »

Mathias se tut, gardant pour lui ses interrogations. Qu'il se sentait petit face à ces enfilades de géants minéraux ! Hans parut heureux de la stupéfaction de Gertrude, et surtout de l'intérêt que montrait son « petit-neveu » pour cette énigme du passé. Il ajouta :

« À Carnac, les différents groupements de menhirs totalisent environ trois mille pierres levées, c'est-à-dire plus que nulle part ailleurs en Europe ! Mais, dis-moi... Tu ne remarques rien ?

– Si, les premières pierres ne sont pas en colonnes, mais semées un peu au hasard, on dirait...

– Tout à fait ! Ces soixante et onze blocs, au départ des alignements, sont le reste de ce qui devait être un cercle de pierres...

– Un cromlech, alors ?

– C'est cela ! D'ailleurs, à l'autre extrémité, on peut en deviner un second, mais totalement ruiné... »

Le jeune garçon ressentait une émotion presque mystique à circuler au sein de ces longues files de géants de granite. La tête emplie de questions sans réponse, il éprouvait autant d'admiration pour l'acharnement et la sueur qu'il avait fallu pour agencer un tel site, que de frustration à ne point pouvoir expliquer ce prodige !

« Je veux tout voir ! s'exclama-t-il soudain. Tout ! »

Hans les conduisit donc, dans le prolongement des alignements du Ménec, après le tertre tumulaire du Manio, au champ de Kermario qui, plus long encore, était fiché de plus de mille menhirs sur dix rangs…

« Oh ! Ils sont encore plus beaux ! »

Trudy, pour une fois intéressée, s'arrêta et porta les mains à ses hanches avant de hocher la tête, perplexe :

« Quel intérêt à planter ces cailloux ? Il doit bien y avoir une explication…

– Pas une, rétorqua Hans. Mais plusieurs, et même trop ! Gustave Flaubert ne disait-il pas qu'on a écrit sur Carnac plus de bêtises que l'endroit ne compte de pierres levées ? »

Les mouettes sillonnaient le ciel en tout sens en piaillant, et le vent d'ouest obligeait à relever le col des manteaux, mais nul ne s'en plaignait tant l'excitation de la découverte faisait oublier les rafales humides qui balayaient les terres ! Au bout d'un temps, Hans décréta :

« Comme nous ne pouvons nous attarder des semaines et des mois en Bretagne, surtout avec l'hiver qui approche, nous consacrerons nos derniers loisirs pour nous rendre en d'autres lieux exceptionnels. La région n'en manque pas ! »

* *
*

Durant les jours qui suivirent, ils visitèrent nombre d'autres lieux dignes de l'intérêt d'un érudit, dont le tumulus de Mané-er-Hroëk, le dolmen à couloir de Kercadoret, et surtout le fabuleux cairn de l'île de Gavrinis. Avec, pour Mathias, le souvenir inoubliable de sa première sortie en mer sur le pont d'un bateau, pour une traversée d'un petit quart d'heure. Si rien n'avait pu convaincre Gertrude de se joindre à eux, le garçon avait pris plaisir à sentir sous ses pieds cette mouvance liquide et les ballotements de l'embarcation secouée par les vagues… Puis ce fut la presqu'île de Locmariaquer, qui évoquait au moins autant le génie des bâtisseurs du Néolithique que les fabuleux alignements de Carnac ! Hans y choisit pour première halte celle où l'on pouvait admirer le Grand Menhir brisé…

« Et c'est pour cela que nous avons fait ce déplacement ? s'indigna Gertrude. Des roches brisées couchées sur le sol !

– Regarde mieux ces morceaux, Trudy, et imagine-les debout ! Ce menhir mesurait presque vingt et un mètres de haut, et son poids total devait avoisiner les deux cent cinquante à trois cents tonnes…

– Vous… vous le croyez vraiment ? Mais cela dépasse l'entendement, *mein Herr* !

– Sans doute… Pourtant, le plus incroyable, c'est que tous les archéologues et géologues s'accordent pour affirmer que cet énorme bloc, taillé et affiné avant même l'invention du métal, a été extrait et transporté depuis un endroit situé à plusieurs kilomètres d'ici ! »

Pour finir, Hans fit découvrir à Mathias le magnifique dolmen de la Table des marchands, et l'admirable stèle ornée formant le fond de la chambre sépulcrale.

Le jeune garçon ne se lassait pas d'admirer ces monuments mégalithiques, et il confia à son « grand-oncle » :

« Quand je serai plus grand, moi aussi, je veux devenir archéologue, pour trouver ce qui pourra expliquer tout ce que nous ne comprenons pas encore ! Pourquoi les Celtes ont-ils construit tout ça ? Et comment ils ont pu déplacer tous ces blocs de granite… Oui, je crois que c'est vraiment ce que je veux faire… »

Convaincu au plus profond de lui de la réalité de cette vocation nouvelle, Mathias ne cessa d'y songer durant des jours et des jours, sans une seule nuit exempte de ces quilles de pierre nichées au sein de ses paupières closes… Sans un instant où il ne s'imaginait, adulte, occupé à fouiller autour de ces mystérieux mégalithes ! Oui, une véritable passion s'était emparée de lui, qui se transformait en idée fixe. Un jour, il s'attaquerait à cette énigme et se jurait bien de n'avoir plus de répit avant de résoudre ce casse-tête archéologique… Jusqu'à ce matin où Hans Hasenfratz décréta :

« Il est désormais plus que temps de rejoindre Paris et la rue Saint-Romain ! Il est hors de question de passer l'hiver ici, et la mauvaise saison n'est plus loin… Rassure-toi pourtant, nous retournerons au musée de Saint-Germain-en-Laye, qui présente nombre de vestiges de ces époques provenant de toutes les régions de France ! »

* *
*

Les meilleures choses ont toujours une fin. Et il était désormais temps, après ces quelques semaines d'excursion, de quitter cette Bretagne ensorcelante qui plaisait tant à Mathias. Aussi, ce ne fut pas sans nostalgie que, sur les pas de Gertrude et de Hans, il traîna sa valise dans le train qui attendait sur le quai. Comment ne pas ressentir du désagrément à retrouver l'ambiance de la capitale, malgré la gentillesse de Berthe et Martin ? S'il avait tout d'abord été séduit par la richesse du patrimoine de la grande ville, par le nombre de ses monuments et de ses musées, il se sentait malgré tout oppressé par le gigantisme de la ville… Les larges espaces bretons lui manquaient déjà !

Paris… Et de nouveau la routine de la vie citadine, que Mathias appréciait de moins en moins. Comment oublier la magie des landes, le charme des voyages, les turbulences de l'océan, et supporter ces jours gris, entre les murs de la capitale ? Même la joie de revoir Anne-Marie et le comte ne lui ôta pas un certain vague à l'âme. Ses seuls véritables plaisirs se résumaient à se plonger dans des livres d'archéologie traitant du mégalithisme, et à inciter son « grand-oncle » à le conduire de musée en musée… De plus, la poursuite de la guerre gangrenait la ville d'une ambiance morose que n'arrivait pas à balayer l'exubérance simulée des habitants de la capitale. Tout sonnait trop faux, dans leurs propos outrageusement optimistes ! L'unique consolation résidait dans ce climat anormalement clément pour la saison, car l'hiver se révéla extrêmement doux jusqu'à la fin de février, qui vit même fleurir nombre d'arbres fruitiers. Il faisait bon sortir le long des boulevards sous un soleil déjà printanier, mais le jeune garçon supportait de plus en plus mal la foule et la circulation infernale de la métropole. Le mois de mars mit malheureusement un terme à ce sursis…

Hans s'arracha à la lecture de son journal en soupirant. L'attaque allemande sur Verdun occupait toutes les colonnes du quotidien, et les nouvelles du front n'étaient guère encourageantes ! Un peu d'espoir renaissait pourtant depuis que Pétain avait fait monter près de six mille camions pour repousser l'offensive…

« Quelle boucherie ! »

Il se tourna vers Mathias qui, crayon à la main, s'amusait à reproduire, de mémoire, les files pittoresques des alignements de Carnac.

« On dirait que tu t'ennuies, mon garçon ? »

Un haussement d'épaules pour toute réponse. Hans le considéra d'un œil perplexe. Il connaissait désormais si bien le « petit » ! Bien sûr, la vague de froid qui avait succédé à la clémence des deux premiers mois de l'année n'incitait guère à sortir des murs, mais l'attitude de Mathias le préoccupait. Comme si elle avait lu dans ses pensées, Gertrude leva le nez de ses épluchures :

« Pour ma part, j'ai assez voyagé comme cela, *mein Herr*… Mais ce n'est pas pour autant qu'il faut vous croire obligé de passer tout votre temps à Paris ! Il est des coins de France où le climat est plus doux qu'ici, et ce serait peut-être l'occasion de les faire découvrir à Mathias, non ?

– J'y songe de plus en plus sérieusement, Trudy…

– C'est vrai ? » s'enthousiasma le gamin en abandonnant ses mines de couleur.

La perspective de nouvelles excursions redonna aussitôt de l'énergie au jeune garçon, qui se plongea au plus vite dans ses ouvrages de géographie. Si Hans lui donnait le choix, qu'aimerait-il visiter en priorité ? Plus il tournait de pages, plus il hésitait, constatant vite à quel point son « grand-oncle » avait raison. La France était si riche et si variée ! Que choisir, dans tout cela ? Que choisir ?

Ce fut Hans Hasenfratz qui finit par décider :

« Au vu des températures de ce mois de mars, et pour oublier la glace qui recouvre les vitres, ce sera donc le Sud, avec son soleil et ses températures plus clémentes !

– Le Sud, oncle Hans ? Mais où ?

– Je ne sais pas encore. Nous verrons bien ! »

Comment avouer que c'était peut-être en ces régions qu'il pouvait éventuellement retrouver des traces des parents du gamin ? Il n'avait que le nom de la ville d'Arles pour tout indice ! Arles oui, mais où ? La ville et ses environs étaient si vastes… Hans s'en était ouvert à son ami le comte, mais n'avait pas pour autant obtenu de réponses probantes :

« Vous comprenez, Hans, que la guerre ne favorise pas les contacts entre la France occupée et la France… occupée à se défendre ! D'autant plus que je suis désormais loin de chez nous…

– Je m'en doutais bien, vous savez…

– Tout espoir n'est pas perdu pour autant ! J'ai des amis fidèles au-delà de nos frontières qui peuvent s'avérer précieux. Le téléphone fonctionne à nouveau à peu près correctement, aussi n'hésitez pas à me contacter, où que vous soyez. J'ai entrepris des démarches qui pourraient aboutir à des résultats ! Et notamment la recherche de l'extrait de mariage qui nous donnerait non seulement le nom de jeune fille de l'épouse Kirneck, mais aussi son lieu de naissance… Il nous faut pourtant de la patience, car ce ne sont pas des choses qui s'obtiennent aussi facilement, en des temps si troublés !

– Quel qu'en soit l'aboutissement, soyez assuré de ma reconnaissance au regard des efforts que vous faites pour mon petit Mathias.

– C'est bien naturel, mon cher. »

* *
*

Le départ annoncé fut tout de même retardé de quelques jours, après que Gertrude eut été contrainte de s'aliter, fiévreuse et en proie à une toux persistante… Les couvertures remontées jusqu'au nez, les yeux larmoyants et le nez coulant, elle adressa un regard coupable à Hans, qui s'empressait à son chevet.

« Il ne fallait pas reculer votre voyage, *mein Herr*. Ce n'est rien qu'une mauvaise grippe, et ça passera bien !

– Je n'en doute pas, Trudy ! Mais, à ton âge, il convient que tu sois bien soignée… Et je n'ai nulle envie de te laisser seule dans un tel état.

– Mais… Mathias ? Il se faisait une telle joie de s'échapper de Paris !

– Mathias est le premier à s'inquiéter de toi, au contraire ! Et il aurait refusé de prendre le train avant que tu ne sois sur pied…

– Un brave petit, je l'ai toujours su… »

La vieille femme eut une pénible quinte qui l'obligea longuement à reprendre son souffle. Avec un regard fiévreux, elle gémit :

« Je crois que je vais finir par y passer ! Jamais je ne me suis sentie aussi faible…

– Allons ! Tu es plus solide que tu ne parais.

– Vous oubliez mon âge, *mein Herr*. Je sens bien que la vie me fuit par tous les pores de la peau, depuis quelques années !

– Mais non, tête de mule ! Je t'assure que…

– Tss, tss… l'interrompit-elle en ahanant. Je sais ce que je dis ! »

Il y eut entre eux un silence. Un long silence… Puis Gertrude chercha le regard de Hans avant de murmurer d'une façon sans doute volontairement pitoyable :

« La mort peut si vite arriver, mon pauvre Hans. Aussi, il faut que je vous dise…

– Inutile, Trudy ! Rien ne presse, et tu ferais mieux de te reposer !

– Non, non… Cela me pèse trop sur le cœur, depuis des années et des années ! J'ai bien essayé maintes fois de vous en parler, mais en vain… Jamais vous n'avez voulu m'écouter ! Mais le moment est venu où je ne peux plus vraiment repousser de vous révéler le secret que je porte depuis trop longtemps. »

Hans soupira, comme exaspéré :

« Tu ne me lâcheras donc jamais, avec Emma ?

– Ose donc dire que tu l'as oubliée, grand frimeur ! Je sais trop bien qu'elle reste comme une écharde en votre cœur… »

Elle s'interrompit, le temps de crachoter de manière lamentable, tandis que Hans gardait le silence. Elle poursuivit alors, d'une voix à peine audible :

« Je sais, j'avais juré le secret, mais il est si grand pour moi que je ne peux le garder jusqu'à la tombe ! Tu sais, mon Hans, ton Emma t'a aimé plus que tu ne le penses, même si elle s'est pliée à l'autorité de sa famille… Et il est un secret qu'elle n'a voulu partager qu'avec moi, en me faisant jurer de ne jamais le révéler !

– Et que t'apprêtes-tu à faire, alors ? » s'énerva Hans.

En restant toujours au tutoiement, comme au temps où son « maître » n'était encore qu'un gamin, elle répondit en murmurant :

« J'ai déjà tout fait inscrire dans mon testament, mais… mais que restera-t-il de ces documents, en notre Lorraine, avec les bombardements qui peuvent encore s'abattre sur Nancy et ses environs ? C'est bien pourquoi il faut que je t'avoue que…

– Que ?

– Que si Emma n'a pas voulu te suivre par obéissance à ses parents, elle comme toi ne vous étiez pas montrés aussi respectueux des règles établies, avant que tu ne m'entraînes à ta suite jusqu'à Morey ! »

Fronçant les sourcils, Hans s'impatienta :

« Ou veux-tu en venir, enfin ?

– Au fait que vous aviez mis tous deux la charrue avant les bœufs, que diable ! Et que si la petite n'a pas voulu te suivre, mon grand, c'est qu'elle avait de toi une petite graine dans le ventre… »

Hans mit un moment à réagir, hésitant à comprendre.

« Tu ne veux pas dire que…

– Si, Hans ! Emma était enceinte lorsque tu as tourné le dos à l'Alsace allemande. »

Abasourdi, incrédule, il n'eut aucune pitié des nouveaux accès de toux de celle qui l'avait toujours couvé, et il la redressa brusquement de ses oreillers.

« Ce n'est pas vrai ! cria-t-il. Ce n'est pas vrai ! Pourquoi ne m'en aurait-elle jamais fait part, au fil des lettres que nous nous sommes échangées durant des années ? Et ce jusqu'à ce qu'elle se marie… »

Fiévreuse et transpirante, Trudy toussa avant de préciser :

« Emma ne pouvait envisager de s'exiler avec toi à cause de cette grossesse, car cette aventure l'effrayait ! Elle a décidé de ne point t'en parler pour que tu ne restes pas contre ton gré sous occupation allemande…

– La belle affaire ! s'emporta Hans. J'avais largement les moyens d'assumer une paternité, où que ce soit ! Nous avions tous deux tellement rêvé d'un enfant… Pour un fils, nous l'aurions même appelé…

– Mathias, je sais ! C'est d'ailleurs ainsi qu'elle a prénommé le petit… Seulement, les Medernach ont très mal vécu le fait de se retrouver avec une fille mère, et ils ont su contraindre Emma à se plier à leur volonté. Ils lui ont interdit de te revoir ou d'essayer de te rejoindre, et n'ont jamais rien su des courriers que vous avez échangés à l'époque ! Jusqu'à ce que ce pharmacien accepte de la prendre pour épouse malgré le fardeau encombrant d'un petit gosse turbulent… qu'il a d'ailleurs eu la délicatesse de reconnaître comme sien, ce qui fait que le gamin a hérité du nom de Schlotter. »

Hans retomba lourdement des fesses sur sa chaise. Il bafouilla, oscillant encore entre scepticisme et stupeur :

« Moi ? Un fils ? Avec Emma ? »

Devait-il s'en réjouir ou s'en affliger ? Insidieusement, ce fut alors une colère sourde qui l'envahit.

« Et tu as attendu plus de quarante ans pour m'en faire part ? » grogna-t-il en faisant des efforts désespérés pour ne pas hurler.

Gertrude ferma les yeux, comme honteuse :

« J'avais juré de me taire, *mein Herr* ! Pour votre bien comme pour celui d'Emma… J'en ai eu tellement de remords, au début, quand je vous ai vu souffrir, que j'ai failli rompre plus d'une fois mon serment… Bien plus tard, lorsque les années ont passé, j'ai essayé à plusieurs reprises d'aborder le sujet, mais vous avez toujours refusé de m'entendre ! Il suffisait que je prononce le prénom d'Emma pour me faire rabrouer.

– C'est vrai, reconnut Hans. Je me souviens d'un prétendu secret dont tu voulais me faire part, avant notre départ de la Ribiette…

– Et que vous m'avez contrainte à garder pour moi ! Le résultat, c'est que j'ai forcément commis une faute grave, mais laquelle ? Celle d'avoir trahi ma promesse de discrétion envers la petite Medernach, ou celle de ne pas vous l'avoir avoué plus tôt ?

– Je ne sais, ma bonne Trudy. Moi-même, autant amer que je sois de n'avoir rien su à l'époque, je ne peux qu'admirer la loyauté dont tu as fait preuve toutes ces années en respectant la parole donnée à Emma.

– Je ne voulais pas mourir en emportant ce lourd secret dans la tombe… » larmoya la malade.

Retrouvant sa bonne humeur, Hans éclata de rire :

« Nous n'en sommes pas là, heureusement ! Ce n'est pas un pauvre rhume parisien qui aura raison d'une solide Alsacienne de souche, non ? Mais dis-moi… Tu sais ce qu'il est devenu, ce… ce petit ?

– Je n'ai plus eu l'occasion d'échanger de nouveaux courriers avec Emma après son mariage… Mais j'ai su, grâce à la correspondance que j'ai longtemps entretenue avec une cousine de Marlenheim, près de Marmoutier, que Mathias Schlotter, fils de pharmacien, est devenu médecin et qu'il exerce à Lyon ou dans ses environs…

– Médecin ?

– Toutefois, cette information remonte bien à quinze ans, pour le moins ! Rien ne dit qu'il soit resté si loin de chez lui… »

Un instant songeur, Hans se leva de son siège encore confondu par la nouvelle. Il remonta édredon et couverture jusqu'au cou de la vieille femme, puis lui sourit :

« Soigne-toi bien, ma Trudy… »

Elle lui jeta un regard coupable :

« Dis… Tu m'en veux beaucoup ?

– Mais non, mais non ! Bien au contraire, rassure-toi. »

Puis, sur la pointe des pieds, il sortit de la chambre le plus silencieusement possible.

Les attraits du Sud

IL NE FALLUT QUE PEU DE JOURS pour que Gertrude se rétablisse assez pour que Hans pût envisager de la laisser seule avec Berthe et Martin, et la destination choisie s'avéra finalement être Aix-en-Provence. Mathias qui, à part Paris et la Bretagne, n'était jamais sorti de Lorraine et des environs de Nancy, apprécia particulièrement ce dépaysement en compagnie de son « grand-oncle » ! Alors que la capitale continuait à se geler, ici c'était prématurément le printemps, avec des arbres en fleurs, un soleil déjà vaillant et une douceur qui se ressentait jusque dans la façon de vivre… N'ayant plus à tenir compte des scrupules de Trudy, Hans avait posé ses valises dans un superbe hôtel du cours Mirabeau, le *Nègre Coste*. À peine arrivé, il avait entraîné Mathias vers les quartiers anciens, qui avaient conservé toute leur noblesse et leur élégance. Du quartier Saint-Jean-de-Malte à celui de la Madeleine, de la place d'Albertas à la cathédrale Saint-Sauveur, il ne leur fallut pas longtemps pour explorer les principales richesses de la ville, et ils se promirent même d'en revenir visiter le musée, dont les collections regorgeaient des vestiges du passé romain de la cité.

Un des jours suivants leur permit de faire une excursion en voiture de louage jusqu'à la montagne Sainte-Victoire, dont ils firent l'ascension à dos de mulet depuis Vauvenargues. La récompense en fut le magnifique panorama s'offrant aux visiteurs qui grimpaient au-delà de la chapelle et de l'ermitage, jusqu'à la croix de Provence et le roc Sainte-Victoire.

« C'est beau !

– Oui, petit... Au sud, le plateau mamelonné du Cengle, avec la vallée de l'Arc, la chaîne de l'Étoile. Et, à l'est, le Saint-Pilon, au pied duquel se niche la Sainte-Baume ! Au nord, le Sambuc, le Luberon et le Ventoux. Là, la vallée de la Durance... De plus, avec ce temps clair, nous avons la chance de deviner les Alpes ! À l'ouest, tu peux voir aussi la vallée du Rhône, la Trévaresse et la Camargue... Beaucoup d'endroits à voir, mais que nous ne pourrons tous visiter, bien sûr ! »

Malgré son ton enjoué, il fallait beaucoup d'efforts à Hans pour cacher la préoccupation permanente qui l'habitait quant aux événements guerriers qui se tramaient aux frontières. Bien sûr, on avait l'impression de se sentir loin de tout, en ces régions ensoleillées, mais ce n'était pas une raison pour ignorer les évolutions du conflit ! Aussi ne se passait-il pas un matin sans qu'il parcourût les journaux locaux, même s'il doutait fortement de la réalité qui y était relatée... À cette réalité s'ajoutaient le trouble provoqué par la révélation de Trudy, ainsi que le souci de retrouver la trace des parents de Mathias.

Volontairement détaché de ces inquiétudes, Mathias assumait plutôt bien ce changement de région, car Hans n'avait pas menti. Les excursions étaient nombreuses et, à ses yeux de gamin, toutes plus magiques les unes que les autres ! Tout d'abord, la forêt de la Saint-Baume, protégée depuis le temps des rois, était devenue un paradis pour botanistes. De ses rochers couverts de ronces, de scolopendres, de capillaires et de fougères s'élançaient des arbres de haute futaie aux troncs séculaires, des hêtres d'aspect majestueux, des érables, des tilleuls, des chênes blancs, des ormes, des frênes, des peupliers, des trembles, des pins sylvestres, des ifs, des sycomores, dont les branches entrelacées formaient une voûte presque impénétrable au soleil. Hans en avait profité pour rafraîchir les connaissances de son protégé.

D'autres journées, avec d'autres excursions... Et, de nouveau, les bagages pour changer de ville et d'hôtel !

« Il serait dommage d'être ici sans faire un détour par la Camargue, non ? Avec, auparavant, un arrêt à Saint-Rémy, puis un autre en Arles... Tu as déjà entendu parler de Saint-Rémy-de-Provence ?

– La patrie de Nostradamus ?

– Je n'y songeais pas, mais c'est vrai. Je pensais plutôt aux monuments de l'antique cité romaine de Glanum ! Tu verras, c'est assez étonnant ! De là, nous pourrons rayonner aux alentours, avant de découvrir la Camargue. »

Après une pause à l'*Hôtel de Provence*, ils profitèrent du beau temps pour traverser Saint-Rémy et rejoindre, à droite de la route de Maussane, le plateau des Antiques et son arc de triomphe. Un arc équilatéral avec une archivolte gracieuse et des colonnes cannelées, auquel il ne manquait que le fronton... Mathias s'extasia d'emblée sur les motifs sculptés, à gauche et à droite des deux faces principales :

« On dirait que ces personnages portent des chaînes !

– Ce sont bien deux couples de Gaulois enchaînés, qui symbolisent la domination romaine.

– Et cette drôle de tour à colonnes avec coupole pyramidale ?

– C'est un mausolée qui remonte sans doute à la même époque, élevé par une riche famille indigène, les Lulii. On ne se lasserait pas d'en admirer les sculptures, n'est-ce pas ? »

Malgré sa passion pour les antiquités, l'érudit semblait plus préoccupé par d'autres problèmes, et le garçon ne fut pas sans s'en apercevoir. Son jeune âge n'empêchait une perspicacité qu'étaient loin de posséder nombre de gamins !

« Y aurait-il des problèmes qui t'inquiètent, mon oncle ?

– Mais non, petit ! Ce sont seulement les nouvelles du front qui me perturbent... »

Que répondre, face à ce gosse, alors qu'il téléphonait régulièrement à son ami le comte de Moustier afin de savoir si ce dernier avait obtenu de nouvelles informations sur la famille de ce môme qui lui emplissait le cœur ?

« Quelques kilomètres à pied ne te font pas peur, j'espère ?

– Non, bien sûr... Il y a d'autres sites archéologiques, ici ?

– Pas vraiment, mais un village très typique à guère plus d'une heure de marche. Il paraît que sa visite vaut le coup d'œil ! »

Il ne fallut effectivement que guère de temps avant de voir apparaître, sur les flancs dénudés d'un mamelon projeté en promontoire, les bâtisses étagées des Baux. La route qui y menait y croisait des ruelles ressemblant à des coulées de lave... Ils abandonnèrent leur véhicule au bas de la montée, sur la place Fortin qui semblait le seul quartier un peu animé du bourg. De fait, la plupart des maisons étaient en ruine, certaines avec portes et fenêtres murées, d'autres encore ouvertes à tous les vents... Une cité meurtrie en pleine décadence ! Quelques habitants seulement, qui vivaient du produit des oliviers et surtout de l'exploitation des carrières...

« Quelle pitié que de voir des demeures aussi altières et élégantes, portant de magnifiques motifs d'ornementation et de délicates ciselures, être réduites à ces amas de murs branlants ! » regretta le vieil homme.

Mathias approuva de la tête. Il appréciait pourtant l'ambiance de ces pierres burinées, malgré leur état de délabrement, car de la désolation même du site transpirait une étrange émotion, presque poétique... Heureusement, çà et là, quelques édifices Renaissance avaient été habilement restaurés, mettant en valeur leurs fenêtres à meneaux et leurs croisillons, leurs voûtes, leurs gargouilles et leurs sculptures. La place des Micocouliers et ses maisons taillées dans le roc, qui surplombaient un à-pic de cinquante mètres au-dessus du vallon de la Fontaine... Une venelle étroite et pittoresque, puis la rue des Béguines, qui offrait une belle vue sur les ruines du château. Une tour… Une chapelle…

« Je trouve ce village aussi beau qu'émouvant », murmura Mathias en rejoignant son « grand-oncle » près d'un muret à fleur de falaise.

« D'ici, on a un panorama extraordinaire sur toute la région ! Maussane, Salon, Arles, la Crau… Ainsi que la Camargue, avec l'étang de Vaccarès, le village des Saintes-Maries-de-la-Mer, et Aigues-Mortes ! »

* *
*

Les jours et les semaines défilaient, sans jamais un temps mort. Un mois s'était presque écoulé depuis que le vieil homme et le jeune garçon avaient quitté la capitale, et ni lui ni Mathias ne s'ennuyaient ! Leur halte en Arles s'éternisait, tellement il y avait de choses à découvrir de l'antique cité. Une expérience aussi excitante que passionnante, pour Mathias… À peine sortis de l'*Hôtel du Forum*, il leur fallait visiter tout ce qu'il y avait à voir ! L'amphithéâtre romain, bien sûr, que l'on connaissait ici sous le nom des « arènes », peut-être pas le plus grand de France, mais sans doute le plus remarquable par sa riche décoration extérieure, avec ses colonnes doriques au rez-de-chaussée, mais corinthiennes au premier étage. Bien qu'il eût été utilisé comme carrière au Moyen Âge, sa restauration récente lui redonnait un peu de la prestance qui avait été la sienne près de deux millénaires auparavant ! C'était presque un jeu que de circuler sous ces immenses voûtes, ces arcades et ces archivoltes, ces couloirs et ces entablements, au fil des escaliers et des gradins, avec chaque niveau qui s'ouvrait sur l'extérieur par le biais d'une soixantaine de baies !

Des arènes au théâtre antique, il n'y avait que quelques pas ! Bien qu'il fût moins bien conservé que l'amphithéâtre, il gardait un charme indéniable pour tout amateur d'antiquités. De plus en plus attiré par tout ce qui touchait à l'archéologie, Mathias n'avait de cesse que de s'emplir les yeux pour bien graver en lui le moindre détail de tout ce qu'il découvrait… Il avait surtout été impressionné par l'avenue des Alyscamps, bordée de riches tombeaux qui avaient été érigés le long de la voie Aurélienne, laquelle donnait autrefois accès à la ville. La nécropole avait ensuite été utilisée à toutes les époques, ce qui expliquait la diversité des sarcophages et des sépultures que l'on pouvait y voir… Le jeune garçon ne comptait pas en rester là :

« J'espère que nous aurons le temps de visiter les musées ? Ils doivent être pleins de vestiges de la ville romaine, non ?

– Nous avons tout le temps que nous voudrons, petit ! »

* *
*

Ce soir-là, une fois de plus, dès que Mathias fut endormi, Hans redescendit à l'accueil de l'hôtel pour emprunter la cabine téléphonique et appeler le comte de Moustier. Après quelques coups de manivelle pour entrer en contact avec une opératrice, puis des grésillements sans fin, il patienta quelque peu avant que ne résonnât dans l'écouteur la voix nasillarde de son correspondant :

« C'est vous, Hans ? J'attendais votre appel avec impatience !

– Pourquoi ? Auriez-vous des nouvelles, par hasard ?

– Oui ! J'ai pu enfin entrer en relation avec quelqu'un ayant accès aux archives de la mairie où se sont mariés les amis des Kirneck…

– Karl Rimbach et sa femme ? Oh ! Mais c'est très intéressant…

– J'ai appris que l'épouse de ce Karl avait pour nom de jeune fille le patronyme de Bossone… Marguerite Bossone ! Que tout le monde appelait Guite, à Strasbourg.

– Native d'Arles, comme on me l'avait indiqué ? Ce ne sera pas une sinécure d'en retrouver la trace, alors !

– Non, non, vous avez de la chance, mon ami… Pas à Arles même, mais au village de Fontvieille, qui en est fort proche !

– Fontvieille ? Et le moulin de Daudet ? »

Le comte émit un petit rire qui s'émietta désagréablement aux oreilles de son correspondant, haché qu'il était par les interférences :

« J'ai bien connu Daudet avant qu'il ne meure, à Paris, en 1897 je crois… Savez-vous qu'il n'a jamais habité ce moulin, qui ne lui appartenait nullement d'ailleurs ? Il l'a seulement décrit dans une de ses histoires… En tout état de cause, Fontvieille n'est pas une grosse agglomération, et vous devriez pouvoir avancer dans vos recherches, Hans !

– Ce sera grâce à vous, et je vous en remercie, Georges !

– Cela n'est rien ! Mais tenez-moi au courant… Quant à moi, je raccroche. Ces crachotements sur la ligne sont insupportables, ce soir !

– Au revoir, mon ami ! Et encore merci… »

Hans resta longtemps songeur dans ce couloir d'hôtel, avant de se décider à se faire apporter un alcool fort au salon. S'il ne pouvait crier victoire, c'était là un grand pas de fait ! Il rageait seulement de ne pouvoir faire état de ces progrès à Mathias, car il ne servait à rien de lui mettre de fausses idées en tête… Tout en sirotant sa liqueur, il eut une pensée émue pour le garçon, qui n'avait jamais vraiment insisté pour en savoir plus sur sa vraie famille. Il ne doutait pas pourtant que c'étaient là des interrogations qui ne pouvaient que trotter dans la cervelle de son protégé ! Pourtant, avec une maturité précoce, ce gosse évitait soigneusement le sujet, peut-être avant tout pour ne pas avoir à en souffrir… Ou simplement pour ne pas embarrasser son entourage ? Restait à trouver le moyen de glaner des nouvelles à Fontvieille hors de la présence de Mathias. Hans sourit. Il avait sa petite idée…

* *
*

Quelques escapades encore dans des endroits proches... L'abbaye de Montmajour, des châteaux, des églises, et surtout d'incomparables panoramas ! Un matin, Hans prit une expression étrange pour demander :

« Tu ne trouves pas que nous passons trop de temps ensemble ? Depuis notre départ de la Ribiette, nous ne nous sommes pas quittés d'une semelle !

– Je ne m'en plains pas, mon oncle ! répliqua Mathias, les yeux brillants. J'ai tellement vu et appris de choses, avec toi ! Pourquoi cette question ?

– Parce que j'aimerais bien te soumettre à un petit jeu pour lequel tu devras te débrouiller seul... »

Le garçon fronça les sourcils :

« Ce qui veut dire ? »

Hans afficha un air mystérieux avant de répondre :

« Il y a près d'ici un village qui s'appelle Fontvieille et qui offre mille curiosités qui ne pourront que te passionner, en particulier des vestiges mégalithiques !

– C'est vrai ?

– Oui... Des sépultures souterraines, hypogées et allées couvertes remontant à plus de quatre mille ans, mais aussi des restes gaulois, romains et médiévaux !

– Je suis impatient de découvrir tout cela ! Mais je ne vois pas où est le jeu...

– Il consistera à ce que tu te débrouilles seul pour ces visites, et que tu m'en fasses par écrit un rapport détaillé ! Un travail de chercheur ou de journaliste, en quelque sorte...

– Oh ! Je trouve l'idée excitante ! Et ce serait pour quand ?

– Pourquoi attendre ? Le temps s'y prête, non ? Nous avons la journée devant nous... »

Le trajet ne faisait qu'une demi-douzaine de kilomètres, et il ne leur fallut guère longtemps pour parvenir aux abords du village.

« Et maintenant ?

– Et maintenant, tu te débrouilles tout seul, mon gars ! Nous nous retrouverons plus tard, à midi, devant l'église, pour manger le casse-croûte que j'ai fait préparer dans cette musette ! Aussi, file au plus vite t'occuper de ce… reportage, en quelque sorte, afin que tu m'en fasses part au plus vite. Et sois prudent, surtout ! »

Mathias lui accorda aussitôt un regard étincelant d'excitation. Déjà, il prenait ce jeu pour une épreuve dont il voulait à tout prix s'avérer vainqueur aux yeux de son « guide » !

* *
*

Ce fut avec un soupir de satisfaction que Hans vit Mathias se précipiter sur le chemin en quête de cette mission qu'il considérait déjà plus comme un challenge que comme un simple amusement ! Ouf ! Il pouvait enfin avoir le champ libre pour mener des investigations qu'il estimait bien plus importantes que la découverte du patrimoine archéologique de ce village… Pour une fois, il ne se dirigea pas vers le café de Fontvieille, mais vers sa boulangerie, un point de rencontre où, contrairement aux débits de boissons, on pouvait rencontrer autant de femmes que d'hommes. Et les femmes sont tellement plus bavardes ! À cette heure-ci, la boutique était malheureusement déserte, et Hans dut se contenter de poser la question qui lui brûlait les lèvres au boulanger, après lui avoir acheté deux pâtisseries locales :

« Je cherche des personnes du nom de Bossone, qui habiteraient le village… »

Le commerçant éclata de rire :

« Les Bossone ? Je veux bien, mais lesquels ? Près d'un tiers des familles du canton porte ce nom !

– Ah ? Je ne savais pas…

– Té ! C'est que vous n'êtes pas d'ici ! Ça s'entend, d'ailleurs… Pour ce qui est des Bossone, il y en a dans le village et tous les hameaux de la région ! Aussi, lequel cherchez-vous ?

– Bien, en fait, il s'agit d'une femme : Marguerite…

– Marguerite Bossone ? Il y en a plusieurs, par ici ! C'est un prénom courant… Et… de quel âge ?

– Je ne sais exactement. Tout ce que je peux en dire, c'est qu'elle a épousé un Alsacien du nom de Karl Rimbach, et que tous deux ont fui Strasbourg pour revenir au pays natal de l'épouse !

– Ah ! Voilà qui change tout ! Je ne vois qu'une personne pouvant correspondre à ce portrait… La fille du Gaston Bossone, qui habite au Breuil, aux limites de la commune… On l'a assez critiquée, au pays, quand elle s'est entichée de cet étranger jusqu'à le suivre en ces contrées glaciales ! Et c'est vrai qu'elle est revenue au bercail, avec son mari et ses gosses… Elle vient quelquefois faire son marché ici, mais son Karl, on ne le voit jamais !

– Vous ne savez pas si elle est venue avec d'autres Alsaciens ?

– Je ne saurais vous dire… Le plus simple serait peut-être de vous rendre chez le Gaston, non ?

– Ce que je vais faire dès que vous m'aurez indiqué le chemin du Breuil ! Et merci pour tous ces renseignements… »

Le hameau du Breuil était facilement accessible, et Hans n'eut guère à chercher pour repérer la ferme des Bossone, un grand mas aux multiples dépendances. Il y fut accueilli par les aboiements de chiens plus joueurs que méchants, et des ouvriers agricoles le dirigèrent aussitôt vers la demeure du maître du domaine. Une femme aux cheveux blancs s'approcha de lui et, sans lui demander le but de sa visite, l'invita à pénétrer dans le logis à la rencontre de son époux.

« Monsieur ?

– Gaston Bossone, je suppose ? »

Le paysan remonta sa casquette sur son crâne dégarni en acquiesçant du menton. Puis, reculant sa chaise pour caler plus confortablement son embonpoint, il s'enquit :

« Que me vaut l'honneur ?

– En vérité, je voulais surtout m'entretenir avec votre fille Marguerite… »

L'œil se fit aussitôt plus soupçonneux :

– Guite ? Elle est aux champs, pour l'heure ! Que lui voulez-vous ?

– Rien de bien méchant, rassurez-vous… Je suis surtout à la recherche de gens qui l'auraient accompagnée ainsi que son mari jusque dans la région : Eugène et Gretel Massevaux ! Ou plutôt Kirneck, si vous préférez…

– Ah ! Vous êtes au courant ?

– De cette double identité ? Bien sûr… Mais je ne leur veux aucun mal, au contraire. Pour tout dire, je cherche seulement à leur annoncer, avec tout le ménagement possible, que leur fils qu'ils croient mort depuis des années est bel et bien vivant !

– C'est vrai ? s'étonna Gaston Bossone. La pauvre femme est restée inconsolable de ce drame… Elle n'arrêtait pas d'en parler ! Malheureusement, elle ne loge plus ici. Elle… Mais voici ma fille Marguerite. Elle vous en dira plus que moi ! »

* *
*

Assis près de la fontaine du village, Hans avait beaucoup de mal à s'intéresser aux exploits de Mathias, qui relatait dans le détail les résultats de son expédition en solitaire. Il songeait sans arrêt aux révélations de Marguerite Rimbach. Oui, les Kirneck avaient bien séjourné au Breuil, Gretel et sa fille Hilda, surtout… Car les deux hommes, en bons patriotes, une fois leurs familles en sécurité, avaient rejoint Nîmes pour intégrer l'armée et faire leur devoir de citoyens. Attitude héroïque, peut-être, mais qui compliquait sérieusement les choses !

« Tu m'entends, oncle Hans ? J'ai pu suivre un petit groupe d'érudits jusqu'aux moulins romains de Barbegal et apprendre ainsi des choses extraordinaires ! Tu savais qu'ils pouvaient produire quatre tonnes et demie de farine par jour pour nourrir les habitants d'Arles ? Et les restes de l'aqueduc sont impressionnants… J'ai même pris le temps d'en dessiner des morceaux que j'ai trouvés très beaux ! »

Hans ne l'écoutait déjà plus que d'une oreille distraite. Comment ne pas rager d'avoir raté Gretel Kirneck de guère plus d'un mois ? Gretel, qui était partie de Fontvieille à la suite d'un courrier de son époux lui annonçant qu'il avait été gravement blessé dans les Ardennes, et rapatrié sur un hôpital militaire de Lyon. Sans plus attendre, la brave femme avait aussitôt fait ses adieux aux Bossone pour se rendre auprès de son mari. Comment la retrouver, désormais, alors qu'il n'avait pas réussi à obtenir la moindre information complémentaire ? Cette quête s'arrêterait-elle jamais ?

« Et tu sais, mon oncle, j'ai trouvé tout seul l'hypogée de Bournias, en interrogeant de vieux paysans.

– C'est très bien. Tu as fort brillamment réussi cet exercice, Mathias !

– Il faut que je te parle encore d'un menhir renversé, que j'ai repéré dans un hameau. Tu crois que c'est aussi un vestige des Ligures ? »

Hans ne répondit pas. Trop de choses se bousculaient en lui ! Une fois de plus, la famille Kirneck lui échappait…

« Pff… Dieu ? »

IMPATIENT DE POURSUIVRE ses investigations, Hans n'avait pas l'intention de s'éterniser plus longtemps en Arles. Il lui fallait néanmoins respecter ses promesses de voyage :

« Allons ! En route pour la Camargue… »

La Camargue… Comme si l'on entrait dans un autre monde ! Une plaine marécageuse émergeant comme une île du delta du Rhône. La « Petite Camargue », occupée par des marais et la forêt de Sylveréal, et la Camargue proprement dite, dont un quart seulement se partageait en prairies, vignobles et cultures diverses, le reste consistant en zones humides, étangs et terres improductives mangées par le sel… Une région semi-sauvage, qui nourrissait pourtant des moutons, qui produisait des taureaux destinés aux courses et élevait des chevaux blancs descendant, disait-on, de ceux laissés dans la contrée par les Sarrasins ! Hans penchait plutôt pour une adaptation locale de races remontant à la préhistoire !

Bien sûr, il y avait la mer et son miroir bleuté qui éparpillaient à l'infini des étoiles de lumière sur le dos de ses vagues et de ses rouleaux. Bien sûr, il y avait Aigues-Mortes, ses remparts et ses vieilles maisons emprisonnées dans l'enceinte de la ville. Bien sûr, il y avait les Saintes-Maries-de-la-Mer, et sa célèbre église fortifiée qui ressemblait à un navire de pierre échoué en plein village, et les immenses espaces conquis sur la mer où le sel rouge se disséquait au soleil sur le territoire de Salin-de-Giraud... Un univers si différent de ceux auxquels Mathias avait été jusqu'ici confronté ! Pourtant, ce n'était pas ce qui attirait touristes et baigneurs qui retenait son attention, mais plutôt l'incroyable variété de la faune et de la végétation. Le sel, véritable fléau de l'agriculture, favorisait une flore toute particulière d'arbustes rugueux et tourmentés, qui se détachaient sur le fond gris et fangeux des bancs de vase et des étangs. Ah ! Que de plantes nouvelles à joindre à un herbier ! Des salicornes, des soudes, des graminées, des cistes, des roseaux, des scirpes, des iris et autres renoncules que l'on ne pouvait trouver qu'en milieu saumâtre...

L'autre principal intérêt du garçon envers ce milieu étrange résidait dans la découverte quotidienne des espèces d'oiseaux qui peuplaient ces terres imbibées. Jamais il n'avait vu autant de hérons pourprés, d'échasses, de poules d'eau, de bihoreaux, d'aigrettes garzettes ou de busards des roseaux !

« Chut, regarde. Si je ne me trompe, celui-ci devrait être un ibis falcinelle ! Un oiseau fort rare... »

La magie d'écouter tous ces chants, aussi, à condition de rester immobile et silencieux ! De meuglements sourds en notes flûtées, de grincements discordants en sifflements mélodieux, l'oreille exercée pouvait reconnaître le butor, la locustelle, la rousserolle, un grèbe huppé, une mésange ou une foulque...

« C'est incroyable, autant d'espèces en cette région !

– Ce n'est pas pour rien qu'on considère la Camargue comme le paradis des oiseaux, Mathias...

– C'est pourtant ceux que l'on voit le plus que je préfère. Les flamants roses !

– C'est vrai qu'ils ont une grâce et une élégance incomparable. Mais je ne crois pas qu'ils soient les plus nombreux, ici !

– Lesquels, alors ?

« Pff... Dieu ? »

– Les bandes de mouettes rieuses, bien sûr ! On les entend tellement au-dessus de nos têtes qu'on en oublie leurs sarabandes bruyantes. »

Curieux de tout comme il l'était, Mathias avait provisoirement remisé sa passion pour l'archéologie dans les tréfonds de sa mémoire pour se consacrer entièrement à la faune et à la flore. Il ne se lassait pas de découvertes, au hasard des *roubines*[1], des lagunes et des *sansouires*[2], sous le vol des goélands argentés, des tadornes et des avocettes gracieuses, avec pour seule contrainte celle des souffles du mistral... Pouvait-il croire que plus d'une semaine venait encore de s'évaporer au fil des balades ? Hans ne se priva pas de le lui faire remarquer :

« Peut-être serait-il temps de songer à quitter ce bord de mer, non ? Je pense que nous en avons déjà bien exploré les richesses... »

Mathias eut du mal à cacher sa contrariété :

« On ne pourrait pas rester quelques jours encore, oncle Hans ?

– Sans doute... Mais Gertrude doit s'ennuyer, sans nous ! Et, sur le chemin du retour, je compte bien te faire visiter quelques autres villes, mais sans nous y attarder vraiment. »

* *
*

Nîmes, la « Rome française », fut un arrêt trop bref au goût de Mathias, qui apprécia néanmoins de traîner ses semelles dans les imposantes arènes de la ville, de contempler à l'envi les colonnes de la Maison carrée, de flâner, en bordure du jardin de la Fontaine, dans les ruines du temple de Diane et des thermes, ainsi que de grimper jusqu'à la tour Magne afin de profiter de

1. *Fossé ou terrain tendre raviné par l'eau.*
2. *Prairies salées de Camargue.*

son vaste panorama. Puis ce fut un petit détour jusqu'en Avignon, avant de se retrouver à nouveau sur le quai d'une gare.

« Nous nous arrêterons deux ou trois jours à Lyon, avant de rejoindre Paris… »

Pour rien au monde Hans n'aurait sauté cette étape, tant il brûlait d'impatience de retrouver des traces d'Üschen Kirneck et de sa femme ! Le jeune garçon ne manifesta quant à lui que peu d'enthousiasme à cette nouvelle. Il avait tellement aimé le grand air de Bretagne et les vastes espaces de Camargue, que la perspective de l'ambiance d'une métropole ne l'enchantait guère…

« Allons, insista Hans. Tu ne le regretteras pas, car il y a beaucoup à voir dans la capitale des Gaules ! Les vieux quartiers, les traboules, la cathédrale Saint-Jean, l'amphithéâtre romain, Fourvière, et tant d'autres sites… Il est même dommage de ne pas y rester plus pour nous consacrer aux nombreux musées de la ville. Ils sont remarquablement riches et fort bien agencés ! »

Effectivement, Mathias oublia vite ses appréhensions, dès qu'il fut en contact direct avec le patrimoine lyonnais, malgré l'ampleur de l'agglomération coincée entre ses deux fleuves. En plus des édifices gallo-romains que lui avait annoncés son « grand-oncle », le Grand Théâtre, l'Odéon et le temple de Cybèle, il prit plaisir à gravir les pentes de la Croix-Rousse, avec ses montées au cœur des vieux immeubles, si hauts et pourvus d'innombrables fenêtres, qui abritaient les métiers à tisser des derniers « canuts ». Il ressentit comme un sortilège, aussi, le fait de parcourir le réseau compliqué des traboules de ce secteur élevé de la ville ! De se perdre dans les rues bordées de maisons gothiques ou Renaissance du quartier Saint-Jean… La cathédrale en était magnifique, mais, même s'il fut impressionné comme d'habitude par l'architecture du monument, son intérêt se porta aussitôt sur l'antique horloge astronomique remontant au XIVe siècle, mais plusieurs fois remaniée.

« Quel engin ! s'exclama-t-il. On le dirait sorti des carnets de Léonard de Vinci !

– L'origine en est bien plus ancienne, tu sais ! Et elle indique la date, les positions de la Lune, du Soleil et de la Terre, ainsi que le lever des étoiles au-dessus de Lyon…

– C'est merveilleux !

– À ce sujet, je vais te faire une révélation : il est une autre cathédrale Notre-Dame, en Alsace, à Strasbourg, qui possède une horloge astronomique qui remontait, à l'origine, à l'âge que doit avoir celle-ci, mais qui elle a semble-t-il arrêté de fonctionner au XVIe siècle. Elle a alors été réparée par deux mathématiciens, afin de reproduire sur un astrolabe le déplacement des planètes, tout en animant un calendrier perpétuel indiquant les fêtes mobiles ainsi que les éclipses à venir !

– C'est de la magie de calcul et de mécanique !

– C'est vrai… Mais il faut savoir que ces mathématiciens s'appelaient Christian Herlin et… Conrad Dasypodius !

– Et alors ?

– Alors, le véritable nom de famille de ce Conrad était… Hasenfratz ! Peut-être un de mes aïeux, non ? »

* *
*

Ce matin-là, Hans expliqua à Mathias :

« C'est bien beau, toutes ces pérégrinations, mais il va me falloir te laisser pour aller à la banque, avant notre retour à Paris…

– Je peux aller avec toi, tu sais !

– Ces formalités ne t'intéresseront guère, je le crains ! Je pense avoir une meilleure idée… Que dirais-tu de visiter le Muséum d'histoire naturelle et ses collections Guimet ? De plus, il est situé juste à côté du jardin botanique du parc de la Tête d'Or, qui offre des promenades inoubliables !

– C'est une bonne idée, mon oncle… Nous y allons ?

– Dès que nous aurons pris notre déjeuner, petit ! »

Du parc de la Tête d'Or, après avoir laissé Mathias à ses découvertes, il suffisait à Hans de traverser un pont pour rejoindre l'autre rive du Rhône. De là, il suivit le fleuve pour arriver, quai de la Charité, à l'hôpital militaire Desgenettes, un immense bâtiment aux façades austères. Comme il s'y attendait, Hans dut palabrer à l'infini et patienter de bureau en bureau avant d'être confronté à un médecin militaire plus compréhensif que les autres.

« Vous n'êtes pas de la famille, et votre requête est assez étrange, vous comprenez !

– Je l'admets volontiers ! Mais je tiens absolument à rencontrer ce Üschen Kirneck pour une très noble raison. Celle de lui annoncer que son fils aîné, qui a disparu il y a des années dans une inondation en Alsace, est bel et bien vivant contrairement à ce que lui et sa femme pensent !

– Une démarche fort louable, en effet ! »

Il consulta un registre avant de poursuivre :

« Malheureusement, votre homme n'est plus dans cet établissement depuis trois semaines ! »

Hans soupira, et sa mine de découragement ne passa pas inaperçue aux yeux du major.

« Bien… Suivez-moi, je vais vous conduire au service où il a été soigné ! »

Quel triste périple, au fil de couloirs interminables, au sein d'une ambiance lourde et angoissante, avec les pas qui sonnaient lugubrement sur le carrelage uni. Avec le passage incessant de médecins et d'infirmières, de chirurgiens maculés de sang… Et ces soupirs, ces râles et ces gémissements qui sourdaient de chaque porte ! Hans ressentit comme un coup de poing au ventre la vision de ces hommes en chemise, aux regards vides, certains amputés d'un bras ou d'une jambe, d'autres se traînant sur leurs béquilles… Des visages bandés, des pansements purulents recouvrant des orbites creuses. L'horreur de ces scènes arrivait même à bloquer toute pitié, comme si l'âme refusait d'admettre la réalité ! Obstinément, Hans s'efforça de rester accroché aux semelles du major en évitant de regarder les salles de dispensaire… Mais comment ne pas entrevoir tous ces misérables sur leur lit de douleur ?

« Pauvres gens… murmura-t-il.

– Beaucoup ne sortiront d'ici que pour aller au cimetière ! soupira le médecin. Pour les autres, nous faisons ce que nous pouvons. La mitraille et les obus sont souvent responsables d'épouvantables blessures. Nombre de ces malheureux resteront infirmes toute leur vie ! Mais voici le chef du service où a été traité votre… Kirneck. Je vous laisse en sa compagnie, car j'ai encore beaucoup à faire. »

Le médecin, un grand homme sec au visage dur, toisa Hans, puis remonta ses lunettes sur son nez.

« Kirneck, si j'ai bien entendu ? Le bonhomme n'est plus là depuis presque un mois !

– Je sais… Mais était-il gravement touché ?

– Sérieusement, sinon sa place n'aurait pas été ici, mais moins que beaucoup des pauvres bougres qui occupent ces lits ! Une cuisse salement amochée, si je me souviens bien. Le gaillard s'en remettra, même si je pense qu'il demeurera boiteux… Au moins échappera-t-il au danger de reprendre l'uniforme. Pour lui, la guerre est finie !

– Et vous ne savez pas où il a pu aller, à la sortie de Desgenettes ? Ni s'il a reçu la visite de quelqu'un ?

– Comment le saurais-je, avec le nombre de patients dont nous avons à nous occuper ? Demandez plutôt aux infirmiers ! Tiens, Benoît, le monsieur a quelques questions à te poser… »

L'infirmier qui lui fit face avait la pupille froide de ceux qui ont vu trop de souffrances pour encore avoir la faiblesse de s'en émouvoir…

« Le soldat Kirneck ? répondit-il. Oui, je m'en souviens… Même qu'on a autorisé sa femme à venir le visiter, alors que c'est contraire aux règlements militaires ! Nous ne sommes pas des monstres, tout de même. Malgré sa jambe amochée, les médecins lui ont pourtant accordé de pouvoir rentrer chez lui en compagnie de sa famille, parce que la blessure était suffisamment en voie de cicatrisation et que nous avons besoin de place, ici !

– Chez lui ! Mais où ? Le malheureux n'avait pu se battre pour la France qu'en s'extirpant frauduleusement de l'Alsace allemande !

– Où ? Comment le saurais-je ? Je ne suis pas le confesseur de tous les blessés que nous accueillons ici ! Tout ce que je peux dire, c'est qu'il est parti avec ses béquilles, au bras de son épouse. »

En réponse, Hans n'émit qu'un soupir de lassitude. Alors qu'il croyait enfin toucher au but, cette dernière piste s'évanouissait dans un flou qui n'avait rien d'artistique ! Comment poursuivre ses recherches, avec aussi peu d'informations ? Il s'en consola pourtant en pensant que le père de Mathias était bien vivant et, surtout, qu'il n'aurait plus à retourner risquer sa vie sur le front… Grâce à ses relations, le comte de Moustier pouvait éventuellement en savoir plus. Son fils Guy n'était-il pas, à l'image de son père, officier de carrière ? Sans doute était-il possible de retrouver la trace de soldats blessés, et exemptés à cause de leur handicap de se porter à nouveau sur le front ? Oui, sans plus attendre, il lui fallait remonter sur Paris…

* *
*

Avant de rejoindre la capitale, Hans entendait bien essayer de s'informer sur ce qu'il était advenu de ce véritable fils dont il ne connaissait l'existence que depuis si peu… Non que cette révélation eût éveillé en lui une tardive fibre paternelle, mais par une curiosité finalement bien naturelle. Après toutes ces décennies, l'un comme l'autre ne pouvaient désormais qu'être deux étrangers, et il n'y avait aucune raison pour qu'il révélât au médecin qu'il n'était pas du sang d'Ervin Schlotter. Comment procéder ? Hans n'hésita pas longtemps avant de contacter une de ses anciennes connaissances dont il se souvenait de l'adresse.

« Bien sûr, Benjamin Delaunier ! Comment n'y ai-je pas pensé plus tôt ? »

Un archéologue spécialiste des aqueducs romains, qu'il avait été amené à rencontrer lors de divers colloques en Lorraine et à Paris, et qui habitait dans un immeuble cossu de la presqu'île… L'accueil qui lui fut fait s'avéra bien plus chaleureux qu'il ne l'avait craint, malgré les nombreuses années durant lesquelles les deux érudits s'étaient perdus de vue. Hans n'eut guère à insister pour que cet éminent savant s'occupât quelques heures de Mathias, histoire de lui ouvrir les yeux sur les moindres détails de l'architecture gallo-romaine.

« Ce sera avec plaisir, mon cher ami ! Mais à une seule condition…

– Ah ?

– Celle que vous acceptiez de partager ma table, ce soir, en compagnie de votre petit-neveu !

– Ce sera avec plaisir, je vous assure… »

Ce fut donc l'esprit tranquille qu'il disposa de l'après-midi pour se livrer à la quête un peu folle qu'il s'était ancrée dans l'esprit. Logique, comme à son habitude, il se rendit tout d'abord à la préfecture, où il ne lui fallut que peu de temps pour trouver la trace d'un médecin portant le nom de Schlotter.

« Le Dr Mathias Schlotter ? Oui, bien sûr. Il exerce à deux pas de la gare de Perrache ! Je vais vous noter son adresse.

– Merci ! Je vous en remercie beaucoup, madame… »

Nul besoin de transports en commun, la gare ne se trouvait qu'à quelques minutes à pied ! Hans hésita tout de même face au porche de l'immeuble. Comment diable allait-il s'y prendre pour satisfaire cette curiosité qu'il ressentait soudain comme un peu malsaine ? Soudain décidé, il tira malgré tout la chaînette actionnant le carillon d'entrée… Après une attente qui lui sembla pesante, il fut enfin introduit dans le cabinet du docteur et resta interdit sur le pas de la porte. L'homme assis derrière son bureau semblait aussi grand et mince qu'il l'était lui-même, et il se plut à croire déceler sur son visage une certaine ressemblance… Avec, peut-être, des yeux qui étaient plutôt ceux d'Emma que les siens. Devant le silence de son patient, le médecin redressa le nez.

« Monsieur ?

– Euh… oui ! Ce qui m'amène ne doit pas être bien grave : seulement un méchant mal de dos… Seulement, à mon âge, il convient de faire attention, non ?

– Bien sûr, bien sûr ! Installez-vous, nous allons voir cela… »

Hans essaya de masquer au mieux le trouble qui l'avait envahi. S'il s'était juré de s'en tenir à un jugement froid et rationnel, il ne pouvait nier l'émotion qui l'étreignait soudain ! « C'est sans doute la première fois et la dernière que je le verrai, et rien ne sert de prendre à cœur cette simple rencontre de quelques minutes ! » Il apprécia néanmoins la façon rigoureuse avec laquelle le praticien l'ausculta, ainsi que la douceur et l'attention qu'il apportait à son examen. « Je reconnais bien là la lignée des Hasenfratz ! » Ce fut pourtant soulagé qu'il ressortit du cabinet, avec la prescription de quelques pommades qu'il n'avait nulle intention d'acquérir ! Qu'importait ? Égoïstement, il avait enfin assouvi sa soif de savoir à qui ressemblait ce fils qui ne saurait jamais qu'il venait de croiser son père…

* *
*

Le chemin du retour à la capitale : Paris ! Gertrude ! Et ces larmes d'émotion si difficiles à retenir… Les sanglots de la vieille gouvernante à leur arrivée devant le perron :

« Hans ! Mon Hans… Et mon petit Mathias ! Dieu, si je m'attendais… Il y a si longtemps que vous êtes partis que je désespérais de vous revoir un jour !

– Menteuse, va ! répliqua Hans. Il ne s'est pas passé une semaine sans que je ne t'envoie une carte postale… Plus quelques appels téléphoniques à notre ami le comte !

– Peut-être, mais ce n'était pas une raison pour disparaître durant des mois !

– Tu n'avais qu'à te joindre à nous, sacrée bourrique !

– Comment ? Tu te permets de me traiter de bourrique, espèce de malotru ! »

Un échange de paroles apparemment acerbes qui se traduisait par des embrassades sans fin, des yeux embrumés de larmes, des sourires attendris… et par des mots et des attitudes que Trudy dissimulait d'ordinaire derrière des manières serviles et protocolaires !

La vie dans la capitale s'était réinstallée dans la routine des deux voyageurs, et chacun avait repris ses habitudes. Confortablement vautré dans un fauteuil, Georges de Moustier, pensif, alluma un long cigare odorant avant de soupirer :

« Vous avez sans doute suivi l'évolution de la bataille de la Somme, mon ami ?

– À vrai dire, d'assez loin. Cette foutue guerre qui n'en finit pas a l'art de me saper le moral !

– Comme à tout le monde, sans doute, même si personne ne veut se l'avouer ! Toujours est-il que l'offensive conjointe de nos troupes et des régiments britanniques nous permettait d'espérer liquider toute résistance des Allemands. Dans la première semaine de l'assaut, les artilleurs ont envoyé plus d'un million six cent mille obus sur les lignes ennemies !

– Diable ! Qui pourrait résister à un tel pilonnage ?

– Ces damnés bougres de casques à pointe ! Dans cet enfer, ils ont tenu bon, alors que les soldats anglais, qui n'avaient, dit-on, aucune expérience de ce genre de combats, sont morts en grand nombre dans les pièges des barbelés… Le tout s'est transformé en guerre d'usure, comme partout ailleurs sur le front, avec des batailles acharnées pour gagner quelques mètres au prix de trop de vies ! »

Hans hocha la tête avant de baisser des yeux presque honteux.

« J'avoue que j'ai préféré m'étourdir à découvrir la Bretagne et la Camargue, en oubliant un peu trop le sacrifice de nos braves…

– Et vous avez bien fait, Hans. À quoi sert-il de s'apitoyer, alors que nous n'y pouvons rien, surtout après avoir été chassés du théâtre des opérations ! À tel point que l'on évite de croiser le regard de ces veuves jeunes ou moins jeunes, toutes de noir vêtues, que l'on croise à longueur de trottoirs et qui semblent porter sur leurs épaules tout le malheur du monde…

– Je ne peux pourtant m'empêcher de ressentir un désagréable sentiment de culpabilité, mon cher comte. Ma dernière visite auprès de mon banquier m'a permis de constater que mes dividendes avaient presque triplé depuis le début de la guerre ! La S.A.C.M. n'a jamais autant construit de locomotives, et l'usine de Belfort produit plus que jamais du matériel pour la défense nationale… Le résultat, c'est que je n'ai jamais été aussi aisé, alors que nos compatriotes ne se sont jamais trouvés en situation aussi précaire !

– Ne vous mettez pas martel en tête, Hans, vous n'y pouvez rien ! Et je sais bien que vous usez de votre argent pour financer nombre de bonnes causes… »

Le vieil érudit réfuta l'argument d'une moue modeste :

« J'essaye de le faire, Georges ! Mais lorsque je vois toute la misère qui nous entoure, je me dis que toute ma fortune ne serait qu'une larme dans cet océan de détresse…

– Croire le contraire ne serait qu'orgueil ou inconscience, mon ami ! Et ce n'est pas en vous mettant sur la paille que vous sauverez le monde de l'indigence. »

Si Hans cacha soigneusement le fait qu'il s'était découvert un fils inconnu, il confia volontiers à son ami le fruit de ses recherches sur la famille de Mathias qui, bien qu'assez fructueuses, ne débouchaient en rien sur l'éventualité de les retrouver un jour. Georges de Moustier se montra pourtant aussitôt plus optimiste :

« Allons, Hans ! Plutôt que de se planquer, le bonhomme a eu le courage de rejoindre nos armées combattantes, et c'est tout à son honneur ! Par bonheur, il n'y a pas laissé la vie. Par bonheur aussi, il a été blessé.

– Comment cela, par bonheur ?

– Parce que c'est ce qui nous permettra peut-être de le retrouver de nouveau dans des registres administratifs, tant civils que militaires ! Mais je crains que ce ne soit là une démarche qui prendra des mois et des mois… La fonction publique et les services de l'armée sont d'une lenteur désespérante !

– Je comprends… Les institutions ont autre chose à penser que le sort d'un pauvre bougre, lorsque tant d'autres laissent leur vie sur le front !

– Allons, Hans… La guerre ne sera pas éternelle ! Je suis sûr qu'une fois éteinte tout deviendra plus facile.

– Puissiez-vous avoir raison ! Mais quand ?

– Ça, seul Dieu le sait !

– Pff… Dieu ? »

« Charlotte ! »

MALGRÉ LES INCITATIONS DE TRUDY, qui percevait secrètement son malaise, il fallut attendre l'automne et les prémices de l'hiver, alors que la guerre s'enlisait dans la Somme comme à Verdun, pour que Hans songeât à fuir une fois de plus la capitale. Après mure réflexion, il y renonça, bien qu'il devinât que Mathias n'attendait que cela : nul ne savait comment les événements allaient tourner et mieux valait rester en sûreté ici ! D'autant plus que le comte, malgré ses efforts n'avait pas réussi à obtenir la moindre information sur ce qu'il était advenu des parents du gosse. Plus qu'à la découverte de paysages nouveaux, la priorité se devait de demeurer la recherche des Kirneck !

Les mois passaient, et le jeune garçon grandissait et mûrissait sans que sa vie fût trop perturbée par la cruauté de ces années de guerre. Il y pensait pourtant autant que Hans, en croisant à chaque carrefour des infirmes, des amputés des bras ou des jambes, des êtres défigurés par les éclats d'obus... Était-ce pour autant par égoïsme qu'il s'efforçait d'oublier toutes les souffrances engendrées par la guerre ? Peut-être pas... Ce qui ne l'empêchait pas de s'ennuyer de plus en plus au sein de la capitale. Pourquoi oncle Hans refusait-il obstinément d'entreprendre de nouveaux voyages ? La guerre, la guerre ! Toujours la même réponse… Comme si rester à Paris était une solution ! Bien sûr, l'état-major impérial allemand avait d'abord reculé stratégiquement le front plus au nord et fait évacuer ses armées des territoires occupés depuis 1914 dans l'Aisne. Bien sûr les États-Unis étaient entrés en guerre depuis avril, et ils avaient peu à peu acheminé leurs premiers bataillons sur le sol français autour de Nantes et de La Rochelle.

Contrairement aux espoirs du jeune garçon, l'année s'écoula ainsi qu'un nouvel hiver sans que Hans parût pressé de refaire ses bagages. Ce fut à peine si Mathias put le convaincre de lui accorder de rares et brèves excursions de quelques jours seulement ! Il était vrai que la situation politique et militaire de ce conflit sans fin devenait soudain plus préoccupante que jamais ! Au détour des rues, dans les cabarets ou les salons, aucune conversation n'y échappait. La révolution russe, plus d'un an auparavant, n'en faisait plus un partenaire fiable, ce que confirmaient les pourparlers de paix ayant amené un armistice en décembre. Et la récente signature du traité de Brest-Litovsk, en mars, avait ôté aux Alliés le front de l'Est depuis que l'Allemagne occupait déjà la Pologne, l'Ukraine, la Finlande, les pays baltes et la Biélorussie…

« Et ce n'est pas le pire, mon ami ! s'exclama le comte de Moustier, lors d'une de ses fréquentes visites rue Saint-Romain. Les troupes américaines ne seront pas opérationnelles avant au moins trois mois, et le maréchal Hindenburg en profite pour envoyer ses troupes de l'Est renforcer celles de son front Ouest !

– Et pour cause ! Il compte bien que cet afflux de combattants lui permettra d'obtenir une victoire décisive et définitive avant que nos alliés américains n'aient eu le temps de se mettre en place…

– Fine stratégie, Hans… Il faut donc s'attendre à des assauts sérieux dans les jours qui viennent !

– Ce qui n'est guère réjouissant, avouons-le.

– Que peut-il bien y avoir de réjouissant, avec cette guerre qui traîne depuis plus de quatre ans, et son monceau de morts et de souffrances ? »

Hans exhala un soupir d'impuissance. Que pouvait la volonté de paix de millions et de millions de personnes pour juguler le conflit en cours ?

Il préféra changer de sujet en s'inquiétant :

« Et... pour la famille du "petit" ? Toujours pas d'avancée dans vos démarches, mon cher ?

– Malheureusement non ! Grâce à mon statut d'officier militaire et aux investigations de mon fils Guy, lequel combat vaillamment contre l'ennemi, je n'ai pu avoir confirmation que du rapatriement de votre Kirneck dans un hôpital de Lyon, après une blessure assez grave pour l'exempter de réintégrer les rangs de nos armées. Nul ne sait désormais où il a choisi d'élire domicile ! Certes pas en Alsace, à mon avis !

– Certes pas, non... »

* *
*

Comme les deux hommes s'y attendaient, les Allemands mirent toutes leurs forces dans des offensives en masse. Leurs coups de boutoir se portèrent particulièrement sur le front britannique, dans l'Aisne, espérant jouer des mésententes qui opposaient le général anglais Douglas Haig au Français Philippe Pétain... Le bruit courut d'ailleurs vite que les Anglais avaient été contraints de céder Saint-Quentin, mais la rumeur reçut un démenti formel. Les lignes britanniques avaient tenu, malgré tout, grâce à des renforts prélevés sur le front des Flandres ! Toujours aux aguets des nouvelles du front, Gertrude, tout comme les domestiques Martin et Berthe, ne cachait plus son inquiétude. La guerre avait tué des centaines et des centaines de milliers d'hommes depuis le début du conflit, et les forces françaises avaient jusqu'ici tenu leurs positions sans permettre aux Allemands de gagner du terrain. Mais cela allait-il durer ?

Avril s'écoula dans l'anxiété… Une fois de plus, les combats s'enlisaient sur le front, qui tenait bon malgré tout face aux furieuses offensives des armées allemandes. Avant cela, Clemenceau avait dû jouer de toute son autorité pour convaincre le général Fayolle de porter secours aux Anglais et sauver ainsi une situation presque désespérée… L'espoir renaissait peu à peu, jusqu'à ce que l'on apprît, fin mai, que les lignes françaises avaient été enfoncées au chemin des Dames, et que l'ennemi avait opéré une subite percée d'une soixantaine de kilomètres à hauteur de Reims et de Soissons. Ce dernier événement inquiéta d'ailleurs Hans :

« Gertrude, je suis de moins en moins rassuré pour la sécurité de notre petit Mathias.

– Allons, nous restons à l'abri des horreurs de la guerre, ici !

– N'oublie pas que Paris est de nouveau à portée des plus grosses pièces d'artillerie allemandes !

– Vous auriez donc peur ? Cela m'étonne de vous !

– Peur ? Non ! Mais je n'ai aucune envie de voir un jour les casques à pointe prendre pied sur les Champs-Élysées…

– À quoi sert-il de vous alarmer ainsi ? Nous n'en sommes pas là, que diable !

– Il n'y a pas que cela, Trudy ! Je viens d'apprendre la mort du frère d'Anne-Marie, le fils du comte, Guy de Moustier, lieutenant de cavalerie… Il combattait en héros depuis le début de la guerre, et il est tombé sur le front le 24 mai, à Guise, dans l'Aisne, âgé seulement de vingt-sept ans…

– Quelle pitié ! Et quelle tristesse, dans la famille…

– C'est bien cette ambiance et ces larmes que je veux éviter à Mathias, et je me demande s'il ne serait pas mieux que j'envisage pour lui une nouvelle visite dans un coin de France ?

– C'est à vous de voir, *mein Herr* ! Et le comte, comment prend-il les choses ?

– Mort pour la France ! a-t-il seulement dit avec fierté. Il n'est pas d'usage, pour un militaire comme lui, de laisser libre cours à la douleur qui l'étreint ! »

* *
*

Ce fut avec une joie non dissimulée que le jeune garçon vit enfin Hans ressortir sa malle :

« Nous allons faire un voyage, mon oncle ?

– Quel sens de l'observation ! ironisa Hans.

– Et où allons-nous ?

– Ça, c'est une surprise ! »

Mathias ne put réprimer une moue de déception. Il détestait ne pas savoir ! Il s'enquit pourtant :

« Et Trudy ? Elle viendra avec nous, cette fois ?

– Je ne sais… Mais j'ai bon espoir de la persuader à le faire ! Nous verrons bien…

– Je n'aime pas, quand on la laisse à Paris… Elle me manque, même si elle râle beaucoup quand elle est avec nous !

– Elle me manque aussi. Mais tu la connais : têtue comme un bourricot ! »

Ce fut avec un bonheur sans pareil qu'il vit la gouvernante préparer ses bagages. Mais il eut beau insister, il n'arriva pas à lui tirer la moindre information sur la destination qui les attendait…

L'ambiance tumultueuse des quais de gare n'effrayait plus Mathias depuis longtemps, et c'était avec patience qu'il attendait l'arrivée du train promis, qui avait plus de une heure de retard. Le soir tombait, et le jeune garçon ne parvenait pas pour autant à juguler la curiosité et l'excitation qui le rongeaient.

Quel était le but final de ce convoi ? Malgré ses multiples interrogations, Hans était resté muet sur ce point, se contentant de sourires énigmatiques.

« Une surprise reste une surprise ! »

Le jeune garçon en fut d'autant plus vexé que Gertrude, s'il en croyait l'étincelle de malice qui pointait au moindre de ses regards, semblait ne rien ignorer de la suite du voyage !

Le nez collé à la vitre, il avait vite compris que le convoi se dirigeait vers le sud. Il en fit la remarque à Hans, qui rétorqua :

« À cette époque de l'année, tu ne t'imagines pas que nous filerions vers la neige, la glace et les frimas ?

– Mais où, alors ? »

Mathias n'eut pour réponse qu'un sourire narquois, mais ne renonça pourtant pas :

« Le voyage durera longtemps ?

– Je le crains, petit, car nous allons traverser une bonne partie de la France !

– Ah ? »

Quelle frustration à ne savoir où le conduisait ce nouveau périple ! D'autant plus que la nuit l'empêchait de profiter des paysages ! Épuisé par le trajet, encore à demi endormi, il eut à peine conscience d'avoir changé de train à Lyon. Mathias s'était contenté de bâiller pour simplement demander :

« Et où allons-nous, maintenant ?

– À Clermont ! Ensuite, tu verras bien… »

À peine arrivé dans cet autre train, il s'était aussitôt assoupi, alors qu'il aurait à tout prix voulu savoir quel était le terme de ce nouvel itinéraire.

Le jour se leva sans qu'il eût conscience d'avoir traversé Ussel, Tulle et Brive. Après un ultime changement de convoi et quelques heures d'attente, le chant monotone des roues et des rails lui emplit de nouveau les oreilles. Saint-Denis, Figeac, Capdenac. Encore un arrêt, alors que midi approchait, et une longue halte durant laquelle ils mangèrent copieusement et prirent un moment de repos. Le rail encore, et toujours cette descente vers le sud. Mentalement, il enregistrait chaque étape et chaque gare traversée, mais n'arrivait toujours pas à déduire le but du voyage. Villefranche-de-Rouergue, Laguépie, Cordes… Nouvelle correspondance, et enfin Albi, à la nuit tombante, alors que Hans et Gertrude avaient déjà réuni leurs bagages. Jamais encore un voyage ne lui avait paru aussi long : presque vingt-quatre heures déjà !

« Encore une attente avant un autre train ? s'inquiéta-t-il.

– Pas vraiment, Mathias. Ici, ce sera notre terminus !

– Ah ? Bon… »

Albi ! Albi ? Cela lui rappelait quelque chose, mais quoi ?

Au sortir de la gare, Hans héla sur-le-champ une voiture de louage. Mathias s'attendait à l'entendre indiquer au conducteur l'adresse d'un hôtel, mais non.

« Rue Saint-Julien, s'il vous plaît ! »

L'obscurité empêcha le jeune garçon d'apprécier les charmes de la ville qu'il traversait au rythme du trot du cheval. Après un parcours dans les vieux quartiers, le cocher s'arrêta :

« Ho ! Hoo… Nous y sommes, monsieur. »

Hans fit déposer sa malle et les valises sur le trottoir, avant d'hésiter un instant en considérant les façades. Puis il se décida, avant de s'approcher d'une porte et d'en cogner énergiquement le heurtoir. Il ne fallut que quelques secondes avant que le battant ne s'entrouvrît, et le cœur de Mathias s'emballa.

« Charlotte ! » hurla-t-il.

Charlotte Mouly… La jeune domestique de la famille de Moustier, au château de Clémery ! Avec ce bel accent chantant qui caractérisait les gens de cette région du Sud-Ouest. Elle lui ouvrit aussitôt les bras en s'exclamant :

« Mathias ! Mon petit Mathias ! Mon Dieu, mais qu'est-ce que tu as grandi ! »

Que d'embrassades, de larmes contenues, de baisers mouillés ! Lors de ses fréquentes visites au domaine du comte, le jeune garçon avait été aussi bien couvé par Anne-Marie que par Charlotte. Il avait pourtant toujours préféré cette dernière, sans doute à cause de ses origines plus modestes qui lui donnaient une spontanéité et une simplicité qui n'étaient pas de mise chez les personnes « bien nées »...

« Charlotte ! Que je suis heureux de te revoir... J'ai souvent pensé à toi, tu sais ?

– Moi aussi, petit ! Moi aussi... »

Entre rires et pleurs, Mathias ne put que mimer une fausse colère pour reprocher à son « oncle Hans » de lui avoir caché la destination de ce dernier voyage. Il éprouvait tellement de bonheur à se serrer contre le corps de la jeune femme !

« Allez, viens, entrons ! Mon pauvre logement n'aura pas le confort des chambres d'hôtel, mais je crois que nous passerons de bons moments, ensemble... »

Hans haussa les épaules : que lui importait ? Il ne pouvait qu'être reconnaissant au comte de lui avoir communiqué l'adresse de la jeune bonne... Et se féliciter du bonheur qu'éprouvait Mathias à ces retrouvailles !

Il était vrai que l'appartement n'était pas très vaste ! D'ailleurs, Charlotte avait cédé son lit à Hans et Gertrude, et s'était organisé une couche de fortune pour elle et Mathias... Ah ! Quel plaisir pour l'enfant que le contact chaud du corps de la jeune femme tout contre lui, alors qu'il avait l'habitude depuis toujours de s'endormir seul dans ses draps ! Malgré l'inconfort, il s'endormit vite, apaisé, et ne se réveilla que tard le lendemain, alors que toute la maisonnée était déjà debout.

« Vous verrez, monsieur Hasenfratz ! La région a bien autant de charmes que la Lorraine, avec en plus un climat bien plus doux...

– Je n'en doute pas, Charlotte, mais arrêtez donc avec ces "monsieur Hasenfratz", que diable ! Hans suffira amplement...

– Bien, monsieur Hans... »

« Charlotte ! »

* *
*

La jeune domestique n'avait pas tort. Que de merveilles à voir, à Albi comme aux alentours ! La cité était vraiment une ville pittoresque comme il n'en existait que peu en France ! Calfeutrée au cœur de ses collines, la cité se démarquait, dans ses vieux quartiers, par son architecture en brique et en bois, ainsi que par son fouillis de ruelles sentant encore le Moyen Âge... Un paysage urbain admirable de lignes et de couleurs, que dominaient superbement la vieille forteresse de l'ancien archevêché et la haute silhouette rouge de la cathédrale Sainte-Cécile ! La cathédrale, le monument le plus original de tout le style ogival du midi de la France... Comme un vaisseau de brique échoué sur un piton près du Tarn, le formidable édifice, fermé de toutes parts, dominait l'agglomération de son clocher-donjon, et l'austérité de son aspect extérieur contrastait avec la richesse de sa décoration intérieure. Durant quelques jours, Hans et Mathias ne se privèrent pas de découvrir les charmes de la région, du vieux bourg médiéval d'Ambialet fiché sur un isthme dans un méandre du Tarn à la ville fortifiée de Cordes, ses rues en degrés, ses enceintes et ses maisons figées par l'inertie des siècles. Penne et les ruines de son château. Les roches étranges du Sidobre et leur atmosphère étrange qui évoquait fées ou démons...

La curiosité incessante de Mathias intriguait de plus en plus Charlotte. Profitant de ce que le gamin partait à l'exploration d'une colline, elle s'étonna auprès de Hans :

« Ce gosse m'étonnera toujours ! S'il savait lire et écrire bien avant les enfants de son âge, il semble maintenant tout savoir sur tout, ou presque !

– Ce qui prouve que les voyages et les visites des sites les plus divers, ainsi que la fréquentation des musées, peuvent apprendre bien plus que des années d'études stériles dans une école de village ! Je suis très fier de la culture générale qu'il a acquise en si peu de temps…

– Vraiment, vous semblez aussi attaché à lui qu'il me semble l'être à vous ! »

Hans resta un instant silencieux, avant de confier à voix basse :

« C'est vrai, je l'aime plus que tout ! Et je n'ai qu'une peur, le perdre…

– Quelle étrange idée, monsieur Hasenfratz ! Jamais il ne vous laissera.

– Je sais, je sais… Mais je suis tellement torturé, en ce qui le concerne !

– Pourquoi donc ? Il a tout l'air d'un garçon on ne peut plus heureux ! »

Hans hésita à révéler entièrement le secret qui lui pesait sur le cœur puis, jugeant qu'il en avait déjà trop dit, il se résigna à faire confiance à la jeune femme :

« Je vous demande de ne pas répéter un mot de ce que je vais vous dire, Charlotte… Surtout à Mathias ! Parce qu'en vérité il n'est pas mon petit-neveu.

– Pas votre petit-neveu ?

– Je vais tout vous expliquer… mais pas un mot, surtout !

– Promis, monsieur Hasenfratz ! »

* *
*

Depuis un ou deux mois, les événements se précipitaient sur le front, et Hans devinait bien, comme tout citoyen, que la guerre arrivait à un tournant décisif ! Tout d'abord, la progression importante des troupes allemandes depuis mi-juillet avait apporté son lot d'inquiétudes, malgré la rude résistance opposée par les armées françaises. Celles-ci avaient alors lancé une vigoureuse contre-attaque après la seconde bataille de la

Marne, bousculant les positions ennemies. Ce succès assez inattendu était-il annonciateur d'autres victoires ? Il l'espérait sans pour autant se faire trop d'illusions. Il avait si souvent été déçu par la tournure des événements, en ces quatre ans de guerre ! Laissant Mathias aux bons soins de Charlotte et Trudy à ses pieuses visites, il passait d'ailleurs de plus en plus de temps dans les cafés et les hôtels de la place du Vigan. Les salons et les fumoirs des établissements de prestige étaient devenus le lieu de rendez-vous de l'élite de la ville pour y discuter de l'évolution de la guerre. L'espoir renaissait, alors que les Allemands refluaient vers le nord en évitant de justesse un encerclement complet.

Une fois de plus, Hans commentait cette situation avec un groupe de notables albigeois :

« C'était là un véritable retournement de situation ! Depuis, les Allemands n'ont pu que subir les assauts alliés sur tous les fronts ! Nos armées ont facilement récupéré le terrain perdu en début d'année. Il paraît que des milliers de soldats ennemis se rendent sans combattre ! Les Bulgares ont demandé l'armistice. Les Turcs ont été anéantis par les Anglais. Et les Italiens viennent de couper en deux les lignes autrichiennes, qui reculent un peu partout…

– Bonnes nouvelles ! s'exclama un bourgeois ventripotent en tirant sur son cigare. Nous en aurons donc peut-être bientôt fini avec cette horrible guerre ?

– Il ne faut pas vendre la peau de l'ours avant de l'avoir tué ! Mais nos troupes, jointes aux forces américaines, possèdent désormais une indiscutable supériorité terrestre, navale et aérienne ! Et les journaux affirment de plus en plus que nombre de généraux allemands sont conscients de leur défaite à plus ou moins long terme, et qu'ils souhaitent tous un armistice que Guillaume II refuse toujours.

– Nous parlons toujours du conflit en France et en Europe, intervint un homme élégant aux manières distinguées. Mais le

Kaiser connaît des revers sur tous les fronts ! Les Britanniques ont repris la Palestine en 17, Damas vient de tomber, en Syrie, l'Arabie est en pleine révolte… À mon avis, c'en est fini de l'Empire ottoman !

– Sans compter, ajouta un autre consommateur, que les choses évoluent en Tanzanie, en Rhodésie et au Mozambique… »

Hans rejeta les pages de *L'Éclair* pour se plonger dans celles de *La Dépêche* en s'exclamant :

« Nul ne sait pourtant comment se termineront les choses ! Espérons seulement que tout s'arrangera pour le mieux… Ces atrocités n'ont que trop duré !

– Et tout ça pour quoi ? s'indigna un vieillard vêtu à l'ancienne mode. Pour des broutilles, des futilités et des arguties de politique internationale ! Et encore pourrons-nous nous estimer heureux si, au bout du compte, nous récupérons l'Alsace et la Lorraine…

– J'y tiens tout autant que vous, comme vous pouvez sans doute le deviner à entendre mon accent ! » approuva Hans avant de piquer de nouveau du nez dans la lecture de son article.

Mathias ne perdait rien des échos de l'actualité rapportés par son « grand-oncle ». Aussi s'enquit-il un soir, alors que Trudy débarrassait la table :

« Si la guerre se termine, il nous faudra rentrer à Paris ? »

Il y avait un peu d'amertume dans sa voix… Il aimait tellement voyager que la vie de la capitale lui rebutait de plus en plus !

« Si les choses continuent à évoluer ainsi, nous n'attendrons peut-être pas la fin de la guerre pour y retourner, petit ! Mais nous n'y resterons que peu, si la paix est signée, afin de retourner à Morey pour voir dans quel état les affrontements ont laissé notre pauvre pays ! »

Le jeune garçon s'anima aussitôt, un grand sourire sur les lèvres :

« Charlotte ! »

« Et habiter de nouveau à la Ribiette ?
– Peut-être… Si les murs en sont toujours debout ! Mais nous n'en sommes pas là, même si la situation semble de plus en plus compromise pour les Allemands… »

« Ton vrai pays, Mathias ! »

Enfin, la paix tant espérée était là ! Quelle joie depuis que le pays tout entier avait fait sonner à la volée toutes les églises de France ! Certain que la victoire était imminente, Hans avait d'ailleurs décidé de réintégrer Paris avant même l'annonce de l'abdication du *Kaiser*. Excitée, Charlotte avait elle aussi abandonné Albi pour se joindre au voyage, impatiente de revoir le comte, sa femme et sa fille. Peut-être espérait-elle déjà réintégrer sa place au château de Clémery ? En fidèle domestique, elle se sentait un peu comme faisant partie de la famille de Moustier ! Les retrouvailles furent d'ailleurs pour tous un souvenir inoubliable, fait de joie, d'émotion et de larmes… Il n'y avait pas trois jours qu'ils occupaient de nouveau la maison de la rue Saint-Romain lorsque, ce lundi 11 novembre à 11 heures, la nouvelle fusa de quartier en quartier : l'armistice était signé ! Enfin ! Ah ! La belle cacophonie des cloches dont le timbre joyeux se mélangeait en une étrange mélodie discordante. Le canon qui tonnait pour célébrer l'événement. Paris qui chantait, Paris qui acclamait, Paris qui riait, qui exultait, qui embrassait ! Avec toute sa population qui se pressait dans les rues dans une ambiance de délire, et les fenêtres qui s'ouvraient pour déployer des drapeaux tricolores… Les frissons de l'allégresse dans une invraisemblable cohue ! Un jour dont chacun se souviendrait sa vie durant… Et Emma, que ne devait-elle être heureuse, elle aussi ? Hans ne pouvait s'empêcher de penser à elle, malgré ce que lui avait révélé Gertrude.

Paris ne fut d'ailleurs qu'une brève escale, car le comte de Moustier et son ami n'attendirent pas la fin de la semaine pour entreprendre ensemble le trajet de Nancy, accompagnés de tous leurs proches… Une inoubliable aventure encore, au sein de la foule exubérante qui envahissait les quais et prenait les trains d'assaut ! Avec ces clameurs enthousiastes, chaque fois que l'on croisait un convoi militaire, ces cris de reconnaissance envoyés aux soldats, ces chants patriotiques qui couvraient le bruit des locomotives… Tassés, bousculés, pour la plupart privés de places assises, les voyageurs ne se plaignaient pas de l'inconfort du trajet tant la liesse était grande de retourner au pays, avec la satisfaction de voir s'égrener les gares au fil du trajet. Le pays natal se rapprochait de minute en minute ! Mathias, comme son « grand-oncle », restait pourtant muet, tout comme Gertrude et Charlotte ainsi que le comte et sa famille. Il était sensible comme eux, en traversant les paysages de Champagne, de la Marne et de la Meuse, à l'horreur de l'enfer qu'avaient dû vivre les combattants des deux camps, ainsi qu'en témoignaient les champs labourés par les obus, les villages en ruine qu'on apercevait à chaque courbe de la voie. Château-Thierry, Épernay, Châlons-sur-Marne, Bar-le-Duc… Avec des retards accumulés à chaque halte ! À Commercy, Hans en profita pour descendre sur le quai acheter quelques boîtes de madeleines, et Mathias y croqua avec gourmandise avec l'impression de retrouver un goût oublié depuis longtemps : ils revenaient au pays !

Toul, puis Nancy… Le front s'étant stabilisé dès le début de la guerre plus au nord et à l'est, la ville était restée indemne d'assauts et de batailles, mais les bombardements ennemis, tirés par avions, zeppelins ou canons, ne l'avaient pas épargnée et elle gardait les cicatrices des dégâts provoqués par les projectiles et les explosions : des maisons éventrées, aux toits crevés, aux murs éboulés, des gravats amoncelés que l'on n'avait pas encore pris soin de déblayer. Hans, pas plus que le comte, n'avait l'intention de s'attarder en hôtel dans la capitale lorraine, et ce fut pour cette raison que Georges de Moustier, n'ayant pas la patience d'attendre une éventuelle correspondance pour Pont-à-Mousson, loua au plus vite une voiture à cheval qu'il paya au prix fort tant la demande était grande et l'offre réduite. Hans l'imita… Il n'en était pas à quelques dizaines de francs près ! À proximité de Morey, ils se séparèrent sans prendre le temps de quelques effusions :

« À bientôt, Georges. Et retrouvons-nous au plus vite pour faire le point !

– Dès demain, peut-être ? Mon Dieu ! Dans quel état allons-nous retrouver notre pauvre région ?

– Nous le saurons vite, mon ami. Mais je m'attends au pire !

– Moi aussi, tout comme ma femme et ma fille, nous sommes pressés de voir ce qu'il reste de notre château… Non tant point parce qu'il était un château, mais parce que c'était avant tout une demeure où il faisait bon vivre ! »

* *
*

Le cabriolet que menait Hans filait vite au trot de la jument, malgré la rudesse des côtes. Le soleil déclinait déjà lorsqu'ils parvinrent en vue de paysages plus familiers. Pourtant, la joie qui habitait les passagers de la voiture se muait peu à peu en impression déchirante. Comment reconnaître ces forêts aux arbres étêtés, renversés ou déchiquetés, les fermes en ruine et les champs labourés par la mitraille ? La terre brûlée qui semblait morte à jamais. La vie reprendrait-elle un jour possession de ces régions ravagées ? L'excitation augmentait au fur et à mesure que Morey se rapprochait, et Mathias était loin de se montrer le moins impatient :

« Nous arrivons bientôt ?

– Comment, tu ne reconnais pas la montée de Malleloy ?

– Si, si, bien sûr… mais… »

L'émotion… Et la crainte de ne retrouver que ruines de la Ribiette !

Morey, enfin… Avec son église encore debout et la silhouette pointue des toits du château. Le village n'avait pas été rasé par les violences ! Les champs alentour, dévastés par des monticules et des crevasses, témoignaient pourtant de l'acharnement des combats et des bombardements… La traversée de la rue principale du bourg leur laissa malgré tout une impression étrange : presque personne dans les rues, aucune figure connue ! Seulement une chaussée ravagée d'ornières, des fenêtres aux volets qui pendaient, des détritus et des objets hétéroclites qui jonchaient les lieux…

« Nous devons être parmi les premiers à revenir chez nous… »

La voix de Hans s'était étranglée. Il avait pourtant eu le soulagement de voir, de loin, que les murs de sa maison étaient encore debout… Mais ce fut pourtant en mettant le cheval au pas qu'il pénétra dans l'enceinte de la Ribiette. Le portail avait été arraché, le parc n'était plus qu'un espace de boue séchée et beaucoup de fenêtres de la bâtisse étaient brisées. Dans les ultimes lueurs d'un ciel rougissant, il descendit de la voiture pour faire face à la demeure, aussitôt suivi par Gertrude et Mathias.

« Oh ! Qui va là ? »

Ils se figèrent en voyant surgir un soldat, qui garda pourtant son fusil à l'épaule. Ils ne s'attendaient certes pas à ce que la maison fût encore occupée par l'armée !

« Je m'appelle Hans Hasenfratz, et je suis le propriétaire de ces lieux ! J'ignorais que des militaires s'y trouvaient encore !

– Pff… Nous ne sommes plus qu'une demi-douzaine ! Le gros des troupes stationnées ici a quitté Morey il y a quelques semaines, dès la retraite des Allemands, pour reconquérir les territoires occupés depuis 1870. L'Alsace est de nouveau française !

– Et… et vous ?

– Simple poste d'arrière-garde, pour préserver les documents de l'état-major ! Suivez-moi, je vous conduis au sergent. »

* *
*

Gertrude, une fois de plus, venait d'arpenter les pièces l'une après l'autre avec Mathias sur les talons.

« Quelle pitié ! À croire que c'est un troupeau de cochons qui a vécu là ! Les tapisseries en lambeaux, les planchers rayés, les meubles mutilés, les fenêtres cassées… Et ma cuisine ! Ils ont tout abîmé, tout brisé, tout sali… »

Les larmes perlaient sous ses cils, et Hans la saisit par les épaules.

« Ne nous plaignons pas, les murs sont encore debout et le toit en place ! Un seul obus a touché la façade de l'aile gauche… Ce n'est pas comme à Nomeny, qui n'est plus qu'un champ de ruines ! Avec de l'argent, il sera aisé de tout faire remettre en état, dès que nos soldats auront laissé la place libre.

– Mais c'est inhabitable, dans cet état !

– Les militaires s'en sont bien contentés, ma vieille ! Mais je n'ai pas pour autant l'intention de partager la Ribiette avec eux : dès demain, nous quitterons Morey pour rejoindre la gare… »

Mathias et Trudy échangèrent un regard d'incompréhension :

« Nous retournons à Paris ? » s'indignèrent-ils d'une même voix.

Hans sourit, avec une expression malicieuse au coin des yeux.

« Ne me parlez plus de Paris ! Mais plutôt de cette Alsace où nous sommes nés, et qui est redevenue française depuis quelques jours… Ça ne te tenterait pas de revoir Eschau, Strasbourg, Saverne ou Obernai ? »

Gertrude porta la main à son cœur, incrédule.

« C'est vrai ?

– Je suis tout ce qu'il y a de plus sérieux, ma bonne ! Revoir l'Alsace libre, et peut-être même y vivre à nouveau. Car, si l'occasion s'en présente, je n'hésiterai pas à revendre la Ribiette, tu sais, à condition de trouver à acquérir une propriété qui n'ait rien à lui envier, dans un coin tranquille de notre belle région natale. »

Incapable de répondre, la vieille femme éclata en sanglots d'émotion. Il y avait si longtemps qu'elle s'était faite à l'idée de mourir loin de ses racines !

* *
*

Le lendemain, dès la première heure, Hans attela le cheval et pressa Gertrude et Mathias de charger la voiture de leurs bagages.

« Après ce qu'a fait le comte pour nous, la moindre des choses est bien de le prévenir de notre décision ! Nous allons donc nous imposer un détour par Clémery pour lui faire nos adieux et savoir quelle est la situation, là-bas.

– Mais… nous reviendrons le voir, n'est-ce pas ? Même lorsque nous habiterons en Alsace ?

– Bien sûr, Mathias. Il n'est pas question que je l'oublie, moi non plus, pas plus que cette région de Lorraine où j'ai vécu presque toute mon existence. Je m'y suis fait tant d'amis ! Un prétexte de plus pour voyager… »

Bien que s'attendant au pire, ils eurent du mal à reconnaître les environs pourtant familiers de ce bref parcours qu'ils avaient si souvent emprunté. Plus ils s'approchaient de la Seille, plus l'impact du conflit se faisait visible, avec des barbelés que nul n'avait encore ôtés, des terres boursouflées où ne poussait plus le moindre brin d'herbe, des forêts saccagées par les obus... Plus une seule culture dans les champs torturés par les tranchées, et c'était à peine si l'on pouvait déceler un signe de vie dans ces paysages morts ! Gertrude s'en montra tellement bouleversée que Hans lui évita de passer par Nomeny ou Rouves, dont il connaissait l'ampleur des destructions. La vieille femme ne put pourtant ignorer, de loin, la vision des pans de mur instables, des poutres calcinées pointant des toitures effondrées, des amas de pierres éboulées autour des restes des maisons... Deux villages martyrs parmi tant d'autres !

Même si le sommet d'une tour semblait avoir été détérioré par des bombardements ou des tirs d'artillerie, le château de Clémery conservait cette fière allure qui avait défié les siècles. À peine le cheval arrêté près du perron, Georges de Moustier sortit de chez lui, inquiet :

« Je ne m'attendais pas à vous revoir dès aujourd'hui et de si bon matin ! Votre demeure de la Ribiette serait-elle par malheur détruite ?

– Non, non, mon ami, bien qu'il y ait de sérieuses réparations à y entreprendre... Mais elle est toujours occupée par quelques militaires qui veillent sur je ne sais quelles archives d'état-major, et je préfère ne pas cohabiter avec eux, surtout dans l'état de délabrement dans lequel ils ont laissé la maison !

– Je comprends... Et vous venez sans doute voir si je peux vous héberger ? Malheureusement, ce ne sera guère possible avant quelques semaines : le château a servi des mois et des mois durant d'hôpital de guerre, et il nécessite lui aussi d'importantes restaurations pour être de nouveau un tant soit peu habitable, même de façon spartiate !

– Il n'en est pas question, Georges. Je venais seulement vous tenir au courant et prendre congé de vous, de votre dame et de votre fille…

– Et de Charlotte ! ajouta Mathias en s'approchant du comte.

– Vous partez donc ? Mais pour aller où ? À Nancy ? À Paris ?

– Non, non ! répliqua Hans. N'oubliez pas qu'avant d'être Lorrain, je suis toujours resté Alsacien, tout comme Trudy… Et que le petit nous vient aussi de cette même région qui se retrouve aujourd'hui libérée du joug allemand ! C'est pourquoi je ne m'attarderai pas sur ces adieux, mon ami. Parce que le train pour Strasbourg ne nous attendra pas, si nous sommes en retard à Nancy…

– Ce qui ne vous empêchera pas de prendre un café avec nous, n'est-ce pas ? Ainsi qu'une petite collation. Il ne faut pas voyager le ventre vide, que diable ! »

* *
*

L'impatience ! L'impatience partagée de tous les voyageurs… Durant le parcours, comme une enfant, Gertrude passa d'ailleurs la majeure partie de son temps le nez collé à la fenêtre derrière laquelle défilaient ces paysages qui la hantaient depuis près de cinquante ans ! L'alternance des côtes et des plateaux, d'abord, et ces étendues constellées d'étangs, la barrière sombre des Vosges, de ses forêts, de ses collines et de ses monts arrondis, ces paysages plus riants à l'approche du Rhin… La vieille femme jucha Mathias sur ses genoux.

« Eh oui, petit ! Le voici, ton vrai pays… Tu ne dois plus avoir en mémoire depuis longtemps le voyage que tu as fait en sens inverse, lorsque ton "grand-oncle" t'a recueilli. Mais tu auras l'occasion de la découvrir cette Alsace ! Ton Alsace… Oncle Hans se fera un plaisir de t'en montrer tous les charmes ! »

Elle se tut soudain, alors que le chemin de fer ralentissait aux abords d'une grande agglomération, et elle pencha la tête vers la fenêtre. Hans lui confirma son intuition :

« Oui, Trudy ! C'est Strasbourg, déjà… »

La brave femme ne prit pas la peine de cacher les larmes que laissèrent échapper ses paupières lorsqu'elle revit, de loin, la silhouette reconnaissable entre toutes des flèches de la cathédrale !

Strasbourg… Une belle et grande ville de plus de cent cinquante mille habitants, mais où la vie semblait moins trépidante qu'à Paris, malgré l'effervescence de la population depuis près d'une semaine. La fièvre du 11 novembre était loin d'être retombée ! Partout, hommes et femmes discutaient, s'embrassaient, commentaient les dernières nouvelles, et ils faisaient une ovation dès qu'un détachement militaire traversait les rues de cette cité de garnison. Comment masquer la joie de revoir des soldats français remplacer l'armée d'occupation allemande ? Hans n'avait pas de temps à perdre et, aussitôt après avoir trouvé un hôtel, il abandonna sans honte Mathias aux bons soins de Trudy, préférant s'attacher, dans un premier temps, à renouer avec ses connaissances strasbourgeoises. Il avait la curiosité de savoir ce qu'étaient devenus M. Heyler, à la S.A.C.M., Émile Mathis, et quelques autres amis de longue date ! Sa rencontre avec Émile le réconforta particulièrement, car le jeune homme, peu après l'ouverture du conflit, avait en effet déserté les unités allemandes pour s'engager dans l'armée française ! Le fabricant d'automobiles lui prêta d'ailleurs volontiers un véhicule pour ses démarches, une Ventillos sans soupape de modèle 1913. Aussi, ce fut avec un plaisir non dissimulé qu'il se retrouva au volant de cette belle mécanique. Il y avait si longtemps qu'il n'avait pas conduit un tel engin ! N'ayant nulle envie de s'éterniser des semaines et des mois en hôtel, il décida de se mettre en quête d'un logement.

« Pas question de vivre à nouveau dans une grande ville ! Pas même Strasbourg… Il me faut trouver un village aussi tranquille que Morey ! Avec une honnête propriété un peu à l'écart du bourg, comme la Ribiette… Cela ne va sans doute pas être facile, mais la guerre a malheureusement fait tellement de morts que cela peut éventuellement offrir des possibilités ? »

Il se sentait un peu coupable de laisser ainsi Mathias et Trudy esseulés dans une ville que le jeune garçon ne connaissait pas et que Gertrude ne reconnaissait plus, mais, presque inconsciemment, une force étrange le poussait à entreprendre des recherches dans la région qui lui tenait le plus à cœur, celle où il était né et où il avait grandi, Obernai ! Une cité qu'il revit avec une délectation d'autant plus intense que la contrée tout entière lui semblait libérée d'un grand poids. Tout lui paraissait plus beau, depuis que les frontières avaient été rétablies ! Et particulièrement sa ville natale, auréolée par ses fortifications du Moyen Âge sous le soleil pâle de l'hiver naissant… Bien sûr, il n'y connaissait plus personne, depuis que sa famille avait quitté la petite agglomération, mais le nom d'Hasenfratz était resté dans les mémoires, et il n'eut guère de mal à y nouer quelques contacts, le plus prometteur étant un des notaires de la place du Marché.

Le notable remonta ses lunettes sur son nez pour lever un œil intrigué sur son visiteur.

« Hasenfratz, Hasenfratz… Il y a bien eu une famille Hasenfratz à Obernai, autrefois ! Plusieurs tombes du cimetière portent ce nom, d'ailleurs !

– Je suis né ici, maître, et je suis d'âge à penser y mourir, désormais ! C'est pourquoi je suis en quête d'une belle propriété dans les environs, mais loin de toute agitation. J'ai besoin de calme pour mettre au propre le résultat de plusieurs décennies de recherches archéologiques et paléontologiques…

– Ah ! Vous vous intéressez au passé, vous aussi ? C'est également une de mes passions…

– Pour en revenir à nos oignons, je suis assez pressé de me trouver un nid idéal ! Et je ne serais pas trop sourcilleux sur le prix, si l'endroit me plaît.

– Bien, bien ! Vous savez, beaucoup des familles ont été brisées par des fils, des maris ou des pères tombés sur le front… Du coup, nombre de demeures sont devenues trop grandes ou trop onéreuses d'entretien pour les héritiers ou les survivants. Nous devrions trouver quelque chose à votre convenance dans des délais acceptables. Repassez donc me voir d'ici une quinzaine de jours. J'aurai sans doute déjà bien dégrossi les éventualités !

– Dépêchez-vous, maître. Je ne vous cache pas que vous ne serez pas le seul sur les rangs, et je compte bien sur une affaire vite et rondement menée ! Dès que vous aurez du nouveau, téléphonez à l'*Hôtel Saint-Christophe*, à Strasbourg, et laissez-moi un message. Vous me verrez dès le lendemain dans cette étude !

– Je ferai tout mon possible, monsieur Hasenfratz. Je vous en donne ma parole ! »

* *
*

À quoi bon se presser pour rejoindre Strasbourg ? Depuis qu'il se retrouvait vraiment « chez lui », le visage d'Emma s'imposait à sa conscience. Il hésita pourtant : si jamais il avait un jour l'occasion de la rencontrer, oserait-il seulement évoquer ce fils qu'elle lui avait caché ? Lui demander des explications sur ce qu'il ressentait désormais comme une blessure ? Il esquissa une moue : à quoi bon ressasser ce qui avait été certainement bien plus douloureux pour Emma que pour lui ? La décision de celle qui était alors encore une jeune femme n'avait sans doute pas été facile à prendre ! Un peu comme si elle s'était sacrifiée pour lui… L'envie de filer sur Marmoutier le tenaillait pourtant depuis la veille, et il n'avait aucune envie d'y résister ! Bien sûr, ce n'était pas dimanche, et il n'avait pas l'intention de se contenter de la sortie de la messe, comme il en avait épisodiquement pris coutume depuis des décennies. Les choses avaient changé, avec cette Alsace nichée à nouveau sous les couleurs du drapeau français ! Pour la première fois depuis l'âge de ses vingt ans, il se sentait prêt à frapper à sa porte, en vieux compagnon d'enfance, sans même espérer plus que le plaisir de la revoir et de la serrer entre ses bras. Emma était mariée, et l'idée de perturber son couple ne l'effleurait même pas. Un simple clin d'œil nostalgique avec le passé lui suffirait ! Il se jura même de ne jamais révéler qu'il connaissait l'existence du fruit de leurs amours passées… Et il se plut à croire que, s'il revenait vivre dans la région ainsi qu'il le souhaitait, peut-être pourrait-il établir avec elle des relations strictement amicales ? Mais comment accueillerait-elle sa réapparition, après tant d'années ?

« Après tout, je verrai bien ! »

Retrouvailles

LAISSANT LE MONT SAINT-ODILE derrière lui, il reprit la route de Molsheim, puis fila sur Wasselonne en direction de Saverne. Il ne lui fallut guère plus d'une heure pour parvenir en vue de… de…

« *Maursmünster*, ricana-t-il. Plus pour très longtemps, parce qu'un des premiers changements sera de remplacer ces indications routières par des panneaux bien français ! Et je gage que ce sera fait dans les semaines qui viennent… »

Marmoutier… Il arrêta son moteur près de la place de l'église et se sentit soudain moins assuré, un peu comme un adolescent pour son premier rendez-vous féminin ! Il hésita… N'était-il pas indécent de se présenter sur le coup du repas de midi ? D'ailleurs, il commençait lui-même à avoir vraiment faim, et il lui fallait se donner du cœur au ventre pour aller ainsi frapper à la porte de sa « belle » ! Délaissant l'*Hôtel des Deux-Clefs*, où il avait déjeuné lors de son dernier passage, il opta pour l'*Hôtel de la Couronne*, qui servait également une cuisine de qualité.

Il s'attarda même à table plus que de coutume, comme pour retarder le plus possible l'instant où il lui faudrait se décider. Finalement, il héla le serveur :

« Vous voudrez bien m'apporter la note, ainsi qu'un verre de bon kirsch de chez nous !

– Tout de suite, monsieur…

– Attendez ! Dites-moi, vous savez où se trouve la demeure de M. Schlotter, le pharmacien ?

– Ah ! Vous venez sans doute pour visiter la maison ? La veuve Schlotter cherche en vain à la vendre depuis le décès de son mari, il y a plus de un an… »

Emma, veuve ? Le cœur de Hans s'emballa, non qu'il se réjouît de cette nouvelle, mais parce que cela lui ouvrait des perspectives et des espérances nouvelles ! Ce fut à peine s'il entendit le serveur lui préciser :

« C'est à deux pas d'ici, près du carrefour, entre la rue du Sel et la rue de l'Hôpital. Une belle villa avec un parc entouré d'une grille en fer forgé. Vous ne pouvez pas vous tromper ! Bien, je vais vous chercher votre digestif… »

*   *
*

Cela faisait bien deux ou trois fois qu'il passait devant le portail de fer aux volutes élégantes, et qu'il se haussait sur la pointe des pieds pour jeter un œil sur la bâtisse bourgeoise qui s'élevait au milieu d'un clos aux parterres gazonnés et fleuris. Qu'allait-il pouvoir dire, face à celle qui le hantait depuis toujours ? Et puis se devait-il d'évoquer qu'il n'ignorait désormais rien de ce fils qu'on lui avait si longtemps caché ? N'y tenant plus, il accrocha presque rageusement la poignée de la sonnette pour l'actionner avec nervosité. Une jeune domestique apparut bientôt et trottina jusqu'au portillon d'entrée. Hans eut un choc. Elle ressemblait tellement à Charlotte que ce fut presque avec surprise qu'il l'entendit s'exprimer avec un accent qui, loin de fleurer celui du Sud-Ouest, portait en lui les rugosités du parler vosgien :

« Vous désirez, *mein Herr* ?
– Euh… rencontrer Mme Medern… Mme Schlotter ! Si c'est possible, naturellement ? »
Pour lui, Emma restait liée à son nom de jeune fille, Medernach, et il avait une réticence inconsciente à prononcer son patronyme de femme mariée !
« Veuillez donc me suivre, monsieur… Qui dois-je annoncer ? »
Il hésita, puis répondit :
« Mon nom n'a guère d'importance pour ce qui m'amène, et…
– Ah ! Vous êtes sans doute intéressé par l'achat de la maison ? »
La voix de la jeune personne ne put masquer une certaine amertume. La vente de la propriété signifiait sans doute pour elle la perte de son emploi !
Hans fut introduit dans un salon coquet, et son cœur se mit à cogner la chamade lorsqu'il entendit le pas de la maîtresse des lieux retentir dans le couloir. La porte s'ouvrit, et une femme à la soixantaine épanouie s'arrêta sur le seuil.
« Monsieur ? »
Elle s'interrompit soudain en fronçant les sourcils, et bafouilla :
« Mais, c'est v… c'est bien toi ? Hans, je ne me trompe pas ? »
Sa voix s'était parée d'un coup d'une étincelle de surprise joyeuse, et elle avança de deux pas, des larmes dans les yeux. Hans essaya de dénouer l'écheveau de sa gorge étranglée pour murmurer :
« C'est bien moi, Emma… »
Un silence figé, vite embarrassant… Puis Emma parut tentée de se précipiter vers lui avant de se raviser, puis de s'asseoir sur une bergère capitonnée de velours.
« Dieu ! Si je m'attendais à cette visite ! Mais prends place, je t'en prie. Qu'est-ce qui t'amène enfin chez moi, après toutes ces années ? »
Hans ne répondit pas tout de suite. Il devinait pourtant l'émoi secret de la veuve. La barrière invisible qu'ils avaient mise entre

eux devait être moins solide que la rigidité qu'imposait la décence, entre personnes de bonne éducation !

Emma, bien sûr, n'était plus la jeune femme à peine éclose dont il était tombé amoureux dans un passé si lointain qu'il lui paraissait irréel ! Contrairement à lui, qui était resté mince toute sa vie, elle s'était alourdie et épaissie, mais avec des formes généreuses qui n'étaient pas pour déplaire à l'être sec qu'il était devenu. Sa chevelure désormais blanche était coiffée avec élégance, et de petites rides taquines s'étoilaient sur son front et au coin de ses paupières. Une chose pourtant n'avait pas changé : l'expression si douce et si profonde de son regard ! Ainsi que ce sourire tellement troublant qui n'appartenait qu'à elle…

« Alors, Hans ?

– Ce n'est pas la première fois que je viens à Marmoutier… avoua-t-il. Rien que pour te voir, à la sortie de la messe. Parce que tu n'as jamais quitté mes pensées, malgré les années accumulées !

– C'est bien cela ! Il me semblait t'avoir reconnu, certains jours, près de l'église… mais je n'en étais pas certaine. Et puis c'était tellement improbable que je ne pouvais y croire ! Pourquoi ne t'es-tu jamais fait reconnaître ? »

Il baissa le nez, gêné d'avouer :

« Tu sais, dans ton dernier courrier, tu m'avais signifié ton désir de mettre fin à notre correspondance pour cause de mariage, et afin de ne pas troubler ton ménage… Alors je suis resté discret. »

Emma Schlotter parut quelques instants songeuse, puis fit mine de s'assombrir soudain :

« Ne me dis pas que tu joues les vautours et que je ne te vois réapparaître qu'à cause de mon deuil récent ?

– Certes pas ! s'indigna Hans. Que vas-tu penser là ? La seule raison en est que l'Alsace est redevenue française, et que j'espère bien y vivre à nouveau ! Je ne souhaitais qu'établir des relations de bon voisinage avec ton mari et toi, et je n'ai appris son décès qu'il y a seulement quelques minutes, au sortir du restaurant de l'*Hôtel de la Couronne*.

– C'est vrai ? Tu n'en savais vraiment rien ?

– Puisque je te le dis ! Mais… cela a dû être une épreuve bien terrible, pour toi ? »

Elle haussa les épaules.

« Tu sais, mon mariage n'était pas vraiment un mariage d'amour, et j'ai plus d'une fois regretté de ne pas m'être enfuie avec toi malgré l'opposition de mes pauvres parents ! Comme tu le sais, il m'a fallu plusieurs années pour me résoudre à épouser l'un des prétendants qui me tournaient autour. Ce pharmacien plus âgé que moi, qui m'a offert une opulence certaine, mais qui ne m'a apporté ni enfants ni tendresse ! Oh ! Ce n'était pas un homme méchant, mon Ervin, mais un rigoriste figé dans le carcan de ses habitudes et de ses préjugés… Je ne devrais peut-être pas le dire, mais, si je n'ai jamais été malheureuse avec lui, je n'ai non plus jamais été vraiment heureuse… Et la crise cardiaque qui l'a emporté m'a plutôt libérée ! »

Elle se signa puis ajouta :

« Dieu ait son âme ! Et… et toi, Hans ? »

Il ne répondit pas tout de suite, conscient qu'Emma n'eût même pas évoqué le fils qu'elle avait eu de lui. N'avait-elle pas affirmé que son défunt mari ne lui avait jamais fait d'enfant ? Sans doute cela expliquait-il sa gêne manifeste, alors que toute la région savait que le fils du pharmacien de Marmoutier était devenu un médecin réputé qui exerçait à Lyon ! Il préféra ne pas faire la moindre remarque et répliqua :

« Moi, je n'ai jamais pris femme… »

Il se força pour oser avouer, comme un gamin pris en faute :

« Je n'ai jamais pris femme, parce que, pour moi, tu es toujours restée la seule !

– Depuis tout ce temps ? s'étonna-t-elle.

– Depuis tout ce temps, il ne se passe pas un soir où je m'endorme sans avoir une pensée pour toi…

– C'est vrai ? murmura Emma en se levant de son siège.

– C'est vrai ! » assura-t-il en se levant à son tour.

Hésitants, maladroits, ils s'ouvrirent mutuellement les bras pour se serrer l'un contre l'autre, la gorge nouée et les yeux embués, une boule de plomb au fond du ventre et la conscience en vrac… Timide comme un écolier boutonneux, Hans en profita pour poser furtivement ses lèvres dans la chaleur du cou d'Emma, qui se dégagea brusquement avant de coller sa bouche à celle de son vieil amoureux. Ah ! Ce baiser si souvent rêvé et qui prenait soudain réalité avec la saveur délicieuse des fruits défendus ! Essoufflée, elle se détacha à regret de lui.

« Combien de fois n'ai-je pas regretté de n'avoir eu le courage de fuir avec toi en Lorraine ! Moi aussi, j'ai souvent pensé à toi… »

Gravement, avec une intonation de reproche dans la voix, il marmonna :

« Que n'as-tu eu à l'époque la franchise de me dire que tu étais enceinte ? »

Elle se troubla :

« Ah ! Tu étais au courant ?

– Non, malheureusement… Je ne l'ai appris qu'il y a seulement quelques mois, de la bouche de Trudy, qui se croyait à l'article de la mort ! Elle ne voulait pas être enterrée avec ce secret qu'elle portait depuis si longtemps…

– Tu veux dire Gertrude ?

– Oui, la gouvernante qu'employaient déjà mes parents, et qui s'est occupée de moi toute mon adolescence ! Tu ne te souviens pas ?

– Si, bien sûr ! Je lui ai bien souvent écrit, après ton départ. Elle est donc toujours avec toi ?

– Je n'ai jamais connu une personne aussi dévouée ! Elle me sera fidèle jusqu'à son dernier souffle, et c'est pour cela que je la considère depuis toujours comme la seule famille qui me reste…

– Si tu savais la souffrance que m'a coûtée l'obligation de ne pas t'avoir informé de cette grossesse ! avoua-t-elle. Le fardeau de presque toute ma vie… »

Jugeant qu'il était peu habile de parler plus longtemps de ce fils qu'elle avait eu de lui, ce fut pris d'un fol espoir que Hans oublia leur âge pour bafouiller :

« Tu… tu crois que… que quelque chose serait encore possible, entre nous ?

– Pourquoi pas ? s'emballa Emma. Et qu'importe si je passe pour une veuve joyeuse ! Nous n'avons plus énormément de vie devant nous, et nous avons bien le droit d'en profiter, non ? Même si la tendresse doit remplacer la passion des jeunes années… »

Pour toute réponse, Hans la bâillonna de nouveau de ses lèvres. Il se sentait assez de vigueur pour prouver qu'il était resté encore vert, à près de soixante-dix ans ! Après cet élan qui leur sembla n'avoir eu ni début ni fin, Emma l'attira pour l'inviter à s'asseoir sur un canapé deux places.

« Tu prendras bien un café, non ?

– Euh… plutôt un petit alcool, pour me remettre de ces émotions !

– Moi aussi ! J'appelle tout de suite Clothilde, pour qu'elle nous apporte ça… »

* *
*

Finalement, et pour son plus grand bonheur, Hans resta plus de quarante-huit heures au domicile des Schlotter. N'osant encore franchir le pas de partager un lit commun, les deux vieux complices, d'un commun accord, se séparaient à la nuit tombée après une longue veillée passée à ressasser leurs souvenirs de jeunesse. Longuement, ils avaient évoqué ce fils dont Hans avait si longtemps ignoré l'existence, et ils avaient décidé d'un commun accord de ne jamais lui révéler qui était son véritable père. Mathias Schlotter était si fier d'être devenu un médecin réputé à Lyon, lui, l'enfant d'un pharmacien de province !

« Cela ne nous empêchera pas de le rencontrer ensemble ?

– Certes non ! Je crois qu'il sera heureux que sa mère ne se racornisse pas seule jusqu'à la fin de ses jours… Il ne pourra que se réjouir de me voir en compagnie d'un ami d'enfance dont la vie m'avait séparé ! »

De fait, ne voulant pas mettre la charrue avant les bœufs, Emma rejoignait chaque soir ses pénates en abandonnant Hans à sa chambre d'ami… Ce matin-là, il annonça :

« Il serait sans doute temps que je réintègre Strasbourg ! Gertrude doit commencer à s'inquiéter… Et Mathias aussi, bien sûr !

– Mathias ? »

Le trouble d'Emma ne lui échappa nullement à l'évocation de ce prénom.

« Oui, Mathias ! Comme ton… ou plutôt notre fils, n'est-ce pas ? Crois-tu que j'avais oublié comment nous devions appeler notre premier enfant, s'il avait été un fils ?

– Alors, toi aussi, tu as eu un…

– Ce n'est pas aussi simple que ça, car mon petit Mathias ne doit avoir qu'une douzaine d'années, et il n'est pas de mon sang, lui. Il n'empêche que je l'aime peut-être plus que comme un fils ! Je vais t'expliquer… »

Jusqu'ici, absorbé qu'il était par l'évocation du passé qui les avait unis au temps de leur jeunesse, Hans n'avait pas encore évoqué cet épisode récent de sa vie…

Il s'attacha donc à raconter dans quelles circonstances il avait été amené à sauver cet enfant, à le recueillir chez lui, ainsi qu'à l'élever et l'instruire à sa façon.

« Mon grand regret reste de n'avoir pu retrouver ses vrais parents, depuis que j'ai appris qu'ils n'étaient pas morts dans cette inondation… Mais je ne désespère pas, bien que je n'en aie rien dit encore au petit. Tu verras, il est d'une sagesse exemplaire, affectueux, poli, et il fait sans cesse preuve d'une intelligence et d'une culture qui fait aussi bien la fierté de Trudy que la mienne !

– Je n'en doute pas, mon tendre ami !

– Disons qu'il est un peu dans une situation inverse de la mienne : il ignore qu'il a encore ses vrais parents comme j'ai si longtemps ignoré que j'avais un vrai fils ! »

À ces propos, Emma baissa le nez, comme coupable.

« Je crois que j'ai souffert toute ma vie de ne pas te l'avoir dit, lorsque ce petit être a commencé à gigoter en mon ventre ! Après, c'était trop tard… Et je ne voulais surtout pas te forcer à rester sous occupation allemande. J'étais si jeune encore, que je n'ai pas eu le courage de m'arracher à ma famille pour te suivre, et je le regrette encore. »

Après un instant de silence, elle ajouta :

« Et je te demande encore de faire en sorte qu'il continue à croire qu'il est le fils de mon pharmacien de défunt mari. Même à plus de quarante ans, il est des révélations qui peuvent détruire un homme…

– Je sais, je sais… D'autant plus, c'est un beau gars que “notre” Mathias ! »

Effarée, Emma bafouilla :

« Comment ! Tu… tu le connais ?

– Lorsque j'ai su, à son sujet, je me suis arrangé pour me faire ausculter à son cabinet, sous un faux prétexte, bien sûr… Rassure-toi, j'ai tenu à rester incognito ! C'était une simple curiosité de ma part, et je dois avouer que je suis heureux de l'avoir vu, ne serait-ce qu'une fois. »

Soulagée, la veuve posa sa tête sur l'épaule de son amour de toujours :

« Tu le verras plus d'une fois, je t'assure… Quant à moi, je suis curieuse à mon tour de rencontrer ton petit Mathias à toi !

– Je suis certain qu'il t'aimera vite autant que moi… si tu veux toujours bien que nous vivions nos vieux jours ensemble ?

– En douterais-tu encore, grand fou ? » s'exclama-t-elle en lui tendant ses lèvres.

Après un autre baiser passionné, elle le saisit par les mains en le regardant droit dans les yeux, rayonnante.

« Tu cherchais un toit dans la région, m'as-tu dit ? Pourquoi pas ici, chez moi ? À cause de la guerre, j'ai du mal à trouver acquéreur pour cette demeure désormais trop grande pour moi… Pourtant, si nous envisageons de finir nos jours ensemble, tout sera différent et il me deviendrait alors inutile de vendre ! »

Hans hésita, puis soupira :

« Non, ma belle… J'aurais l'impression de ne pas être chez moi, dans l'ombre de ton défunt mari ! Quant à toi, rester dans les mêmes murs, ce ne serait pas vraiment une nouvelle vie. Et puis j'ai tellement pris l'habitude d'une propriété isolée que je crois que je ne supporterais plus d'occuper une maison en ville, même aussi tranquille que Marmoutier, et même en bordure aussi calme de l'agglomération… Il me faut le grand air, la nature, près d'un petit village à échelle humaine !

– Tout ce dont j'ai toujours rêvé, mon Hans… Et je suppose que la vente de mon domaine suffirait amplement pour nous permettre le luxe de nous en offrir un autre plus conforme à nos désirs !

– Ne t'inquiète surtout pas pour cela, Emma ! rigola Hans. J'ai eu la chance de vivre toute mon existence de mes rentes et de mes passions. De plus, grâce à la guerre et bien malgré moi, je n'ai jamais été aussi riche… À tel point que j'envisage d'aider de façon plus conséquente les œuvres charitables les plus méritantes. Ce terrible conflit est responsable de tant de misère ! Ce qui ne m'empêchera nullement de m'établir dans la propriété en vente qui me séduira le plus, quel qu'en soit le prix…

– Ce sera comme tu le voudras, Hans ! De toute façon, je crois que je pourrais être heureuse n'importe où, maintenant, à tes côtés. J'ai comme l'impression de naître une seconde fois, de retomber des dizaines d'années en arrière, lorsque... que... enfin, tu le sais aussi bien que moi, non ?

– Moi aussi, Emma ! Moi aussi. Même après une aussi longue parenthèse... »

* *
*

À peine de retour à Strasbourg, Hans n'avait rien eu de plus pressé que de faire communier Gertrude et Mathias à sa joie. Si le garçon avait tout de suite été enchanté à la perspective de voir une personne nouvelle partager son cadre de vie, Trudy avait mis un peu moins de bonne grâce à accepter cet état de fait. Elle détestait être perturbée dans ses habitudes et estimait que la guerre avait suffisamment bouleversé la routine de son existence sans qu'on y ajoutât d'autres contraintes ! Malgré tout, Emma n'était pas une inconnue pour elle, qui avait été témoin de la passion des jeunes gens, de leurs projets d'avenir, de la douleur de leur séparation, et des lettres ardentes qu'ils s'étaient échangées durant des années... Témoin aussi de la souffrance secrète de Hans lorsqu'Emma avait fini par plier à la volonté de ses parents ! Complice aussi de ce lourd secret qu'elle avait fini par éventer. Elle ne pouvait lui en vouloir, pourtant, et la perspective de voir Hans enfin pleinement comblé ne pouvait que la réjouir. Aussi avait-elle rapidement suggéré :

« Et qu'est-ce que vous attendez pour nous la faire rencontrer, *mein Herr* ? Après tout, *In de àlte Hafe kocht m'r d'beschte Suppe*[1] *!* »

À quoi Hans avait répondu en riant, tout émoustillé de renouer avec le parler alsacien :

1. *Littéralement : Dans les vieux pots, on cuit les meilleures soupes ! Équivalent de notre « C'est dans les vieilles marmites que l'on fait les meilleures soupes ! »*

« C'est vrai, *Wenn's Arschel brummt, isch's Harzel gsund*[1] *!* Mais tu as raison. Que dirais-tu d'une invitation dans un bon établissement de Strasbourg, pour une première rencontre ? »

Grimace peu enthousiaste.

« Je n'aime pas trop ces cadres de luxe, vous le savez bien ! Et puis ce n'est guère intime, non ?

– Je ne faisais que plaisanter à tes dépens, voyons ! Non, nous nous rendrons plutôt à Marmoutier. Mathias pourra au moins profiter du parc !

– Et du voyage en automobile ! s'écria le jeune garçon, déjà impatient. Même si Trudy déteste y monter…

– Oh ! répondit Gertrude. Avec le temps, je finis par ne plus m'en formaliser. Vous m'avez fait faire tellement de choses, tous les deux, depuis que nous sommes partis de la Ribiette ! »

Hans fit encore quelques mystérieuses allées et venues avant d'entraîner Mathias et Trudy dans ce court voyage, durant lequel Mathias put vraiment découvrir les paysages de sa région natale. De grandes prairies entourées de collines et de montagnes boisées d'où s'écoulaient des ruisseaux turbulents. Des reliefs plus marqués et plus sombres que ceux des environs de Morey, mais qu'il appréciait déjà malgré la grisaille de l'hiver naissant.

Ils arrivèrent assez tôt à Marmoutier, où Emma les accueillit avec un entrain qui était loin d'être feint. Sans retenue, elle sauta au cou de Gertrude pour l'embrasser sur les deux joues :

« Trudy ! Que je suis heureuse ! Cela faisait si longtemps !

– Emma ? Je ne t'aurais pas reconnue, tu sais ! Parce que tu as bien changé… Mais moi aussi, ma pauvre !

– Vous avez pris de l'âge, comme tout le monde, bien sûr… Mais vous avez toujours bon pied bon œil, et je m'en réjouis !

1. *Quand le popotin ronronne, le cœur est en bonne santé !*

– Et toi, tu es devenue une bien belle femme, que je préfère à la *bacèle*[1] sans fesses et sans poitrine qui faisait tourner les sangs de mon Hans ! »

La maîtresse de maison se tourna alors vers le jeune garçon.

« Ainsi, tu es Mathias ? Quel beau brin de petit homme tu nous fais ! Sais-tu que ton oncle Hans ne cesse de parler de toi sans ménager ses éloges ? Allez, approche-toi, que je t'embrasse ! Sans te connaître, je t'aime déjà plus que tu ne peux le croire ! »

Après ces courtes effusions, Emma les pressa d'entrer dans la demeure afin d'échapper aux morsures d'un vent qui finissait par s'avérer glacial.

« Et Clothilde va vous montrer vos chambres ! Il n'est pas question que vous restiez en hôtel… »

Gertrude et Mathias se regardèrent, interdits. Jamais Hans ne leur avait parlé de l'éventualité de résider sous le toit de la veuve !

« Mais… et nos bagages ?

– Ne vous inquiétez pas, ils doivent déjà être en route pour ici ! »

Ce n'était pas la seule surprise que leur réservait Hans ! Après un repas qui, contre toute attente, s'était déroulé dans une ambiance bon enfant et détendue, il avait annoncé :

« Il ne fait pas très beau, je sais ! Il fait froid, je sais ! Mais ce n'est pas ce qui m'empêchera de vous inciter à une petite balade en automobile ! »

Devant le froncement de sourcils de Gertrude, Emma insinua :

« Est-ce bien raisonnable, Hans ? Alors que le *kachelofen*[2] ronfle et nous garde bien au chaud…

– J'insiste ! répliqua Hans d'un ton sans réplique. Vous vous doutez bien que je ne vous impose pas cette sortie sur une simple lubie… Mais j'ai besoin de vous tous !

---

1. *Jeune fille.*
2. *Poêle alsacien.*

– Et peut-on seulement savoir pourquoi ? grogna Gertrude.

– Je préfère vous le laisser découvrir, car votre première impression me sera d'une grande aide ! »

Le trajet parut à tous plus long qu'il ne l'était vraiment, tant le climat devenait de plus en plus maussade et tant l'impatience de chacun était grande. Singrist, Romanswiller, Wasselonne… Emma s'exclama :

« J'ai compris, tu nous conduis à Obernai, où nous sommes nés ! Franchement, cela aurait pu attendre quelques jours… »

Sans un mot, Hans quitta comme pour la contredire la route de Molsheim et d'Obernai afin de s'engager, sur sa droite, en direction de Westhoffen, qu'il traversa avant de filer sur Balbronn, puis sur Still et Mollkirch. Après ce dernier village et quelques lacets du chemin au fil de la vallée, il s'arrêta soudain au-devant de quelques maisons qui se détachaient dans les brumes… Un simple hameau, qui se distinguait des autres par une église en son centre.

« Klingenthal ! annonça-t-il avec emphase. Ce qui veut dire en bon français la vallée des lames. Il y avait là, autrefois, une manufacture royale d'armes blanches…

– Et alors ? » s'énerva Trudy.

Pour toute réponse, Hans redémarra avant d'emprunter une sente s'élevant à flanc de colline entre hêtres et sapins.

– Mais où allons-nous, que diable ? »

Il s'arrêta de nouveau au sommet d'une côte.

« Ici ! »

Face à eux, nichée d'un côté au dos d'un coteau bien exposé, et de l'autre à la vallée de l'Ehn, s'étalait une vaste propriété entourée d'arbres. Au centre de la prairie s'élevait fièrement une majestueuse bâtisse dont la construction devait remonter à moins d'un siècle. Au travers des bruines se devinait sur le versant opposé un des deux châteaux d'Otrott et, plus loin encore, la masse sombre du mont Saint-Odile… Mathias s'interrogea :

« Mais… qui allons-nous voir ? Qui habite ici ?

– Nous ! répliqua aussitôt Hans. Enfin, bientôt… Voici le domaine des Rochettes, que je viens d'acquérir depuis hier après des transactions rondement menées, et ce grâce aux efforts incessants d'un notaire d'Obernai particulièrement intéressé par la prime à la réussite que je lui avais fait miroiter ! Ça vaudra bien la Ribiette, non ? »

Mathias s'écria :

« Tu veux dire que nous allons habiter ici ? Mais c'est un palais !

– N'exagérons rien, petit. Mais il nous faudra nos aises, pour nos bibliothèques, nos collections, nos recherches ! Et pour établir, si le cœur t'en dit, un petit observatoire d'astronomie dans la petite tourelle de gauche…

– C'est vrai ?

– T'ai-je déjà menti, Mathias ? En plus, joints au domaine, se trouvent des champs et des bois dont je suis également devenu propriétaire ! Reste à savoir s'il reste assez de bras pour les travailler, après cette guerre… Je ne veux rien en faire, mais il serait dommage de ne pas s'en occuper ! J'essaierai sans doute de les louer pour un prix symbolique aux paysans du secteur… »

Éberluées, Gertrude et Emma étaient restées muettes sous le coup de la surprise. La veuve du pharmacien réagit la première :

« C'est bien beau, Hans… Mais tu ne penses pas que c'est aller un peu vite en chemin ?

– La guerre est finie, maintenant ! Et de telles affaires se feront rapidement rares, au fur et à mesure que la vie reprendra son cours normal… Crois-moi, c'était le moment ou jamais !

– Puisque tu le dis…

– Nous serons bien, ici ! Nous deux, si tu veux toujours te défaire de ta villa de Marmoutier, le petit Mathias, ma bonne Gertrude, qui a plus que mérité le droit de se reposer après tant d'années de sacerdoce auprès de moi… Et Clothilde, qui aura elle aussi bien du travail, pour s'occuper des tâches de cette grande maison !

– Eh ! protesta Trudy. Je ne suis pas encore invalide !

– Je sais, je sais… Tout comme je sais que tu ne sauras pas rester sans rien faire ! Mais si nous allions visiter ce gentil nid. J'en ai les clés qui m'en brûlent les poches ! »

Au domaine des Rochettes

APRÈS UN HIVER qui avait semblé ne jamais devoir finir, quel plus beau printemps que celui de 1919 ! Un printemps magnifique, avec la paix retrouvée, et sans les échos de cette guerre qui avait été si longue à cesser ! Un beau printemps qu'on ne pouvait qu'apprécier, entre les murs des Rochettes, malgré le froid et la neige qui avaient régné tous ces mois ! La grande maison revivait depuis qu'elle abritait Hans, Emma, Gertrude, Clothilde et Mathias… Le jeune garçon avait d'ailleurs tout de suite accepté ce changement radical dans sa vie, tant il se sentait bien, ici, avec ces présences nouvelles autour de lui. Il aimait ce surcroît d'animation, de conversations et d'amusements multiples… Si Clothilde ne supplanterait jamais Trudy en son cœur, il s'était vite attaché à elle, qui ne ménageait pas ses efforts pour être à ses petits soins ! Souvent, il la comparait à Charlotte, qui aimait elle aussi autrefois passer son temps libre en sa compagnie… Quant à Emma, elle ne manquait pas une occasion de le couver, de l'embrasser, de lui offrir mille gâteries. Mathias lui rendait naturellement tout l'amour qu'elle lui portait, même si ces constantes attentions l'agaçaient parfois un peu. Régnant sur tout ce petit monde, Hans demeurait fidèle à ses habitudes, et jamais il n'avait paru aussi détendu que depuis qu'Emma partageait sa maison… et sa chambre !

Il avait fait exécuter quelques travaux et aménagements dans la bâtisse par des artisans d'Obernai, s'était occupé de la vente de la villa des Schlotter à Marmoutier, ainsi que du rapatriement des meubles et les objets auxquels tenait la veuve du pharmacien. À cause des frasques de l'hiver, il avait eu plus de mal à organiser le transfert du mobilier encore en état qui était resté à Morey, et avait apporté un soin tout particulier à récupérer les livres, revues, manuscrits, tout autant que les collections diverses qu'il avait entreposées dans les sous-sols de la Ribiette. Tout était en place, désormais, et chacun avait pris ses habitudes dans cette demeure agréable et confortable…

Mathias avait renoué avec le plus grand plaisir avec les archives de son « grand-oncle » et, durant froidures et intempéries, s'était attaché avec passion à l'étude des minéraux, à leur localisation sur les cartes du vieil érudit, à la description des couches géologiques des lieux concernés. Ou bien il se consacrait à l'inventaire des trouvailles archéologiques et paléontologiques qu'avait accumulées Hans Hasenfratz pendant des décennies de fouilles et de recherches… Souvent, il comparait ces vestiges avec ceux découverts dans d'autres régions, dans les nombreuses revues de sociétés savantes dont regorgeaient les rayons des bibliothèques de l'étage. Ce jour-là, il recomposait patiemment l'un des volumineux herbiers de Hans dont les pages avaient été mélangées et disséminées. À la grande admiration d'Emma, ouvrage de botanique en main, il reclassait les planches par espèces, groupes et sous-groupes, tout en en profitant pour réviser ses connaissances.

« Mais comment fais-tu, Mathias, pour t'y retrouver, avec tous ces noms barbares ?

– Pas barbares, mais latins, tante Emma ! Toute plante est organisée selon le règne, l'embranchement, la classe, l'ordre, la famille. C'est plus simple qu'on ne peut le croire !

– Ça, c'est toi qui le dis… Tu es une véritable encyclopédie, tu sais ! »

Les étoiles, les fleurs, les poteries romaines, les insectes, les silex, les fossiles ! Tout cela était bien beau mais, aux premiers soleils, le jeune garçon commença à s'ennuyer de rester à l'intérieur :

« Dis, oncle Hans ! Quand est-ce qu'on pourra entreprendre de vraies prospections dans la région ?

– On dirait que tu crèves d'envie de monter dans ma nouvelle voiture !

– Oui… Mais j'ai envie aussi de voir d'autres sites, ou de retourner sur les endroits où nous avons déjà trouvé des vestiges, entre Nancy et Pont-à-Mousson !

– Il y a plus proche, désormais. Le mont Saint-Odile n'est qu'à deux pas, et il regorge de restes tout aussi intéressants que mystérieux ! Cavernes, tumulus, dolmens, murs cyclopéens, enceintes… Nous irons dès que les chemins n'auront plus de boue ! »

Mathias hésita, puis abandonna le dessin qu'il exécutait à l'encre de Chine, avant de repousser le journal de Hans et de s'asseoir d'autorité sur ses genoux. Le vieil homme ne put retenir un sourire bienveillant.

« Toi, tu as autre chose à me demander ! Je me trompe ?

– C'est vrai… Maintenant que l'Alsace est française et que nous y habitons, tu pourrais peut-être me conduire là où tu m'as trouvé, non ? »

La demande surprit le vieil homme. Il n'avait jamais caché à Mathias les circonstances dans lesquelles il l'avait recueilli, mais ne soupçonnait pas que ce dernier pût se préoccuper du lieu où il avait failli périr noyé… Était-ce pour autant un service à lui rendre ? D'un autre côté, comment lui refuser ? C'était tout de même là une curiosité bien naturelle !

« Bien, bien… Puisque tu le veux ! De toute façon, cela nous donnera l'occasion de faire une belle excursion dans une des vallées les plus sauvages de la région. Pourquoi pas dès cet après-midi, si le soleil se maintient ?

– Merci, oncle Hans !

– Peut-être même Emma et Gertrude voudront-elles nous accompagner ? Car ce n'est pas si loin. Nous en sommes même passés tout près, en venant de Marmoutier ! »

Comme il fallait s'y attendre, Trudy déclina l'invitation, mais Emma se fit une joie de la perspective de cette promenade, après des semaines de confinement aux Rochettes.

« Belle idée que celle de cette sortie ! Et où irons-nous ?

– Les vieilles maisons et les fortifications de Molsheim valent le coup d'œil, pour qui ne les connaît… Tout comme la vallée de la Mossig et ses nombreux châteaux perchés ! Mais Mathias souhaite surtout voir la vallée de la Bruche, un peu plus bas…

– Mais pourquoi ?

– Pour un… retour aux sources, en quelque sorte ! Je t'expliquerai…

– Inutile, Hans. Je crois bien que j'ai compris ! »

* *
*

Les nouveaux modèles de marque Mathis n'étant pas encore prêts, Hans, décidément en veine de dépenses, avait fait une infidélité à son ami Émile en faisant l'acquisition d'une voiture américaine, une torpédo Ford modèle T flambant neuve, qui faisait preuve d'une puissance de moteur qu'il n'avait jamais connue sous ses capots précédents. Mathias se régala du confort et de la souplesse de ce dernier véhicule et se reput du paysage qu'égayait un soleil de plus en plus vaillant.

Hans s'arrêta brièvement à Rosheim, Mutzig, et Avolsheim pour lui montrer les richesses de ces villages, leurs remparts et leurs tours, leurs églises remarquables, en promettant d'y revenir. Mais ce ne fut pas sans un serrement de cœur qu'il suivit la vallée encaissée et sinueuse qui menait à Soultz-les-Bains. Il s'immobilisa bientôt sur le bas-côté et descendit de la voiture :

« C'était là, petit… » dit-il simplement.

Mathias s'approcha du bord de la route pour contempler la rivière, sans aucune émotion apparente. Il assouvissait seulement un vague besoin de savoir, et cet épisode de sa vie ne représentait en rien un drame, pour lui ! Qu'eût-il pu espérer de mieux que l'enfance dorée qu'il avait eue, auprès d'êtres qu'il adorait ? Hans lui posa une main sur l'épaule :

« Le cours d'eau est riant sous le soleil, et ses rives accueillantes… Il n'en était pas de même à la nuit tombante, avec la pluie, les crues, le vacarme des flots furieux ! En face, dans la courbe, s'élevait une pauvre masure que j'ai vue avalée par le courant, après qu'une partie de la berge eut été emportée elle aussi par la rivière. J'ai juste eu le temps de reculer de l'autre côté de cette route pour échapper à la gigantesque vague soulevée par l'effondrement… Enfin, échapper est un bien grand mot, car j'ai tout de même failli être enlevé par sa force ! Jamais je n'ai été aussi trempé de ma vie… »

Mathias essayait en vain d'imaginer cette scène d'enfer. Tout semblait pourtant si calme, et le temps avait effacé depuis longtemps toutes les cicatrices de cet accident…

« Le miracle de cette affaire, reprit Hans, c'est que cette même vague t'a projeté jusqu'à la rive, sain et sauf.

– Autre miracle encore qu'oncle Hans ait remarqué ta présence ! souligna Emma.

– C'est vrai, admit le vieil homme. J'ai d'ailleurs cru tout d'abord qu'il s'agissait d'un animal ! »

Mathias remonta dans la Ford sans poser la moindre question. Il semblait même pressé de découvrir de nouveaux panoramas, ainsi que les sites intéressants dont son « grand-oncle » lui avait parlé, la colline du Scharrachberg et ses restes d'anciennes fortifications, Kircheim et les vestiges d'un palais mérovingien avec ses murailles de deux mètres d'épaisseur, Odratzheim et son château... Hans se prêta d'ailleurs de bonne grâce à ce petit périple, mais ne put chasser de son esprit d'autres préoccupations. La curiosité du jeune garçon pour connaître l'endroit où il avait été trouvé lui en laissait craindre d'autres !

* *
*

Ce matin-là, fait extraordinaire, le bruit d'un moteur de voiture automobile pénétrant dans l'allée du parc attira le nez des occupants à la fenêtre. Les visites d'étrangers étaient tellement rares, aux Rochettes ! Le véhicule de couleur bordeaux, flambant neuf, s'immobilisa au pied du perron et Hans s'écria :

« Mais... oui ! On dirait le comte de Moustier ?

– C'est vrai ! exulta Mathias. Avec sa femme, Anne-Marie, et même Charlotte ! »

Ils se ruèrent aussitôt sur le perron, et Hans fit mine de s'indigner :

« Comment, Georges ? Quelle surprise ! Vous ne pouviez donc pas prévenir de votre venue ?

– Où serait la surprise, alors ? Je ne voulais surtout pas vous déranger...

– Allons donc ! La demeure est assez vaste, et j'ai suffisamment de chambres pour accueillir des amis...

– Il n'est pas question que nous nous éternisions ici, mon cher ! Il est vrai que, malgré la description que vous m'en aviez faite, j'étais loin d'imaginer une aussi belle bâtisse et un aussi admirable parc !

– C'est bien pourquoi je considérerais comme un affront le fait que vous refusiez d'y passer une ou deux nuits !

– Bien, bien... Nous verrons ! »

Mathias n'avait que faire de cet échange de politesses, et il s'était précipité dans les bras d'Anne-Marie et de Charlotte.

« Que je suis heureux de vous revoir, toutes les deux ! Vous m'avez tellement manqué !

– Toi aussi, mon bonhomme… Toi aussi ! »

Descendu à son tour à la rencontre de son ami et de sa famille, Hans s'abandonna vite à la contemplation de la voiture :

« Quelle merveille ! Et neuve, n'est-ce pas ?

– J'ai eu le privilège d'avoir un des premiers modèles sortis en mai des chaînes de fabrication ! répondit fièrement le comte. Et je lui ai fait la faveur d'accomplir ce premier voyage pour venir vous voir, mon ami !

– Je vous en remercie, Georges… Une Citroën, n'est-ce pas ?

– Oui, la 10 HP type A. Une torpédo quatre places avec éclairage et démarrage électrique ! Il suffit de s'habituer au volant de direction qui se situe à gauche sur ce modèle.

– Un bien bel engin, dans tous les cas, qui me fait presque regretter l'achat de ma toute nouvelle Ford !

– Vous me ferez l'honneur de l'essayer au plus vite, mon cher Hans !

– Vous croyez ? »

Manifestement, il en brûlait d'envie… Il se reprit et se redressa :

« Je manque à tous mes devoirs ! Venez, que je vous présente ma douce Emma…

– Vous m'en avez si souvent parlé ! Et vos derniers courriers laissaient transpirer tout le bonheur que vous aviez de l'avoir retrouvée… Mes hommages, madame !

– Emma suffira, vous savez ! » répliqua la compagne de Hans en tendant la main aux lèvres du comte.

* *
*

Comment oublier ces instants de liesse qui reléguaient si loin dans la mémoire les sombres tristes jours des quatre dernières années ? La joie des retrouvailles, les rires et la bonne humeur partagée…

« Je vais aider Clothilde à nous préparer un bon repas de fête ! décida Gertrude, qui ne savait rester inactive bien longtemps.

– Moi aussi, proposa aussitôt Charlotte.

– Je voudrais bien voir cela ! s'indigna aussitôt Trudy. Aujourd'hui, vous êtes notre invitée au même titre que M. le comte et Mme la comtesse ! »

Hans esquissa un sourire amusé, puis il se tourna vers son ami :

« Mais dites-moi… Qu'en est-il de votre château de Clémery ? Je ne l'ai pas revu depuis que je suis allé récupérer mes biens à la Ribiette, et il y avait encore bien des travaux à y faire !

– Tout est encore en chantier, mais les choses avancent plutôt bien… Toute l'aile que nous occupons est de nouveau habitable !

– Et même plus confortable qu'autrefois ! renchérit son épouse. Je ne regrette en rien notre hôtel parisien…

– Moi non plus ! » s'exclama à son tour Anne-Marie.

La conversation se poursuivit sur le même ton enjoué, bien que roulant souvent sur des sujets plus tristes. Dans cette région meurtrie en bien des lieux, la reconstruction n'allait pas aussi vite ! Nomeny n'en finissait de tenter de se relever de ses ruines, et nombre de hameaux martyrs continuaient à s'effondrer mur après mur dans leurs débris calcinés, abandonnés peut-être à jamais par leurs habitants… Au fil de la discussion, le comte évoquait parfois la mort au combat de tel ou tel villageois, ou les séquelles des blessures de tel ou tel autre. Mathias, quant à lui, préféra faire découvrir son « fief » à Charlotte et à la fille du comte. Les dépendances des Rochettes et le point de vue sur la vallée valaient assurément le coup d'œil ! Après un repas bien arrosé, Georges de Moustier insista pour que Hans prît le volant de sa Citroën, et ce dernier ne se fit guère prier pour y consentir.

Si toutes les femmes de la maison restèrent à papoter au salon, Mathias ne rata pas l'occasion de se joindre aux deux hommes.

Un après-midi de rêve pour le jeune garçon ! Comment nier le plaisir que procurait le confort de ce véhicule puissant, qui pouvait allégrement atteindre la vitesse de soixante kilomètres à l'heure, même sur les parcours les plus raides ? Pour une fois, Hans ne se montra guère enclin à faire des haltes dans les villages traversés et les châteaux croisés, et il se contenta d'une balade sur des routes de hasard, au cœur des coteaux couverts de vignes ou sous les sombres frondaisons de forêts aussi sauvages qu'inquiétantes. Mathias apprécia pourtant ces paysages, au fil des côtes et des vallées, son pays, désormais ! Son vrai pays… Après avoir contourné le mont Saint-Odile, le comte proposa de prendre la direction de Saint-Dié-des-Vosges, ville qu'il n'avait jamais eu l'occasion de visiter. Hans protesta :

« Aujourd'hui ? Vous n'y pensez pas sérieusement ? C'est encore à plusieurs dizaines de kilomètres, et il est déjà tard ! Et il y a tant à voir à Saint-Dié qu'une journée complète suffit à peine à survoler les choses… Si vous y tenez tellement, mieux vaut nous y rendre demain, en nous levant tôt !

– C'est une bonne idée, et je la suivrai, mon ami. Si le temps le permet…

– Vous savez, nous sommes passés presque sans transition d'un hiver long et rude à un été fort chaud, comme si le printemps n'avait pas existé ! Les journées sont belles, et rien n'annonce l'arrivée d'intempéries… »

* *
*

Il fallut attendre le soir pour que les deux hommes se retrouvassent seuls, et Georges de Moustier ne cacha pas son soulagement :

« Ouf ! J'ai cru que votre petit Mathias n'irait jamais se coucher…

– Comment cela ? Il m'a paru aujourd'hui de charmante compagnie, et je ne pense pas qu'il se soit conduit de mauvaise façon !

– Bien au contraire, mon ami. Mais il ne nous a pas quittés d'une semelle, ce qui m'a empêché de vous confier certaines choses…

– Des choses le concernant ? s'exclama Hans. Auriez-vous appris du nouveau quant à ses vrais parents ?

– C'est le moins que l'on puisse dire, et c'est aussi pour une part la raison de ma présence ici !

– Ne me faites point tant languir ! J'ai hâte d'en savoir plus…

– J'y arrive, Hans. Ce n'est pas pour autant que l'on doive négliger le parfum incomparable de ce petit alcool de prunelle que je vous ai rapporté de Lorraine, non ? »

Après avoir lapé quelques gorgées, le comte poursuivit :

« J'avais bien tenté de savoir, tout comme vous d'ailleurs, si Üschen Kirneck avait repris un emploi aux brasseries *Kronenbourg* après sa convalescence.

– C'est une des premières choses dont je m'étais occupé dès mon arrivée à Strasbourg ! En vain, je dois le dire… Auriez-vous eu plus de chance que moi ?

– Pas vraiment ! Mais si vous lisez les journaux, vous n'ignorez pas que le gouvernement a voté, en mars dernier, une loi qui transforme l'assistance aux invalides de guerre ? Les mutilés et blessés ont maintenant un "droit à réparation" et peuvent prétendre à une pension couvrant le préjudice subi. Si tant est que ce soit là chose mesurable, d'ailleurs !

– Et alors ?

– Pour assurer cette mission, un service spécial a été créé dans chaque chef-lieu de département, et avant tout ceux qui étaient encore occupés jusqu'à la fin de la guerre… J'ai donc envoyé quelques courriers à des amis de la préfecture, à Strasbourg !

– Et ?

– Et il se trouve que je n'ai pas eu à chercher dans d'autres départements, car les Kirneck habitent de nouveau la région ! On a pu retrouver l'inscription du père de Mathias sur la liste des personnes ayant fait cette demande de pension…
– C'est merveilleux, Georges ! Inespéré ! Vous vous êtes montré d'une habileté et d'une perspicacité admirable…
– N'exagérons rien ! Toujours est-il que je ne viens pas les mains vides… J'ai en poche l'adresse du logement qu'occupe la famille du petit à Strasbourg !
– Pour un peu, j'en hurlerais de joie, mon ami ! Venez que je vous serre dans mes bras…
– Je préfère que vous nous resserviez une bonne rasade de cette eau-de-vie, Hans. Elle est particulièrement goûteuse !
– Vous avez raison. Il est des nouvelles qui se doivent d'être fêtées dignement ! »

* *
*

Séduit par le calme et le charme de cette vallée retirée, le comte resta finalement quatre jours aux Rochettes. Si Hans se félicitait de son amicale compagnie, il avait du mal à juguler l'impatience qu'il avait de repartir à la chasse des parents du « petit ». Ce fut pourtant avec plaisir qu'il guida son ami, en compagnie d'Anne-Marie et de Mathias, pour profiter des charmes de Saint-Dié et de ses environs. Une ville agréablement située sur les rives de la Meurthe, au milieu d'un riant bassin encadré de montagnes boisées, qui se caractérisait par ses constructions en grès rouge. Si le jeune garçon fut enchanté par l'attrait de la cité, ses vieilles rues, sa cathédrale et son cloître, il apprécia davantage les excursions aux massifs d'Ormont et du Kemberg, au cœur des sapins et des roches, avec de splendides vues sur les vallées et les crêtes jusqu'à l'horizon… Il savait bien que les meilleures choses ont une fin, mais il ne cacha pourtant pas son chagrin et sa contrariété lorsque la famille de Moustier fit ses bagages :

« Vous reviendrez nous voir bientôt ?

– Je ne sais pas... sembla hésiter le comte avec une mine énigmatique.

– Mais... pourquoi ?

– Nous reviendrons volontiers, je te rassure... Mais pas avant que vous soyez vous-même venus nous rendre visite à Clémery !

– Vous n'avez pas fini de faire réparer le château ?

– Dans quelques semaines, il sera encore plus beau que tu l'as connu, mon gars ! Les ouvriers y travaillent sans relâche, tu sais ?

– Je suis pressé de voir ça ! »

Il tenta d'afficher un air joyeux, embrassa avec entrain le comte, Louise et Anne-Marie de Moustier, ainsi que sa chère Charlotte. Mais ce fut avec le cœur serré qu'il vit s'éloigner dans l'allée du parc la rutilante automobile du meilleur ami de son « grand-oncle ».

La famille Kirneck

DEPUIS LE DÉPART DU COMTE et de sa famille, le comportement de Hans avait changé. Il passait de moins en moins de temps avec Mathias, et ne lui accordait plus, malgré la douceur du climat, ces promenades aux alentours qu'ils affectionnaient pourtant tous deux. Presque quotidiennement, il s'enfermait dans son bureau pour écrire courrier sur courrier, et s'absentait souvent au volant de sa voiture sans emmener le jeune garçon, qui s'en consolait en se résignant à des balades solitaires, à la recherche de plantes et de fleurs pour compléter son herbier personnel. La préoccupation et la nervosité du maître des lieux ne passaient pas inaperçues, et chacun s'inquiétait secrètement de ce changement d'humeur sur lequel il refusait obstinément de s'expliquer. Trudy surtout :

« Depuis l'enfance, je ne l'ai jamais vu aussi perturbé ! Je me demande bien ce qui le tourmente.

– Je ne pourrais vous le dire… soupira Emma. Même à moi, il n'a rien voulu confier ! »

Peu à peu, l'ambiance devenait lourde, et une mauvaise atmosphère s'installait que Hans lui-même était le premier à regretter ! Aussi, un soir, il confessa :

« Je sais que je ne suis guère agréable à vivre, depuis quelques jours, mais j'ai des problèmes qui me courent dans la tête, et dont je ne peux vous faire part…

– Mais pourquoi ?

– Rien de grave, au contraire ! Pourtant, je n'ai nulle envie de semer autour de moi de faux espoirs susceptibles d'être aussitôt déçus… Je ne peux vous en dire plus. Sachez seulement qu'aucun drame ou menace ne pèse sur nous ou sur les Rochettes ! »

Le lendemain, après réception d'une lettre en provenance de Strasbourg, il se contenta de quelques adieux hâtifs avant de sauter dans sa torpédo avec pour simple explication :

« Il se peut que je reste absent un jour ou deux… Ne vous inquiétez pas, surtout ! Je serai bientôt de retour, peut-être avec de bonnes nouvelles, qui sait ? »

Gertrude et Emma échangèrent un regard complice. Contrairement à Mathias et Clothilde, elles commençaient à soupçonner les raisons du mutisme et de l'attitude mystérieuse de Hans…

* *
*

Hans avait bien l'adresse que lui avait fournie le comte, mais il avait hésité à écrire directement aux Kirneck. L'aurait-on seulement pris au sérieux ? Et puis savait-on lire, dans cette modeste famille ? Surtout, il craignait les réactions du couple face au choc de cette révélation. Aussi avait-il demandé à son ami vendeur d'automobiles d'envoyer un homme discret se renseigner dans le quartier qui lui avait été indiqué, un des plus pauvres de la ville… Malheureusement, les parents de Mathias n'y avaient séjourné qu'un ou deux mois, avant de déménager à nouveau. Aucun voisin ne savait où ils avaient pu se rendre, n'ayant pas eu le temps d'établir de véritable contact avec Üschen et sa petite famille… Hans avait donc écrit de nouveau à l'administration chargée de régler les pensions d'invalidité aux mutilés de guerre, mais les services n'avaient pu que lui confirmer que Üschen Kirneck avait quitté son domicile. Le manque de personnel au sein de ces services sociaux qui n'étaient encore qu'en phase d'installation empêchait que l'on puisse lui indiquer la nouvelle destination de cette famille, mais il avait toute liberté, grâce à la recommandation du maire de Clémery, de se plonger lui-même dans les milliers de fiches et registres en attente où étaient consignés les bénéficiaires potentiels de cette triste allocation.

Sans hésiter, il se rendit aussitôt à la préfecture, mais les choses ne lui furent pas aussi faciles qu'il l'avait supposé. Nombre d'archives transitaient toujours de façon aléatoire entre les instances militaires et l'administration civile, ce qui ne facilitait guère les investigations ! Il s'en indignait même, car tout était classé par date d'inscription :

« Personne n'a donc pensé à répertorier tous ces pauvres estropiés dans l'ordre alphabétique de leur patronyme ? Ce serait à l'évidence la première chose à faire ! »

L'unique employé au service de ces archives était amputé d'un bras, et Hans jugea qu'il était susceptible d'apporter plus de bonne volonté pour l'aider dans sa recherche qu'une personne valide. Il l'interpella poliment, en prenant une mine embarrassée :

« Mon brave, je n'arrive pas à trouver ce que je cherche, bien qu'on m'ait affirmé avoir eu trace dans ces monceaux de paperasse de l'homme qui m'intéresse… Je ne lui veux aucune noise, au contraire, mais seulement lui annoncer ce qui pourrait être le plus grand bonheur de sa vie, et peut-être même lui proposer une opportunité qui changera toute son existence ! Comment se fait-il que je ne trouve nulle trace de son nom, dans toutes ces colonnes ? »

L'homme penché sur ses pages rajusta la manche pendante qui flottait au bout de son moignon, et son regard se ficha dans celui de Hans. Jugeant sans doute de la franchise, de la bonté et de l'honnêteté de son interlocuteur, il sourit :

« Souvent, lorsqu'on n'arrive à rien dans ces feuillets, il vaut mieux consulter le volume des litiges ! Oh, pas forcément pour de possibles fraudes à l'invalidité, mais parfois parce que les noms ne correspondent pas… Parce que, monsieur, sachez qu'il est de vaillants patriotes alsaciens qui ont été contraints de changer de nom pour combattre dans les forces françaises, et leur double identité pose souvent des problèmes qui entravent l'efficacité de l'administration. Vous comprenez ? »

Hans se frappa le front de la paume de la main.

« Bien sûr ! Eugène Massevaux… Que n'y ai-je pensé plus tôt ? Il a pu décliner à la fois son nom véritable et son faux patronyme ! »

Après quelques minutes passées à consulter fiches et registres, l'employé leva triomphalement son bras valide pour brandir un dossier :

« Le voilà ! s'écria-t-il. Ce n'est pas très fréquent, mais ça arrive. C'est bien ce que je pensais, votre homme s'est déclaré sous le nom de Kirneck, mais ses papiers d'identité étaient encore à celui de Massevaux… Il a fallu faire des vérifications, et cette affaire est en voie de régularisation.

– Merveilleux ! Et vous avez son adresse ?

– Il le faut bien, s'il veut percevoir sa pension ! Il a changé de demeure depuis un mois, d'ailleurs, et il réside désormais dans le faubourg ouest de la ville, en bordure de Kœnigshoffen… Plus exactement à Eckbolsheim, rue de la Tuilerie.

– Merci, mon brave ! Vous ne savez le bonheur que vous êtes susceptible de faire entrer dans cette maison ! »

L'archiviste afficha un bon sourire.

« Si ce bonheur peut alléger la charge du handicap de votre Üschen, je serai très heureux d'y avoir participé… »

* *
*

Que faire, maintenant ? Comment expliquer à ce couple meurtri cette situation invraisemblable ? Il songea un instant faire la surprise aux Kirneck d'une visite avec Mathias à ses côtés, mais jugea que le choc pouvait être trop rude. Aussi attendit-il le soir pour aller oser frapper, au troisième étage d'un immeuble vétuste, à une porte décrépie et passablement vermoulue. Une fillette d'une dizaine d'années vint lui ouvrir et écarquilla les yeux en découvrant sa tenue de notable :

« Monsieur ?

– Je voudrais voir M. et Mme Kirneck...

– Mes parents ? »

Vraiment, sans le savoir, Mathias avait une petite sœur charmante ! Une voix masculine provenant de l'intérieur lui parvint en écho :

« Qui c'est, Hilda ?

– Je ne sais pas... un... un monsieur ! »

Le chef de famille apparut dans le couloir, un costaud d'une quarantaine d'années, au visage décidé et au regard franc, ce qui rassura Hans. Il avait craint, dans ce milieu défavorisé et après les malheurs subis par le couple, d'avoir affaire à une épave rongée par l'alcool et la mauvaise bière ! Üschen Kirneck fronça les sourcils. Cet inconnu avec gilet, plastron et pardessus à fourrure n'annonçait rien de bon... Un homme de loi ? Un huissier ?

« Oui ! C'est pour quoi ? »

Il avait usé du ton rude des gens méfiants, mais Hans n'en tint pas compte :

« Rassurez-vous, je ne viens pas pour vous apporter de mauvaises nouvelles ! Au contraire... Mais c'est assez délicat à expliquer et...

– Bien, bien ! Entrez donc... Mais je vous préviens, je n'ai qu'une chaise et un coin de table à vous offrir !

– Cela suffira bien pour ce que j'ai à vous dire ! Bonjour madame... Madame Kirneck, je suppose ? »

Une femme plus jeune que son époux, qui aurait pu prétendre être belle sous une autre vêture, avec une coiffure adéquate et, surtout, sans cette expression d'extrême nostalgie qui ombrait son visage…

Hans s'installa sur une chaise bancale, puis marqua un silence avant de se décider :

« Je sais plus de choses sur vous que vous ne le pensez… Vous habitiez bien à Wolxheim, près de la Bruche, jusqu'en janvier 1910 ?

– Oui ! admit Üschen. Mais je n'aime pas en parler ! Ma femme non plus…

– Je m'en doute, car je connais les circonstances horribles de votre départ ! Ainsi que la disparition tragique de votre petit Franz… »

Gretel se mit à pleurer silencieusement, et son époux s'énerva :

« Si vous êtes venu pour remuer le couteau dans la plaie, mieux vaut que vous partiez tout de suite avant que je vous foute à la porte ! menaça-t-il. Ce n'est pas parce que j'ai une jambe esquintée que je ne suis pas capable de vous jeter dans l'escalier en vous tenant par la peau du cul !

– Non, non… Inutile d'en arriver là avec un vieillard de mon âge, croyez-moi… Vous avez perdu votre enfant, c'est un fait ! Mais je vais vous raconter une autre histoire, celle de mon petit Mathias.

– Mais que nous importent sa vie et la vôtre ? Nous avons bien assez de problèmes comme cela ! »

Comme s'il n'avait pas entendu, Hans poursuivit :

« Cela se passait le jour même de cette catastrophe, et je tentais de rejoindre Nancy par les hauteurs pour échapper aux inondations, ce qui a malheureusement été impossible. Suite à une glissade sur la boue, j'ai été contraint de descendre de mon automobile près de la Bruche en crue… »

Malgré la douleur d'entendre évoquer cette sinistre journée, le couple prêta une oreille plus attentive.

« C'est alors que j'ai vu une portion de la berge avalée par les flots déchaînés, suivie presque aussitôt par l'effondrement d'une vieille bâtisse… La vague provoquée par ces éboulements a d'ailleurs failli m'emporter !

– Tout comme elle a emporté mon gosse ! rugit le pauvre homme. À quoi sert-il d'en raviver la douleur ? Regardez ma femme… Vous n'avez donc aucune pitié !

– Un instant, monsieur Kirneck ! La Bruche a emporté votre Franz… mais elle m'a apporté Mathias…

– Qu'est-ce que ça veut dire ? Vous êtes fou, ou quoi ?

– Cela veut dire qu'avant de remonter en voiture j'ai remarqué une chose étrange dans l'eau et la boue, près de la rive, au milieu des branchages. Un paquet de linge ! Et dans ce paquet, un enfant… »

Un silence lourd, épais, presque hostile. Et cette lueur d'espoir incrédule au fond des yeux :

« Vous vous moquez, monsieur ?

– Certes non ! J'ai recueilli ce gosse… J'ai cherché à qui le confier, mais vous passiez pour morts tous les deux, emportés avec les débris de votre logis ! Il ne me restait plus qu'à l'abandonner dans un orphelinat. Je l'ai tout d'abord voulu, mais je n'ai pu m'y résoudre en voyant la condition de ces pauvres gamins, surtout sous tutelle allemande !

– Notre petit ? Vous dites que c'est notre petit ! Vivant ? Mais pourquoi venir nous voir après tant d'années, alors ? J'ai vraiment peine à vous croire !

– Pour tous, vous étiez morts tous les deux, je vous le rappelle ! Et les orphelinats de France ne m'ont pas plus inspiré confiance. Je n'ai su que plus tard que vous n'aviez pas péri vous aussi dans cette catastrophe, mais vous étiez déjà introuvables. Depuis, je n'ai cessé d'essayer de vous retrouver ! En vain jusqu'à ces derniers jours… J'ai donc toutes ces années élevé cet enfant, que j'avais prénommé Mathias, comme s'il était mon petit-neveu. Et puis il y a eu la guerre… Dès l'armistice, j'ai décidé de revenir au pays natal. Et me voici enfin… Ne m'en veuillez pas d'avoir frappé plus tôt à votre porte, car je n'ai pu dénicher votre adresse que ce matin ! »

Gretel Kirneck leva un visage ravagé par les larmes, puis elle bégaya :

« Vivant, vous dites ? Mais c'est un miracle ! Mon pauvre petit Franz… Va-t-il bien au moins ?

– Pour le mieux, ma brave dame ! C'est un garçon charmant, attentionné, et surtout très intelligent… Il retient tout ce que je lui apprends et est même devenu une petite graine de savant ! Il s'intéresse aux plantes, aux pierres, aux étoiles, à notre histoire et aux vestiges de nos ancêtres, et sait lire et écrire correctement, ce qui est plus que rare à son âge, dans nos campagnes… »

Le père de Mathias haussa les épaules. Ce n'était pas avec ce genre d'occupations qu'on pouvait forger un gosse à un métier ! Comme assommé, il s'assit près de son épouse en la prenant par le cou, et il échangea avec elle un regard encore chargé d'incrédulité. Puis il finit par admettre que le récit de cet inconnu se tenait… Il soupira :

« Bien ! Admettons… Et que comptez-vous faire avec mon Franz, maintenant ?

– Le garder avec moi ne serait pas juste pour vous, qui en êtes les parents ! Vous le rendre ne serait pas juste pour moi, qui m'en suis occupé depuis ses langes… Et, dans un cas comme dans l'autre, ce ne serait pas juste pour Mathias… pour Franz, si vous préférez ! Car il serait déchiré entre deux amours peu compatibles. »

Gretel n'avait que faire de ces propos, et seul comptait pour elle le fait d'en savoir plus sur son fils.

« Si vous dites vrai… est-il au moins beau, mon Franz ?

– La beauté ne fait pas tout, vous savez ! Mais je tiens à vous rassurer, votre fils est un fort beau gosse qui, à mon avis, fera rêver plus d'une fille qu'il approchera…

– Je ne sais encore si je dois vous croire, monsieur, mais si ce que vous dites est la vérité vraie, j'ai grande impatience à le serrer dans mes bras ! »

Hans afficha un air ambigu… Puis il argumenta :

« Je suis conscient du bouleversement que vous apportent les révélations que je viens de vous faire. Imaginez ce que cela sera pour Mathias… enfin, Franz ! Je crois qu'il nous faut procéder de la manière la plus douce et la plus habile afin de le ménager, vous ne croyez pas ?

– Peut-être, mais comment ?

– Arrête de te mettre martel en tête, Gretel ! grommela aussitôt son époux, soudainement plus méfiant. Après tout, rien ne nous incite à croire à ce que nous prétend cet homme que nous ne connaissons en rien !

– Pourquoi vous mentirais-je ? s'exclama alors Hans. Après avoir essayé de vous trouver en Bretagne, à Saint-M'Hervé, puis dans le Midi, à Fontvieille, et enfin à Lyon où j'ai perdu votre trace ! Je vous recherche tous deux depuis bien avant la guerre, mais vous vous êtes tellement déplacés que je suis toujours arrivé avec un temps de retard sur les lieux que vous aviez occupés… »

Üschen Kirneck baissa le nez, gêné. Les précisions apportées par cet inconnu ne pouvaient avoir été inventées !

« Ce qui veut dire que vous voulez nous rendre le gosse, n'est-ce pas ? »

Hans soupira :

« Je vous ai déjà expliqué que je le considère également comme mon fils, monsieur Kirneck ! Et que je suis pour lui un peu comme son grand-oncle… Me séparer de lui me serait comme une véritable déchirure, et pour lui aussi. Surtout pour lui ! D'autre part, je n'ai nulle envie de vous priver de ces retrouvailles, sinon je n'aurais jamais entrepris la moindre recherche pour enfin mettre les pieds dans votre logis… »

Le chef de famille approuva d'un battement de paupières et, face à cette évidence, il hocha la tête avant de soupirer :

« Alors ?

– Alors vous n'avez pas une situation bien reluisante, si j'en juge au logis que vous occupez…

– Qu'est-ce que cela a à voir ? grogna Üschen, apparemment vexé. Je ne peux faire des miracles, avec ma jambe raide ! Un malheureux éclat d'obus, vous comprenez ?

– Oui, oui ! Je sais même que vous n'avez pas retrouvé votre emploi aux brasseries *Kronenbourg*.

– C'est vrai… Mais les brasseries *Grüber* se sont montrées plus attentives au sort de ceux qui ont laissé une partie d'eux-mêmes pour défendre la France ! Si je n'ai pas encore une place de bon rapport, j'ai tout de même du travail, dans cette société qui produit la meilleure bière de toute la région ! »

Hans réfléchit un moment, cependant qu'Üschen, nerveux, claudiquait dans l'étroite pièce, allant de gauche et de droite. Après un silence, il insista :

« Vous n'êtes pas fait pour croupir dans le malt et le houblon, car vous étiez tous deux paysans, ne l'oubliez pas ! Et je crois que l'enfant dont nous parlons aurait du mal à s'adapter à la vie qui est la vôtre pour le moment. Je suis même bien placé pour savoir qu'il déteste la ville ! Aussi, je commence à penser à une solution qui arrangerait tout le monde !

– Est-ce que vous pouvez vous expliquer clairement ? »

Hans se cala plus confortablement sur le dossier de sa chaise. Il avait sa petite idée, et quelque chose lui disait qu'elle ne saurait que séduire ce couple sympathique !

« Je crois que j'ai une proposition à vous faire, qui pourrait avantageusement satisfaire tout le monde… »

Toujours perplexe, Üschen boita vers sa chaise avant de s'y affaler.

« Bien, bien, je vous écoute… »

La maison du bonheur

IL Y AVAIT MAINTENANT TROIS JOURS que Hans n'avait plus remis les pieds aux Rochettes, et l'inquiétude grandissait au sein de l'immense bâtisse. Ce fut pourquoi chacun fut soulagé lorsque Mathias, qui avait l'ouïe fine de la jeunesse, s'écria soudain :

« C'est oncle Hans qui revient ! J'entends le moteur de la Ford ! »

Gertrude se redressa, mains sur les hanches :

« Celui-ci, il ne va pas être sourd ! Il pourrait tout de même prévenir avant de disparaître ainsi...

– Je vous donne entièrement raison, Trudy ! affirma Emma. Pas même un télégramme pour nous informer... C'est inexcusable ! »

Toutes les récriminations s'estompèrent pourtant lorsque l'on vit Hans descendre en compagnie d'un homme et d'une femme inconnus, accompagnés d'une fillette. Hans prit son temps avant de s'approcher du palier et de clamer fièrement :

« Je vous présente Üschen et Gretel Kirneck ! »

Voyant que Mathias éclatait de rire, il expliqua :

« C'est vrai que je ne t'ai pas encore vraiment appris le parler de chez nous, petit... Ces prénoms signifient Eugène et Marguerite, en alsacien ! Quant à cette charmante petite, elle s'appelle Hilda. »

Qu'importait au jeune garçon ? Il préféra se précipiter dans les bras de Hans, qui lui avait beaucoup manqué durant ces quelques jours.

« Oncle Hans ? Mais où étais-tu passé ?

– Je suis allé chercher ces braves gens, qui vont devenir les fermiers de ces terres des Rochettes qui restent honteusement incultivées ! Ils habiteront la partie de cette bâtisse trop grande pour nous qui reste inoccupée… J'espère que tu les aimeras vite autant que je t'aime ? »

Mathias approuva de la tête, mais éprouva aussitôt une certaine gêne. Pourquoi ces gens-là le regardaient-ils avec une telle insistance ? Et pourquoi la femme avait-elle le visage inondé de larmes ? Et cette gamine, qui courait vers lui en riant…

« Alors ! s'exclama-t-elle. C'est toi, Franz ? »

Mathias se retourna sur son « grand-oncle » :

« Mais pourquoi m'appelle-t-elle Franz ? Elle est folle ? »

Le vieil homme le calma d'une main paternelle.

« Viens, je vais t'expliquer… D'ailleurs, je vais vous expliquer à tous ! Rejoignons donc le grand salon… »

Tout en marchant, il ne put retenir un sourire éclatant en prenant Emma par la main. Tout s'arrangeait bien mieux qu'il ne l'avait craint ! Il en était certain, désormais : cette propriété des Rochettes était pour tous celle du bonheur retrouvé !

Table des matières

Imprimé en U.E.
Dépôt légal : septembre 2013
ISBN : 978-2-8129-0941-2
ISSN : 1769-1788